魅丽文

蜜糖唇

红桑 著

江苏凤凰文艺出版社
JIANGSU PHOENIX LITERATURE AND ART PUBLISHING

图书在版编目（CIP）数据

蜜糖唇 / 红桑著 . -- 南京 : 江苏凤凰文艺出版社，
2020.9
ISBN 978-7-5594-5130-9

Ⅰ . ①蜜… Ⅱ . ①红… Ⅲ . ①长篇小说 - 中国 - 当代
Ⅳ . ① I247.5

中国版本图书馆 CIP 数据核字 (2020) 第 164828 号

蜜糖唇

红桑 著

责任编辑　张　倩
特约编辑　郭玲玲 刘冬鸣
装帧设计　殷　舍
出版发行　江苏凤凰文艺出版社
　　　　　南京市中央路 165 号，邮编：210009
网　　址　http://www.jswenyi.con
印　　刷　湖南关山美印有限公司印刷
开　　本　880mm × 1230mm 1/32
印　　张　9.5
字　　数　210 千字
版　　次　2020 年 9 月第 1 版
印　　次　2020 年 9 月第 1 次印刷
书　　号　ISBN 978-7-5594-5130-9
定　　价　39.80 元

目录

contents

目录

contents

第一章
为你

1. 不知道您为什么会选择回国发展呢

虞兮在包厢门口站定，十几秒钟之后，许晓凝才从转角处匆匆跟了过来。等她喘匀气的工夫，虞兮捋了一下微卷的浅栗色长发，把鬓边的碎发掖到耳后，露出白嫩耳垂上圆润的复古珍珠耳饰。然后她一边整理裙子，一边问许晓凝："我看起来怎么样？"

许晓凝以最快的速度把虞兮从头到脚打量了一番——V领银色亮片长裙，尖头黑色高跟鞋，宽大的钻石手镯，搭配她烈焰红唇的妆面，身材凹凸有致，举手投足间风情万种，真是优雅和性感并存。

许晓凝朝虞兮竖起大拇指，总结道："完美。"

虞兮皮肤白皙细腻，如同上好的羊脂玉瓷，小小的巴掌脸和凤目、薄唇相得益彰。她的眼尾微微上挑，不笑的时候异常冷艳，此刻听到许晓凝的话笑了笑，整个人顿时显得格外生动起来，宛如娇艳欲滴的人间富贵花。

眼见着虞兮又把领口往下拉了拉，许晓凝皱眉问道："您不说那个李德正李总，当年是您父亲的老部下，和您父亲很有交情吗？”

修长白皙的手指覆上包厢的门把手，虞兮推门的动作顿了顿，回头瞥了她一眼，反问：“所以呢？你是不是觉得他应该捧着合同，跪在我面前求我签？”

“呃……”许晓凝迟疑了几秒，才说道，“我倒也没做过这种梦。”

“那不就得了。”虞兮嗤笑一声，昂首走了进去。跟在她身后的许晓凝觉得，自己的老板又一次化身成了全副武装的猎人，即使最后一无所获，也要在出场时摆出绝对势在必得的姿态。

今天虞兮宴请的，是泰泽集团旗下一家酒店采购部的正副两位总监和四位采购经理。酒桌上觥筹交错，她在这种场合游刃有余，一番推杯换盏后，还不忘把服务生刚送进来的蟹粉狮子头转到李德正面前。

她亲热而熟稔地笑道：“李叔叔，我记得您最爱吃蟹粉狮子头了，这家的淮扬菜做得特别地道，您尝尝。”说完之后，她又举起手边的酒杯，朝陈副总说：“这杯我敬您，免得啊，您觉得我厚此薄彼，只顾着关心我李叔叔。”

虞兮把杯中的酒一饮而尽，又挨个儿敬了其他人每人一杯。几杯酒喝完，她白皙的脸上浮起一层浅浅的红，言笑晏晏间，眼角眉梢的风情越发令人侧目。

没错过陈副总始终在虞兮身上打转的眼神，李德正亦很是享受席间这位世侄女殷勤周到的照顾，但他也没忘了正事，面上的为难不似作伪，说道：“我和你父亲当年是老交情了，你和我的亲侄女也没什么分别，但是虞兮，虽然酒店和之前的食品供应商合同到期……”

“李叔叔——”虞兮拉长声音打断他的话，撒娇似的笑道，“瞧您，什么时候都不忘把工作放在第一位。我一开始就说过了嘛，咱们今天就是简单吃个饭，您带我多认识几个朋友，您几位也能顺便多喝几杯，放松一下心情。结果您可倒好，酒还没喝两杯呢，又开始谈工作。这要再说下去，您可就得罚酒了！陈副总，您说是不是啊？”

即使陪虞兮出席过很多次类似的场合，但此刻的许晓凝仍是不得不又一次佩服起了虞兮——即使所有人都知道这次的宴请所为何来，可她偏偏就是能厚着脸皮指鹿为马，说是让对方为了帮自己“见世面”，“顺便”放放松，不仅把理由胡诌得冠冕堂皇，又把自己摆在欠人情的位置上，奉承人奉承得不着痕迹。

男人们都心知肚明，但就是吃她这一套。

果然，被点到名的陈副总笑道：“虞总不知道，我们李总对工作从来都是兢兢业业的，我们下面的人可都是以李总做榜样标杆来学习的。”说完之后，他话锋一转，打趣道：“不过李总，虞总也是一番好意，您今天要是不多喝两杯，我都忍不住替虞总觉得委屈了。”

众人闻声都笑起来，纷纷道：“陈副总真是怜香惜玉。”

李德正一杯酒喝下，席间气氛更加热络，虞兮亲自拿公筷给他夹了菜，正要说话，先前离席出去的一个采购经理回到包厢，快步走到桌前，说：“李总，蒋总过来了。”

“蒋总？”在座几个人闻言，一时都愣住了。虞兮面上露出几分好奇，但还没问出口，包厢的门就再次被推开，三个人从外面走了进来。

为首的男人皎如玉树，形貌昳丽，五官似乎经过造神之手的精雕细琢，精致隽秀，令人见之难忘。在众人的起身问好声中，他嘴角扬起轻浅的弧度，周身冷峻的气息被中和了一些，但眸色始终清冷。而因为有此珠玉在前，他身后助理模样的一男一女虽都相貌出众，却谈不上显眼了。

李德正一改先前从容不迫、安心被吹捧的模样，笑容都显得小心翼翼，其他人更是把紧张直接写在了脸上。

来人走到被立刻让出来的主位前，颔首道：“都坐吧，不用这么紧张。只是碰巧我也在这边吃饭，遇到了采购部的张经理，知道大家都在，所以过来坐坐。”

他说得轻描淡写，李德正却不敢当真。

泰泽集团的酒店产业享誉全球，而眼前这位年轻的总裁，正是董事长的独生子——蒋辰屿。他过去主要负责经营泰泽的海外产业，三个月前低调归国，不但直接接掌了集团的全部事务，而且开始了大刀阔斧的改革，在部门整合、人员精简的过程中，所有阻力都被他用雷霆手段一一清除，整个泰泽集团就像是被他驯服的一头猛虎，甘愿任他驱使。

令李德正更加不安的是，自己就职的瑞图酒店，只是泰泽集团旗下一个中端酒店品牌。这位太子爷突然驾到，谁也不会蠢到以为，他是在展现什么亲民姿态。只怕就像前几次大变动一样，不过是随意找了一个可以借题发挥的机会。否则以他的地位，凭什么会认识一个小小的采购经理呢？

虞兮不知道李德正现在满心想的，都是他所在的这条中端线，会不会被这位铁血太子爷一锅端。她从众人的神情里直接抓住了重点，在和许晓凝的短暂对视中，确认了自己的妆容依然完美，然后才把自己的好奇用一抹恰到好处的笑容展现出来，问道：“李总，这位是？”

见蒋辰屿看过来的目光里带着探究，李德正尽量压住心中的纷乱，连忙笑道：“这位就是我们泰泽集团的总裁，蒋总。”说完之后，他又向蒋辰屿介绍道：“蒋总，这位是虞兮，虞总。虞氏食品公司最近在和瑞图酒店谈食品供应业务，虽然经过调研，否决了合作的可能性，但虞总好心胸，仍是顾念着和我的私人交情，今天请大家过来一起吃个便饭。”

虞兮心里暗骂这老狐狸不是东西，为了打消老板有可能产生的任何一点儿质疑，几句话就展示出了自己无私敬业的形象，也毫不犹豫地断了她的后路。不过她面上不动声色，仍是姿态优雅地上前几步，朝蒋辰屿伸出手，热情而不失矜持地笑道：“原来是蒋总，久仰久仰。”

蒋辰屿亦伸出手，但神情始终淡淡的，与她的手短暂相握后很快抽离，纡尊降贵一般，仿佛他愿意施舍一个下凡的姿态，面前的人就应该感激涕零。

因为这种疏离来自真正高高在上的上位者，所以虞兮很能包容，继续说道：“其实以我们公司的规模，和瑞图酒店谈合作，实在是我托大了。生意虽然没谈成，整个过程我却受益匪浅。李总一直是我很尊敬的长辈，而且我非常欣赏也非常佩服您手下员工的能力和职业素养，能交到这些朋友是我的福气。今天又有幸见到蒋总，我实在是三生有幸。”

许晓凝默默地在心里给自家老板又竖了一次大拇指。

“虞总客气了。”蒋辰屿淡淡笑道，声音如裂石穿云，低沉悦耳。

李德正又为虞兮介绍了蒋辰屿带来的两位助理，等众人重新落座时，因为心思各异，酒桌上已不复最初热络的气氛，只有偶尔微小的杯碟碰撞声。

虞兮落落大方地举起酒杯，朝身旁的蒋辰屿笑道：“我们小公司和泰泽集团不能同日而语，如果不是今天凑巧，只怕我想见您一面都是奢望。但既然今天我有这个机会，希望蒋总能赏我一个薄面，让我敬您几杯酒，以表敬意。”

说完之后，她饮尽了一杯酒。蒋辰屿修长的、骨节分明的手指轻轻摩挲着酒杯，并没有喝，等到虞兮连饮三杯，他才慢条斯理地说道：“瑞图是泰泽集团三年前在海城开创的中端品牌，业绩在国内同等级的酒店品牌中一直稳居前三。虞总之前提到贵公司的规模，恕我直言，想来应该还是有些差距的。而且您如果提前做过调查，就该知道，泰泽集团全线品牌的各项供应标准审核都十分严苛，那您又是为什么仍坚持来谈这次合作的呢？”

因为事实本就如此，所以虞兮并不觉得蒋辰屿这种问题是一种轻慢，她笑着解释道：“实话不瞒蒋总，我最初接手虞氏食品的时候，它就是家濒临倒闭的小公司，这几年虽然小有起色，也确实难以同海城的各大食品公司抗衡。但书里说福祸相依，换个角度看，有些劣势也能成为优势。”

她说话的时候，察觉到蒋辰屿看过来的目光，佯作不察地抬手捋了捋耳边的碎发，然后才抿了抿唇继续说道："虞氏食品这些年一直做的是肉类制作加工和销售。制作门类单一，但也因为如此，所以质量方面精益求精，口碑始终很好。我对比过目前市场上国内外的所有同类产品，我们的产品无论质量、口感还是卫生标准都毫不逊色，而且价格更低。"

虞兮娇媚的笑容，将在座大多数男人的目光牢牢地吸引住，但落在蒋辰屿眼里，只换来了他轻描淡写的一句："想和泰泽集团合作，只是'不逊色'，实在很难有说服力。"

"所以我才说这次受益匪浅，既感知到了和大企业的差距，又能让我们更有动力去提升自身实力……"虞兮嫣然一笑，又举杯道，"蒋总，我这杯敬您和您手下这些得力干将。"

她又喝了一个满杯，其他人也纷纷举杯共饮。

"如果我没看错的话，虞总手上的这只手镯，是布契拉提那款著名的'普莱特的淡蓝色海'。"蒋辰屿轻抿了一口杯中的酒，意味不明地笑道，"能做到随便一款首饰就价值几百万，贵公司实在不应该只是当前的规模。"

虞兮左手手腕上，戴着一只宽大的铂金手镯，数颗钻石镶嵌，似薄纱般堆叠出海浪的形状，极尽奢华精巧，在灯光下散发着璀璨夺目的光芒。

视线扫过腕间的手镯，虞兮重新看向蒋辰屿，将白皙纤细的手臂抬起，身子朝他那边微微靠过去些，红唇轻启，问道："您说这个呀？"

两人之间的距离有些近，近到虞兮的一缕长发不小心地拂过了蒋辰屿的手背。蒋辰屿闻到空气里越发明显的香水味，那丝香气水润清凉，散发着一种近乎凛冽的温柔，和身边活色生香的美人形成极大反差。

蒋辰屿眸光依然深邃，不曾生出半分波澜。

虞兮坐直身子，目光始终不离蒋辰屿如画的脸庞，笑道："对于目前的我来说，毫不费力地负担这种消费还只是奢望——这是我一个朋友送的，算是作为我帮了她一个忙的谢礼。”

蒋辰屿没有再说什么。

这两句闲谈过后，其他人心中的紧张感多少淡了几分，而且蒋辰屿带来的两位助理也还算“亲民”，酒桌上的气氛总算渐渐好了起来。

许晓凝眼看着虞兮喝了一杯又一杯，其他人还算给面子，而那位蒋总看来无论如何都难以讨好，除了偶尔抿一口杯中的酒，连菜也不怎么吃。她知道虞兮酒量好，来之前也先吃了解酒药，但作用毕竟有限，就凭她这种喝法，无论能否保持清醒，第二天身体也一定非常难受。

一如许晓凝担心的那般，喝到最后，虞兮的脸看上去虽然仍只有一层娇艳的薄红，可目光不知何时已经开始迷离，而且喝得越多，她看着蒋辰屿的时间越久。久到即使蒋辰屿始终不动如山，其他人也开始为之侧目。

丝毫没有察觉到自己助理的苦恼，虞兮单手支腮，看着蒋辰屿，问道：“听说蒋总这些年一直在美国，不知道为什么您会选择回国发展呢？”

原本轻晃酒杯的蒋辰屿停下动作，视线从杯底的残酒移到虞兮脸上，给出的回答有如面对财经记者采访时一般标准：“泰泽集团始终非常看重国内市场，尤其近些年来，国内发展迅速，商机无限，我们把总部迁回国内也是情理之中的选择。”

虞兮点了点头，觉得灯光下的蒋辰屿实在是俊美无俦，除了始终稍显冷淡，其他地方挑不出半分缺点。她舔了舔唇上残留的酒液，又问：“那蒋总是为什么回国的呢？”

周围的声音顿时小了许多，许晓凝面上的笑容有些撑不住，清了清嗓子，意图提醒，但虞兮恍若未觉。

在虞兮失忆一般再次提问后，蒋辰屿看了她一眼，又再次垂眸，声音冷淡：“家里长辈说过，他乡虽好，终要还家，我深以为然。”

那个眼神像从虞兮身上刮过的风，轻浅得没有留下一丝痕迹，让人一时看不出是嘲讽还是不耐烦。

他人无从分辨，虞兮无意深究，她直接夺过蒋辰屿手中的酒杯，将残酒一饮而尽，然后把酒杯随意地拍在桌上，“啪”的一声轻响后，她直直地看着蒋辰屿，眼前仿佛蒙了一层薄雾。她抬手飞快地擦了一下，才一字一句地问道：“蒋辰屿，你为什么回来？”

包厢里突然安静下来。

举着酒杯的手停在半空，筷子里夹的菜掉落进碟内，说到一半的话僵在了唇齿间。所有人的目光都在第一时间投向了虞兮，然后再几乎不约而同地转向蒋辰屿，其中的错愕、震惊、探究和好奇交织成网，网中心对视的两个人，却仿佛对周遭的一切浑然不觉。

蒋辰屿始终坐在原处不动，但原本的从容，渐渐沉淀成了一种寂然。他的眉头皱起，随后又舒展开来，只是眸底始终泛着幽暗的光芒。

一室静默中，蒋辰屿看着虞兮，终于缓缓开口：“为你。”

2. 两头不亏的买卖，为什么不做呢

夜色中，一辆黑色奔驰商务车汇入车流。许晓凝担心虞兮喝多了不舒服，不敢把车开得太快。她从后视镜里看了看斜倚在后座上闭目休息的虞兮，虽然知道自家老板酒量非常好，但还是不无担心地问道：“您还好吧？”

“能有什么不好？”虞兮反问完，才睁开眼睛，即使一身酒气，但目光澄明，丝毫不见一丝迷离。

“我还以为……”许晓凝话说到一半，又咽了回去。

看着此刻虞兮又是一副什么人、什么事儿都不在乎的脸，许晓凝不禁心悦诚服，但旺盛的好奇心仍是让她忍不住开口问道：“那位蒋总，你们……老情人啊？”

虞兮嗤笑一声，充分表达了对她这个形容的不以为然：“算是吧。”

许晓凝对这个答案自然不意外，但她问题的重点还在后面。路遇红灯，她停下来后，干脆回过头去，问道：“可他不是刚回国吗？您

和他怎么也有好几年没见了吧，您怎么知道他对您还余情未了？”

虞兮姿态慵懒地靠在座位里，揉着因为喝了太多酒而隐隐作痛的额角，说：“以前不知道，但现在这不是见面了吗？”

看到许晓凝仍带着疑问的目光，她闭上眼，嘴角的弧度透着几分轻嘲：“一个男人喜不喜欢我，我看一眼就知道了。”

许晓凝恍然，但佩服之余，又不免想到刚才离席前的虞兮。

蒋辰屿说出“为你”两个字后，包厢里的气氛依然是凝滞的，听到秘密的众人俱当自己是空气，恨不得把存在感降至为零。而虞兮在听到答案那一瞬间的失神之后，很快就摇晃着站起身来，声音喑哑干涩地说：“五年了，谢谢你还能这么说。”

许晓凝跟在虞兮身边做助理三年，境况再难，也鲜少见到如此脆弱的老板。所以彼时她连忙跟上，扶住有些踉跄的虞兮，一起向外走去。不过她怎么都没想到的是，这一场围观群众都难免觉得有些伤感的意外重逢，在出门之后就变了味道——出包厢，进电梯，等到电梯门关闭之后，虞兮脸上难掩的伤感、失落、晦涩等所有情绪，都迅速敛了个干净，取而代之的，是几分漫不经心的嗤笑。

两声短促的鸣笛将许晓凝拉回了神，她这才发现信号灯已经由红转绿，跟在她后面的汽车早在不耐烦地催促了，她连忙启动汽车，继续向前驶去。

“不过我看，蒋辰屿实在不像是会公私不分，把瑞图的单子给咱们来博你一笑的人。”许晓凝简单说了一下自己的看法，“他不出现，李德正那个老狐狸那边好歹还有万分之一的可能性，结果他来之后，那几句评价把合作的可能性全砍断了。”

“我本来也没指望瑞图这单子能签成。”虞兮不紧不慢地说，“我之前听到消息，说泰泽集团马上要创立新的中低端品牌，意图占领国内高端快捷酒店市场。如果能拿下这个订单，关系和平台都搭建好，那咱们接下来几年都能吃喝不愁。本来我今天主要准备的，是等李德正明确拒绝合作之后，想办法利用他那点儿愧疚心理，为我牵线新品牌的——曾经老板的女儿，如今落魄到来求他，他那种人，难免会产生一种非常微妙的施舍欲，来彰显自己如今的存在感。”

“可那个老狐狸也未必会帮。”许晓凝对李德正嗤之以鼻。

虞兮倒是毫不在意，笑了笑，说：“人嘛，都是以个人利益为先的，我也不例外，所以他帮不帮都正常。想做成生意，哪有不求人的？”

许晓凝点了点头，又问：“那蒋辰屿会把新酒店的订单签给咱们吗？”

虽然刚见过面，但虞兮想起蒋辰屿，仍觉得像远隔重洋。她睁开眼睛，看着窗外飞速后退的街灯，勾出一抹意味深长的笑容，说：“既然说是为我回来的，那大概率会。只是不知道会不会有什么附加条件。”

“如果他提什么无理要求呢？”

“比如什么无理要求？”虞兮明知许晓凝指的是什么，仍故意问道。许晓凝被这问题噎了一下，过了一会儿才面无表情地答道：“比如一起盖着棉被聊聊天什么的。”

虞兮的视线始终没有从窗外收回来，她笑容明艳动人，声音里却听不出多少情绪：“既能鸳梦重温，又拿下订单赚了钱，两头不亏的买卖，为什么不做呢？”

“蒋总，虞氏食品的相关资料我已经整理好了。有优势，只是规模和我们过去合作过的公司相比实在太小，新品牌虽然是中低端定位，但虞氏想和其他供应商竞争，胜出概率也并不高。”

路上，一辆黄色牌照的迈巴赫内，蒋辰屿的女助理江蓠坐在副驾驶座上，目光盯着膝上的笔记本电脑，把查到的资料浏览一遍之后，回头看向后座的蒋辰屿。

蒋辰屿一字未回。

车厢里有短暂的沉默。另一个男助理关山，心内微微叹了口气：江蓠工作方面绝对认真干练，但也更像个冷静刻板的工作机器，事关感情，哪怕是如今老板的感情，也一板一眼不懂变通——这个虞兮对他们蒋总来说到底有多特别，只怕不用几天，整个泰泽集团都要传遍了。她现在再怎么认真分析虞氏食品的优势劣势，意义何在呢？

关山见蒋辰屿始终若有所思的模样，出声说道：“蒋总，我找人详查了五年前苏富比拍卖会的竞买人资料，目前仅仅能得知，拍得那只‘普莱特的淡蓝色海’的人，受雇于一名卓姓华人男子。联系目前已知的虞总的人际关系，基本能断定是卓越集团的董事长卓清淮。”

他说完之后，总算听到蒋辰屿漫不经心地“嗯”了一声，但也仅此而已。

关山觑着蒋辰屿依然冷峻的神情，不得不承认，即使和江蓠一起跟在老板身边工作几年，但大多数时间里，老板的心思他还是很难猜透。

蒋辰屿看着窗外飞速倒退的景物，眸光倒映着街边的灯火，明暗变换的光影里，他再次想起今天从见面一直到酒局散场，虞兮的全部虚与委蛇。

她眼底的波澜不惊是真的，面上妩媚的笑容是假的；满心想谈成一笔生意是真的，人前的醉眼迷蒙是假的。包括后来她擦去的那滴没掉下的泪，说话时恰到好处的哽咽，离开时有些踉跄的脚步……他一个都不信。

可是他也看到，在她三次追问他回国原因的时候，听到他说是为了她，她眼底有一丝异样的火光，来不及彻底燃起又迅速陨灭了。那一刻，他即使明明知道一切都是假的，却试图骗自己说，也许整晚她九分假，但总该有一分真。

蒋辰屿觉得自己一如既往的可笑。

他收回视线，拿过旁边的平板电脑，不知第几次翻阅起这次回国前他让人去查的资料。

五年时间弹指一瞬，有些东西早已改变。比如虞兮依旧年轻貌美，但也越发性感妖艳。她曾经看重且拥有的东西不多，如今依然比他想象中的少：一家岌岌可危的公司，两三个家世背景、性格都十分迥异的朋友，除此之外，再无其他。

几张她曾在社交网站上传过的照片里，背景无一不是醉生梦死的名利场，她的穿着打扮不同，妆容不同，身边的男人也不同。唯一不变的，只有她左手上的手镯。

关山之所以去追溯这只手镯的来历，大概也是因为过于灵透，注意到了他在看照片时，视线长久停留的方向。而得到的答案其实多少有些出乎他的意料——他以为虞兮鲜有地看重一件首饰，也许代表着她心里有了一个放不下的人，可实际上，真正和卓清淮过从甚密的，是虞兮最好的朋友。那么她口中的这个“礼物”，也就有了完全不一样的解释。

但他并没有因此感到丝毫的愉悦。

他内心厌恶自己时隔五年仍然记得虞兮，记得她每一个喜好，每一个朋友，也记得那段他五年里不愿回首却始终如鲠在喉的过去。他曾经爱过她，也恨过她，可他所有的爱恨，从来都是她玩弄于股掌之中可以随意轻贱的东西。

蒋辰屿缓缓闭上眼睛，说：“无论公事还是私事，她的来访一律不见。另外，通知下去，虞氏食品公司不能进入供应商备选名单。”

江蓠和关山对视一眼，一个不解一个错愕，但都很快颔首答道：“好的，蒋总。”

3. 男人啊，真是有意思

床头的手机铃声响个不停，虞兮从被子中伸出手，接起来的时候，眼睛还没有睁开。听到电话那头熟悉的声音，她翻了个身，但只这一个动作，宿醉后的头疼就越发厉害起来。

她倒吸一口凉气，一边揉着额角，一边问：“华叔？”

“还在睡？”电话那头的华叔听出她声音里浓重的睡意，又是关切又是责备地问道，“昨晚又喝了多少？”

“没多少。”她嗓音沙哑，半坐起身子，拿过床头的水杯，将里面的水一口气灌了大半杯，干渴的喉咙总算舒服了些。

“别总想着糊弄我！我一直和你说，生意要谈，可不能不顾忌身体，你要真有个好歹，我没办法跟你爸爸交代。”华叔语重心长地说，“一两单生意，就算利润再大，不做也没什么。现在公司的效益和你刚接手时比起来那已经是一个天上、一个地下了，咱们稳扎稳打，什么事情都不能急于一时。”

“知道了，华叔。”虞兮避重就轻地笑道。

华叔叹道：“是我没本事，除了生产上的事儿，其他的什么都不懂，当初要不是你爸为了帮我，接下了这家公司，现在你也不会多这么一个拖累。”

虞兮把剩下的水喝完了，舔去唇边的水迹，故意笑着说：“没这家公司，我就彻底一穷二白了，现在吃什么喝什么？华叔，您可还没老呢，别总逮着过去那点儿事情唠唠叨叨，我现在正是奋斗的年纪，您倒每天只想着劝我退休，这不合适吧？”

一句话把华叔噎得要跟她犯急，她才语气轻松地安抚道：“我都明白，您放心，我会好好照顾自己的。您也别只顾着说我，您也要多注意身体，只有您始终在生产上把关，我才没有后顾之忧，才能安心。”

华叔知道她难劝，又嘱咐了一番，才叹息着挂了电话。手机屏幕暗下去之前，虞兮看到上面的时间，发现已经下午三点了，这才知道华叔这一番唠叨所为何来。

她按下床头的遥控，厚厚的窗帘和遮光帘全部打开，午后的阳光顷刻间洒满了整个房间，她一面微眯着眼睛适应突如其来的光亮，一面拿着手机朝浴室走去。

泡澡的过程里，她翻看完了手机里的几条留言，把不重要的事全部忽略不管，只回了个电话给好友季明明。

“醒了？”季明明深谙她的习性，接通电话的瞬间，直接问道。

躺在按摩浴缸里，身体被热水包裹，宿醉的痛苦疲惫缓解了许多，她舒服地喟叹出声，然后才问道：“晚上一起吃饭？”

“没空。”季明明的声音数年如一日的冷淡漠然，“要陪卓清淮去参加一个商务晚宴。”

虞兮对季明明的狗脾气再了解不过，她也全无在人前的矫揉造作，拍了下水面，没好气地说：“直接一点儿你会死是吗？你就不能直接跟我说，晚上有个活动，你想带我一起参加？”

“本来想这么说，因为我听说楚凌也会去，觉得你可能有兴趣。”季明明说，“但现在我突然不这么想了，再见。”

虞兮还没来得及说话，电话那头就传来了一阵忙音。

晚上，接虞兮的车到了楼下，她上车之后做的第一件事，就是冲季明明摆脸色。见对方始终安之若素，于是她很快想到了找碴儿的新方向，问道：“你看新闻了吗？我听我助理说，今年大红的一个女明星，好像接受采访时说自己最欣赏‘卓叔叔’这个类型的男人。”

卓清淮年长她们六岁，其实远不到被叫叔叔的年纪，季明明这么称呼自有她的原因，虞兮随她一起这么叫，却始终是调侃意味更多一些。

“没有。”季明明答得言简意赅，然后看了虞兮一眼，面无表情地说，“我倒是听到风声，泰泽集团新酒店的供应商考察名单里没有你。”

虞兮顿时一愣，然后就把和季明明的口舌官司抛到了脑后。她想到昨天晚上蒋辰屿精致好看的五官、冷峻深沉的气质，颇为玩味地笑了一声：“男人啊，真是有意思。”

“是挺有意思。”季明明皱起眉头，冷冷地说，“还专门让我找人调查，看昨晚蒋辰屿在哪里吃饭，然后特意把饭局也定在了那里，为的就是得出这个结论——人家其实根本没把你放在眼里？”

虞兮用一副关爱智障儿童的目光看她，幽幽说道：“瞧瞧我们明明这愚蠢的小脑袋瓜。”

眼见着季明明的脸色难看起来，虞兮心情总算好了点儿，这才不紧不慢地说：“瑞图采购部这边的路我是确定要走的，而这个饭局安排在蒋辰屿方便发现的地方，只是因为我想顺便看一看，看他会不会主动出现。如果不会那无所谓，反正不影响我和李德正攀交情，可他一旦出现，那就说明，我能从泰泽拿到的利益一定比最初预想的要多。”

“昨天他是主动出现的？”季明明不傻，很快想到了这件事的关窍，狐疑地问，“既然潜在利润让你这么动心，他如果不主动找上你，你就轻易放过了？”

虞兮顿时笑起来，给了她一个“知我者你”的眼神，老实承认：“我想过，如果他不出现，我就自己找机会‘偶遇’一下，不过显然，他没给我这个机会。”

听着她的笑声，季明明眉头并未舒展，问道：“如果他不出现，也不把你的偶遇放在眼里呢？”

虞兮不以为意地把玩着手镯，冷笑着道：“既然不能为我带来利益，那也就不值得我再多浪费一个眼神。”

季明明轻轻地点头，说：“不要在这种反复无常的人身上白费力气了，我会帮你留意有没有新合作对象的。”

车里始终听着两个人说话的卓清淮此时笑道：“昨天才见面，你今天就能打听到关于考察名单的风声，只能说明，这个消息是那位蒋总特意让人放出来给虞兮知道的。”

季明明脑中这才闪过“欲擒故纵”四个字，见虞兮丝毫不意外，知道她已经猜到蒋辰屿的目的了，顿时觉得车上只有自己一个人迟钝，不仅懊恼，也为虞兮担心，问道：“你准备怎么办？”

虞兮微哂，姿态随意地说：“戏台都搭好了，不上去唱一出多可惜。”

卓清淮携双姝甫一入场，就吸引了绝大多数的目光。虞兮性感，季明明冷艳，像是火焰和霜雪共存，她们如此不同，却有着同样娇艳脱俗的美。

虞兮穿了条红色的抹胸长裙，脚下踩着十几厘米的水晶鞋，长发高高绾起，露出纤细的脖颈和胸前背后大片的肌肤，端的是肤如凝脂颜如美玉。远远看过去，就像是一株鲜艳动人的红玫瑰，热烈而又恣意地盛放。

以卓清淮在海城商界的地位，出现在哪里都是绝对的焦点。不时有人过来和他打招呼，季明明挽着他的手臂，虽然表情不多，但亲密姿态里始终透着依赖。

虞兮拿了杯香槟，在场内随意地四处游逛。和她打招呼闲聊的人不少，只是其中和她有生意往来的人屈指可数，更多的是看卓清淮和季明明的面子，或者单纯只是因为，她那张很容易招惹桃花的脸。

结束了和几个熟人的交谈，和新认识的两个潜在合作对象互换了名片，又驾轻就熟地打发了一个态度热络的中年富商，虞兮终于发现了她今晚的目标——荆楚科技的老板，楚凌。

楚凌生得斯文俊秀，人也和善，今天穿着一身白色休闲西装，素日的稳重中又多了几分时尚感。他远远看到熟人，正要过去打招呼，就看到了已经走过来的虞兮，于是停下了脚步，好整以暇地等她走近。

“怎么，楚先生在等我吗？”虞兮到了他身边，故作不解地问道。

有服务生经过，楚凌从他手中的托盘上拿了一杯酒，然后轻轻碰了碰虞兮手中的酒杯，说：“第一次见面，虞小姐没站稳，一下子摔进我怀里；第二次，虞小姐不小心把咖啡洒在了我的衬衫上；第三次，虞小姐手包的拉链坏了，钩住了我的衣服——”他看着虞兮，笑道，“所以我非常好奇，是不是虞小姐为我们以后的每一次见面，都准备了惊喜。”

虞兮抿了一口杯中的香槟，上身微倾，靠得更近了些，目不转睛地盯着楚凌的眼睛，声音娇柔低婉地说：“能给楚先生留下这么深刻的印象，也不枉费我为了表示好感，费尽这么多心思了。”

楚凌不着痕迹地往后退了一步，面不改色，耳后却有一抹可疑的暗红。他承认虞兮实在是令男人很难招架的女人，但他并不想招惹。于是他也不再兜圈子，无奈地笑了笑，直接说道：“你知道我是谁，我也一直知道你是谁，所以你我之间……实在没必要玩这些欲盖弥彰的小游戏。”

虞兮挑了挑眉，站直了身子，也直接给楚凌下了定义：“无趣的男人。”

楚凌对这个评价哭笑不得，问：“所以你这算不算间接承认，之前你搞那些把戏，只是为了有趣？”

两个人边说边走到了一旁的阳台上。这边清静得很，虞兮身倚围栏，对楚凌的问题既不承认，也不反驳：“你应该感谢我为你枯燥无味的人生，增添了一抹不一样的色彩。”

“万分感谢。”楚凌无奈地笑道。他摸出一盒烟，还没打开，虞兮白皙的手掌就伸到了他面前。于是他抽出一支烟，递到她手里，又十分好脾气地帮她点了火，才继续说道：“但是虞兮，你想做的事儿，我不会参与。”

“话不要说得太早，楚先生。”虞兮对他的话只报以了一抹意味深长的笑容。

蒋辰屿进门之后，和晚宴的主办方简单交谈片刻，不经意地抬头时，看到的就是阳台上一袭红裙的虞兮，她正把烟圈吹到她面前的一个清俊男人的脸上，笑得眉飞色舞，开心极了。

“蒋总？”和蒋辰屿说话的人见他有些出神的模样，忍不住出声唤道。蒋辰屿收回视线，面色如常，说：“没什么，只是似乎看到了一个认识的人。”

4. 蒋总都不怕，我怕什么呢

和蒋辰屿聊天的人随着他之前的视线看过去，也看到了正在说话的虞兮和楚凌，但他十分笃定地问：“蒋总说的是虞小姐？”

蒋辰屿挑了挑眉，反问：“你也认识？”

“您刚回国，所以大概还不清楚，在海城，认识虞小姐的人可不少。”说到这里，那男人的笑容顿时暧昧了几分，“毕竟漂亮女人虽然多，但不是每个漂亮女人都既能搭上卓清淮，同时又能随意所欲地勾三搭四的。”

蒋辰屿的神情始终没有任何变化，眼底却有一闪而逝的寒芒。

江离和关山对视一眼，正要试图找借口转移话题，蒋辰屿已经问道："虞小姐旁边的那位呢？"

那人并没有察觉到气氛的微妙变化，说道："荆楚科技的老板，楚凌。公司虽然刚成立不久，但已经打响了名头，虞小姐眼光真是不错，这不，还没多久，就打得火热了。"

蒋辰屿突然意味不明地轻笑了一声。

"我既然找上你，当然是因为你我之间存在很大的合作可能性。"虞兮纤长的手指夹着烟，看着楚凌，直截了当地说，"你不仅看起来和善，据我所知，也没有做过什么坏事儿，但大概因为我从来不相信什么人性，所以我也不信你一点儿都没恨过。"

在楚凌的沉默中，虞兮转身看向苍茫的夜色，说："楚亦奇当年为了上大学，拿走了你爸爸准备做手术的钱，从那以后，你们全家所有的厄运，都是你这位亲叔叔带来的。"

她查到的资料里，当年楚凌的爸爸无法继续治疗，很快撒手人寰，而他的妈妈因为伤心过度难产而亡，楚凌刚出生的弟弟，也患上了儿童孤独症。

楚凌的和颜悦色消失殆尽，但取而代之的，是一种虞兮看不清的复杂。他脸上未见怒意，只是语气微沉："你不能把人心分成简单的黑白，就像这世界上并不是只有爱和恨两种感情一样。我知道你查到了很多，所以你应该也知道，我叔叔当年上了大学之后，一直在拼命打工，抚养我们兄弟两个，供我去最好的学校读书，给我弟弟找最好的大夫治病。这么多年，他都不曾苛待过我们。而你不知道的是，我爸爸的病在当年算是绝症，即使做了手术也维持不了多久，是他主动放弃，把钱拿给我叔叔的。"

虞兮冷笑着道："多么感人至深的兄弟情义，是你亲眼看到亲耳听到的，还是你那位好叔叔后来告诉你的？"

楚凌无奈地笑着摇了摇头，他一支烟抽完，离开前，对虞兮说："我知道你什么都不肯相信的原因。可是虞兮，我和你不一样。”

“你当然和我不一样！”虞兮拉住他的手臂，阻止了他离开的脚步。她脸上标志似的笑意消失不见，只剩下了一种十分冰冷的艳丽，“如果我是你，至少我会用脑子好好想一想，那到底是所谓的亲情，还是因为有人做了阴损事寝食难安，想让自己良心上好过一点儿的补偿！”

两个人靠得极近，近到楚凌能感觉到虞兮温热的呼吸，而面对她的咄咄逼人，他尚来不及开口，她就放缓了语气，继续说道：“楚凌，我不逼你，你叔叔到底是什么样的人，我相信你比我更清楚。每个人都能云淡风轻地说，让过去的事都过去吧。可你知道的，我们这种人不能。”

她的目光坚定，似乎带着能蛊惑人心的力量，楚凌有一刹那的失神，脑海中突然浮现出一个夏日傍晚久违的画面。不知过了多久，他动了动唇，正要说话，远处一个低沉的男声突然响了起来：“看来我来得不是时候。”

空气短暂凝固的间隙，虞兮努力抑制住了皱眉的冲动，但垂下去的手还是无意识地攥紧了。

楚凌回过神来，习惯性地又向后退了一步，然后才看向走过来的男人，见对方虽然气度不凡，但十分陌生，而且目光十分明确地落在了虞兮的身上。他意识到两人是旧识，于是朝对方微微颔首，随后对虞兮说：“你先招呼朋友，我不打扰了。”

目视楚凌离开，虞兮压下心头所有的浮躁情绪，攥紧的手缓缓松开，然后将掩下的懊恼直接摆在了脸上。蒋辰屿将她摆给他的脸色看在眼里，从旁边桌上拿过两杯酒，把其中一杯递向虞兮，然后才问道：“怎么，因为我突然出现搅了你的好事儿？”

“对啊！”虞兮毫不迟疑地承认，接过酒，然后仰头看着他，问，“蒋总搅黄了我的生意，要把新酒店的订单赔给我吗？”

蒋辰屿听着她撒娇一样说话，冷峻的脸上浮现出一丝浅笑，反问：“生意？据我所知，你们公司目前好像还没有开展能和科技公司合作的项目。”

虞兮呼吸一滞，面上笑容不变：“所以呢？蒋总这是惊跑了我要钓的鱼，又不打算赔偿我？”

和昨晚不同，这次蒋辰屿主动把手中的酒杯和她的轻轻相碰，喝下半杯之后，才答道：“如果我说是呢？”

虞兮勾唇一笑，酒一口都没有喝，把杯子放到一旁，嗔道：“那我当然是只能恭敬地告退了。”

她话说得半真半假，转身要走却是真的。身体上因为宿醉带来的不适还在，刚才和楚凌的谈话结果又不如人意，铁打的人也会累。她现在只想回家好好再睡一觉，没有更多精力和心情应付什么人，包括面前的蒋辰屿。更何况不是只有他会欲擒故纵，她不仅也会，还更得心应手。

可虞兮只走出了一步，就被蒋辰屿从身后拉住了手臂。他动作强势，力道却小心，迫得她不得不转回身子面对他。结果因为鞋跟太高，她一个不稳险些栽进他怀里，扶着他的肩膀才勉强站稳了。

下一秒，虞兮想要后退，蒋辰屿的手臂已经揽在了她腰间，将她整个人都半禁锢在了身前。横在腰间的手臂坚实有力，虞兮刚要挣扎，蒋辰屿就微微俯首，温热的呼吸拂过她耳边的肌肤，低声提醒道：“别动，有人看过来了。”

虞兮听了，没再挣扎，反而上前半步，将大半个身子贴在蒋辰屿的身上，看着他媚眼如丝地笑道：“让他们看好了，蒋总都不怕，我怕什么呢？”

温香软玉在怀，蒋辰屿抬手轻轻地捏住虞兮的下巴，神情玩味地问道：“虞总一直这么谈生意吗？”

他指尖冰冷，虞兮不自觉地轻颤，随后说出的话，带着一丝幽怨的意味：“怎么可能，我也是很挑的，比如……”她仰头看着蒋辰屿，将身子贴得更近了些，别有深意地笑道：“如果是蒋总这种极品男人，不谈生意也可以。”

蒋辰屿的手有一瞬间的僵硬，钳制感因此消失，虞兮神色轻松地推开他的手，退后了一步，在他墨色般浓郁深邃的目光注视下，笑道：“我还有事儿，蒋总，咱们的‘生意’，改天再谈。”

说完之后，她姿态优雅地转身，径直走远了。

出了酒店冷风一吹，虞兮才意识到，自己刚才撤得太快，竟然忘了和季明明打招呼。她从手包中拿出手机，正要打给季明明，余光就瞥见了朝这边走过来的蒋辰屿。

阴魂不散，虞兮心里暗骂了一句。但饶是如此，蒋辰屿走近的时候，她也只能选择强打精神应对。不过她正准备说话，脸上的笑容还没完全展开，对方就直接从她身边走了过去。

虞兮的笑容在唇边僵了僵，已经越过她的蒋辰屿又停了下来，回头看她，说：“累了？送你回去吧。”

虞兮是真的累了，以至于她的耐心几乎全部告罄，要努力克制才没有露出厌烦的神情，只是挑眉问道：“蒋总丝毫不介意把您的阴晴不定展现得这么彻底，是不是觉得，和贵公司的这笔生意我非做不可？”

蒋辰屿觉得，虞兮一定不知道，此刻她穿着抹胸长裙站在风中，姿态虽美，脸色看起来却有些明显的苍白，就像朵随时会凋零的花。

他看得清她眼底所有隐忍的不悦，心里在问自己，这究竟是真实的她，还是她故意不作掩饰，从而想让他看到的她？可还没等到得出一个结论，他的手就像是已经有了自主意识，脱下西装外套，直接披在了她身上。

突如其来的温暖让虞兮有短暂的茫然，但她很快回过了神。面对蒋辰屿复杂的目光，她知道，自己无论如何都不可能当真轻易放弃泰泽集团这块肥肉，于是也就同样没必要拒绝秋风里的一个免费司机。于是她拢紧了身上披着的西装，一言不发地跟在蒋辰屿身后，上了路边一辆早已停在那里的黑色劳斯莱斯“幻影”。

上车之后，蒋辰屿径自打开笔记本电脑放在膝头处理公事，虞兮向司机报了地址后，便没有再说话。因为心内一直琢磨阴晴不定的蒋辰屿，所以虞兮的精神也始终紧绷，舒适的座椅也并未让她有丝毫的松懈。

车内沉闷的气氛维持得并不久，因为季明明的电话打了过来，问她人去哪儿了。对虞兮来说，电话那头的人似乎永远冷冷的，话也总是说得直接到难听的程度，却是永远能让她心安的存在。如今世上她在意且珍视的人本就寥寥无几，季明明始终是其中之一。

听着熟悉的声音，虞兮的身体和精神都放松了许多，对季明明说：“有点儿累，所以我先回来了，正要打电话告诉你一声。”

季明明似乎听出了她声音里的疲惫，问道：“楚凌那边没聊出什么结果？”

“嗯。”虞兮应了一声，闭上眼睛，抬手一下下地轻揉着眉心，“慢慢来吧，反正也不急在一两天。”

“知道就好，回去好好睡一觉。”电话那头的季明明说完，又补了一句，“以你现在的生活状态，我估计你活不过三十岁。”

虞兮直接被她气笑了，语气温柔地说：“还是多担心担心你自己吧。你爸死得那么早，谁知道会不会遗传。”

季明明不气也不恼，只言简意赅地回了她四个字：“彼此彼此。”

5. 无论美梦还是噩梦，他早就该醒了

电话挂断之后，车里重新回归沉寂，只有蒋辰屿偶尔轻轻敲击键盘的声音。他面无表情地盯着电脑屏幕，想到虞兮刚刚语气温柔地说恶毒话，有一瞬间，他觉得时间似乎并没有在他们的身上留下任何痕迹，他仍像过去一样，安静地坐在她的身边，听她和季明明斗嘴。

她虽然看上去嚣张，却大多数时候吃瘪，然后会又气又恼地趴在桌上，像个争输了糖果的小孩子。那时候，他无数次想要伸出手，去揉揉她的头发，捏捏她气鼓鼓的脸。记忆中的画面再次变得模糊而遥远，

蒋辰屿回过神来，看向身旁的虞兮，才发现她不知什么时候已经伏在中央扶手上睡着了。

虞兮枕着手臂，只露出了半张脸，呼吸均匀轻浅，睡颜安恬。像是卸去防备的小动物，无辜且无害。

蒋辰屿情不自禁地抬起手，但指尖在触碰到她脸颊之前又停了下来。过去五年始终在无数梦境中折磨他的人，如今近在咫尺，可他的手僵在半空中许久，脸上突然露出一抹自嘲的笑容，随即缓缓把手收了回来。

她有自己严格划定的界限，每个人、每件事，都分得清清楚楚。就像在睡梦中才会卸下防备一样，她只有在对她来说真正重要的人面前，才会露出自己最真实的模样。她可以和重视的人在电话里十分亲密随意地说恶毒话，也会在那之外，对他和一切外人武装出最八面玲珑的笑容。

蒋辰屿不无自嘲地想，过去的他，是虞兮身边暗淡的影子，现在的他，也始终被排除在她重视的人之外。如果不是如今的他，于她而言有了新的利用价值，那么她大概连多看他一眼都不会。

车在一个高档小区外缓缓停下的时候，虞兮仍在睡，蒋辰屿示意司机不必叫醒她，静静地坐了片刻之后，他起身下了车。

夜色幽深，路旁的枫叶在路灯的光亮下，像一片片耀眼的红色火焰，随着拂过的西风一同燃烧跳动。蒋辰屿点了一支烟，透过升腾的烟雾，静静地看着后车窗。

一支烟还未抽完，车门就被打开了。虞兮下了车，朝他走过来。她绾起的头发有几缕已经散落了下来，被夜风吹得有些许凌乱，她并没有理会，只是将身上披着的西装外套裹紧了些。

一直看着她走到自己面前，蒋辰屿目光幽暗，声音里透着一丝连他自己都没有觉察的沙哑："什么时候醒的？"

虞兮对他的目光没有半分回避，反问道："这个问题重要吗？"

"不那么重要。"蒋辰屿掐灭烟头，说，"即使你告诉我，你自始至终没有睡着过，我也一点儿都不意外。”

虞兮突然笑了，她把西装脱下来，脸上露出了重逢后唯一的一点儿真诚，说道：“即使心知肚明也不拆穿，才是成年人的体面。”

蒋辰屿没有笑，他沉默着越过她，朝自己的车走去，任她递过衣服的手停在半空中，只淡淡地回了一句：“扔了吧。”

目视着那辆车驶离，虞兮握着衣服的手紧了紧，但她意识到自己的动作之后，便毫不犹豫地把那件西装外套扔进了不远处的垃圾桶，然后头也不回地走进了小区大门。

后视镜里，在她扔下西装的那一刹那，蒋辰屿就收回了视线。

五年过去，时移世易，无论美梦还是噩梦，他早就该醒了。

变故发生在一周后。

一大早，虞兮在半梦半醒间接到许晓凝的电话，电话里，她那个大多数时间里还算淡定的小助理语速极快地通知她：“虞总，出事儿了！刚刚泰泽集团宣布他们完成了对丽文公司的收购。”

“什么‘丽文’？”虞兮的眼睛睁开了，可脑子里还是一团糨糊，她有些含混地问道，“和我有什么关系？”

她说完之后，就听见许晓凝重重地叹了口气，于是她混沌的思维终于在仅剩的一丝睡意消失之后，瞬间清明起来。

“丽文？虞氏目前最大的采购方？”虞兮猛地从床上坐起来，几个关键词在脑海中飞快地打转。

许晓凝继续说道：“之前没听到过任何风声，今天直接出的新闻，泰泽集团在完成收购后，不再保留丽文公司的餐饮品牌，只留下丽文酒店，并会对其重新整合，打造成一个既具有海城特色，又能彰显泰泽集团酒店文化的全新品牌。”

听着后两句明显是被照本宣科念出来的新闻稿，虞兮眼底渐渐有阴云积聚，而许晓凝已经把她心中最坏的猜测说出了口：“而且刚才已经接到了泰泽集团法务部的通知，我们和丽文公司的合同被全部终止，对方说会遵照合同条款支付违约金，但是……”

许晓凝没有再说下去。

因为任何人都心知肚明，眼前这点儿违约金，和虞氏食品受到的打击以及后续可能引发的一系列麻烦相比，简直是杯水车薪。

虞兮坐在床头，无意识地攥紧了膝上的被子，沉声说：“联系泰泽集团相关部门，咨询虞氏食品是否有继续供货丽文的可能，就说我们会尽最大努力达到他们的要求。然后咨询一下蒋辰屿接下来的日程安排，看他什么时候有时间，我们这边希望可以尽快约见他。”

许晓凝有些迟疑说：“可是虞总，会不会您私下从个人关系角度出发，联系蒋辰屿会更容易一些？”

“你觉得他既然这么做了，什么狗屁个人关系这个时候能用得上吗？”虞兮的声音冰冷凌厉，但紧接着她就把心中那股无名的怒火压了下去，有些疲惫地说，“不是冲你。去打电话吧。”

许晓凝应声挂断电话。虞兮扔下手机，拿过床头的水杯喝了一口。因为喝得有些急，她被呛得咳嗽几声，水珠沿着嘴角滑落到了胸前，欠身去拿纸巾的时候，一个不留神，拿杯子的手一歪，里面大半杯水洒在了床上。

虞兮手忙脚乱地抽出几张纸巾擦着床上的水，几秒钟后，她的动作突然停了下来，紧接着，毫无预警地把手里的杯子和纸巾砸到了地上。

她没有理会床上的湿冷，躺倒在那里，脸颊贴着被子，觉得自己昨晚即使难得一夜无梦安睡，此刻却依然疲惫不堪，以至于刚刚只需要半杯水做催化剂，所有烦躁和恼恨就能被轻易间烧灼到顶点。

在商言商，她没有立场要求任何人为她考虑，可她也再清楚不过，蒋辰屿报复她的意图如此明显。

果然如她所料，许晓凝回电时语气更加沉重：“虞总，泰泽集团那边回复说，食品供应商方面，他们已经有了更符合自身要求的选择，而蒋总最近日程安排得非常满，恐怕短时间内不方便见您。”

虞兮对这个结果并不意外，她闭了闭眼睛，打起精神说：“一会儿你来我家接我吧，我们直接过去一趟。”

挂了电话，虞兮在床上又躺了一会儿，才起身进了浴室。经过洗漱台的时候，她停下来看了一眼镜子里的自己——那张脸上只有一览无余的冰冷和麻木。她抬起手，用拇指和食指抵住两边嘴角，轻轻向上，推出了一抹不甚自然的弧度。松开手时，她维持着这抹弧度，并且凭借它调整出了最无懈可击的完美笑容。

最差的时候都已经熬过去了，所以眼前的一切再怎么糟糕，都不算什么。虞兮对自己说。

接到虞兮之后，许晓凝把放在副驾驶座上的餐盒递过去，说：“虞总，我给您买了早餐，您先吃点儿吧。”

“不吃了，没什么胃口。”虞兮说完，见许晓凝启动车子前，看着她的目光里颇有一些欲言又止的意味，于是先一步开口问道，“还有什么坏消息吗？没什么大不了的，干脆一起说了吧，我还不至于脆弱到这种地步。”

许晓凝摇了摇头，表示自己并不是要说这些，然后斟酌着措辞问道：“您……是和蒋辰屿闹翻了吗？”

不然一切怎么会这么突然地急转直下？

虞兮想起那天和蒋辰屿最后分开前的情形，苦笑着道：“说起来也的确是我的错。那天我有点儿累，心情也不太好，所以没精力应付他，可能惹怒了蒋大老板吧。”

大概在当时的蒋辰屿眼中，当年关于她的一丁点儿少得可怜的滤镜也碎了个彻底。

虞兮也说不清，可能当时她前一天的酒还没醒，心里只觉得，蒋辰屿有什么大不了的呢？凭什么她已经够给他面子了，他却还是要一直摆脸色给她看？好像专门要揪着那点儿微妙的过去，来发泄心中的怨怼和不满一样。

他有什么资格不满呢？就连在她要做的事情里，他也排在后面，所以她实在没有时间陪着他玩追忆游戏。

虞兮想到这里，咬了咬唇，忍不住自嘲似的笑道："其实我当时想的是，这笔生意一旦成了，利润确实大，可我偏不做了又能怎么样呢？现在我别的感觉都没有，就觉得脸被自己打得真疼。大象想碾死一只蚂蚁，办法多着呢。"

蒋辰屿是个商人，首当其冲考虑的当然是自身的利益，而她虞兮，只不过是这个过程里，被他顺手解决的麻烦。

许晓凝无声地叹了口气，劝道："您还是吃点儿东西吧，不然过会儿万一低血糖了会头晕的。"

"最好一会儿直接晕倒在蒋辰屿的办公室门口，现成的苦肉计。"虞兮不太在意地随口说道。

许晓凝没敢说的是，虞兮这么一个风情万种的大美人，又明显和那位蒋总有着剪不断理还乱的暧昧过往，结果美人计都无效，那只怕苦肉计成功概率也不会有多高。

车里的愁云惨雾在季明明的电话打过来的时候，有了些许的不同——虞兮一副对方大惊小怪的模样，语气轻松地说："这是成年男女之间的感情游戏，你这样双商堪忧的人懂什么？去找你的'卓叔叔'玩吧，别跟着瞎掺和了。"

虞兮从来都不想让季明明搅和进这些破事儿里来，也非常清楚怎么打消对方的担心——挂电话前，她刻意用一种半调侃半认真的语调说："别担心了，能解决蒋辰屿的只有我，即使你这个季氏集团的白痴小公主也不行。"

许晓凝从后视镜里眼睁睁地看着虞兮挂了电话之后，脸上的轻松神情顿时消失得干干净净，于是心里忍不住又叹了一口气。

她开车载着自己的这位千面美人老板，一路驶向泰泽集团所在的大厦。然而甚至不需要蒋辰屿的助理挡驾，彬彬有礼的前台小姐在两人上楼前，就直接阻止了她们的脚步。对方礼仪规范、笑容亲切，声音也始终温和甜美："对不起，请问您找哪位？蒋总？抱歉，您没有预约的话，不能上去。”

6. 如果蒋总一直不见咱们怎么办

虞兮理解前台亦是职责所在，于是把自己的名片递了过去，礼貌地问道：“能不能麻烦你，帮我联系一下总裁办公室，说我现在预约，希望能在这里等蒋总有时间的时候见我一面。”

前台小姐接过了名片，颔首说道：“麻烦您稍等。”

她拿起听筒按下内线，接通之后，简单交代了一下虞兮的情况，然后听着电话那头的指示，点头应道：“是，好的，我知道了。”

挂了电话，前台小姐看向虞兮和许晓凝，笑容和仪态依旧满分：“对不起，总裁办那边回复说，蒋总现在在开会，最近几天的行程也都已经满了，没有时间见客。”

虞兮对这个答复并不意外，她微微笑道：“那我们好歹也要等蒋总把会开完再说。万一到时候，他愿意抽出几分钟时间见见我们呢？”

这种访客前台小姐已经见过了太多，也并不直接否定对方的希望，只是按刚刚电话里的吩咐说：“蒋总的访客有单独的休息室，我可以带您二位过去。”

虞兮点点头，说：“谢谢。”

出了电梯，一个穿深灰色套裙的年轻女人已经等在了那里，对来客微微颔首，然后在前面引路，径直把虞兮和许晓凝带到了一间休息室，温声问道：“您二位喝点儿什么？”

许晓凝清楚虞兮的喜好，答道：“一杯美式、一杯拿铁，谢谢。”

目送对方退出去并且关好了门，许晓凝才开始打量四周。

这间休息室宽敞明亮，各种设施也一应俱全，墙边的书架上摆放着最新的各类期刊，落地窗前几株造型独特的植物蓬勃生长，不算名贵，可花盆一看便知造价不菲。

她收回视线，又摸了摸坐着的真皮沙发，想起自己曾经无聊时，浏览过一些世界知名的奢华家居杂志，终于忍不住默默地叹了口气。

虞兮斜睨她一眼，对她心里那点儿关于天壤之别的感慨看得清清楚楚，问："知耻而后勇吗？"

"不是。"许晓凝说，"是想跳槽。"

虞兮总算被逗得露出了今天为止第一抹真切的笑容，她喜欢许晓凝时不时的冷笑话，但还是故作嫌弃地笑骂道："滚滚滚，走了正好，我换个好看又听话的男助理。"许晓凝见她的脸色看起来总算好了些，于是也松了一口气。

很快，有人把咖啡和点心送进来，之后又一次退了出去。

虞兮依旧没有什么胃口，许晓凝劝不动她，对于自己面前散发着浓郁香气的热拿铁也没有了兴趣，问道："如果蒋总一直不见咱们怎么办？"

"那就一直等啊，"虞兮笑了笑，说，"不然你有什么更好的办法？"

蒋辰屿在一份文件上签完字，递给等在一旁的关山。随后，他拿过一份企划部的文件，还没翻开，发现关山仍站在原处，一副欲言又止的模样，于是出声问道："还有问题吗？"

关山迟疑片刻，才开口说道："蒋总，虞总还在等，已经快两个小时了。"

蒋辰屿翻文件的手顿了顿，抬眸看着关山，说："我给你开的薪水里，并不包括随时盯着一个无关紧要的人是不是还在。"

"对不起蒋总。"关山连忙正色道了歉，然后拿着文件很快便转身出了门。

蒋辰屿再次投入工作中，他盯着手里的策划书看了许久，眼前却再一次浮现出虞兮的脸。

很多人说爱与恨是共存的，但事实上，人与人之间的感情，都并不能用简单的爱恨去衡量。他觉得自己大概早就不爱虞兮了，可无论是过去短暂的激情和甜蜜，还是长久以来的痛苦和不甘，属于"蒋辰屿"这个人的所有喜怒哀乐，大部分是她带来的。所以"虞兮"才成了他心中一个永远难以磨灭的符号。

蒋辰屿放下文件，按下落地窗的遮光按钮，又从抽屉里拿出一个遥控器，朝一旁整面的墙体投影按了下去。

光线暗下去的办公室里，墙壁上也很快出现了画面：休息室里几乎真人等身的清晰影像。虞兮正脱下身上的驼色风衣，随意地搭在沙发扶手上，她里面穿着一条白色衬衫裙，简约干练的打扮并没减损她的美丽，反而更加衬托出了她的从容优雅。

她从茶几上端起碟子，拿叉子叉了一口巧克力慕斯吃。蒋辰屿能清楚地看到她皱起的眉头和脸上明显的嫌弃表情。然后她那个助理劝道："您不喜欢就别吃了，我出去问问，让他们送点儿别的过来？"

"不用了。"虞兮放下碟子，说，"甜得发腻也好，现在恶心得我彻底没胃口了。"

"眼看这都快中午了，您早饭就没吃，"助理看上去有些担心，无奈地说，"怎么，您这是又换了策略，打算到时候直接饿晕在蒋辰屿面前？"

"这主意也不错。"虞兮随口应道。她端起咖啡喝了一口，紧皱的眉头舒展了些许，然后靠坐回沙发里，才说道："我真的不饿。而且出了这种事儿，这两天怎么也得去华叔那边看看。安抚他倒容易，但到时候他肯定又要满脸期待地让我试吃各种改良产品，我现在一想到那些，简直三天都不想吃饭。"

"您不用看我，这件事我真帮不了您。"助理闻言，脸有点儿垮。

虞兮神情和语调都有些慵懒，却带着不容置疑的口吻说："许晓凝，身为总经理助理，对于公司的每种新产品都要有进一步的了解并能够深入分析优劣，这也是你的工作。"

"可我还要减肥啊……"

蒋辰屿看着投影，并没有意识到自己的嘴角已经不自觉地翘了起来。

虞兮不喜欢甜食，也不能吃辣，喜欢喝酸奶，也喜欢吃粤菜和日本料理。她的喜好蒋辰屿不需要刻意去回忆，就清晰地浮现在脑海中。他从短暂的沉思里回过神来，正想叫关山安排人去准备些她喜欢的食物送过去，投影里两个人的话题已经转换了。

那个叫许晓凝的助理问道："虞总，如果咱们一直等，蒋辰屿一直不见咱们怎么办？"

虞兮脸上轻松的神情淡了几分，仰头靠在沙发上，说："你一直纠结的是他会不会见我们，但问题在于，蒋辰屿那个人，即使他现在就出现在这里，也不意味着他会收回成命。"

许晓凝点了点头，又说："那以您对他的了解……"

"我不了解。"虞兮直接打断她的话，神色平静地说，"过去都不了解，几年不见，现在就更不了解了。"

蒋辰屿去拿电话的手停在了原处。

许晓凝看着虞兮，脸上能看出几分抑制不住的好奇。过了会儿，她到底还是问出了口："您和他当年……到底是怎么回事儿啊？"

顿时，两个房间里都陷入了一种难言的静默。蒋辰屿牢牢地盯着虞兮的脸，她脸上有一丝非常微妙的波动，但很快就又消失不见了。

时间仿佛有片刻的凝固，直到虞兮慢慢闭上眼睛，蒋辰屿听到她用一种和神情里的沉静完全不同的模糊语气，慢慢说道："我忘了。"

蒋辰屿觉得这三个字像被秋风卷起的落叶，飘落在他心上，没有什么重量，却又让人无法忽略。他靠在座椅里，闭上眼睛的时候，眼前的画面是校园里那片熟悉的草坪，晨光正好，陌生的美丽少女靠过来时，身上的香水味覆盖了空气里青草的自然香气。他忍不住皱眉，她却更加不满地催促，声音与其说是抱怨，不如说更像是撒娇："你真的不背我啊？"

虞兮闭着眼睛，她并不想承认，许晓凝的问题到底还是勾起了几个残留在她脑海深处的画面。记忆里早春的一场雨，她仿佛又淋了一次，于是也就不可避免地，再一次看到无人注意的角落里，那个在冷雨中抱起小花猫的冷峻少年。小花猫冻得瑟瑟发抖，他脱下自己的外套裹住它，脸上没有什么表情，但动作始终小心又温柔。

那个少年走远了，窥视着这一幕的她，却依旧留在雨中。

虞兮猛地睁开眼，拿过旁边的风衣重新穿在了身上。许晓凝一愣，不解地问道："咱们要走了吗？"

"有点儿冷。"

许晓凝有些莫名。但虞兮显得有些焦躁起来，问道："几点了？"

许晓凝看了一眼手机，答道："上午十一点四十三分，咱们等了两个多小时了。"

虞兮有些不耐烦地皱起眉头，说："不想等了。"

意识到很可能是刚刚自己的问题引发了她一些不快的记忆，许晓凝对于虞兮情绪的突然变化有些自责，暗怪自己多嘴，但一时也不知是该劝她留下来再多等等，还是立即跟她一起离开。纠结片刻，许晓凝站起身来，问道："那咱们回公司吗？"

虞兮不置可否，只在沉思片刻后，说了一句风马牛不相及的话："咖啡凉了，去叫人帮忙换一杯。"许晓凝不解，但仍是依言出了门。

蒋辰屿看着坐在原处神情晦暗不明的虞兮，脑海中有什么念头一闪而过，快得让他有些抓不住。但很快许晓凝就回来了，身后跟着人重新送进来两杯咖啡。

等房间里再一次只剩下虞兮和许晓凝两个人的时候，虞兮看着热气氤氲的咖啡杯有些出神。

办公室里的蒋辰屿终于意识到什么，在他猛地站起来的同时，虞兮已经捏着杯耳，把一杯热咖啡直接浇在了自己的右手上。

"虞总！"

第二章

相见难欢

1. 蒋总在里面等您

洗手间里，许晓凝握着虞兮的手腕，在水龙头下用冷水小心翼翼地冲着她的手背，心里五味杂陈，但因为先前送咖啡的人已经闻讯拿来了医药箱，此时正站在身后，所以她没办法多说什么，只能紧皱着眉头说：“咖啡那么烫，您……您也太不小心了。”

虞兮白皙的手背上已经一片红肿，在冷水的冲刷下，一阵阵针扎似的疼。但这点儿疼对她来说不算什么，脸色虽然有些发白，但眉都没有皱一下，反而对身后的人笑道：“实在抱歉，给你添麻烦了。”

这时候，江蓠已经从外面走了过来，示意许晓凝停下，把拿过来的冰袋轻轻地敷在了虞兮的伤处，然后才礼貌说道：“虞总您好，我是蒋总的助理江蓠，听总裁办的人说您手烫伤了，所以过来看看。您还好吧？”

穿着黑色套裙的江蓠看上去不到三十岁，生得瘦削清秀，一眼便知是踏实能干的类型。虞兮在那晚的酒局上见过她一次，但这次才记住了名字，按住冰袋笑道：“谢谢江小姐，让你费心了。”

江蓠口中说着“您别客气”，然后抽出几张纸巾轻轻擦去了虞兮手臂上其他地方的水迹，又扶着她走出洗手间，在沙发上坐了下来。

冰敷一阵之后，江蓠拿开冰袋，观察了一下情况，松了口气：“还好，应该不会起水泡。”她又接过旁边的人拿着的医药箱，一边打开，一边对虞兮说，“我帮您擦药。”

见虞兮没有拒绝，江蓠屈膝半蹲在虞兮身边，把她的手背消完毒之后，又用棉签蘸取药膏，小心轻柔地均匀涂抹在了烫伤处。她的一系列举动都十分利落熟练，许晓凝站在一旁，全程没有了用武之地。

“江小姐看上去很专业。”虞兮说。

江蓠谦虚地笑道：“您过奖了。我妈妈是专业护士，我这只能算是耳濡目染。”

两人闲聊了几句，虞兮问道：“不知道你们蒋总的会开完了没有？”

江蓠想到蒋辰屿刚才只让她过来，其他话并没有多说，彼时他的脸色难看到了极点。想到这些，她只能犹疑着答道：“不好意思虞总，蒋总还在忙，您再休息一会儿，我去让人为您二位准备午餐。”

这件事既然已经传到了江蓠那里，那蒋辰屿也不会一无所知。虞兮明白这一点，知道即便这样，蒋辰屿也只是派了助理过来，那这件事大概是真的不会有轻易转圜的余地了。

她站起身来，对江蓠说：“不必了，江小姐，既然蒋总忙，我就不多打扰了。谢谢你帮忙擦药，我的手已经好多了。改天江小姐有时间的话，一起吃饭。”

虞兮说完之后，谢绝了对方的客气相送，径自出了门。

许晓凝拿起虞兮的包，在后面匆匆跟上，进电梯之后，才有些急切地低声问道：“您把手烫成这样，现在就这么走了？”

“没什么大不了的。”虞兮抬起右手看了看，神情平静地说，“受点儿小伤，知道此路不通，接下来的时间不用再继续浪费在这里，还算是划算。”

许晓凝看着在药膏的覆盖下，虞兮肿起来的手，不知道是该欣赏她这种任何事都压不倒的盲目乐观，还是心疼她这种对自己毫不心软的残忍。

一直到出了电梯，许晓凝的神情依然凝重，虞兮的脸上看不出真实的情绪，只是突然问了她一句："还想跳槽吗？现在正是好时候。"

许晓凝顾不上回应她的调侃，事实上，直到上了车，她都在幻想着会不会有人从后面叫住她们，说蒋总突然改了主意，打算见她们了。但等她把车开出停车场的时候，这点儿微末的幻想才彻底成了脆弱的泡沫。

"虞总，您的手还好吧？要不要去医院看看？"许晓凝问。

"找个地方吃点儿东西吧，然后再去工厂那边见华叔。"虞兮答道。

她没有看膝上搭着的手，仿佛它没有为她的难题带来转机，就不值得被给予更多的重视。

关山敲了敲门，走进蒋辰屿的办公室。彼时，蒋辰屿正站在落地窗前，视线仿佛落在无限远处，脸上喜怒难辨。而他办公桌上原本放着的杯子连同几页文件，此时都杂乱无序地在地上散落着。

没有细想蒋辰屿控制不住怒气的画面，关山走过去，说："蒋总，江蓠帮虞总处理了手上的烫伤，现在她们人已经走了。"

"严重吗？"沉默许久，蒋辰屿才出声，声音微哑。

"有些红肿，但好在没有出水泡，江蓠说按时擦药的话，一周左右可以痊愈。"关山连忙答道。

蒋辰屿站在原地一动不动，也没有再开口。

关山不敢再轻易提及虞兮的事儿，只蹲下身子默默地收拾起满地的狼藉。他不知道刚刚老板到底动怒到了什么程度，才会把这些一并从桌上拂落。而如此剧烈的情绪波动，在回国遇到虞兮前的几年里，关山从不曾在自己这位向来好恶不言于表的老板身上看到过。

蒋辰屿透过落地窗，看着楼下来往的车流，因为距离遥远，它们看上去堪比偌大棋盘上的小小棋子。虞兮也是其中辛苦奔波的人之一，所以她有同样亟待解决的烦恼，怀着同样不肯放弃的坚韧，却也有着和普通人全然不同的冷酷、决绝。

蒋辰屿眼前闪过她动手时的脸，没有一丝犹豫和迟疑，与此同时，他又不合时宜地想起了当年那张洋溢着青春气息的陌生脸庞和她似嗔似怨的撒娇声："你真的不背我啊？"

蒋辰屿闭了闭眼，身侧的手倏然攥紧，又在睁开眼的时候，缓缓地松开了。

"关山，安排一下，跟我出去一趟。"

许晓凝把车开到了虞兮平时很喜欢的一家粤菜馆，两个人坐在临窗的老位置，之前一直没有胃口的虞兮这会儿却点了很多菜，用还红肿着的右手拿了只勺子，一口一口吃得津津有味。

许晓凝看得心里有点儿不是滋味。虞兮抬眸看她一眼，嗤笑道："怎么，可怜一个比你美，还比你有钱的女企业家？"

许晓凝顿时无言以对，自我审视了一番，确认自己的颜值和财富都直接被虞兮秒成渣之后，终于意识到自己实在不配可怜面前这位"女企业家"，于是干脆也埋头苦吃起来。

虞兮犹嫌不足，补充道："下次再敢用那种看小可怜一样的眼神看我，我就把你的眼珠子抠下来。"

强迫自己吃下了许多东西，填满胃的同时，空荡荡的心口仿佛也一并被填满了。虞兮放下勺子，拿纸巾轻轻地擦了擦嘴角，然后站起身直接去洗手间补妆。

站在洗手池前，虞兮需要格外注意，才能不让手背上的药膏沾到水。就这样有些艰难地洗完手之后，她才开始补妆。

彼时，外面走进来一个衣衫精致的中年女人，把包放在一旁，正要洗手，看到旁边虞兮的一瞬间，面上没有太多惊喜，只有眸底十分复杂的情绪转瞬即逝，并且在视线不由自主地打量她的过程里，眉眼间呈现出一种努力维持的平静："手怎么了？是烫到了吗？"

虞兮认真专注地补好了唇妆，又用粉扑补了粉，从镜子里确认自己的妆容已经非常完美之后，便拿了化妆包转身走出了洗手间。

回到座位时，许晓凝已经吃饱了，问她："还是老规矩，再点几个菜打包您晚上吃？"

"不用了。"虞兮的视线扫过桌上的杯碟，不甚在意地说，"这家吃腻了，有点儿恶心，以后不来了。"

虞氏食品的工厂在郊外，生产工艺和制作流程都由华叔带着几个经验丰富的老员工把关。公司的原身，也是他们几个从父辈手中学到手艺后一起建起来的。只不过空有手艺，却不善经营，一直苦苦支撑，濒临倒闭之际，身为厂长的华叔求到了虞兮父亲这里。两个人从小一起长大，交情匪浅，虞兮的父亲心软，直接注资做了实际控制人，只是他还没来得及着手经营，就病重去世了。

虞兮下了车，看着眼前一排排整齐的厂房，不由得想到当时父亲去世的时候，她几乎一无所有，却没想到在遗产清单里，还剩了这么一家差点儿被直接处理掉的公司。

"每次过来，我都觉得这里更应该让一个乡镇企业家来一展身手，而不是我这种人——"虞兮不知道第多少次露出了有些嫌弃的表情，"我这种只适合逛逛画展、做做美容，定期飞去米兰看时装周的人。"

许晓凝十分配合地点了点头。

厂房对面有一栋三层小楼，一楼会客，二楼办公，三楼的几个房间供华叔等人日常休息用。虞兮进门的时候，华叔之前得到了门卫那边的消息，已经迎了出来。

华叔今年五十多岁，身体还算康健，但头发已经一片花白，看上去比实际年龄显老些。他见到虞兮，朗声笑道："本来还想给你一个惊喜，没想到你来得这么快。"

虞兮觉得活到现在，自己的人生从来都是惊有余喜不足，所以她看着华叔难掩激动的模样，宛如看一个回光返照的神经病，路上想好的安抚他的说辞一时都不知该怎么说出口，只能顺着他的话头问道："什么惊喜？"

华叔还没说话，一个斯文清隽的男人已经从不远处的会客室里走了出来，朝她礼貌地笑道："虞总，您好。"

虞兮觉得对方有些眼熟，却一时想不起来究竟在哪里见过。

身后的许晓凝已经倒吸了一口凉气，用一种和华叔相似的语气低声提醒道："虞总，这是蒋辰屿的助理！"

遇见蒋辰屿那次的酒局上，这一位和上午那位江蓠，就是跟在蒋辰屿身后一同出现的两个助理。

虞兮审视的神情立即被一抹不着痕迹的恍然微笑取代了，说："你好。"

"我叫关山，是蒋总的助理。"知道眼前这一位的重要性，关山暗暗提醒自己，每次见到虞兮，都一定要打起十二万分的精神，"蒋总在里面等您。"

2. 虞兮，你知道疼吗

往会客室走的时候，华叔高兴地说："泰泽集团的蒋总今天突然带了人过来，参观了生产流水线和制作工艺，接下来说是要为进一步合作做详细评估。"

虞兮没有说话，她终于有耐心仔细地端详了一下红肿的右手，紧接着视线又落在左手的钻石手镯上，目光里那点儿微末的茫然和困惑，渐渐沉淀成了一种泰然自若的清冷。

她早上安抚季明明时说过，今天的事只不过是自己和蒋辰屿之间，作为成年男女的感情游戏。即使她对自己的感情从来都掌握着绝对的主动权，蒋辰屿却同样有足够强大的资本能做洗牌人。

她早已习惯了如何适应不开心的生活，所以面对着突如其来的转机，闪念间就拱手奉上了所有拿乔的资格。不长的走廊里，她迅速调整了表情，把自己的意外之喜表现得不多不少，恰到好处。

身后的许晓凝和关山已经互换了名片，听着两个人简单的交谈，虞兮看似不经意地回头瞥了许晓凝一眼。许晓凝成功接收到了信号，笑着问道："关助理，你名片上的手机号有没有关联微信？我加你好友。"

会客室的门微敞着，虞兮站在门口，静静地看着坐在里面的蒋辰屿。他穿着昂贵考究的手工西装，洁白挺括的定制衬衫，眉目如画、气质清冷，闻声看过来的眼神中，没有意外，也没有其他明显的喜怒情绪，只有深海一般的幽邃深远。

虞兮走进去，又惊又喜地打招呼之后，笑靥如花，言语亲昵地问："蒋总来多久了？"

"蒋总到了有一阵子了，刚参观完厂房。"华叔随后进来，笑道，"然后还品尝了几款口碑销量都领先的产品，蒋总见多识广，提出的意见让我们收获不小。"

如今桌上还摆着几个精致的小碟，里面有虞氏的秘制食品和腌腊等几样招牌产品。闻到无比熟悉的香气，虞兮正要说话，华叔已经递过了一个小碟，笑着说："这是最近新做出来的一款熏火腿，还没来得及给你送过去，今天正好，来尝尝。"

虞兮十分配合地拿牙签扎起一小块，放进口中咀嚼片刻，咽下去之后真情实感地称赞道："好吃！"说着，她不容分说地把碟子递给许晓凝，说："快尝尝。"

华叔没注意到许晓凝幽怨的眼神，看着虞兮，脸上的笑容淡了几分，低声问："手这是怎么回事儿？"

"不小心烫了一下。"虞兮示意他这个问题回头再说，然后走上前，亲手给蒋辰屿面前的杯中续了茶，笑着问，"蒋总对于这次的考察结果还满意吗？"

"不得不承认，比我预想中要好一些。"蒋辰屿说话的时候，视线掠过她倒茶的手，没有多一秒的停留。

“我虽然是虞氏食品的老板，但实际上这里凝聚的都是华叔他们的心血。”虞兮别有深意地笑道，“我有可能会让您失望，但华叔他们永远不会。”

蒋辰屿抬眸看她，对上她看不出丝毫破绽的笑容，嘴角微勾，慢慢地说道：“对人对事，无谓的希望都一文不值。既然不抱希望，那么即使虞总和你的公司达不到我的要求，我也不会浪费任何时间在‘失望’上。”

难题能解，看到希望曙光的虞兮，也就不在意这位送上解决方案的人，正是最初制造难题的那一个。所以对于蒋辰屿一番意有所指的冷言冷语，她全程十分配合，最后还不忘总结似的捧场笑道：“您说得是。”

蒋辰屿神色莫测，片刻之后，他站起身来，对她说道：“我的人会留下来再确认一些细节问题，如果有后续合作的可能，我的助理会再通知你。”随后，他又吩咐一旁的关山：“你也留下。”

经过虞兮身旁时，蒋辰屿没有看她，只留下一句：“一起回市区。”

对于他近似颐指气使的态度，虞兮并不在意，面不改色地跟上去，柔声笑道：“那就多谢蒋总了。”

看着两个人一前一后离开的身影，本来要送一送的华叔当即愣在了原地，有些茫然地问许晓凝：“他们两个这是……”

“虞总和蒋总是老相识了。”许晓凝语焉不详地解释了一句，又压低了一些声音，“特别具体的我也不知道，不过您放心，虞总心里有数。”

知道虞兮聪明，眼下也不是细究这件事的时候，华叔只能暂且把心头的疑问压下，和许晓凝一起热情招呼着留下来的关山：“关助理，您那几位去看原料处理的同事估计还要过一会儿才回来，您先请坐，喝杯茶。”

再一次坐上蒋辰屿的车，虞兮已经做好了心理准备，无论蒋辰屿冷嘲热讽还是借题发挥，她都不会有任何不逊。早上得到消息时的震惊，直到此刻余韵还在，就因为她知道蒋辰屿是故意为之，所以才要去见他，表演她的示弱，她的退让——所有一切他想要看到的，她都不介意一一表演给他看。

但她没有想到的是，还没有见到蒋辰屿，他的妥协就如此轻易地到来了。

虞氏食品失去了过去最大的采购方，却拿到了一个利润更为丰厚、前景更为远大的合作项目，堪称因祸得福，但虞兮并不能这么快就放下心来——和泰泽集团的合作目前为止只能算是有了初步进展，接下来具体会如何，仍在蒋辰屿的一念之间。

“如果不介意的话，晚上请你吃饭？”她看向坐在身边的蒋辰屿，不再故作生疏，把所有可能惹他不快的疏远客套，都换成了鲜有的真诚恳切。

“如果早知道让我不开心的话，后果会超出你意料的难以承受，是不是你一开始就会用现在这张脸面对我？”蒋辰屿不答反问，审视着她的目光里，透出几分讥诮。

虞兮还没开口，他已经捏住了她的右手手腕，轻轻抬起，把她的右手拉到了眼前。端详着她手背上的红肿，蒋辰屿眸光复杂，声音低沉，问：“疼吗？”

虞兮的心毫无预警地轻轻一颤。

蒋辰屿握着她手腕的手缓缓用力，迫得虞兮不得不看向他，才又一次问道：“十指连心，虞兮，你知道疼吗？”他的语调有些异样，像是质问，却又透着难以言喻的失望。

看不见的潮水涌上沙滩，又再一次毫无声息地退去。手背上针扎似的刺痛早就麻木到近乎无法感知了，虞兮没有抽回手，任手腕依旧被拿捏在他的掌中。她笑意浅淡，说：“虞氏对我其实没有那么重要，但它毕竟是我爸爸留下的最后一点儿东西，所以我一直觉得有必要替他守好了。不管付出任何代价，都一定要达到目的，我就是这样的人。至于这个过程里疼不疼，那都是我该承受的。”

蒋辰屿松开她的手，冷冷地笑着道：“这算不算我们重逢以来，你平心静气说的第一句实话？”只不过他心知肚明：哪怕是实话，也是有目的的。

虞兮笑了笑，不置可否。她自认从来都十分识相，自知不敌所以示弱不是什么难堪的事情，她本就不介意用任何方式达到目的。好在那杯咖啡到底没有白泼，蒋辰屿对虞氏出手说明了他的在乎，既然在乎，能造成的伤害就是有限的。

如今的她百毒不侵，没有任何人任何事能伤害她。

汽车快速平稳地前行，但车内气氛始终沉闷。蒋辰屿专注于手中的办公文件，而虞兮因为早上醒得太早，又忙碌了大半天，早就累了，歪在座位上打盹儿。不知过了多久，她突然听到蒋辰屿开口示意司机换方向，说：“去海城大学。”

虞兮意外地睁开眼睛，第一时间拒绝道：“我有点儿累，想回家休息，方便的话让司机把我放在路口就好，我可以自己打车回去。”

司机偷偷从后视镜里看了一眼蒋辰屿，等他的反应，见他置若罔闻的模样，于是马上收回视线，在到路口前把车变了道，朝海城大学的方向驶去。

建议不仅没有被采纳，还被无视得彻底，虞兮脸上也没有露出丝毫不悦，她只是坐直了身子，柔声打趣道：“怎么，蒋总这是想重温旧梦？”

蒋辰屿仍在看文件，听到虞兮的话，反问道：“不是说晚上要请我吃饭吗？既然从海大附近经过，不介意请我去后街吃点儿东西吧？”说着，他的视线从文件上移开，落在虞兮的脸上：“还是你有什么不想去的理由？”

“当然没有。”虞兮从善如流地说，笑容一如既往地妩媚动人，“能和蒋总故地重游，我荣幸之至。”

海城大学是海城当地数一数二的重点大学，历史悠久、环境优美，雄厚的师资培养出了无数优秀人才，而历届校友中，很多人已经成为各行业的领军人物。杰出校友对母校的回馈，也进一步促进了海城大学运作的良性循环。

蒋辰屿和虞兮沿着林荫路并肩走在校园里。学生们要么抱着书行色匆匆，要么三两成群谈笑打闹着经过两个人身旁。因为衣衫精致、形貌出众，两个人一路走来，吸引了许多好奇的目光。女孩们走过去，又假装在身后同伴的呼唤声中不经意地回头，看清蒋辰屿俊美的脸，有几个想拿手机拍，其他人又拦，最后一群人嘻嘻哈哈地笑着跑远了。看虞兮的男生反倒好几个红了脸，等两个人走远之后，才后知后觉般吹响了口哨。

彼时太阳已经开始西沉，夕阳洒在地面厚厚的梧桐落叶上，折射出一种温柔醉人的金黄。

校园的大门隔开了两个世界，外面是刀光剑影，里面是世外桃源。

头顶高远的天空，路边遮云蔽日的梧桐，身边一张张充满朝气的笑脸和脚下踩过落叶时沙沙的声响。虞兮一路走过来，就像过去她曾走在这条路上的每一天，一切都自然而又熟悉，似乎任何一个不经意的瞬间，都能轻易地将她带回去，回到那段在她如今看来，所能享受到的最后一段无忧无虑的时光。

她停下脚步，看向身旁同样格外安静的蒋辰屿。

曾经沉默冷峻的少年，如今依然走在她身边，却早已成长为成熟内敛的不同模样。她心中有一份名单，上面寥寥几人，都是于她而言最为重要的人。而“蒋辰屿”三个字，早已被她彻底划去了。

同样，蒋辰屿也在看她。他看到这一刻目光复杂而又专注的虞兮，她像是剥掉了所有的面具，让他终于能透过她无懈可击的妆容，看到一点儿似乎只存在于记忆中的本真。

蒋辰屿的手几乎无意识地抬起来，但在指尖即将触碰到虞兮的脸颊之前，虞兮就毫不迟疑地后退了一步，像是亲手打破了幻象。她依旧笑得风情万种，媚眼如丝："合作还没谈成，蒋总不要心急。"

蒋辰屿的手在半空中停留了几秒，随后他冷笑着道："看来是我误会了。不过亲眼看人自残的机会不多，才会让我误以为虞总为了公司，随时随地都可以献身。"

说完之后，他径自向前走去。虞兮留在原地，看着他的背影，这才明白，原来自始至终，他都把一切看在眼里。看着她怎样在休息室里焦躁不安，看着她怎样轻描淡写地说忘记了和他之间的过往，也看着她怎样亲手把那杯咖啡倒在了自己的手上。

她是舞台上卖力的演员，他只负责在台下冷眼旁观。

虞兮的手缓缓地握起来的同时，扪心自问：言语羞辱算什么呢？什么都不算。更何况她的目的已经达到了，他看到了她拙劣的表演，最后还是放过了她。就结果而言，她反而应该感谢他，所以现在被羞辱几句，也没有什么大不了的，她早晚会把失去的，全部拿回来。

她握紧的手又再次松开，开合之间，手背上再次传来钝痛，虞兮毫不在意，跟在蒋辰屿身后向前走去。

海城大学后面的巷子里，是整条的小吃街，各色美食星罗棋布，味美价廉，任何时段都有学生们汇聚于此的身影。

小吃门店无数，沿路还有排列整齐的摊位，站在巷口，呼吸间充斥着阔别已久的香气，蒋辰屿的脸上还残留着没有散尽的阴沉，但虞兮丝毫没有受先前的羞辱所影响，本就轻松的神色，此刻变得更加鲜活生动。即使她看上去，永远精致得如同直接从时尚杂志中走出的模特。

"去吃砂锅豆腐吧。"面对冷着脸的蒋辰屿，虞兮也并不打算难为自己，指了指巷口的一家砂锅店——当初她看完校园论坛里的小吃排行，带着季明明几个去逐个试吃过名列前茅的几家店，最后得到一行人最多好评的，就是这一家。

蒋辰屿没有开口，但在虞兮朝那家店走过去的时候，也沉默着跟了过去。

两个人一前一后走进砂锅店，因为还没到晚饭时间，所以店里客人不多，老板娘热情地招呼道：“二位吃点儿什么？菜谱在墙上，您看好之后叫我。”

虞兮没看菜谱，轻车熟路地点道：“豆腐、白菜、羊肉和鱼头各一个，再来一个砂锅粥。”

“好嘞！”老板娘也同样利落地答应着，送了壶热水过来后，就进了后厨。

环视店里的装潢，虞兮发现这里变化不大，墙纸换了花样，贴的菜谱虽然是新的，但内容几年不变，桌椅板凳还是收拾得干干净净，进门处一块碎了的地砖，时隔几年现在也还是碎的，老板娘倒是更胖了些。

“毕业后再也没来过了……”虞兮不知道是在对蒋辰屿说，还是自言自语，“我们几个明明经常聚会，但每次定地方的时候，好像都没有人想过要再来这里。你看，老板娘已经不认识我了。”

虽然没有说话，但久违的环境和虞兮自在的状态，都让蒋辰屿的脸色看起来好了一些。他动作娴熟地倒了热水清洗杯碟碗筷，然后递给虞兮，在虞兮接过去的时候，毫无预警地提起了过去：“我记得第一次和你在外面吃饭的时候，你非常不满，埋怨我为什么只烫自己的餐具。”

怔忡片刻之后，虞兮只是轻笑了一声，举起右手晃了晃，说：“我现在可听不了这个‘烫’字。”

蒋辰屿俊逸的眉目之间似乎笼了一层暮色，看着她淡淡地说道：“你有些地方倒一直没变——即使是处于劣势，也要强行扭转成优势。你似乎在每个人面前都这么做，所以我很好奇，这到底是因为在乎，还是因为不在乎？”

虞兮意外于他的心平气和，但对于他的话，也只是语焉不详地笑道："实话伤人，有些事何必说得太清楚呢？"

"有些人你在乎，但这个世界上更多的，是你不在乎的人。"蒋辰屿似乎打定主意要继续这个话题，直视她的眼睛，数着记忆中的名字，问道，"你真正在乎的人，季明明是第一个，然后还有石桥寒和林月，大概还能算上陈齐，还有吗？"

虞兮没有说话。

老板娘很快把做好的砂锅一一端了出来。这家店用的都是小号砂锅，但虞兮一口气点了五个，此时也足够摆满他们的桌子。随着盖子被打开，热气瞬间氤氲而起，几乎模糊了两个人之间的视线。

升腾的白雾间，蒋辰屿的眸光影影绰绰，看不出情绪，但声音始终低缓："据我所知，虞氏直到今年才算正式步入正轨，这几年你都很忙，主动接触的人也都和生意有关。唯一的例外，是几天前的酒会上，那个叫楚凌的男人。"

虞兮的笑意僵在唇边。

"他经营的是一家科技公司，和虞氏没有任何潜在的合作可能，也没有任何迹象表明，他或者他的亲友，有涉足食品行业的打算。"

在蒋辰屿继续说下去之前，虞兮笑意微冷，不无嘲讽地对他说道："以前没时间、没精力。但就像你说的，虞氏已经正式步入正轨了，我没理由不去追求自己真正想要的生活。对我胃口的男人，我为什么要再去关注他从事什么行业，会不会有什么合作呢？"说到这里，她盯着蒋辰屿，露出一抹有些暧昧的笑容，上身微微前倾，压低声音说："如果私人合作也算的话。"

"私人"两个字的音节，她咬得格外重。

"楚凌从长相到性格，都让我非常感兴趣。"在蒋辰屿毫无波动的眸光中，虞兮笑容轻慢，她坐直身子，迎着他的视线一字一句地说，"而你呢，蒋辰屿，真让人失望，我没想到你当年玩不起，现在也还是一样。"

3. 之所以好奇，当然是因为念念不忘

蒋辰屿出人意料地平静，神情依然没有因为虞兮的话有半分波动，只是看着她波澜不惊地评价道：“恼羞成怒永远是无能的表现。”他并没有放弃先前的话题，语气平稳地继续说：“我只是有些好奇，为什么会出现这种巧合——你母亲的再婚对象也姓楚，而且正是这位楚凌先生的亲叔叔。”

虞兮的神情已经彻底冷了下来。蒋辰屿不为所动，问道：“虞兮，你想做什么？”

“和你无关的事，最好不要管。”虞兮冷冷地说完，起身快步朝外走去。

蒋辰屿看着桌上的砂锅，自嘲般笑了笑，随后便结账出了门。他看着薄暮里走进巷子的虞兮，跟上去后，直接拉住了她。

虞兮被钳住手臂无法挣开，皱眉看向蒋辰屿，在他深邃的目光下，命令道：“放开。”

没有得到任何回应，对方也同样并未放手，虞兮所有耐心告罄，轻嗤一声，笑道：“蒋辰屿，为什么我想做什么，想接触什么样的男人，都在你的好奇心探查范围内？”

她尚算自由的右手抬起来，勾住蒋辰屿的脖子，将他拉近自己，温热的唇几乎贴上他颈间的皮肤，轻声问道：“这么多年，你该不会从来就没有忘记过我吧？”她笑起来，轻浅的呼吸拂过他的喉结，“但实在是可惜，我现在最感兴趣的人是楚凌。这应该不算见异思迁吧？毕竟……我们两个当初只是玩玩。”

疼过一千次的伤口，第一千零一次鲜血淋漓，就不会再疼了。

蒋辰屿一直觉得自己像是一个人格分裂症患者，一个他始终沸腾着少年热血，虞兮给他最初的心动，让他饱尝初恋的甜蜜，时至今日，他始终忘不了她。而另一个他，所有冰冷早已渗进了血脉，只记得她曾给他带来的最大羞辱和毫不挽留的残忍。他无法再爱上任何一个人，

面对她的时候，心里也更是只有冷酷决然。

眼底的猩红漫上来之前，蒋辰屿突然轻笑出声。

“之所以好奇，当然是因为念念不忘。”他松开手，却俯下身，在她耳边问道，“记不记得在我出国前，跟你说的什么？”没有等虞兮回答，蒋辰屿已经拿出钱包，抽出几张红色钞票轻轻地塞进了她的领口，低声说：“那晚的钱，一直忘了付给你。”

虞兮身后，是满墙火焰一般的爬山虎，却在渐渐降临的暮色中，变成了一片片黯淡的红。

她没有看蒋辰屿离开的背影，只是看着被自己拿出来的钱有些出神。这时候，不远处砂锅店的老板娘提着袋子走了过来，看见虞兮，连忙叫道：“妹子，幸好你没走远！我看刚才你们一口没吃就走了，把这些给你打了包，给，拿着回家吃吧。”

老板娘笑得十分热情，几个装得满满的食盒放在袋子里，被她拎在手中，沉甸甸的样子，一眼便知有些分量。

虞兮有些抱歉地抬起右手，说：“谢谢，但是不好意思，我手烫伤了，拿不了，您还是带回去处理了吧。”

老板娘仍劝道：“那就左手拎，这里到路口打车没几步路。而且这都是刚出锅的，估计等你到了家，还是热的呢。你放心，我们家砂锅用的所有材料都是新鲜的，味道更是没有问题！”

虞兮下意识地抬起左手，看到腕上的手镯，有一瞬间的晃神。

看着她莫名迟疑的动作和神态，老板娘也随着她的视线，注意到了她那只精致奢华的手镯，于是不再多说什么，虽然笑容犹在，但最初那股热情淡了，拎着袋子转身往回走去。

远远地，虞兮还能听见迎出来的老板隐约传来的声音：“咋又拿回来了，没追上啊？”

“哎呀，我看咱们就是多余操这些心，人家那么讲究的有钱人，哪里看得上咱们这点儿吃的哟！”

虞兮站在原地，很久之后笑了笑，笑容里只透出一种非常古怪的悲伤。

等虞兮在小区外下了出租车的时候，天已经完全黑了。彼时的夜风里，月光和沿途的灯光交织，她慢慢地走在回家的路上，只觉得这几年每天都匆匆忙忙，很少有此刻这种步履悠闲的时候，悠闲到像是忘记了诸多烦恼，也忘记了前方的那个“家”里，早已没有任何人等她回去了。

就在虞兮正要走近路穿过一个小花园的时候，突然听到身后有急促的脚步声传来，紧接着，她就被从身旁超过去的人撞到了肩膀。她一个趔趄，好不容易站稳了身子，才发现对方是个看起来十七八岁的男生，他却没有任何道歉的意思，也不顾前方拐角处正开过来的车，直直地向前跑去。

“喂！”虞兮的身体比大脑反应得更迅速，她几步跟上去，一面拽住他一面出声喊道，“小心！”

随着一阵急促刺耳的刹车声响起，虞兮平复着方才陡然加速的心跳，冷着脸甩开那个男孩，斥道：“你怎么回事儿？”

而这个时候，车上的中年男人也按下了车窗，探出头怒气冲冲地大骂道：“不长眼是不是？不想活了自己找地儿死去，少跟我这儿碰瓷！”

险些被撞的男生却似乎对这一切都恍若未闻，步履匆匆地从车前经过，从路对面小心翼翼地抱起一团东西。

骂骂咧咧的中年男人把车开走了，虞兮走过去，才发现那个男生抱着的是只小狗，不知道是不是因为天太冷，小狗身子蜷缩着，还有些哆嗦。直到男生毫不犹豫地脱下外套把小狗裹起来的时候，虞兮才意识到自己有些走神。

她正要离开，男生自言自语一般开口，却朝她看过来，说：“饿了。”

他湿漉漉的眼神和怀里的小狗如出一辙，被一人一狗这么可怜巴巴地看着，被朋友笑称“恶女魁首”的虞兮不为所动，不冷不热地说道："哦，那就回家吃饭。"

"不能回家！"男生有些急，像怕被人夺走怀里的小狗一样，扭开身子，说，"苗阿姨，过敏。"

虞兮从眼前人的神情举止和说话方式里，已经意识到了他大概是有些问题的。在她看来，遇到陌生人有危险，伸手拉一把只能算人之常情，她也从来不给自己贴什么"热心""善良"之类的标签，可眼前抱着狗的少年，让她想起了旧日一些画面，难免动了几分恻隐之心，于是问道："知道自己家住哪儿吗？"

男生低头抚摸着怀里的小狗，对她的问题恍若未闻。虞兮耐着性子又问："家里人的联系方式有没有？"

男生终于抬起头，认真地开口说道："饿了。"

虞兮深吸一口气，让自己的语气尽量听起来平静一些："先解决你还是先解决狗？"

对方没有细究这个问题的含义，只毫不犹豫地答道："狗。"

小区附近的宠物店里，男生蹲在地上，目不转睛地看小狗吃着盆里的狗粮。它吃得津津有味，他看得心满意足，原本裹着狗的外套也被他毫不介意地重新穿到了身上。

不远处，虞兮看着一人一狗，在心里默默地叹了口气，对宠物店老板说："狗先放在这儿，待会儿你帮它洗个澡，我们一会儿过来领。"

老板点点头，算完一应费用，把付款码拿了过来。虞兮拿手机的时候摸到衣兜里的东西，手顿了顿，然后把几张百元纸币拿出来递过去，笑道："现金支付吧，不用找了。"

老板有片刻的迟疑，还没来得及说什么，虞兮已经看了看不远处蹲着的人，一边往外走，一边不耐烦地说："不吃饭的话我走了。"

她刚出门，身后就响起了急匆匆跟上来的脚步声。两个人一前一后地走了一段，虞兮带着男生进了路边一家餐厅，然后看着他接过服务生送来的菜单，像玩消除游戏一样连续地点了七八下。虞兮面无表情地接过来，直接砍掉一半，然后递回给服务生，说："就这些。"

男生皱眉说："我还要吃……"

"你有钱吗？"虞兮打断他的话，命令道，"没钱就闭嘴。"

他被虞兮的冷脸吓得怔了一下，随后神情有些低落，但语气也更生硬了，说："八百六十一块，会还你。"

虞兮一时没反应过来，反问道："什么八百六十一块？"

"狗粮一百六十五块，洗澡二百二十块，点菜四百七十六块，"他语速飞快地说完，最后在虞兮十分意外的目光注视下，总结似的说道，"会还你。"

虞兮对他刚才的"报价"全无印象，但看着面前明显有些生气的男生，倒忍不住笑了，把一旁的柠檬水朝他推了推，问："手机带了吗？"

得不到回答在她的意料之中，所以她也更直接地敲了敲桌子，语气不善地再次说道："对数字这么敏感，家人的手机号码一定记得吧？说。"

不知是对于数字有着条件反射一般的敏感，还是因为冷着脸的虞兮着实有些可怕，坐在对面的男生很快报出了一串数字，虽然之后抿着唇的神情也有些冷，但到底还是乖乖地捧起杯子喝起了柠檬水。

虞兮按下他报的号码，接通之后直接报了地址，说道："麻烦过来这里领一下你家的小朋友。"

电话那头有短暂的沉默，就在虞兮皱了眉打算再说清楚一点儿的时候，就听到一个熟悉的声音传过来，有些迟疑地问道："虞兮？"

虞兮愣了三秒钟，顿觉一天里所有的疲惫和沉郁一扫而空，忍不住笑起来，说："我就说，我的运气不可能一直这么差的。"

挂了电话，她仔细地端详着对面干净白皙的男生，喟叹似的笑道："原来你是楚霄。"

被叫到名字的男生第一时间朝她看过来，面无表情地纠正道："是阿霄。"

4. 好聚好散，你多保重

楚凌来得非常快，而他匆匆赶来的时候，楚霄正吃得开心。虞兮没什么胃口，等楚凌到了近前，好整以暇地打了个招呼，笑道："这算不算缘分？"

楚凌身上还带着外面裹挟进来的寒意，脸上丝毫不见往日的温和从容，看着楚霄的目光里带着罕见的端肃严厉。他还来不及平复一下有些急促的呼吸，就出声直接问道："为什么不带手机乱跑，知不知道苗阿姨快急疯了？"

楚霄咀嚼的动作慢下来，在哥哥质问的目光注视中低下头，一声不吭。一阵僵持似的沉默后，他才低声说道："追小狗，忘记了。"

楚凌紧皱的眉头丝毫没有缓和的迹象，继续道："然后就可以随便跟陌生人走，吃陌生人给的东西是吗？我教你的事情是不是全部忘记了？"

楚霄的唇抿得更紧了，半晌，说道："坏姐姐是好人。"

一旁冷眼旁观楚凌训弟的虞兮顿时挑起眉头，问道："你说谁？"

"你。"楚凌代弟弟答道，然后看了看虞兮，问楚霄，"这个人为什么是坏姐姐？"

楚霄简明扼要地答道："特别凶。"

楚凌又好气又好笑，尤其在看到虞兮一副明显吃瘪的模样后，到底是再也无法维持长兄的严肃。他待要再训楚霄几句，虞兮已经没好气地说道："行了，回头到了家怎么教训都行，何必在外面一直呼来喝去的。"

见楚霄仍低着头，楚凌站在他身旁，看着他的发顶，终是缓缓叹了口气，在他身边坐了下来，伸手揉了揉他的头发，说："行了，吃吧。吃完大哥带你回家。"说完之后，他看向对面的虞兮，还没开口，虞兮就随意地挥了下手，笑道："道谢的话就不用说了，我更好奇的是，楚总有没有什么实质性的感谢。"

楚凌笑了笑。虞兮的话他并不意外，但眼前灯光下明眸善睐的她，脸上还透着几分明显的疲惫，和过去几次接触中那个几乎无懈可击的女王十分不同。

对于她的“挟恩图报”，楚凌慢条斯理地说：“阿霄虽然没带手机，但他衣领上有植入的电子芯片，你来电话的时候，我已经在赶过来的路上了。”

所以才来得这么快——虞兮了然地点了点头，然后抬眸看向楚凌，问：“你是在提醒我以后再捡到他的话，先把他衣服扒了吗？”

看了看身边一心认真吃晚饭的弟弟，楚凌轻描淡写地问道：“用你肿成这样的手吗？”

今天这只手已经得到了太多的关注，虞兮端详着自己的右手，不以为意地笑了笑。

在接下来的闲谈中，虞兮才知道，楚霄和一直照顾他起居的苗阿姨感情很好，但因为苗阿姨对动物皮毛严重过敏，所以即使他特别喜欢猫狗，也只能忍痛放弃。而今天苗阿姨带他出来散步，他追着那只似乎被人遗弃的小狗，一路跑到了别处。

从餐厅出来，三个人又回到了先前的宠物店。楚霄开心地进门，看着笼子里已经洗得干干净净的小白狗，喜悦几乎能从眼底溢出来。

楚凌站在宠物店门外没有进去，虞兮和他一起透过玻璃门看着里面的楚霄，问道：“他今年有十八岁吗？”

“已经二十三岁了。”楚凌笑意微苦。

宠物店里的楚霄伸手轻轻地抚摸着小狗，目光始终干净澄澈，神情里透着和年纪不符的天真纯粹。

“他不仅长得漂亮，还有数字天赋，本来应该是众星捧月的对象，那种学校里小姑娘们都心仪的男生。”虞兮看向楚凌，问，“楚亦奇有个女儿，几年前我见过一次，现在的她应该和当时也差不多吧，楚氏的掌上明珠，生活得无忧无虑，人人羡慕的白富美？”

楚凌苦笑着道：“也许我以后应该教教阿霄，一个人对他很凶，好过温柔地笑着朝他捅刀子。”说着，他看向虞兮，“我是不是该合理地怀疑一下，今天的事情太过巧合了？”

虞兮并不在意他的这种揣测，只是裹紧了大衣，坦然说道：“我没有天真到会以为你能轻易被我说动，真刀真枪地去对付你的亲叔叔。对付楚氏，我有自己的计划，也有自己的办法，而你作为楚亦奇的侄子，也是他最为器重的晚辈，我找上你，只不过是需要你来‘锦上添花’。”

“这朵‘花’，你想怎么添？”楚凌虽然这么问，但神情和语气里没有太多的好奇。

虞兮看着他，片刻之后，摇了摇头，嗔怪似的点评道：“毫无诚意。”然后她拿出自己的手机，朝他晃了晃说，“如果你什么时候改了主意，随时找我。”

说完之后，虞兮迈开步子径自离开了。

“今天阿霄的事儿，真的谢谢你。”看着她身形窈窕却又透着孤单的背影，楚凌突然开口说道，“再见。”

已经走出去一段距离的虞兮听到了，却没有回头，继续向前走去，只有带着轻笑的声音传了过来：“过几天就是楚亦奇和梅逊雪的结婚纪念日了，我们很快会‘再见’的。”

三天后，虞兮带着几个人如约到了泰泽集团总部，商谈合同签订的一些具体细节问题——即使那天惹得蒋辰屿彻底翻脸，但他并未叫停先前的合作，于是所有人都有目共睹：虞氏食品公司虽然失去了原来最大的采购商，却因祸得福，拿下了泰泽集团旗下中低端酒店品牌的全线采购合同。“虞兮”这个名字，也开始带着各种色彩，在泰泽集团内部迅速流传开来。

谈到尾声，就合同的一些具体条款达成共识之后，许晓凝起身陪虞兮去洗手间。今天虞兮的神情始终不算明朗，于是许晓凝也不由得从年终奖能翻三番的喜悦中短暂地抽离出来，问道：“您怎么不高兴啊？泰泽的条件也都不苛刻啊，眼看就能签下来了。”

虞兮站在洗手池前，看着镜子里的自己，总觉得能看出眼底的一丝茫然。过了一会儿，她才有些无意识地说道：“大概因为你不想靠别人帮助，自己朝一个目标努力了很久，结果突然有人在身后推了你一把，你不知道是应该感谢这个人，还是会觉得自己仍然借助了外力达到目标而对自己失望。”

结果许晓凝比她更茫然，脱口而出道：“您不是一直最会借助外力，达到自己的目的吗？”

说完之后，她后知后觉地反应过来，抬手捂住了嘴。彼时，虞兮已经回过神，假笑着在她脸上拧了一下，十分温柔地说：“如果不是看你还有点儿用，就凭你这张嘴、这个脑子，我早打死你八百回了。”

回会议室的路上，虞兮一眼就看到了正从走廊对面走过来的蒋辰屿。她当然记得几天前他难看的脸色和最后对自己的羞辱，不过当时她也是因为被戳中痛处才口不择言。如今清醒过来，明白处于弱势地位的人没资格记仇，所以她停下来，等对方走近之后，和颜悦色地笑道：“蒋总，一会儿签完合同，不知您有没有时间赏脸，出席晚上虞氏的答谢派对？”

蒋辰屿的视线落在她的脸上，神情始终冷峻深沉，目光里也没有一丝波动，仿佛所有爱恨都因为几天前的钱货两讫而消弭殆尽，眼下他所注视着的，不过是一个陌生的准合作伙伴。

类似的神情虞兮并不陌生，她还记得在最初认识蒋辰屿的时候，他就是这么一个沉默安静的人，尤其是在他不在乎的人面前。

虞兮自嘲似的笑了笑，不等蒋辰屿回答，就对他身后跟着的关山和江蓠两个人笑道：“如果蒋总没时间，关助理和江助理也请务必赏脸，尤其江小姐，谢谢你那天帮我擦药。”

被点到名的江蓠想起虞兮的手，问道：“您的手好些了吗？”

虞兮把手举起来，给她看了看，说：“早就消肿了，不过还有一层印子，估计过几天才能彻底消掉。”两人说话间，蒋辰屿已经收回了视线，先一步向前走去了。关山和江蓠朝虞兮点头示意，之后便匆匆跟了上去。

虞兮看起来没有受到任何影响，跟在她身后的许晓凝虽然不知道两个人之间又发生了什么，但显然明白情况并不算乐观——刚刚蒋辰屿一眼都没有看虞兮的手。

回到会议室，虞兮重新在座位上坐下，泰泽集团的采购总监态度依旧十分殷勤，笑着问："虞总的咖啡都凉了吧？我让人给您重新换一杯。"

从上一刻蒋辰屿的目光中回过神来，虞兮对他笑道："您有心了。"

蒋辰屿回到办公室不久，关山就拿着最后敲定的合同进来了，他把合同放到蒋辰屿的桌上，有些小心翼翼地说道："蒋总，已经谈妥了。"

蒋辰屿把合同翻到最后一页，看也不看地直接签上了名字。

在关山把签完的两份合同拿走之前，蒋辰屿出声叫住他，问："有虞兮的电话吗？"

关山有些意外，但很快就反应过来，凭借强大的记忆力，他不需要出去取虞兮的名片，直接从桌上拿过一张便笺，把一串手机号码写了上去，然后交给蒋辰屿，说："蒋总，这是虞总的联系方式。"

其实他还想说，据他观察，虞总似乎平时没有使用公私两部手机的习惯，但觑着老板喜怒难测的神情，还是把这句话咽了回去，拿着合同快步出了门。

蒋辰屿看着便笺上的那个号码，眸光如墨，但也只是出神片刻，就抬手拿过了自己的手机，打开短信对话框慢慢地打出了几个字。

合同签完，虞氏和泰泽集团双方一一握手互相道贺。虞兮听着耳边众人的交谈声，看着签字页上分列两侧的自己和蒋辰屿的名字，想到这份合同未来会带给自己的巨大收益，她依然觉得有几分不真实。

不过她从不是会瞻前顾后的人，迅速整理了心情，把其中一份递给了身后的许晓凝："拿好。"

被簇拥着送出会议室的时候，虞兮的手机响了起来。她拿出手机看了一眼，发现是微信通知，好友申请那一栏，楚凌的名字赫然在列，头像照片是从枝叶间透出的阳光，而他的验证信息里只简单地写着一个数字：八百六十一。

看着这个熟悉的数字，虞兮嘴角的笑意按捺不住，正要通过的时候，短信提示弹到眼前，她随意地扫了一眼，笑容顿时有些凝滞。

那是一串陌生号码，只发过来了短短八个字：“好聚好散，你多保重。”

5. 是不是当初甩了你，肠子都悔青了

“关助理，蒋总没来吗？”当晚，虞氏准备的答谢派对上，采购部一个和关山还算熟悉的采购经理按捺不住好奇心，问道，“我可听说蒋总和虞总是老相识了。”

“蒋总有私人行程，我也不方便打听。”关山不动声色地笑着搪塞道，举起酒杯和对方的碰了碰，说，“最近你们太忙，也该好好喝一杯了。”

眼见着关山喝完酒之后转身离开，采购部另一个人凑过来，低声说道：“就算蒋总不亲自来，两位王牌助理都过来捧场，这位虞总也很不简单了。”

“再怎么不简单，正主不来，你没发现她今天兴致也不高吗？”

“但我怎么听说她和卓越集团的……”

身后两个人说话的声音越来越小，最后几乎完全听不见了。关山没有再多停留，继续向前走去。他拿着酒杯环视四周，发现虞兮不知道什么时候已经不见了，而即使她不在，她带来的人也都学到了她的长袖善舞，整个场子气氛都轻松而又热烈，饶是江蓠这种不能喝酒、私底下也一直不太喜欢类似场合的人，也有许晓凝全程陪着，周到又细心。

只不过酒过三巡，其他人三三两两聚在一起，讨论的还是蒋辰屿和虞兮的关系。

身为“天子近臣”，过来给关山敬酒的人很多，他好不容易得了空，发现江蓠也不知道去了哪里，许晓凝正一个人拿着酒杯坐在角落里。关山和身边的人打了招呼，然后走到许晓凝身边坐下来，问道：“怎么不见你家虞总，连你现在也落单了？”

“蓠姐出去接电话了。”许晓凝笑了笑，对于虞兮的去向却没有透露，只是说，“虞总好像是有什么事要处理，但她不说的，我也不好多问。”

这个答案让关山不由得心内微哂，他朝许晓凝举起酒杯，笑道：“为了相同的职务，敬许小姐一杯。”

许晓凝酒量不好，手中的杯子里是低度数鸡尾酒，又喝了一杯之后，本就微微发红的脸更红了些。她听了关山的话，忍不住笑起来，说：“助理和助理可不一样，你是跨国集团的高管，我其实也就是相当于给虞总打杂。”

关山笑了笑，随口问道：“你跟在虞总身边多久了？”

“三年吧，”许晓凝想了想，才说道，“到今年正好满三年了。”

“虞总这么雷厉风行的人，你能跟在她身边三年，说明她对你非常满意了。”关山又给许晓凝拿过一杯酒，问道，“因为最近的合作，我看过你们公司的资料，这几年你们的规模一直在扩大，效益在同体量的公司之中已经算是名列前茅了。但没想到虞总一点儿都没有松懈，一直在忙，连个人感情都顾不上。”

许晓凝低低地笑出声来。

两个人离得近，关山听到这一阵悦耳的笑声，有些意外地看了她一眼。许晓凝止住笑，深深地看了他一眼，说：“虞总交代我说，可以多跟江蓠玩，因为她心思简单，关山心眼儿太多，走太近了，指不定哪天就被卖了。”

关山觉得许晓凝像是醉了，又像是没醉，但不管她状态如何，这句话都让他忍不住清了清嗓子，欲盖弥彰般饮尽了杯中的酒，摸了摸鼻子，笑道：“你们虞总真幽默。”

“你为了你老板，想套我的话是不是？”许晓凝虽然这么问，但没有等关山回答，直接说道，“果然你们那么高的年薪不是白拿的，连私事儿也要管。但你也不想想，你们老板对我们虞总一直不冷不热的，他自己放不下架子，还想追女孩子啊？”

见她如此直接，关山无奈地笑了笑，也不再拐弯抹角，说道：“为老板排忧解难本就是我们的工作之一，更何况蒋总对我有知遇之恩，我当然希望他……”他顿了顿，像是在斟酌着措辞，“至少要有些正常人的喜怒哀乐。”

“谁的老板对自己还没有知遇之恩呢？”许晓凝听他提起这个，倒打开了话匣子，“当年我妈去世了，我刚毕业，感情不顺，找工作也处处不顺，都快走投无路了。那个时候虞总就像是天上突然掉下来的仙女，我跟在她身边几年，她去外面应酬，一口酒都没让我喝过；想占我便宜的土大款，她那么爱钱的人，生意都不做了，直接砸杯子甩人家巴掌……”

“所以你也这么坚决地维护她，一点儿秘密都不肯透露吗？”关山无意让她越说越伤感，笑着问道。

许晓凝摆了摆手，说：“你不用白费功夫了，她是真的没什么秘密，就是忙生意、赚钱，偶尔和朋友见面。”

关山感慨似的笑道：“好，既然你这种心腹都说没有，那一定是没有了。”

许晓凝的心底也隐约有了一丝真切的茫然：这几年虞兮一心赚钱，但那些蔚为可观的收入，她不挥霍、不置产，至今座驾还是一辆普通的奔驰商务车，衣服首饰也从不追求什么限量高定，那她这么拼命地赚钱，到底图什么呢？

不过很快，关山又聊起了别的，她片刻的茫然很快也被遗忘在了脑后。

虞兮和那些商业伙伴打了照面之后，就从答谢派对上出来了，在好友群里发了一个“出来喝酒”，结果石桥寒队里有任务，人在邻市，林月所在的教学组出差，也没在海城。一个小时后，他们平时经常包下来的酒吧包厢里，只有季明明和陈齐一前一后从门口走了进来。

陈齐浓眉大眼，是很正统的帅哥长相，在外人面前是混不吝的富二代。但其实他本人四肢发达、头脑简单，本质人傻心善。他进来后大大咧咧地往沙发上一瘫，示意一旁的服务生倒酒，然后问道：“怎么了虞美人，心情不好？”

“恰恰相反，心情特别好，因为我今天签了一个非常大的单子，所以请你们喝酒。”虞兮十分敷衍潦草地扯出一抹笑容，仰头喝完一杯，又恢复了先前的面无表情。

季明明在她身边坐下来，等服务生离开后，问道：“赚了蒋辰屿的钱，还是这么大一笔，不应该开心吗？”

陈齐不知道具体事情，但听到这个名字，一边给虞兮倒酒，一边自言自语似的道：“蒋辰屿？这个名字好耳熟啊。”他回忆片刻，问，“是不是你大学的时候在一起过几天那个？他后来不是出国了吗？”

虞兮嗤笑一声，说：“陈公子这有限的脑容量，还能想起这种小事儿，难得啊。”

早被损惯了，陈齐也不和她一般见识，一副了然的模样，问：“怎么，他对你念念不忘，又回来找你了？是不是当初甩了你，肠子都悔青了？”

虞兮险些被酒呛到，觉得和陈齐这种人动手实在是有损自己的形象，所以最后也只是冷冷地瞪了他一眼，皮笑肉不笑地说：“只是玩玩，不存在谁甩谁，真要论起来，也是我甩他。”

陈齐自认纵横情场多年，一向知道“谁先甩谁”这种问题是争论的雷区，无论哪方都不肯承认，所以明智地选择不反驳虞兮。可他这点儿明智，在几杯酒下肚之后，很快就消失得干干净净，十分不怕死地问道：“既然是你甩他，那我怎么记得当初是你看起来比较惨？”说着，他还不忘寻找同盟，问一旁的季明明，“你看她现在，是不是也跟当初失恋似的，一副半死不活的鬼样子？”

虞兮从不和任何人说太多自己的感情和家事，所以当年的很多人和事，即使是好朋友也只了解大概，几个人里唯有季明明是知道得勉强还算清楚。

季明明活动了一下手腕，问陈齐："你想不想知道自己半死不活时什么样？"陈齐最怕季明明，顿时噤口不言。

虞兮有些想笑，又突然想起，蒋辰屿谈到她在乎的人，提起陈齐时只说"大概算得上"，原来她总觉得是因为陈齐的智商实在很难交流，但她现在越来越觉得，这些年容忍陈齐在身边发表各种白痴言论，实在是她太善良。

发现自己无意间又想到了蒋辰屿，虞兮的心沉了沉。

眼看着虞兮喝了一杯又一杯，陈齐活了过来，把酒杯往桌上一敲，无比义气地说："怎么，这个蒋辰屿找你麻烦了？我回头找人帮你好好收拾、收拾他！"

季明明淡淡地瞥了他一眼，说："这个蒋辰屿，现在是泰泽集团的总裁。"

陈齐一愣，"泰泽集团"四个字在耳边盘旋了几秒钟才反应过来，嚣张气焰顿时消了大半，但输人不输气势，还是骂了句脏话，嘴硬道："再大集团的总裁，一个麻袋也套得下。"

季明明面无表情地说："真厉害。"

他也不在乎季明明这种杀人不见血的讽刺，像是突然想通了什么关窍，认真地建议道："我们家小打小闹的，确实惹不起那么牛的跨国集团，但你家可以啊，明哥！季氏地产跺跺脚，谁家的房子不得跟着颤三颤啊？"

季明明连一个眼神都懒得给，虞兮已经搂着她的肩膀笑出声来："如果不是了解陈齐的智商，我一定会以为他这是在讽刺你。"

虞兮眸光流转，笑容明媚，所有的轻松愉悦都如此真切，和平时即使笑着，但目光里始终沉淀着郁色的那个她明显不同——他们几个人是高中同学，又进了同一所大学，厮混多年，感情非寻常人可比。

他们是她干枯生命中的雨露，也是她阴暗世界里的阳光。

“我这是大智若愚，你们懂什么！”陈齐不屑地说完，又忍不住向虞兮提了一个更认真的建议，“依我说，这蒋辰屿也算得上有钱有势了，如果他心里还有你，只要人还没发福秃顶，你就从了吧。”

虞兮心底那点儿感动和柔软瞬间灰飞烟灭，凉凉地瞟了陈齐一眼。陈齐不等她开骂，自动自发地做了一个“封口”的动作，然后两个人继续喝了起来。

酒过三巡，陈齐窝在角落里抱着手机，不知道又在和谁诉说衷情。虞兮靠在季明明的肩上，喃喃道：“我一开始以为蒋辰屿想拿虞氏威胁我，那个时候我想，就算虞氏对我来说很重要，但谁要真想拿它威胁我，我宁肯自己先把它毁了，也不会向任何人妥协。”

她对虞氏有责任，与此同时，虞氏也是她手里可以利用的最大筹码。

“现在这笔生意成了，但你还是不开心。”季明明说。

“靠自己的努力得到我想要的，是我人生的动力，”虞兮笑了笑，说，“所以即使你和卓清淮帮忙的话，一分钟抵得上我一年的努力，我也没打算依靠你们直接走捷径。不过我刚才想了想，如果把和泰泽集团的这笔生意，当成是蒋辰屿时隔五年给我的分手费，那其实接受起来，也就没有那么困难了——他本来是想用这笔生意拿捏我，但估计他自己也没想到，刚一开始他就对我彻底失望了，所以干脆直接给钱了事儿。”

昏暗的灯光里，季明明的神情看上去是罕有的犹豫和谨慎，她酝酿了许久的情绪，才扭头看着虞兮，难得有些小心地问道：“其实我一直想知道，当初你那么做……是不是也有蒋辰屿一部分原因？”

6. 有些事应该怎么开始，最后怎么结束，都由我说了算

五年了，季明明提起虞兮过去的事，依然语焉不详，包括蒋辰屿——

即使这么多年，虞兮从来都没有提起过这么一个人，以至于所有人都以为，蒋辰屿就像无数曾经试图靠近虞兮的男人一样，在她的生命里，只是一个无足轻重的过客。而他如今再次出现了，虞兮却和一直以来的她有了非常微妙的不同。哪怕这种不同，外人根本无从分辨。

“那么久的事情了，难为你还一直念念不忘。”虞兮闭着眼睛笑，声音四平八稳，“我谁都不为，只为我自己。”

睁开眼看了看季明明难辨悲喜的脸，她的声音软了些，说：“人生只有这么短短的几十年，对自己好一点儿吧，以前的那些事情，不管是关于你的，还是关于我的，都不要再想了。亲情、友情、爱情，其实都是要看缘分的，别被那些困住。”

“那你呢？”季明明低声问，“你看开了吗？”

虞兮无声地笑：“你就当我是在给自己的人生找点儿乐趣吧。就像之前蒋辰屿查了些关于我的资料，说不定以为我是个看不惯妈妈再婚，想要无端生事的叛逆女儿。”

季明明抿了抿唇，说：“你放心，以前的那些事情，任何人都查不到的。”

“所以我才说，你和你的‘卓叔叔’，才是我最大的金手指啊。”虞兮伸出手，在季明明下巴上轻轻地弹了一下，故意笑得十分轻佻的样子说，“等哪天我玩累了，就接受你的建议，把这些乱七八糟的事情全部甩给你们，让你们替我出头。”

季明明对此并没有表示出丝毫的乐观，问道：“那关于蒋辰屿，也能彻底翻篇了吗？”

她对于刚刚虞兮提到的那个“时隔五年的分手费”，与其说是好奇，不如说是一直耿耿于怀。

“当然不能。”虞兮想起蒋辰屿，嘴角的笑意有些讽刺，靠在季明明肩头，轻声说，“无论是蒋辰屿，还是其他什么人，有些事儿应该怎么开始，最后怎么结束，都由我说了算。”

蒋辰屿靠坐在床头，合上手中的书，抬头看了眼墙上的时钟：已经夜里一点了。他把书放到床头柜上，然后关掉了床头灯，躺下许久，依然睡意全无。

他重新打开床头灯，想要起身去拿抽屉里的安眠药，这时候手机铃声突然响了起来。他看着屏幕上的那串号码，第一时间便皱紧了眉头——白天的时候，他往这个号码上发了一条短信，用来结束他和这个号码的主人长达五年的纠葛。又或者说，是结束了他这五年来单方面的痛苦。

这种本该毫无回应的告别，却在这个时间有了这样的一通来电，蒋辰屿不知道虞兮又在耍什么把戏，所以直接挂断了电话。

卧室再次恢复沉寂，蒋辰屿看着暗下去的手机屏幕，神情愈加冷峻。

电话没有再打来。

床头灯被再次关闭，蒋辰屿坐在原地，睁着的眼睛还没有适应突如其来的黑暗，可脑海中虞兮的脸，越来越清晰。

他父母的事业重心在美国，他是在国内的外公身边长大的。外公是国内知名的经济学教授，一生清高孤介，大概受其性格影响，他从小就沉默内敛，不轻易和人深交，对无数向他表示好感的女孩也永远是冷淡拒绝。

对他来说，虞兮的出现，突然得就像是从天上掉下来的。

那天，整个海城大学还笼罩在晨光里，路上的行人极少，走在去往图书馆的林荫路上，能听见头顶清脆悦耳的鸟鸣声。一条鹅卵石小路把图书馆前的草坪一分为二，他穿过去的时候，突然听到身后有人叫道："前面那个同学，过来帮个忙，穿白衬衫那个，就说你呢！"

蒋辰屿下意识地回头，发现身后不远处，一个女孩坐在路边。见他看过来，女孩又招了招手，说："我的脚崴了，你过来帮我一下。"

女孩声音虽然不大，却足够颐指气使。蒋辰屿皱了皱眉，见周围没有其他人，到底还是走了过去。

走到那个女孩面前，蒋辰屿蹲下身子查看情况，发现她右脚上高跟鞋的鞋跟已经断了，脚踝有些红肿，因为本身皮肤极为白皙，所以看起来更为明显。

“疼死了！”她嘟囔着，毫不见外地扶住了他的手臂想要站起来。他身子一顿，待要挣开，她却抓得更紧了，娇俏的声音不知是不满还是撒娇：“别动，你扶我一下啊，我要再摔一次就更严重了。”

因为她的身体有些摇晃，蒋辰屿不得不任她扶着借力，但还是冷冷地说：“穿这种鞋子走鹅卵石路，就该知道会有这种后果。”

“正常人遇到这么漂亮的女孩落难，这个时候应该会非常绅士地说：我背你去医务室吧？”她一边说着，一边站起身子，为了避免再次摔倒，她十分不客气地半靠在蒋辰屿身上，把大半个身体的重量交付了出去。

陌生的香水味覆盖了空气里青草的自然香气，蒋辰屿忍不住再次皱眉，轻嘲道：“正常人一般不会对陌生人自夸漂亮。”

但是等他这句话说完，女孩就微微偏过头，笑着问道：“这样啊，可我难道不漂亮吗？”

蒋辰屿无意间撞上她的视线，发现她一句话问得似嗔似怨，眸光却清亮得近乎璀璨。她的眼尾微微上挑，薄唇凤目，本是十分明艳的相貌，又因为介于成熟和天真之间的气质，而显得越发灵动鲜活。两个人靠得非常近，他甚至能感觉到，对方轻浅的呼吸从颈间如微风般拂过。

少年迅速别开视线，向后退了半步，一张白皙清俊的脸上没有任何变化，耳边却红了一片。没错过这一幕的女孩忍不住笑起来，却不肯轻易放过他，故意问道：“那我到底漂亮不漂亮啊？”

蒋辰屿知道她故意打趣自己，只板着脸说：“无聊。”

对方丝毫不介意他的冷淡，抓着他的手臂晃了晃，与其说是请求，倒不如说是命令：“走吧，背我去医务室。”

“想去医务室的话就站稳一点儿，我扶你去。”虽然蒋辰屿的态度依然冷淡，但并没有挣开她的手。

“可我一只鞋子坏了，怎么站得稳啊？”她抱怨似的说着，随后再次凑近了些，目不转睛地看着近在咫尺的蒋辰屿，明明看起来有些不满，再一次催促的时候，却还是像撒娇，“你真的不背我啊？”

下一刻，所有画面消失不见，一片堪称静谧的黑暗中，开关响起的声音格外清晰。床头亮起的灯光温馨柔和，坐在光影中的人脸色却格外冰冷。

不久之后，手机铃声再次响起来。

蒋辰屿闭了闭眼，把脑海中最后的画面强行抹去，然后接起电话，冷冷地问：“你又想耍什么把戏？”

7. 蒋辰屿，我不会放过你的

电话那头有嘈杂的音乐声传来，紧接着，是一个陌生的男声，有些迟疑地问道：“您好，打扰了，请问是……蒋辰辰蒋先生吗？”

蒋辰屿呼吸一滞，这个称呼将他猝不及防地拉进回忆中，那个带着点儿抱怨的娇俏声音再次响起，捏着他的脸说：“看看你每天老气横秋的样子，也不知道把你的名字叫得可爱一点儿，人会不会也变得更可爱，‘辰辰’怎么样？来，蒋辰辰，冲我笑一下。”

满室沉寂。

“不好意思，您在听吗？”听筒里的男声再次响起，又多了几分焦急，“虞小姐在我们酒吧喝醉了，平时和她一起来的朋友都不在，我只能按她的通话记录顺序联系一下她的朋友。请问您方便过来接她一下吗？”

在他问话的时候，隐约听得见有其他人的声音远远传来：“你们扶她一下，待会儿又要摔了！”

“打给她手机里的季明明，那才是她的朋友，会过去接她。”蒋辰屿听到自己毫无温度的声音在卧室中响起。

对方显然完全接收到了他的冷漠，十分识趣地说：“好的，谢谢您，很抱歉打扰了。”

蒋辰屿闭上眼睛，觉得虞兮说得实在一点儿都没有错，他当年玩不起，现在也一样。

“等等。”

二十分钟后，一个喝醉的男人走到虞兮的卡座前，颇为意外地笑道：“哟，这位美女这是在这儿睡着了？”

彼时，虞兮斜倚在卡座的靠背上，双眸紧闭，呼吸均匀。

守在附近的服务生走过来几步，挡在虞兮身前，朝那个男人十分礼貌地笑道：“这位小姐是我们的熟客，在这儿休息一会儿，朋友马上就过来。您今天到多久了，有没有尝过我们调酒师的新酒？我让他现在帮您调一杯。”

那个男人还没有来得及回应，就又有人走了过来。

服务生整日迎来送往，眼光毒辣，只看对方不凡的气度，便知他非富即贵。这样一个男人蓦地踏入这片灯红酒绿的喧闹之中，即使能看得出来匆忙，他的眼中也只透着冷然和淡漠。

“蒋先生？”服务生试探着问道。

蒋辰屿微微点头，然后走到卡座前，垂眸看着满身酒气的虞兮，又看了看前面桌上或立或倒的酒瓶，眉心微蹙，对服务生说：“结账吧。”

“虞小姐是熟客，费用我们已经直接从她的会员卡上划走了，您代虞小姐签个字就可以。”服务生连忙把单据递了过来。

蒋辰屿签完单，俯下身子靠近虞兮，这才发现她之前不知撞到了哪里，白皙的左手小臂上已经青了一块。

蒋辰屿突然发现，虞兮似乎经常受伤，大的、小的，不小心的，和她自己故意为之的。

他眸光中微小的波动转瞬即逝，随后脱下黑色大衣，盖在昏睡的虞兮身上，然后将她拦腰抱起，一言不发地朝外面走去。

直到蒋辰屿的身影消失，始终从包厢门口注视着这边动静的陈齐才收回视线，揉了揉因酒意上涌而有些涨痛的额角，茫然地问季明明：“她是真喝多了吧？那她这到底算是玩苦肉计勾引男人，还是羊入虎口啊？咱们就这么任她作啊？”

季明明不喝酒，整晚全程清醒，不过对于陈齐一连串的问题，她一个都没回答，只是提醒道：“那个服务生的小费别忘了多给一点儿。”

蒋辰屿坐在驾驶座上，从后视镜里看着躺在后座的虞兮，开口的时候，语气里听不出情绪：“去你家，还是我家？”

后座的人全无回应，蒋辰屿轻嘲似的笑了笑，然后一边发动车子，一边说：“好，不说的话，那就我家。”

黑色保时捷如同离弦的箭，在夜色中疾驰而去。随着越来越接近蒋辰屿位于东郊的别墅，车内始终没有任何声音再响起，空气仿佛凝固了，他周身弥漫的气压也越来越低。

回到家里，蒋辰屿抱着虞兮直接去了二楼卧室，把她放在床上之后，见她仍一动不动，他面上的讽刺越发明显起来，出声问道：“怎么，演上瘾了？”说着，他俯下身子，握住她的左手，摩挲着手臂上的瘀青，动作轻柔，声音却堪比冬日寒冰：“要从什么角度、用什么力道能撞成这个样子？”

虞兮的呼吸依旧均匀。

蒋辰屿的视线落在她腕间那只熟悉的钻石手镯上，但他只是刚一碰到，虞兮在他掌心的手就抽了回去。

蒋辰屿抬眸，撞上虞兮的视线，前一秒还因醉酒而昏睡的人，此刻已经睁开眼睛看着他了。

“醒了就好。”蒋辰屿扯出一抹没有温度的笑容，站起身来，开始解自己领口的扣子。一直到解开了第三颗，见虞兮仍躺在床上一动不动，他命令道：“脱衣服。”

因为浓重的酒意，虞兮的脸上泛着不自然的酡红，她微眯着眼睛看蒋辰屿，被酒精烧灼的声带沙哑：“你说什么？”

“怎么，你大半夜费尽心思见我，不是为了上我的床？”蒋辰屿问完，随即恍然，“需要先醒醒酒是吗？”

他停下解扣子的手，不顾虞兮的挣扎，直接把她抱进了浴室。

头顶的花洒被打开，水流如瀑，虞兮低叫一声，被冷水冲得几乎睁不开眼睛。她用力从蒋辰屿怀里挣出来，想要往外走，却被他死死按在原处不能动弹。水很快就把两个人从头到脚浇得湿透，虞兮的墨绿色长裙紧紧地贴在身上，勾勒出身体凹凸有致的曲线。

她有些哆嗦，以至于声音听起来都是颤抖的：“你是不是疯了？放开我！”

“酒醒了吗？”蒋辰屿一只手便把她的双臂禁锢在头顶，另一只手不容分说地钳住她的下巴，迫得她不得不仰起头来。他看着她，似乎连呼吸都带着被冷水冲刷过后的寒意，一字一句地问道：“那现在你告诉我，虞兮，你到底想要干什么？”

虞兮挣不脱，反而笑起来，她不再挣扎，只微微颤抖着，反问道：“你觉得我想干什么？”

“我已经放过你了……”

“好聚好散，你多保重。”虞兮不等蒋辰屿说完，就把他那条短信的内容重复了一遍。她死死地盯着他，似笑非笑地问道：“蒋辰屿，你说，当初我们算‘好聚’吗？你又觉得怎么才算‘好散’？不是一直对我念念不忘吗？不是说爱我，说得连你自己都信以为真了吗？我现在主动送上门了，过了今晚，我们真正好聚好散，你不满意吗？”

蒋辰屿沉默许久，才自嘲地笑着，不知道是在问她，还是问自己：“我应该满意是不是？”

不知是因为喝了太多酒，还是洒下来的水溅进了眼睛，虞兮的眼底一片通红，她维持着脸上的笑容，声音却带着鲜有的决然：“一开始就是我先找上你的，你当初能答应背我去医务室，还有一个大前提，就是我愿意让你背我去。而只要我活着一天，所有事情一旦开始，什么时候结束、怎么结束，都得由我说了算！”

“你那天——”蒋辰屿的声音有些轻，被水声覆盖，以至于问题的后半句话，连他自己也有些听不清，“是真的不小心崴了脚吗？”

浴室里，两颗心都在朝着最深处坠下去，即使身体紧紧地贴在一起，也没有半分旖旎。

虞兮抑制着声音中的颤抖，反问道：“重要吗？”

“对你来说，到底有什么才是真正重要的？”蒋辰屿的声音突然抬高，他原本捧着她脸的手滑到她颈间，冰冷的手指扼住她的喉咙，眼底是和她如出一辙的红，“虞兮，你告诉我，你爱过我吗？”

眼前的男人和少年时一样白皙瘦削，有着同样清俊的眉眼，所有的情感也都已经沉淀成了如今的冷峻坚忍。

虞兮的眼泪刚从眼角滑落，就消融在了水流中。她看着近在咫尺的蒋辰屿，猝不及防地吻上了他的薄唇。

蒋辰屿的身体有一瞬间的僵硬。

虞兮从蒋辰屿同样僵住的掌心中抽出自己的手，双臂环在他颈间，让两个人的身体和双唇贴得更紧了些。他一动不动，却并不妨碍她在他的唇瓣上轻轻辗转舔舐，直至冷水中，两个人的唇间渐渐有了一丝温度，她才停下来，颤声说道：“既然走了，为什么要回来呢？既然回来了，又怎么还会天真地以为，我们还可以好聚好散呢？”她抬起手，轻轻抚上他的脸颊，指尖拭去那些仍不断落下的水迹，再次吻上他的唇之前，呢喃着说：“蒋辰屿，我不会放过你的。”

蒋辰屿僵立在原地，因着她的这句话，整颗心仿佛突然从中间断裂开来，一半坠入不见光影的渊薮，一半被撕扯后迸发的鲜血染得滚烫。

暌违多年的吻唤醒了两个人身体的记忆，在虞兮的呼吸越发急促之后，蒋辰屿终于败给自己的情不自禁，回吻住她。在唇齿交融之际，他揽过她的腰，仿佛要把她整个人都揉进自己的身体里：“那就不放过吧……”

第三章

但愿长醉

1. 她走的时候，吃早餐了吗

天光大亮，蒋辰屿从沉沉的睡梦中醒来。而他在意识清醒的第一时间，就察觉到了怀里空无一人。空气里还残留着一丝虞兮的香水味，当年甜腻的暖香到现在的清冷凛冽，也如同从当年在他怀中彻夜安睡到眼下只留给他一室空寂。

蒋辰屿坐起来之后，看着床上凌乱的痕迹，觉得昨天晚上更像是一个荒诞不经的梦，而这个梦却让他得到睽违已久的安眠。他许久不曾一夜无梦睡到天亮了，自从虞兮离开他，他离开虞兮。

裹了睡袍下床，蒋辰屿下楼的时候，保姆常姐已经准备好了早餐。他素来喜静，家里平时只有常姐负责三餐和日常家务。常姐见他下来，打招呼道：“先生。”

蒋辰屿轻轻地点了点头。他走进餐厅，在餐桌前坐下，依然有短暂的失神，直到常姐把热牛奶端过来放到他面前，他才无意识地低声问了一句：“她走的时候，吃早餐了吗？”

常姐一愣，随即想起天刚亮时她起来开始准备早餐，见到的那个从楼上下来的漂亮女孩，于是老实答道：“她问我会不会做小馄饨，但还没等我说话，又说她只是随便问问，然后就走了。”

蒋辰屿拿黄油刀的手一僵。

见年轻英俊的雇主晦暗难明的眼神，常姐不知自己是不是说错了什么话，小心翼翼地说道：“小馄饨我会做的，只是不知道那位小姐喜欢什么口味，等她下次再来的时候我做给她吃。”

“不用了。”沉默许久，蒋辰屿淡淡地说道。

太阳东升，透过落地窗斜斜地洒进餐厅里，桌上的西式早餐和往日无差，精致丰富，营养均衡，刀叉在杯碟旁整齐地摆放着，餐具也都格外考究。可终究少了几分烟火气，蒋辰屿坐在桌前，全然没了胃口。

小馄饨是他外公最喜欢的食物，尤其是他外婆亲手做的。那时候他还小，每逢外婆做小馄饨的时候，外公只要有空，都会一起帮忙，还要把他也叫上。他从最初的笨手笨脚到后来的像模像样，祖孙三人围坐一处，至今依然是他回忆里最温馨的画面。可外婆走了之后，外公越发忙碌，偶尔的闲暇时间里，只是对着外婆的照片出神。日常三餐全部由保姆打理，他们再也没有亲自下过厨。

他亲手包小馄饨给虞兮吃，是什么时候的事情呢？

他背着虞兮去了医务室之后，两个人日益熟悉，虞兮隔三岔五就要跑来找他，而他整个人都呈现出一种前所未有的矛盾——对她有意无意的亲昵，习惯性地皱眉退避，可对她所有的颐指气使也同样照单全收。

两个人刚在一起的时候，有天晚上，虞兮找了个漏洞百出的借口，要留在他家里过夜。那时候他自认克己守礼，把她安置在他的卧室，自己睡了客卧。结果几乎整晚，他都辗转反侧，直到凌晨还没有睡着。

天快亮了的时候，外面突然开始下起大雨，风卷着雨滴打在窗棂上，发出细密的声响。他躺在床上，听着窗外的雨声，忍不住想：也不知道虞兮有没有被吵醒。

再也睡不着，他干脆起来进了厨房，循着记忆中外婆的步骤，开始为那个还在睡梦中的女孩做一碗小馄饨。

小馄饨快要煮好的时候，虞兮出来了。

彼时，她听到动静走到厨房门口。即使拥有在女生里相当高挑的身材，但此刻穿着他的睡衣的虞兮，也仍像是偷穿了大人衣服的小孩子，尤其她揉了揉惺忪的睡眼，看过来的目光里还带着一丝茫然的时候，他的嘴角终于忍不住向上翘了翘。

“没睡好吗？”看着她和他同款的黑眼圈，他转过身关了火，一边把煮好的馄饨捞出来，一边说，“先把早饭吃了，然后再去……”他没有说完的话，全部被打断在身后突如其来的拥抱中。

虞兮从身后抱住他，侧脸贴上他的后背，声音有些低，似乎还带着几分莫名的压抑和颤抖：“蒋辰屿，你怎么这么好？”

腰被她环抱住，即使隔着衣服，也像是要被她紧贴着的手指灼伤，使得他的心脏就这么无端跳漏了一拍。他任她抱着，也任这个拥抱把晨光拉扯得无限漫长。这个拥抱持续许久以后，他佯作淡定地开口时，嗓子仍有些发紧：“吃饭吧。”

两个人坐下吃饭时，虞兮的话似乎变得格外多，多得就像是只有用这种浮于表面的活泼，才能让自己把有些可笑的沉重，说得稀松平常一些：“我爸一直忙生意，我妈……口味和我不一样，请的阿姨也是和她一个风格。我很少在家里吃饭，本来以为自己够惨了，结果你知道吗？季明明更惨。季家常年吃法餐，我去过她家几次之后，就打死也不肯再去了。谁会想三天两头吃蜗牛啊？真是疯了……”

大概是他看着她的目光里不自觉地有了些心疼，她马上就不再说这些，拿勺子舀着碗里的小馄饨，明明眸光亮得灼人，面上却还是一副不甚在意的样子，说：“你也很奇怪，出去吃就好了，干吗一大早费功夫自己做啊。”

那个时候，他看着她微红的双眼，是想和她过一辈子的。

不知过了多久，蒋辰屿从回忆中抽离出来，看着桌上已经冷掉的早餐，站起身来一面往外走，一面对常姐说："收拾了吧。"

精品店里，店员把咖啡送过来放到茶几上，周到而礼貌地笑道："虞小姐，您的咖啡好了。"

"谢谢。"一旁的穿衣镜前，虞兮转了个圈，看着身上这条酒红色礼服裙，不甚满意地说，"领口这个设计太繁复了，不好。"

等在一旁的许晓凝听她说完话之后又咳嗽了两声，不由得问道："这都三天了，怎么我瞧着还没见好？您是不是又忘了吃药了？"

虞兮听到她的话，顿时恍然，道："难怪今天头更疼了。你帮我拿一下药，我先去把这条裙子换了。"

许晓凝有些无奈地摇了摇头，坐回沙发里，拿过一旁虞兮的包，打开之后从里面翻找出了感冒药。她刚拿出来，又看到包里另一个药盒，眼睛倏然瞪大了——她虽然没用过，但她识字，那是一盒已经拆封的紧急避孕药。

虞兮从试衣间出来，接过店员送来的热水，把感冒药吃了之后，听见许晓凝没话找话一样问道："老板，您这感冒……挺严重的啊？"

虞兮瞥她一眼，发现视线相撞的那一刻，许晓凝欲盖弥彰一般刻意不让自己的眼神躲闪，于是瞬间就想起了自己包里的东西，似笑非笑地问："是关心我，还是想打听八卦啊？"

这两者之间其实并没有太大冲突。许晓凝虽然心里这么想着，但还不至于蠢到直接说出来，只乖乖地在虞兮的视线里，做了个给自己双唇拉上拉链的动作，然后缩回沙发里继续看新一季的衣饰图册了。

直到虞兮又去试衣间试穿另一件礼服，许晓凝才扔下图册，有些疲惫地揉了揉肩膀。

这几天，她的工作量不减反增，虽然公司拿下了泰泽集团的巨额订单，但从上到下都不敢有丝毫的松懈。厂房那边的生产规模要进一步扩大，新生产线这个月就要投产，而虞兮的视线更是盯上了即将入驻海城的连锁超市。

许晓凝不知道虞兮为什么要这么拼命赚钱，也同样不知道她为什么要去参加第二天晚上楚氏金融举办的晚宴。

许晓凝知道，楚氏金融的老板娘梅逊雪是虞兮的母亲，不过她也仅仅知道这层关系。跟在虞兮身边三年，她没见过虞兮和他们有过任何接触，对方出席的场合，虞兮能避则避，偶尔遇到，也与陌生人无异。

许晓凝的小聪明让她轻易能分辨出哪些是雷区，所以即使她经常在虞兮面前对各种事情问来问去，也从来不敢问及虞兮的父母。她今天也更加奇怪，为什么虞兮会突然像变了个人一样，不仅要出席楚家的宴会，还要为了这个宴会，如此认真地去挑选一件礼服。

就在她胡思乱想的时候，虞兮已经再一次地从试衣间出来了，许晓凝抬眸看过去的时候，眼神瞬间一亮。

虞兮此刻试穿的是一条黑丝绒长裙，抹胸收腰，勾勒出了完美的身体曲线，裙摆做开衩设计，复古风的暗金色刺绣内敛而又不失奢华，和虞兮性感张扬的气质完美互补，尤其她胸前一个还没有完全褪去的吻痕，更衬得她像一只神秘的黑猫，性感妖冶。

两个店员眼中满是惊艳之色，许晓凝也忘了去关注那个吻痕，只顾着不住声地感慨着："天哪，这也太美了……"

虞兮没时间纠正她的称呼，对着镜子照了照，发现仍有"漏网之鱼"，冷着脸从化妆包里找出遮瑕笔，涂抹几下之后，那个吻痕消失不见。她脸上这才露出了满意的神色，一边往试衣间里走去，一边吩咐一旁的店员："就这件，一会儿帮我包起来。"

许晓凝看着她的背影，心中觉得自己知道的溢美之词实在太少，少到不足以赞美自家老板的美貌和妖娆。就在这时候，其他店员已经又迎了顾客进门，一面朝这边走，一面笑道："楚太太、楚小姐，您二位这边请。"

2. 不管什么时候，我都站在您这一边

许晓凝曾经见过梅逊雪。和虞兮十分有攻击性的美貌不同，她整

个人看起来，都如同她的名字般，有一种古典温婉的美，更何况这种美貌之中，又时常有一丝若有若无的幽怨，让人实在不得不望而生怜。

许晓凝不知道梅逊雪和虞兮之间的过往，但她有一次无意间看到了梅逊雪看向虞兮的眼神。她过去从来不知道，一个母亲看着自己的女儿时，眼神会如此复杂——愧疚这种情绪并不算少见，可奇怪的是，梅逊雪的视线里，还夹杂着一抹若有似无的怨怼。而相比之下，虞兮的反应就简单得多：她永远把对方视若空气。

视线飞快地掠过梅逊雪，许晓凝又看了一眼她身旁的楚恬。楚恬是梅逊雪的继女，最多二十岁的年纪，生得高挑清丽，眼角眉梢透出几分意气飞扬的骄傲。不过这两个人看上去倒像是亲母女，感情很好的样子，楚恬挽着梅逊雪的手臂，姿态亲昵。

“我上个月订礼服的时候，就催你早些准备，知道你一向拖延，没想到能一直拖到今天。”梅逊雪和楚恬说话的语气里带着一丝嗔怪，但其中的宠溺也是显而易见。

“我刚毕业就开始筹备工作室，需要忙的事情太多了嘛。”楚恬撒娇似的笑道，“再说，您不是已经帮我选好了吗？您的眼光我最放心了，明天晚上我一定艳压全场。”

许晓凝收回视线，悄无声息地翻了个白眼：想在虞兮面前艳压全场，真是无知者无畏。她是虞兮女王忠心无二的马前卒，即使不知道他们之间的恩怨，但只要是虞兮讨厌的，她也不自觉地开始抵触，无论对方是谁。

梅逊雪在许晓凝对面的沙发上坐了下来，而店员拿出早已准备好的礼服，陪楚恬去试衣间更换的时候，恰逢虞兮已经换好了自己的衣服从里面出来，两人擦肩而过时，楚恬有些意外地看了虞兮一眼，而虞兮面无表情地径直走了出去。

“已经刷完卡啦，咱们起驾回宫吗？”许晓凝不希望她被影响心情，露出一抹自认非常可爱的笑容，语气轻松地说道，“女王陛下。”

梅逊雪第一时间就看见了虞兮，她站起身来，视线始终没从虞兮身上移开，依然是无比复杂的眼神，嘴角的轻浅笑意也消失了，不过开口的时候，语气依然温和：“来买衣服吗？”

“对啊。”虞兮柔声笑道。许晓凝闻声跟见了鬼一样，猛地朝她看过去。虞兮直视梅逊雪，笑得温和又亲切：“来‘用我自己赚的钱’买衣服，因为我实在没有勾引男人的本事，能让谁心甘情愿地供我吸血。楚太太见多识广，不如教教我？”

“虞兮！”楚恬早知道虞兮不是省油的灯，没换衣服直接从试衣间过来，站到梅逊雪面前，皱眉斥道，“你说话放尊重点儿！”

梅逊雪涵养极好，即使脸色有些苍白，但还是扯了扯楚恬，低声说：“恬恬，你别管了，去试衣服吧。”

虞兮有些无辜地朝楚恬笑了笑，说：“可惜我爹妈死得早，没人教过我什么是尊重。”梅逊雪呼吸一滞，只听虞兮不无恶毒地继续说道：“哦，对了，我妈其实没死，只不过我当她早就死了。”

楚恬扶住梅逊雪摇摇欲坠的身子，再次看向虞兮时，目光里有难掩的凌厉，但到底自恃身份，没有做出什么失礼的举动，只是不屑地冷笑着道：“说话这么恶毒，一定生活得很不幸吧？真可惜，你也就只会用这种方式来找可笑的存在感。”

自己随便两句话在梅逊雪身上发挥作用就可以，虞兮懒得和楚恬一般见识，所以神情也没有因为楚恬的话有一丝波动。她像是没看到脸色灰败的梅逊雪，只有些遗憾地看了楚恬一眼，笑道：“祝愿楚小姐能永远保持现在的这种骄傲和天真。”

说完之后，虞兮昂首向前走去，姿态美丽而又优雅。许晓凝拿起她的包，匆匆跟了上去。

楚恬扶着梅逊雪在沙发上坐下来，怎么想都觉得愤懑难消，一面抚着梅逊雪的后背帮她顺气，一面怨道：“阿姨，您就是太放纵她了，看她说的都是些什么话！”

梅逊雪想到虞兮往日的冷漠和今日的怨憎，许多往事一时都浮上心头。对这个孩子，她爱不起来，却也始终恨不彻底，这种心情使得她看起来越发怅然，许久之后才幽幽叹道："是我对不起她。"

把包好的礼服放进后备厢，许晓凝坐进驾驶室，看着靠在后座上闭目养神的虞兮，心里松了口气——虞兮这个人，越生气的时候，反而笑得越漂亮。现在看上去脸上没什么表情，反倒说明情绪还算平稳。

就在这时候，虞兮突然开口，说："别以为我没睁眼，就不知道你在偷偷看我。"

正从后视镜里偷窥的许晓凝立即收回视线，清了清嗓子，为自己开脱道："我这也是担心您嘛。"既然说到这里，她干脆直接问道："您还和以前一样，把她们当空气，直接走人就算了，怎么今天画风突然变了？"

"以前那不是在把她们当空气，"虞兮自嘲地笑了笑，说，"我只是在忍。"她在拼命地用尽全身的力气去忍，忍着不至于在无能的时候，把语言攻击当成最没用却仅能驱使的武器。

许晓凝心中有很多不解，但也知道哪些该问哪些不该问，只问了一句："那现在不需要忍了吗？"

"不然你以为，我为什么会去参加明天的宴会？"虞兮咳嗽了两声，不答反问。

许晓凝似懂非懂地点了点头，说："虽然不明白您在说什么，但感觉很厉害的样子。"

虞兮笑了起来，问道："既然什么都不明白，为什么还一副和我同仇敌忾的样子？你怎么不想想，我可能就是因为不能接受梅逊雪再婚，又嫉妒她们两个看起来那么母女情深，所以想用阴谋诡计破坏她们的生活？"

许晓凝见她没有直接终止这个话题，就知道还有自己可以继续八卦的余地，于是试探性地问："既然您这么问，那我直说了啊？"

虞兮眼都没睁，只不耐烦地"嗯"了一声。许晓凝这才说道："根据您的态度，我猜……出轨甚至有可能都是最低级别的伤害，如果真实情况有过之而无不及的话，您就算真想做什么，也很正常。”说到这里，她顿了顿，然后坚定地表达了自己的忠心：“再说了，就算真的像您说的那样，反正我是您的助理，我只知道没有您就没有今天的我，所以不管什么时候，我都站在您这一边。”

她说完之后，虞兮慢慢地睁开眼睛，笑道：“这句话我记住了，希望你也记住。”

许晓凝朝她比了个“同意”的手势，再次确定道：“记多久都没问题。”

回应她的，是虞兮突然剧烈的咳嗽。她发现虞兮白皙的皮肤上泛着些潮红，皱眉叹了口气，无奈地说：“我待会儿再去给您买几种别的药吧，您这感冒看起来更严重了。”

虞兮正要答应，看向窗外的时候，无意间发现非机动车道上，有清俊的男孩子骑着单车，载着小女友从不远处经过。看着两个人亲昵说笑的姿态，虞兮突然想起了蒋辰屿。

那个时候她认识他不久，面对着他多数时间里的淡漠疏离，她虽主动，却也始终不改骄纵本性。第一次坐在他单车后座上那天，她去揽他的腰，可下一秒，就被他直接拉开了手。她立时变了脸，也不管他的车速快慢，直接跳了下来。

最初崴伤的那边脚踝还没完全好，清晰的钝痛让她的脸色彻底苍白起来。与此同时，蒋辰屿也第一时间停了下来，扔下单车快步走到她身边，眉头紧皱地扶住她，向来性子沉敛的他语气鲜有地严厉，责备道：“你干什么？知不知道这样很危险？”

她却不顾伤处的疼，甩开他的手，冷着脸说道：“抱一下你的腰都不让，那你也别碰我啊！”

他一愣，随后想说什么，但又明显忍住了。她看着他欲言又止的模样，心内越发气闷，索性不理他，一瘸一拐地向前走去。可没走两步，他就追了上来，再次扶住她，在她挣开他的手之前，语焉不详地解释道：“我只是……有点儿怕痒。”

她停下来朝他看过去，发现他面上尚且能维持平静，耳边却已经红了一片。她的心情顿时拨云见日，转怒为喜，但还是故意用不悦的语气问道："那怎么办？我以前没坐过单车，害怕掉下去。"

蒋辰屿沉默许久，直到耳边那抹可疑的红有蔓延到颈间的趋势，才有些迟疑地说道："那、那我忍一下。"

她的嘴角抑制不住地扬起，却听到许晓凝抬高了一些的声音，叫道："虞总？您听到我说什么了吗？"虞兮猛地回过神，这才意识到自己如今身处何地。

许晓凝有些好奇地看着她，问道："您刚才笑什么啊？"

其实在她问出口之前，虞兮脸上浮现出的那丝笑意早已被冷漠所取代了。她收回视线，靠进座椅，眼底隐约透出了几分烦躁："开车。"

关山进入办公室的时候，发现他们向来工作效率极高的蒋总，正有些出神地坐在椅子里，目光虽然看着桌面上的文件，整个人却显然有些神思不属，不知在想些什么。

最近这三天的时间里，这几乎已经是他的常态了。

关山虽然不知道具体发生了什么，心里却知道一定和虞兮有关——蒋辰屿这种时不时地出神始自三天前，那天他低头签字，而站在一旁等待的关山十分眼尖地发现，他后颈上有两道衣领勉强能盖住的抓痕。

据关山所知，他们的蒋总不养猫。

随着关山把水和药放到桌上，蒋辰屿回过神来，把签好的文件递给他，说："可以下发了。"

"好的，蒋总。"关山答应着，见他又开始翻阅起下一份文件，忍不住劝道，"蒋总，您的低烧一直没退，还是先把药吃了，然后休息一会儿吧？"

"只是小问题，没必要。"蒋辰屿不甚在意地说着，又低下头继续看起了文件，然后随口问道，"明天都有什么安排？"

关山轻车熟路地汇报道："上午要出席新酒店的剪彩仪式；众星

文娱的陈总明天下午来访，并且希望能邀请您共进晚餐。”

“这么快就听说泰泽准备甄选形象代言人的消息了？”蒋辰屿没什么表情，说，“推了吧，不见。”

关山点了点头，想到什么，又说道：“楚氏金融明晚要在泰泽酒店举办晚宴，上个月就给您递了邀请函，关于是否出席，您一直没有答复……”

蒋辰屿显然已经忘了这件事，此时听说，眉头微皱，问：“楚亦奇的楚氏金融？”

关山答道：“是。是私人性质的晚宴，名目是为了庆祝楚董夫妻二人的结婚纪念日。”

提及楚氏金融，蒋辰屿再一次想起虞兮——在那天她清晨离去、并且三天没有任何消息之后，他已经不知道这是自己第几次想起她了。两个人的感情似断非断，似无非无，他那些难消的爱恨，始终无处安放。

关山问道：“要推掉吗？”

蒋辰屿回过神来，淡淡地说道：“不用，去看看吧。”

3. 我这么美的人，歇斯底里的哭闹不适合我

楚氏金融的晚宴，自然是不会给虞兮发邀请函的，所以她向季明明借了她的“卓叔叔”，作为卓越集团总裁的女伴，光鲜亮丽地坐进了卓清淮的豪华座驾。

上车之后，虞兮看着车窗外的夜景，突发奇想，说：“其实我在想，如果我不拿邀请函，直接闯进去大闹一场，是不是更有苦情剧女主角的风范？”

卓清淮看了她一眼，儒雅俊美的脸上露出几分笑意，说：“体面全无的话，应该没有风范可言。”

“也是。”虞兮从善如流地点点头，“我这么美的人，歇斯底里的哭闹不适合我。”

卓清淮忍俊不禁。在他看来，虞兮和季明明实在是性格南辕北辙

的两个人，季明明骨子里有着深深的自卑，虞兮则永远在盘算着怎样用尽自身的每一分优势，去赢得最大的利益。这样两个截然不同的女孩，却相依相生，有着最坚不可摧的友谊。

“是不是觉得我和明明完全不一样？”虞兮有一种超乎寻常的机敏，没有感知到卓清淮神情的任何不同，就有了相当准确的猜测，随即笑了笑说，“可能因为，虽然都是不幸的小孩，但从小到大，至少我有一个真正爱我的爸爸。”

“那位蒋先生不算吗？”卓清淮问。

“长大以后得到的爱，要非常非常多，才有可能治愈来自家庭的创伤。”虞兮靠坐在座位里，沿途路灯的光照进车厢，半明半暗的光影中，她的神情看起来格外沉静，“而蒋辰屿做不到。”

她曾经以为他可以，但下注之后，输掉了所有筹码。

“到底是他做不到，还是你已经不想给他机会让他证明，是两个完全不同的概念。”卓清淮一语中的。

虞兮挑了挑嘴角，她本来提及这些，是打算见缝插针地推动一下卓清淮和季明明之间的发展，可惜对于卓清淮这么聪明的人来说，不想聊的话题，轻易就能原样打回去。

虞兮自然收到信号，于是很快转移了话题，笑道：“不提这些了。‘卓叔叔’对楚亦奇这个人怎么看？”问完之后，她又补充道：“当然了，我知道以‘卓叔叔’的地位，他并不是值得你放在眼里的人。”

季明明对虞兮的任何事都十分上心，很早就让人详查过楚亦奇，卓清淮也一直有着人留意楚氏金融的动向，此刻听虞兮问起，不疾不徐地说道：“算是个聪明人，不过这两年大概因为上了年纪，开始更注重稳妥，进取心被安逸的生活消磨掉了太多。”

“家庭美满、生活幸福，这种生活谁不喜欢。”虞兮笑得讥诮，说，“况且他也快五十岁了，该到享受生活的时候了。”

“他应该有培养楚凌接班的打算，不过目前来看，楚凌的工作重点一直放在自己那家科技公司，看样子暂时没有接手的打算。”

“我这几年啊……”虞兮若有若无地轻叹了一声说，“怕楚氏发展得太快，因为那意味着我可能要努力很久才能达到目的，更怕楚氏哪天意外破产，这样我就算把他们踩在脚下，也会少很多成就感。都说君子报仇十年不晚，可就算不晚，要一直煎熬十年，也实在太痛苦了。”

泰泽酒店是泰泽集团旗下的顶级奢侈酒店品牌，从创立之初，就以豪华和舒适完美契合为基点，为顾客提供最优质的服务，十几年间，已经在国内外享有着极高的知名度，也是各界名流的入住首选。

虞兮和卓清淮两个人一路交谈，很快就到了酒店。早已有等候多时的接待人员和酒店员工一路引领，将他们和陆续到达的其他人引入宴会厅。

远远地，虞兮一眼就看见了被几个人簇拥的楚亦奇和梅逊雪。楚亦奇人近天命之年，除了双鬓微染白霜，丝毫未显老态，整个人反而随着时间的磨砺而越发深沉。而梅逊雪和他相携而立，一个风度翩翩，一个温柔婉约，自然是所有人眼中天造地设的贤伉俪。

虞兮挽着卓清淮的手臂走过去的时候，比起神情微变的梅逊雪，楚亦奇看上去，除了最初眼底闪过一抹意外之色，接下来全程十分镇定。

“卓董能拨冗前来，真是让我们夫妇倍感荣幸。”楚亦奇朝卓清淮伸出手，笑容诚恳而又郑重。

卓清淮微微颔首，客套道：“楚董客气了。”

两个人寒暄几句，楚亦奇这才看向卓清淮身边的虞兮，十分亲切地笑道：“好久不见了。”说着，他握住梅逊雪的手说，“看看虞兮，是不是越来越漂亮了？和卓董真是郎才女貌，衬得咱们都成了老头子老太婆了。”

梅逊雪也跟着笑了笑，只不过看向虞兮时，眼底仍有几分疑虑。

知道梅逊雪怀疑她要来砸场子，虞兮心内微嘲，看向楚亦奇时，脸上的笑容十分无辜：“我和卓董可只是朋友，您这话要让别人误会了，以后都不敢来追我，您和楚太太去哪儿找个青年才俊赔给我呢？”

即使她的“楚太太”三个字，在任何一个知情人听来都非常刺耳，但楚亦奇显然并不想打破眼前虚假的平静，朗声笑道：“这简单，在场这么多青年才俊，总有你喜欢的，楚叔叔来负责给你牵线——如果卓董不介意的话。”

虞兮看向卓清淮，故意把声音压低了些，十分俏皮地笑道：“那我可要去挑了？”

卓清淮笑意轻浅，带着只有看向自己人时，才独有的轻松熟稔语气，说：“去吧。”

与此同时，楚恬带了一个人过来，刚刚走近就迫不及待地介绍道：“爸爸，我给您介绍一个我新认识的朋友。”

今天的楚恬穿着梅逊雪为她精心挑选的星空晚礼服，佩戴与之交相辉映的银河系列珠宝，像个高傲又精致的小公主。她显然非常开心，注意力没有被任何人影响，挽住楚亦奇的手臂，笑着说：“这位是我斯坦福的校友，蒋辰屿学长。您说巧不巧，我毕业的时候，当时蒋学长作为杰出校友代表在台上演讲，刚才我远远地看到他，还以为认错了人！”

楚恬又说了些什么，虞兮没有再听下去，和卓清淮开完玩笑转身走开的时候，也和楚恬身后的蒋辰屿擦肩而过。

衣香鬓影之间，两个身影短暂交错，又很快彻底地分隔开来，再寻常不过，可一切又仿佛被定格于此。附近人们的寒暄问候，酒杯相碰时清脆的声响，以及悠扬的背景乐和头顶绚丽的灯光，似乎都只不过是这世间最无用的点缀。

在蒋辰屿朝虞兮看去的一瞬间，虞兮已经旁若无人地向前走去了。蒋辰屿垂在身侧的手握紧又松开，直至两个人背道而驰，拉开的距离越来越远。

在这段距离里，虞兮来不及细究自己的错愕和愤怒，就不得不将它们尽数压进了心底最深处。她微微垂眸，调整着呼吸的节奏，努力把自己的笑容修饰得更加无懈可击，然后重新直视前方。

“蒋总，久仰久仰。”楚亦奇十分郑重地朝蒋辰屿伸出手去，又很抱歉地笑道，“恬恬平时被我们惯坏了，让您见笑了。”

楚恬听了，反而把后背挺得越发笔直，姿态仍然高傲，但其中又比往日多了几分活泼。她挽住梅逊雪的手臂，偎在她耳边低声笑道：“你看爸爸。”

梅逊雪早已从最初见到虞兮的意外中恢复了自然，她轻轻地拍了拍楚恬的手背，给了她一抹温柔而又不失宠溺的微笑。蒋辰屿的视线不着痕迹地从梅逊雪身上掠过，看向楚亦奇，淡淡的语气里分辨不出情绪：“久仰。”

不时有新到的宾客过来打招呼，楚亦奇不得不有些抱歉地朝卓清淮和蒋辰屿二人示意，又不忘嘱咐楚恬招呼好两位贵客。

服务生送了酒过来，蒋辰屿从托盘上拿起一杯，楚恬也拿起一杯酒，对他笑着说道：“学长，我这杯先敬您。当时毕业典礼上您就给我留下了非常深刻的印象，我当时还和同学说，也不知道以后还有没有机会见到您，没想到这么快就再见面了。”

蒋辰屿端着酒杯和她的相碰，浅酌一口之后，看向一旁的卓清淮，虽然是第一次正式见面，却像是相识已久，和他说话的语气并不陌生：“卓先生不用陪自己的女伴吗？”

卓清淮嘴角微勾，看了蒋辰屿一眼，之后朝着虞兮离开的方向看去，见她果然在和刚进门的楚凌说话，面上笑意愈深：“她真正的护花使者应该另有其人吧。”

蒋辰屿随着他的视线看过去，面色和前一刻相比没有任何变化，握着酒杯的手却收紧了些，眸底有异样的光芒一闪而逝。

“你真的来了？”楚凌看着走到他面前的虞兮，觉得自己似乎一点儿也不应该意外——她说会来的那天，看起来可丝毫没有像是在开玩笑。

虞兮给了他一抹十分肯定的笑容，反问道："不然现在站在你面前的，难道是你心里的幻象？"

楚凌钟爱白色休闲西装，今天穿了另外一款，依然是长身玉立的斯文公子形象。他看着面前妆容精致的虞兮，也依然好脾气地笑，夸奖道："裙子很美。"

虞兮挑了挑眉，好整以暇地问道："然后呢？"

"既然穿了这么美的裙子，我就不太担心你会直接动手掀桌子了。"楚凌打趣似的说道。

虞兮顿时笑出声来，引得附近的人纷纷看过来，又因为黑裙红唇的她笑得张扬肆意，而难掩目光中的惊艳之色。

楚凌一直等到她止住笑意，觉得先前她眼底一抹莫名的沉郁也消失不见了，心中轻松的同时，又忍不住有些警醒。他把视线从她身上移开，看了一眼远处正和朋友谈笑的楚亦奇、梅逊雪夫妇，问道："去打过招呼了？"

"当然。"虞兮语气轻松地说，"我既然光明正大地进来了，也没有理由躲着他们。"

楚凌闻言看向她，眉头微皱，问道："所以……你今天为什么会来？"

虞兮朝人群中的楚亦奇和梅逊雪看过去，嘴角微勾："想来看看他们的好日子过到头之前，是什么样子。"

4. 我累了，你送我回家

虞兮看上去非常开心，不知楚凌说了句什么，逗得她大笑起来，微弯的眼角和嘴角的弧度，都透着一种发自肺腑的愉悦。

在蒋辰屿眼中，虞兮的笑颜突然变得比两个人如今的实际距离更远。他收回视线之前，又一次看到虞兮的左腕上，在灯光下闪耀的钻石手镯。

过去他一直觉得，虞兮更像是个还没完全定性的孩子，喜欢什么不喜欢什么，一时三刻不停地在变。新衣服穿了两次就不穿了，再喜欢的首饰戴了不到一星期，就扔进了抽屉。

两个人刚在一起的时候，他送给她一条手链，即使足够漂亮也足够名贵，在她打开首饰盒的瞬间，她脸上的那种惊喜和感动，在当时的他看来也全然发自真心。可除了那天，他再也没见她戴过。

曾经他对此不以为意，因为他觉得未来的日子还有那么长，他可以给她幸福美好的生活，还有无数的珠宝华服，只要她喜欢。但如今一切人事已非，过去他会以一种期待的心情去发现虞兮的不同，现在只能在一个几乎完全陌生的她身上，努力找寻一点儿过去他曾无比熟悉的特质。

人们年少的时候，真的把一生想得太简单了。蒋辰屿自嘲地笑了笑，将杯中的酒一饮而尽。

“蒋先生脸色看起来不太好。”卓清淮清越的声音在身旁突然响起。蒋辰屿不甚在意地说：“身体有些不舒服。”

卓清淮微微颔首，片刻之后，再次开口，说：“其实，我一直很好奇你这么轻易就放过虞氏的理由。”说到这里，他声音里隐约透出一丝意味不明的笑意，“一出手就直接截断了虞氏最大的销路，蒋先生的行事风格，看起来实在不像这么心软的人。”

蒋辰屿看向他，神情疏淡地反问道：“卓先生原本以为，我会怎么做？”

卓清淮看了远处的虞兮一眼，不疾不徐地说道：“按常理推断，大概会继续砍掉她其他的出路。她自己需要钱，那些她多少还要顾念的老员工也要吃饭，要生活。她是聪明人，和向你妥协比起来，玉石俱焚这种最坏的结果她轻易不会选的。”

“卓先生可以理解为，人的感情并不是按常理推断的结果发生的。”蒋辰屿和他一起看向虞兮，说，“我可能只是还不够狠心。”

对于这个回答，卓清淮不置可否地笑了笑。

蒋辰屿对这抹笑容中蕴含的深意心知肚明，也不多辩解，只淡淡地说道：“现在的她，想要达到某种目的、去实现某个目标的念头太强烈了，所以我也不介意从背后推她一把。因为我真的很想亲眼看看，她接下来都要做些什么，看看到底是她慢慢变成了这个样子，还是我从来没有真正认识过她。”

五年不见，他曾经爱过的女孩越来越陌生，陌生到他甚至开始怀疑，曾经的很多事情是不是真实发生过。

“人都是会变的，只不过没到盖棺定论的那天，就没有人能说清这些变化是好的，还是坏的。”卓清淮轻叹，说，“其实很多时候，如果有人拒绝向一个人坦露真心，那这个人首先应该想一想，会不会是自己的问题。”

不过他说完之后，就发现了蒋辰屿的心不在焉——远处的虞兮不知又说了几句什么，然后动作十分自然地挽上了楚凌的手臂。卓清淮的指尖轻轻地敲击着手中的酒杯，笑了笑，说：“她的手镯很漂亮吧，明明的眼光一直很好。”

蒋辰屿目不转睛地看着虞兮，自认为对她已经足够心软。他对虞兮一再容忍的前提，是因为他知道，她看向楚凌的眼神里没有丝毫爱意。而他的底线在被触及之前，即便是眼前的情形，他也依然可以在人前维持着泰然自若的表象。

“蒋学长和卓董在聊什么？”楚恬好不容易打发走一直拉着她说话的小姐妹，走到两个长身玉立的男人面前，笑着问道。

“随便聊聊罢了。”蒋辰屿收回视线，神情如常。

场内灯光暗下来，随着台上亮起的一束追光，楚亦奇和梅逊雪已经在众人的瞩目中，携手站在了聚光灯下。

听着楚亦奇没什么新意的开场致辞，虞兮低头轻咳几声，然后掌心向上，朝楚凌伸出手。楚凌笑着摇了摇头，拒绝道：“我一点儿都不希望把局面搞得那么复杂。”

虞兮并不意外，但随后便直接把手伸进了他的臂弯，在他想要退开之前，就十分自然地挽住了他的手臂，低声笑道：“只可惜你太绅士了，做不出大庭广众之下直接推开我这种举动。”

也许因为刚才的几声咳嗽，虞兮的脸有些红。

看着她明艳的笑容，楚凌难得有些词穷。他怀疑虞兮已经看穿了他所有的矛盾，就如此刻，他明知道叔叔有多讨厌她，也明知道没有意外的话，自己大概会继续维持一个好侄子的形象直至他做出最后的决定，但现在这个时候，他还是不会直接推开虞兮。

即使一时之间连他自己也分辨不清，他到底是因为真的出于一个绅士的礼貌，不能这么做，还是他做不到。

虞兮对他的心理活动一无所知，视线也早已从他脸上移开，直视前方的楚亦奇和梅逊雪了。但她挽着他的手，缓缓向前走去时，突然用一种格外飘忽的语气说：“楚凌，你活得太累了。”

楚凌呼吸微滞。

彼时，台上楚亦奇的致辞继续进行，他握着梅逊雪的手，语气真挚地对众宾客说：“我和太太的婚姻，都是彼此的第二段，这是我们始终不曾讳言的事情。”他看向梅逊雪，目光温柔而又深情，“因为我们都相信，或者痛苦或者失败的过去，更像是人生道路上必经的考验，能让我们在遇到彼此的时候，更懂得珍惜，珍惜我们之间……”

“有点儿后悔过来了。”虞兮露出一个哭笑不得的表情，皱眉低叹道，“这可真是太恶心了。”她的脸上似乎并没有需要拼命压抑的愤怒，楚凌看了她一眼，不由得微微皱眉。

原本打来电话关心虞兮情况的季明明，从电话里听到几句楚亦奇的致辞声，直接摔了手中的杯子。听筒中，玻璃碎裂的声响格外清晰，随后卓清淮听到季明明冰冷的声音：“简直不知廉耻。”

“所以虞兮认为你不适合出现在这里。”卓清淮说道。他原本想要再说些什么，抬眸时无意中瞥见楚凌看向虞兮的那一眼，忍不住摇头笑了笑。

面对炽热的火焰，人类和飞蛾的不同之处大概在于，飞蛾的义无反顾是源自进化过程中的自身缺陷，可人们总是在察觉到危险之后，依然阻止不了自己奋不顾身的念头。

年轻人总是这样愚蠢而又有趣。

台上楚亦奇的致辞已经到了尾声，场内灯光渐渐亮起，他最后的“谢谢”两个字，在看到下面相携走近的年轻男女时，难以抑制地僵在了嘴角。好在接下来宾客们的掌声响起，他才能维持住脸上的笑容，和众宾客举杯共饮之后，紧攥住梅逊雪的手下台。

“大哥？”楚恬也发现了楚凌和虞兮，抑制不住地叫出声来。随后她意识到自己有些失态的声音和神情，第一时间向四下看去，发现并没有引起什么人注意，松了口气的同时，神情也越发难看起来。

眼见着楚恬走过来，楚凌从虞兮臂弯中抽出手臂，无奈地笑道：“现在总算可以满意了吧？”

虞兮没再有其他举动，只是有些无辜地笑了笑，说：“有人开始不开心的时候，我就开心了。”

楚凌还来不及再说什么，楚恬已经到了跟前，看都不看虞兮一眼，质问道：“大哥，你怎么和她在一起？你们……”

“是朋友。”楚凌伸手拍了拍她的肩膀，在楚恬难以置信的目光下安抚道，“只是刚才碰巧遇到。”

楚恬的神情并没有因他的解释而变得轻松，她看向虞兮，带着明显的敌意和防备。虞兮却视而不见，注意到随后走过来的卓清淮，对楚凌语气亲热地笑道：“阿凌，我介绍朋友给你认识。”

楚恬因着这个称呼，脸色越发难看起来，可卓清淮还有蒋辰屿眼看都已经快到近前，她只能强压下怒气和所有的质疑，冷冷地盯着虞兮。

虞兮毫不在意，只笑着朝卓清淮眨了眨眼，至于卓清淮身边的蒋辰屿，察觉到他始终看向自己的视线，她心内冷笑，只越发温柔地看着楚凌。

“阿凌。”这时候，楚亦奇和梅逊雪已经结束跟生意伙伴的寒暄，走了过来。楚亦奇看着楚凌，语气有些生硬，“怎么到得这么晚？”

“叔叔，婶婶。”楚凌神情如常，语气温和地解释道，“公司那边临时有点儿小麻烦。”

梅逊雪早已从看到楚凌和虞兮在一起的震惊中冷静下来，此刻面对这叔侄俩，有些嗔怪地看了一眼楚亦奇，然后对楚凌柔声笑道：“别和你叔叔一般见识，他人越上年纪反而越幼稚。我给阿霄买了衣服，回头你拿给他。”

“让您费心了。”楚凌笑道。

楚亦奇脸色稍微缓和了些，看了楚凌一眼，说：“跟我来一趟。”

直到带着楚凌转身离开，楚亦奇都没有看虞兮一眼。虞兮看向梅逊雪，见她正目光复杂地看着自己，于是挑衅般笑了笑。梅逊雪眉心微蹙，轻声说道：“虞兮，不要再做这种让所有人都为难的事情了，没有意义的。”

“是谁告诉楚太太，我做这些事情是为了有什么意义？”虞兮嘴角轻挑，做恍然状，轻笑道，“您尽管放心，我今天来这里，做什么事情说什么话，单纯只是想让你们知道，我随随便便就可以让你们所有人都不开心。”

她看着梅逊雪，笑容渐渐消失，只剩下无尽的嘲讽：“至于‘意义’，还是留给楚太太吧，毕竟可能对你来说最有意义的事儿，就是气死了前夫，和楚亦奇一起站在台上。然后两个同样恬不知耻的人，当众歌颂你们令人作呕的爱情。”

“你闭嘴！”楚恬失声斥道，她早已忘了去顾忌周围人是否会看过来，自己的言行举止是否失礼，下意识地朝虞兮举起了巴掌。

在巴掌落下来之前，虞兮已经抬手死死地攥住了她的手腕。

梅逊雪不知是羞是恼，脸色灰败，眼睛却已经红了。她努力平复着呼吸，死死拉住了楚恬，制止她再次动手，压低声音颤声说：“客人们都在，你爸身体不好……”

楚恬气得有些发抖，但还是听了梅逊雪的话，顾忌爸爸的脸面没有再闹大，不过她还是看着虞兮，咬牙冷笑着道："不是你死了爸爸，就能肆无忌惮地污蔑别人。虞兮你记住，我爸爸和阿姨不和你计较，不代表我不会，再有下一次，我一定不会放过你。"

虞兮姿态优雅地抬手掖了掖鬓角碎发，笑得十分讥诮："冤有头债有主，我从来不想和你这种小女孩儿一般见识。但有时候对身边发生过的一切都一无所知，这种愚蠢也真的很让人讨厌，所以我不介意让你更不开心一点儿。"

虞兮看向一旁原本想要挡在她面前的蒋辰屿，彼时他眉头紧锁，周身散发着一种格外慑人的冰冷，整个过程中，深邃的眸光始终注视着她。

"对你这位学长很有好感吧？有没有到一见钟情的地步？"虞兮没有再看蒋辰屿，视线重新落在楚恬身上，嘴角微扬，笑容里透着毫不掩饰的嘲讽，"但谁让你是楚亦奇的女儿呢？可惜了。"

虞兮的手朝一旁伸出去，眼神却挑衅意味十足地看着羞怒交加的楚恬，一字一句地说："蒋辰屿，我累了，你送我回家。"

楚恬几乎忘记了呼吸，只下意识地反握住梅逊雪的手，指甲几乎刺破她掌心的皮肤。羞恼、愤怒、惊讶和错愕，所有词语都无法形容楚恬此刻的感受。

她内心拒绝承认自己对蒋辰屿一见钟情，因为最初在毕业典礼上见到他的时候，他英俊清贵，举手投足间带着一种常人难以企及的距离感，而她不过是座下无数仰慕者中的一个。周围的同学都在讨论，这样的男人，可以和他站在一起的会是什么样的女人。今晚偶然遇见，她的惊喜溢于言表，也带着十足的小心翼翼，而且直到刚刚的事情发生前，她也无暇去分辨那到底是单纯的仰慕，还是真的心动。

那样高高在上的蒋辰屿，被虞兮出于挑衅的目的，如此轻慢地对待，她不知道自己如此愤怒，到底是源于这件事情本身，还是仅仅因为，对方是虞兮。

楚恬看向蒋辰屿，试图从他事不关己的冷漠中见证虞兮的可笑，与此同时，心底却隐隐有一种不安，在短暂的沉默中渐渐扩散开来。

时间似乎在楚恬的眼神中被拉长，事实上，蒋辰屿并没有让虞兮等太久——他走到虞兮身边，没有半分迟疑地将她伸过来的手握在手中，薄唇微扬，轻浅的笑容如冰河初开，让他眉眼间原本的漠然顷刻消融。

蒋辰屿拉着虞兮的手，动作和言语俱是如出一辙的温柔，对她说："走吧。"

5. 你又有什么资格来质问我

贵宾休息室里，厚重的门板把宴会厅里的欢声笑语完全隔绝在外，楚亦奇绷着脸看向楚凌，斥道："到底怎么回事？你怎么会和她搅和在一起？！"

楚凌无奈地笑道："她现在也无非就是找点儿无伤大雅的小麻烦，您又何必真的动气。我总不可能当着那么多客人直接推开她。"

"我会不知道她就是故意的吗？"楚亦奇重重地拍着沙发扶手，怒气更甚，"我是在问你！再讲什么绅士风度也要有个限度，更何况在你明知道她和咱们家是什么关系的情况下！她缠着你多久了？"

楚凌十分耐心地解释道："没有您想得那么复杂，我和她并不熟，只是之前在商务晚宴上见过两次。您放心吧，我心里有分寸。"

"我怎么可能放心！"楚亦奇脸色依旧不好，但语气总算是缓和了许多，"你这孩子从小就懂事听话，从来没有行差踏错过一步，可问题出就出在你实在是太老实了！那个虞兮，和多少男人不清不楚，我和你婶婶听到不是一次两次了，她现在在海城是什么名声你不知道吗？你就算不懂得敬而远之，也总得顾忌咱们楚家的面子和名声！"

楚凌的笑容越发无奈，倒不是想替虞兮辩解些什么，而是他始终能理解虞兮变成今天这副模样的原因。只不过这些话，他无法在叔叔面前说出口。

楚亦奇也不由得回忆起一些往事，很多片段在脑海中闪过，眼神里也透出了几分疲惫。他长叹一声，语重心长地说："我和你婶婶……以虞兮当初的年纪，不理解、不接受，也是正常的。可那孩子手黑心冷，早就把你婶婶的心伤透了，现在更是为人行事没有任何底线。你不一样，你有大好的前途，和她根本就是两条路上的人。"

在楚凌的沉默中，楚亦奇看着他，愈加殷切地嘱咐道："阿霄需要照顾，恬恬也一直是小孩子心性。阿凌，将来咱们楚家的家业，都是要交到你手里的。你不仅不能让我失望，更要对得起你父母在你身上寄予的厚望！"

听叔叔提及父母，楚凌无法在此时说出自己并无意去接这份家业，神色更是不得不郑重起来，最后只慢慢说道："叔叔，您放心。"

"我对你当然一直是放心的。"楚亦奇欣慰地笑了笑，站起身来，拍拍他的肩膀，说，"去吧。"

楚凌点了点头，向外走去。他快要走到门口的时候，身后楚亦奇语调严肃地说："那个虞兮，以后不能再有任何联系了。"

楚凌还没来得及开口，门突然被人从外面猛地推开了。

楚恬脸色铁青地从外面走进来，一把将桌上的一组茶具扫落到地上。瓷器落在厚厚的地毯上，发出几声凌乱的闷响。楚亦奇因她突兀而失礼的举动眉头顿时紧皱，斥道："这是在闹什么？"

楚恬不说话，嘴唇紧抿着，眼圈儿有些发红。尽管随后进门的梅逊雪脸色十分苍白，但还是朝楚亦奇摇了摇头，然后走到楚恬身边，柔声安抚道："好了，恬恬，别生气了。"

"我真的受够了！"楚恬拿起桌上的果盘直接砸向了墙角，忍不住带着哭腔说道，"她死了爸爸，就看不得我们家幸福吗？她爸爸不是病死的吗？和我们有什么关系！刚才她说话那么恶毒，您还要让我忍，蒋辰屿甚至干脆把脸面放在地上任她踩！虞兮算个什么东西，她凭什么？！"

"在长辈和你哥哥面前大吵大闹，这是谁教你的规矩？"楚亦奇冷着脸呵斥道。

早在楚恬发泄不满的时候，梅逊雪就从最初的幽怨中冷静了下来，她抬手理了理额前的碎发，慢慢说道：“因为她爸爸的事情，所以她这些年的想法一直很偏激。你爸爸当然不会和小辈计较，我是因为这些年不在她身边，对她有所愧疚，所以我们都觉得没必要去多做口舌之争。一直忽略了你的心情，我们该向你道歉。但今天这种场合，实在是不适合也不应该和她吵闹。”

“阿姨……”楚恬的眼泪滚落下来几滴，有些哽咽地拉住她的手，委屈地哭道，“我知道，我也不是怪您和爸爸什么，只是……我真的太讨厌她了。”

“我知道，我都知道。”梅逊雪一只手任她握着，一只手轻轻地抚着她的头发，若有若无地轻叹了一声。

看着不远处两个人的身影，楚凌不可避免地想到虞兮。

楚恬今年二十岁，开朗自信，心思也从来不算复杂，喜欢把自己打扮得漂漂亮亮，也热衷跑车和华丽的珠宝。但和这个圈子里很多整日酒醉金迷的女孩比起来，她不但自律，而且优秀得多。虽然也会骄纵任性，但和许多被娇惯着长大的女孩一样，只是些无伤大雅的通病。

而虞兮则像是完全摆脱了年轻女孩应该具备的所有特质，即使她看上去永远光鲜亮丽，但从第一次见面开始，他在她身上，就始终看不到对人、对物，乃至对生活的真正热情和希望。

楚凌无声轻叹，然后收回视线，对楚亦奇说：“叔叔，我先出去招待客人了。”

不久之后，楚恬的情绪终于被安抚好，她去了洗手间整理妆容。楚亦奇走到梅逊雪身边，揽过她的肩膀，叹道：“辛苦你了。”

梅逊雪倚在他肩头，伸手环住他的腰，轻声说：“只要是为了你，做什么都不辛苦。”

两人静静相拥，梅逊雪却无法安心地享受此刻的甜蜜时光，有些忐忑地问：“你看虞兮那孩子……这几年本来还算相安无事，但最近她也不知道是怎么了，我怕她会变本加厉，做出什么不好的事情来……”

“我听说她最近搭上了泰泽集团，谈下一笔大生意。就像穷人乍富，难免会不知分寸。”楚亦奇不以为意地冷笑，随后安抚似的低头轻吻了一下梅逊雪的前额，说，“她翻不出什么大风浪的，别担心。”

拉着虞兮的手走出宴会厅之后，蒋辰屿脸上的笑意很快便消失了。不过他并没有松开虞兮的手，反而在向外走的时候，越握越紧。

一直到了酒店大堂，沿途都不时有人停下来，朝蒋辰屿颔首致意：“蒋总。”

他自始至终沉默着，薄唇微抿，整个人都透着一种越发难以接近的冰冷和疏离。虞兮知道他在生气，但也始终任他拉着手，随着他的脚步不停地往前走。

入冬之后，天气突然变得格外冷。两个人出了酒店，被寒风一激，虞兮剧烈地咳嗽了起来，而这个过程里，她的右手仍被蒋辰屿握得发疼。她咳完之后刚尝试要甩开，蒋辰屿已经揽住她的肩膀将她禁锢在了怀里，冷笑着问道：“怎么，我这么快就没有利用价值了？”

北风似乎随着他的举动被挡掉了大半，但虞兮仍然冷得发抖。她没有心思戴着面具和他虚与委蛇，嘲讽似的笑着说：“那你应该先反省，是不是自己每次都出现在了不该出现的地方！”说着，她毫不犹豫地推开他，骂道，“滚回去找你的小学妹！”

蒋辰屿看着她。对于虞兮，他爱过，也恨过，或者说时至今日也依旧在爱着，并且恨着。所以他可以轻易放手，但也不由自主地直接脱下身上的黑色西装，把向前走了两步的虞兮拉着手臂一把扯回了怀里，用外套裹紧。然后拿出手机按下司机的号码，在很快接通之后，吩咐道：“我在酒店门口，把车开过来。”

他挂断电话的时候，虞兮已经扯下他的西装，狠狠地摔在了地上，直视着他的眼睛，说：“你可以什么都不知道，但至少应该知道我有多讨厌里面那两个人！而且我今天不妨告诉你，不只是讨厌，我每天都恨不得他们去死！”她看着蒋辰屿，怒极反笑，“你当然可以出现在这儿，也可以随便被什么小学妹拉去见父母，和他们一家其乐融融地站在一起。但你最好不要转过脸，就装出一副多深情的样子给我看！”

酒店前寒风呼啸，轻而易举地穿透了蒋辰屿身上薄薄的衬衫。他站在原地，一动不动地看着虞兮，原本听着她不知是鄙夷还是嘲讽的话，心头的怒意几乎无法抑制，可当他看着她单薄的身体，沉默许久，终是眉头紧锁，没有反驳一个字。

这时候，司机已经把车开了过来，蒋辰屿拦住想要离开的虞兮，沉声说：“先上车。”

虞兮咬着唇，一把推开了他伸过来的手。下一秒，蒋辰屿上前一步将她拦腰抱住，直接打开车门把她塞了进去。

蒋辰屿随后上车，坐到虞兮身旁，一边制止着她踢打的动作，一边对司机说：“你先回去吧。”

早在看到自己不苟言笑的老板在外面和人争执的时候，司机已经足够错愕了，如今见此情形，头也不敢回，连应声都忘了，点了点头就匆忙下了车，往酒店里走去。

“你闹够了吗？”直到车里只剩下他们两个人，面对仍要下车的虞兮，蒋辰屿攥住她的手臂，将她按在座位里，逼近她质问道，“你觉得我们是什么关系？如果我出现在哪里需要考虑你的心情，那你在我面前勾引楚凌的时候，你还记不记得我是谁？”

“别碰我！”虞兮用力地撕扯着他的手。蒋辰屿的掌心一片灼热，而她的眼底也早已开始泛红，“整个泰泽集团都是你的，你想出现在哪里就出现在哪里。可如果不是你突然出现，今天的结果会让我比现在满意几倍甚至几十倍！你又有什么资格来质问我？”

“你冷静一点儿！”蒋辰屿低斥道。虞兮红着眼睛喊道：“我没办法冷静！我——”

蒋辰屿直接吻住了她，将她没说完的话，和越来越激动的情绪，都用双唇尽数封缄。

虞兮的身体被紧紧扣住，她呜咽着想要挣扎，却始终陷于他滚烫的怀抱之中。正在吻她的男人，身上带着她无比熟悉的气息，滚烫的唇齿间，也依旧有着让她有些恍惚的强势和温柔。她心中整晚都在压抑的愤怒和伤感蓦地爆发，用力咬住了蒋辰屿的嘴唇。

淡淡的血腥气弥漫在唇间，但蒋辰屿不仅没有放手，反而以掠夺者的姿态，越发强硬地加深了这个吻。直至两个人的呼吸都凌乱起来，虞兮抵着他肩膀的手也终于无意识地变成攀附的姿态，任他予取予求。

逼仄的空间里，一个漫长的拥吻结束，蒋辰屿唇瓣上还残留着一抹殷红。他平复着呼吸，轻轻舔了舔嘴角的伤口，抵着她的额头看着她，开口的时候，声音里带着亲热过后熟悉的喑哑："冷静了吗？"

6. 我经常梦到你在哭

虞兮呼吸仍有些急促，但还是一把推开蒋辰屿，抬手整理了一下裙子，然后抹去了唇上沾染的血迹。

见她不说话，蒋辰屿靠坐回座位里，抬头看着车顶，问道："你知不知道你刚才的样子，更像是恼羞成怒？因为不想承认自己'没发挥好'，是受我突然出现的影响。"

"真佩服蒋总自以为是的水平。"虞兮冷笑一声。她内心依然烦躁，见车里有烟盒，伸手拿了过来，点燃一支之后，在蒋辰屿看过来的视线里，面无表情地抽了一口。

车厢里弥漫着淡淡的烟草气息，蒋辰屿把车窗按下一条缝隙，蹙眉说道："你以前从不在我面前抽烟。"

"你也说是'以前'了。你以前也不抽烟。"虞兮咳嗽了两声，笑得讥诮而又冰冷，"人要是一直活在过去，只会让人觉得可笑。"她话音一落，蒋辰屿就倾身靠了过来。精致的脸庞陡然到了近前，熟悉的气息也再次笼罩，虞兮呼吸一滞，不由自主地向后躲。

蒋辰屿却并未有进一步的动作，只是从她指间抽走了那支烟，然后重新坐了回去，因着她之前如临大敌的模样而轻笑出声。

虞兮脸色自然不算好，但更多的是一种由内而外的疲惫。她又点了一支烟，但抽了一口之后，接下来的时间里，更多的只是静静地看着它出神。

“其实现在也不喜欢，但有时候实在太累了，所以会抽一支。”蒋辰屿突然淡淡地说道。他看着自己指间从虞兮手中夺过来的那支烟，目光幽暗。他未曾说出口的是，很多时候，那一丝淡淡的烟草气息，正是因为无比熟悉，所以才能让他有片刻安心。

虞兮没有说话。

她其实明白蒋辰屿在说什么，可她不想让自己沿着这个话题，继续深想下去。在晚宴上看到蒋辰屿的那一刻，尤其是楚恬脸上的激动和喜悦无论如何都掩饰不住、把他带到楚亦奇和梅逊雪面前介绍的时候，虞兮觉得她其实有无数理由可以说服自己，不要受到任何影响。

可事实证明，她仍是愤怒的。

这种愤怒并非出于爱恨，反而更像是一种孩子式的、极为幼稚的求全责备——我恨的人，你即使只是表面的和颜悦色，我也无法接受。可她心里又再清楚不过，成年人的世界里，谁又能有资格要求谁做到如此地步呢？

虞兮向车窗外看去，心内微哂。

夜色渐深，外面是霓虹灿烂的美好世界，晦暗幽静的车厢内反而愈显阑珊。一支烟抽完，蒋辰屿关上车窗。虞兮回过神来，语气已经显得格外平静：“我要回家。”

“先去吃点儿东西。”蒋辰屿声音不大，却用了理所应当的陈述语气，似乎她即便要拒绝，他也绝不会听从。虞兮不置可否，只是有些不耐烦地闭上了眼睛。但紧接着，她又听蒋辰屿说道：“我喝了酒，你开车吧。”

“我不能开车。”虞兮睁开眼睛，想也不想地拒绝道。随后，她察觉到蒋辰屿看过来的视线，才皱了皱眉，补上了一句：“我也喝了酒。”

蒋辰屿难得有些无奈，他十分疲惫地抬手揉了揉眉心，说：“今晚从进门到出来，你不管眼神还是心思都忙得很，一滴酒都没顾上喝。”

“怎么，眼睛始终盯在我身上，一秒钟都没有离开过吗？”虞兮笑起来，而蒋辰屿神情沉静，目光幽深，她那点儿笑意，也很快便消失在了嘴角，直接说道，“可惜，虽然承蒙蒋总厚爱，但我驾照到期之后一直没去换，早就被吊销了，实在没办法给您当司机。”

蒋辰屿微微蹙眉，看着她问道：“那为什么一开始说自己喝了酒？”

虞兮沉默片刻之后，又笑了笑，语气轻松地说：“习惯了——总是撒谎的人，即使是无关紧要的小事儿，也会习惯性地说假话。”

像有水波轻轻漾开，蒋辰屿的眼神里有细微的波动，他静静地看着虞兮，许久才问道：“那你为什么要撒谎？”

“因为我开心。”虞兮在他的注视下，毫不在意地笑道，“我说什么做什么，考虑的都是自己开不开心，至于是真话还是假话，别人听了什么心情，与我无关。”

蒋辰屿朝她伸过手去，掌心轻轻地摩挲着她的脸颊，问道：“那你又怎么证明，这句话是真的？”

“我为什么要向你证明？”虞兮的笑意消失，她打开他的手，有些不耐烦地说道，“我要回家了，你要么叫司机回来要么找代驾，自己想办法吧。”

说完之后，她起身便要下车。蒋辰屿却毫不费力地展臂扣住她的腰，将她再次禁锢在了怀里。

摆脱不了他的钳制，直到听他打完电话，虞兮才忍无可忍地嘲讽道：“你到底想怎么样？这种死缠烂打的风格可不适合你，蒋总。”她见蒋辰屿仍不放手，轻笑一声说，“总不会是因为前几天的事情吧？我拜托你，大家都是成年人，难道还需要把这种事情放在心上吗？”

“这句呢？是真的，还是属于习惯性说出来的假话？”蒋辰屿声音平静无波，却仿佛带着能穿透人心的力量，问道，“无论真话还是假话，你这么说，真的很开心吗？”

虞兮挣扎的动作顿住，随后嘴角微勾，反问道：“蒋总到底是多爱我，才能这么在意我的心情？”

身后的男人许久没有说话，直到他缓缓收紧手臂，下颌埋进她颈间，低声说：“我经常梦到你在哭。”

心口仿佛被什么突然堵住，虞兮觉得呼吸有些困难，她用力咬了一下嘴唇，清晰的刺痛感传来，才让她有些混沌的头脑勉强清醒了些。可饶是如此，仍有一滴眼泪滚落下来，砸在她腕间的钻石手镯上。

温热的气息拂过她颈间，她有些无力地闭了闭眼，无数冷嘲热讽到了嘴边，最终也只是慢慢吐出两个字：“放开。”

当晚关山也在泰泽酒店，所以接了电话之后很快就到了。他上车之后，立即便察觉到了车厢里气氛的微妙——后座上的两个人离得很远，像是划开鲜明的楚河汉界各占一边，脸上的表情看似平静，实则压抑，都有些恹恹的。

关山没敢再看，迅速收回了视线，一边启动车子，一边问道：“蒋总，咱们去哪里？”

“海城大学。”

蒋辰屿话音刚落，虞兮就抬眸看向了他，皱眉说道：“不去。我要回家。”

“先吃东西，再送你回去。”蒋辰屿没有看她，不容置疑地说道。

虞兮对于自己之前那一瞬间的软弱极为不满，此刻再也不想莫名其妙地妥协，有些生硬地回道：“我不太舒服，现在就要回家！”

她的脾气像是来得全无缘由，但蒋辰屿没有和她争执，难得语气和缓地说：“买些吃的，然后给你带回去吃。”

听上去他似乎听从了自己的话，实际上，虞兮只觉得莫名烦躁。不过她还没有说话，关山就尽量让自己的声音听上去不那么小心翼翼，问道：“蒋总，您看起来脸色不好，是不是又烧起来了？”

听了关山的话，蒋辰屿还未回答，虞兮想起什么，抬手试了试自己额头的体温，又忍不住摸了摸自己的脸，果然觉得有些不自然地发烫。她竟顿时觉得松了一口气：自己整个晚上的不在状态都有了可以解释的理由，原来是发烧了。

关山从后视镜里看过去，始终没等到虞兮去给蒋辰屿试体温，而他正因为虞兮的举动有些费解的时候，蒋辰屿已经开口问道：“怎么了？”他边问，边抬手覆上了虞兮的前额，随后得出结论：“不烧。”

他的掌心依然一片灼热，虞兮皱着眉偏过头去，躲开他的手，连嘲笑他的心情也没有，只冷冷地说道：“因为你自己烧得更厉害。”车厢里顿时陷入一种十分诡异的沉默之中。

关山没有料到会是这么个结果，一时哑口无言。直到不久之后，蒋辰屿轻揉着额角，有些倦怠地开口说道：“去医院。”

“我不去医院。”虞兮断然拒绝，神情里带着显而易见的排斥。蒋辰屿看向她，意识到她此刻的拒绝并不是因为无理取闹，于是不再就这个问题多做争辩，对正在开车的关山说道：“回家吧，让张医生过来一趟。”

但对于他毫不犹豫的让步，虞兮仍不领情，咳嗽两声之后，一字一句地强调道：“我要回我自己的家。”

眼看就要到路口，关山犹豫着不知道要不要变道，蒋辰屿没有让他为难太久，沉声说了虞兮的住址，然后吩咐道：“让张医生直接去那边。”

虞兮紧绷的情绪此刻像是突然被解开的气球，她又咳嗽了几声，想看看蒋辰屿，可在这个想法冒头的那一瞬间，又被自己强行否决了。

车里重新变得安静下来，虞兮靠在座椅里，一颗心却像往下坠落着，始终沉不到底。她毫无来由地焦虑，当下突然很想给季明明打电话，但随即记起自己的手包和大衣都还在卓清淮的车里，于是朝身边的蒋辰屿伸出手，说：“手机借我。”

“打给谁？”

“楚凌。”

第四章

远近皆怨

1. 别闹了好不好

蒋辰屿什么都没有问，也什么都没有说，直接把手机递给虞兮。虞兮却反而不满意，接过手机直接扔回了他怀里，说：“号码想不起来了。”

蒋辰屿却没有就这么算了，他拿起手机看向前方，问道：“关山，停车，查一下楚凌的电话号码。”

关山下意识地从后视镜里看了虞兮一眼，结果正撞上虞兮的视线，她看起来不似平时有精神，但还是朝他露出一抹气定神闲的笑容，说：“麻烦你了，关助理。”

关山突然觉得，也许反而是江蓠那种一板一眼的性格，才更适合出现在这两位祖宗面前。因为是她的话，现在一定想都不想直接停了车，杀人还是放火，全按他们的吩咐去做。

就在关山停车不是，不停车也不是的时候，虞兮又再次开口，十分轻松地说道：“突然想起来，‘卓叔叔’现在应该还没有走，我直接联系他让他找楚凌就好了。”说着，她从蒋辰屿手中拿过手机，划了下屏幕，看都没看他，直接问道，“密码。”

蒋辰屿的语气听不出情绪：“你生日。”

虞兮的指尖无意识地顿了顿，随后飞快地输入自己的生日，键盘锁果然直接解开了。

但只是沉默了几秒，虞兮就直接打开拨号键盘，一个数字一个数字开始按下。在她输完号码按下通话键的那一刻，手机被猛地从手中抽走了。紧接着，虞兮还未发作，蒋辰屿直接把手机扔到了一旁，按住她的手，低声说：“别闹了好不好？”

即使是他先示弱，虞兮也没有半分成就感可言。他大概烧得越来越厉害，嗓音有些沙哑，极为疲倦的样子，和平时冷淡高傲的那个他全然不同。她看着他，不自觉地抿紧下唇，到底没有再说什么。

蒋辰屿把头轻轻地靠在她的肩上，察觉到她虽然有一瞬间的僵硬，但咳嗽几声之后也始终没有推开他，他这才慢慢地闭上了眼睛。

鼻息间是她如今常用的香水味。对于香水，蒋辰屿从来不喜欢，但他一直记得曾经虞兮最常用的一款是什么味道——和烟草的气息一样，这不过是他在五年漫长而又萧索的时光中，有关于她的一点儿细碎念想。

他甚至以为自己只能习惯那一种甜腻的香味，可直到再次见到她，再次这么近距离地靠着她，他才发现，原来只要是她，其他的一切就都成了可以忽略不计的附庸。就像他明知放不下对她的爱，却也坚信自己的恨意长久而深刻一样。

可在察觉到她依然在乎他、会被他所影响，意识到自己对她来说，终究是和别人不同的时候，他又突然觉得，也许过去耿耿于怀的许多事情，并非不能原谅、不能忘记。他的立场转变得如此轻易，甚至因此越发觉得，她再伤人的话、再无理取闹的举动，也不过是口是心非。

他不得不承认，也许无论时间怎样流逝，他都始终站在原地，希冀她的爱。

车子停下来的时候，虞兮睁开眼睛，发现她打个盹儿的工夫，关山已经把车停到了蒋辰屿的别墅前。她看向身边的蒋辰屿，发现他醒得比她还要晚，此时才慢慢睁开眼睛。

“虞总，您别怪我自作主张，实在是您和蒋总看起来情况都不太好，这边宽敞些，医护人员可以直接住下，也有保姆，方便照顾。”知道虞兮不好惹，所以关山不等她开口，就忙不迭地赔笑说道，“张医生已经等在里面了，您就算要回去，好歹也先让张医生检查一下，看看情况再说。”

蒋辰屿没有说话。虞兮看起来只是有些没精神，反而是他脸色不太好。虞兮看着他有些苍白的唇色，终究没有开口。

关山暗暗地松了口气，生怕再生什么波折，迅速下了车帮他们开车门，一边扶蒋辰屿下车，一边招呼迎出来的人，让对方把车停进车库。

蒋辰屿的私人医生分别检查了两个人的情况之后，对关山说：“蒋总烧得有点儿高，不过吃了退烧药发发汗，明天体温降下来就好了。倒是这位小姐，初步诊断结果是重感冒引发的肺炎，这几天都需要输液治疗，而且还要观察一下后续情况，看有没有入院做进一步检查的必要。”

虞兮坐在床上，看着靠坐在一旁沙发里的蒋辰屿，觉得两个人眼下这种情形真是滑稽透顶。不过她等医生说完之后，就和颜悦色地问起了关山：“关助理是不是觉得我最好在这里住下，毕竟你们这里一应俱全？”

关山心知她一开始就十分不满他的擅自安排，所以现在只能一言不发地乖乖任她排揎。

“先输液吧。”蒋辰屿出声说道，“其他的之后再说。”

因为一直在发烧，虞兮不舒服的感觉越来越强烈，事实上她从进门那时起，就已经接受了眼下的安排，所以虽然嘴上损了关山两句，但也没有再折腾自己，只是一边躺了下来，一边说：“输右手。”

见这位姑奶奶终于消停下来，关山心内不由得默念了一声“阿弥陀佛”。张医生的医疗团队开始为蒋辰屿服务不久，还不了解蒋辰屿的性格，但显然眼前的情形，已经足够说明这位娇客在这个家里的地位，所以亲自下了针，并且向准备留下的护士将注意事项又事无巨细地嘱咐了一遍。

蒋辰屿始终看着虞兮。她躺在床上，别开眼不看自己的手背，在针头刺入手背皮肤的瞬间，眉头倏然皱紧，这个情景让蒋辰屿的眉头也无意识地皱了起来。

等到张医生用医用胶布固定好针头，一旁的关山已经倒了杯水，和退烧药一起给蒋辰屿拿了过去，然后说：“张医生说这个药可以饭前服用。另外，您和虞总想吃些什么，我下去和常姐说。”他停顿片刻，想起车上蒋辰屿曾经说过的话，又问，“或者您想吃其他东西？我出去买。”

蒋辰屿就着水服下药，然后看了一眼在床上闭目养神的虞兮，说：“海城大学后街拐角有一家砂锅店，去买一份砂锅粥，一份砂锅豆腐吧。”

虞兮闭着眼睛，被子下的左手缓缓握了握，紧接着她听到关山清朗的声音响起来：“好的蒋总，我这就去。”

不久之后，随着脚步声响起，房间里彻底变得安静下来。虞兮躺得不算舒服，动了动身子，但随后就听到房间里有了其他响动。她睁开眼睛，发现蒋辰屿已经起身走到了床边。

“你怎么没走？”虞兮微眯着眼睛看他，有些不悦地问。

“这是我的房间。”蒋辰屿居高临下地看着她，哑着嗓子说，“你前几天才睡过，不记得了吗？”

“如果蒋总说的是导致我现在肺炎的那次冷水澡，我当然印象深刻。”虞兮冷笑一声，随后便强撑着想要起身。蒋辰屿怕她走针，直接按住了她的身子不许她乱动，却听她不耐烦地说：“怎么，我换个房间不打扰蒋总休息也不可以？那麻烦蒋总赶紧把我扫地出门，让我回自己家可以吗？”

她身体很好，极少生病，所以以前偶尔生病的时候，总是会格外骄纵些。不过眼下她的脾气显然也随着年龄逐渐增长，半句重话都听不得，以至于他们两个人之间短暂的和平也摇摇欲坠。

蒋辰屿突然想起当年，学院里组织活动，要去海边看日出。那时候虞兮一场高烧刚退，重感冒尚未痊愈，人看起来还有些憔悴，却偏要跟他一起去。他苦劝无效，更是换来了她无理取闹般的质问：“你们学院的人说了，可以带家属，你不带我去，难道是因为还有别的人选吗？”

他哭笑不得，也只能劝道：“我也不去，留下照顾你，等你好了以后，我们两个再一起去，好不好？”得到她毫不迟疑的拒绝之后，妥协的自然是他。他有些无奈地随口笑道：“怎么，难道是担心我带其他女孩去看日出吗？”

“你的同学里，有谁比我漂亮吗？”彼时，她不屑地嗤笑，说，“而且我为什么要担心你？反正追我的人那么多，我喜欢的类型也多种多样，你真要带其他女孩出去的话，简直就是在为丰富我的夜生活做贡献。”

蒋辰屿回过神来，看着面前和过去不遑多让的虞兮，无声地叹了口气，把声音放缓了些，说：“把裙子脱了，睡得舒服些。”

虞兮抿着唇不说话，蒋辰屿见她老实了许多，于是将她半扶半抱起来，手伸到她背后拉下拉链，动作轻柔又小心地帮她把礼服裙和抹胸都脱了下来。

重新盖着被子躺好，虞兮这才觉得整个人轻松了许多，但她随后也意识到，刚刚两个人的举动无比自然，就像多年相濡以沫的夫妻，不需要表现出任何的忸怩。她眉头再一次皱了起来，但蒋辰屿已经把她的裙子放到了一旁的小榻上，并且回身问她：“要不要喝水？”

“不喝。”虞兮很快答道。

蒋辰屿没有再问什么，事实上，他身体的不适感早已越发明显，所以他强撑着换了家居服之后，直接在虞兮的身边躺了下来。

眼见他动作十分自然地分享了她一半的被子，虞兮还没来得及说什么，就听他闭着眼睛低声说道："我不睡，只是躺一会儿，等你的药输完之后，我再起来去叫护士来拔针。"然后，他伸手抱住她说，"你睡吧，等粥买回来之后我再叫你。还有口服药，必须饭后吃，等吃完之后再继续睡。"

听着他妥帖而又细致的嘱咐，虞兮突然觉得时光仿佛蓦然间流转，她像是又回到了那个他给她包小馄饨的早晨。那时候的她面对这种十分陌生的温柔，是那么手足无措，以至于自身后抱住他的时候，拼命想忍住眼泪，却还是有一滴泪滑落眼角，打在了他的睡衣上。

虞兮慢慢闭上眼睛，轻声说："知道了。"

2. 来电人的名字是……楚凌

因为高烧，蒋辰屿觉得头脑有些混沌，虽然睡了一会儿，却睡得并不踏实，所以即使外面响起的三下敲门声非常小，他还是第一时间就醒了过来。

虞兮躺在他睁开眼睛就能看到的地方，此刻已经睡沉了，呼吸均匀轻浅。两个人离得极近，蒋辰屿看着面前虞兮安恬的睡颜，觉得似乎有什么东西正从胸腔间一点儿一点儿地满溢出来，又像是目视着一株濒死的植物重新开始生根发芽，直到枝蔓渐渐遮天蔽日，把他们全部包裹进一个温暖而又绮丽的幻境中。

蒋辰屿伸出手去，想要摸一摸她的脸，却在指尖触碰到她之前，又慢慢收了回来。

关山敲门后不久，房门就被人从里面打开了。一身家居服的蒋辰屿走出来，回身关门的动作和他的脚步一样轻。

"蒋总，粥买回来了，您和虞总都吃一点儿吧。"关山压低声音说，"另外我在路上已经和许晓凝联系过了，给了她这边的地址，她晚一点儿会把虞总的一些衣物和日常用品送过来。"

“她还在睡，药也还要过会儿才能输完，到时候再叫醒她吧。”蒋辰屿点了点头，说，“辛苦了，你也早点儿回去休息。”

关山劝道：“那我让护士上来照看虞总，您先下去吃点儿东西吧。”蒋辰屿没再说什么，两个人一起下了楼。

护士按吩咐上楼去盯着虞兮的输液情况，常姐把一半粥和砂锅豆腐放进保温盒，另一半端上了餐桌，放到了蒋辰屿面前。

“这两天我不去公司，在家里办公，有什么要紧事和重要文件，都不要耽搁了。另外……”蒋辰屿说到这里，皱眉沉思片刻，才继续说道，“你查一下，看这几年她有没有发生过什么车祸。”

关山一愣。蒋辰屿知道这个念头有些突兀，其实他自己也无从解释，为什么她听上去那么随意的一句话，他还是会莫名地在意。大概无论这句话是真是假，他都无法打消内心的疑问：为什么一个自诩驾驶技术堪比天才车手、对很多车都很感兴趣，放言要一辆一辆收集齐的人，会无端任由驾照过期。

“我知道了，蒋总。”关山点头答道。

蒋辰屿坐在餐桌前，彼时面前的碗里，砂锅粥还有些发烫，热气升腾，带着记忆中熟悉的香气。这香气让他想起上次店外的不欢而散，但也同样想起了过去他们还在一起时的许多画面。

关山离开前，无意间回头看了一眼。他以为今晚两个人的关系不仅开始缓和，而且看起来进展顺利，怎么都应该是一件好事儿。可他看到明亮的灯光下，蒋辰屿拿着汤匙轻轻地搅动砂锅粥，无端觉得，那个身影看上去格外寥落。

手背被人按住的时候，虞兮蓦地醒了过来。因为她倏然睁开眼睛，护士吓了一跳，虽然确认自己刚刚的动作十分轻柔小心，但还是立即很抱歉地问道：“对不起，是我弄痛您了吗？”

“没有……”带着有些残存的模糊睡意，虞兮摇了摇头，一边看护士为自己拔针，一边问道，“我睡了多久？”

“一个多小时了。”护士帮她按住胶布下的针孔，答道，“您现在体温已经降下来了，还有口服药需要饭后一小时服用，到时候我会再提醒您。”

虞兮点了点头。

她仍裹在被子里，因为睡着的时候出了很多汗，所以现在整个人都不太舒服。不过因为烧已经退了，所以头不再那么难受，只是身上仍没什么力气。

护士收拾了东西出门之后不久，虞兮刚裹着被子坐起来，蒋辰屿就从外面推门走了进来。他身后，常姐端着东西进来，在蒋辰屿的示意下，把手中的托盘放到了床头柜上，就转身离开了。托盘里放着热过的粥和砂锅豆腐，还有常姐做的两碟非常清淡的小菜。

蒋辰屿在床边坐下，知道她出了很多汗，怕她着凉病情反复，把她身上的被子拉高了些，将她整个人都裹严实了许多，然后说：“先吃点儿东西。”

“我想洗澡。”虞兮不舒服地动了动身子。

“不行。”蒋辰屿直接拒绝。看着虞兮皱起的眉头，他说：“至少要等到睡前，如果体温没有再升高再说。”

虞兮皱着眉头保持安静的时候，就是她对这件事虽然不满，但也不准备提出任何异议的时候。蒋辰屿从一旁的托盘中端起碗，用汤匙轻轻地搅动着里面的粥，说：“热过了，虽然比不上新出锅时的口感，但味道还好。”

眼见他舀起一勺粥，轻轻吹了吹之后递至自己唇边，虞兮仍然觉得不真实。面前的人不再冷漠，也不再说着残忍的话，虽然让她有些重回当年的恍惚，可实际上，她并不认为眼前的一切会最终拉开团圆的序幕。

也许会，但她不接受。

这勺粥虞兮没有喝，她只是看着蒋辰屿，说：“我自己可以。你看起来比我严重多了，先去休息吧。或者我把你的房间让给你，我睡客房。”

“我现在真的很累了。”蒋辰屿的手并没有放下，他看着她，神情平静地说，“所以你吃快一点儿，让我能早点儿去睡。”

两个人短暂对视，虞兮率先移开视线，她低下头，默默地喝下了蒋辰屿喂过来的粥。蒋辰屿想问她觉得和过去的味道有没有区别，但最终没有开口。他只是又低头舀了一勺，然后再次递过去。

久违的熟悉味道充斥味蕾，虞兮想到那家不起眼的砂锅店，和里面永远吵吵闹闹一群人欢声笑语的过去。可她还是提醒自己：回忆无论痛苦还是美好，耗费在它身上的时间也只是浪费。于是她不再去想，只是默默地吃着蒋辰屿喂过来的食物，什么都没有说。

两个人之间难得安静了片刻，一时间只有勺子和碗壁偶尔碰撞发出的声响。直到虞兮吃了小半碗粥，出声说道：“饱了。”

蒋辰屿点点头，放下碗站起身来，说：“你歇一会儿，我让常姐过来收拾。”

常姐进来收拾了碗碟，过了会儿又抱了床新被子，跟在蒋辰屿身后走了进来。蒋辰屿接过新被子，把虞兮整个人裹住，然后连同被子一起拦腰抱了起来。

“你干吗？”虞兮忍不住惊呼一声。

“换房间。”蒋辰屿言简意赅地答道，然后抱着她往外走。虞兮身体悬空，手拿不出来，以至于整个人都没有着力点，所以难得老实，生怕万一挣扎，病中的蒋辰屿抱不住自己。

蒋辰屿抱着她进了隔壁客卧，到底是因为高烧的关系，整个过程有些吃力，将虞兮放到床上的时候，脸上的潮红更加明显。

身上终于不再汗涔涔得难受，虞兮躺在新床具里，心情也好了许多。蒋辰屿伸手拨了拨她额前凌乱的碎发，说：“洗手间里有你的洗漱用品，还有一些衣物都放进旁边的衣帽间了，你自己找。都是你的小助理之前送来的。”

“许晓凝？”虞兮一愣，问道，“她人呢？放下东西就走了？”

“你当时还在睡，我让她先回去了。”蒋辰屿说完，在虞兮明显愤然的眼神里补充说道，“她说明天再过来。”

虞兮这才作罢——她当然知道许晓凝那点儿出息，只怕一个人面对蒋辰屿的时候，会比见了猫的老鼠溜得还快。枉她还觉得自己这几年把这丫头带得还不错，两个人有了那么几分并肩作战的意思。

“护士待会儿过来给你送药，你睡前能不能洗澡，问过她之后再说。”蒋辰屿留下这么一句之后，起身出了门。

也许是因为输进去的药起了作用，退烧之后又吃了晚餐，虞兮觉得精神好了许多。于是吃过护士送来的药，等对方离开之后，她直接起身下了床。

进了旁边的衣帽间，虞兮一眼就发现了地上放着的红色大行李箱——许晓凝这个奇葩，放下东西便跑也就算了，可她不知道是当自己来度假，还是在帮自己搬家，收拾的东西齐全到用了这么大一个行李箱来装。

虞兮懒得去看已经收拾得十分整齐的衣柜里，许晓凝都给她拿了哪些东西，直接拿了套内衣和一条睡裙出来，进了洗手间。

仔细地卸了妆，虞兮放好水之后，慢慢地躺进了浴缸。身体被热水包裹，一天的劳累和病中的疲乏都减轻了许多，她十分舒服地喟叹出声，觉得整个人这才清爽了。

知道自己的身体还有些虚弱，虞兮没有打算泡太久，但正这么想着的时候，浴室的门突然被人从外面打开了。她吓了一跳，发现是蒋辰屿，又松了口气。

看着神色明显不悦的蒋辰屿，虞兮意识到自己似乎跳过了征求医嘱的环节，直接洗了澡。但她即使被抓个正着，也没有觉得自己需要做什么自我反省，反而迎着蒋辰屿的视线，不紧不慢地说：“蒋辰屿，我怀疑你就是打着怕我着凉会再发烧的旗号，故意偷看我洗澡。”

蒋辰屿难得没有出言讽刺，只是在她挑衅似的眼神下，一言不发地走了进来，伸手递给她一部手机。

虞兮顿时愣住了，不仅因为她一眼就发现那是她自己的手机，更因为屏幕上显示此时正在通话中，而来电人的名字是……楚凌。

3. 谢谢你昨天的收留和照顾

"卓清淮刚让他的人送过来的。"蒋辰屿拿着手机，淡淡说道。

虞兮看了他一眼，绷着脸拿过手机，接听的时候，见蒋辰屿还不走，于是一边看着他，一边清了清嗓子，对电话那头的人笑道："阿凌？"

蒋辰屿的神情没有半分变化。虞兮顿时觉得没意思，正要问楚凌有什么事儿，电话那头的声音已经传了过来："是阿霄。"

虞兮有些意外地挑眉，随后的笑容反倒有了几分真心，问："不是说我很凶吗？为什么打电话给我？"

楚霄的回答依然言简意赅："来看小汪了。"

虞兮抹了把脸上的水，问："小汪是谁？"随后想起来，她无奈地笑道，"该不会说的是上次那只狗吧？"

楚凌带了些笑意的声音响起来："阿霄取的名字。上次那家宠物店的老板人很好，所以我直接把狗放在他这边寄养了。阿霄今天突然说想来看狗，我只能提前从酒店回来，带他过来了。可惜老板不在，结果阿霄又说要见你。"

"看不到狗，所以要看我……"虞兮咬牙笑道，"阿霄，你告诉我，是狗好看还是虞兮姐姐好看？"

因为开着扬声器，所以楚霄听得十分清楚，不过他并没有在两个选项中做出选择，只是认真说道："小汪是狗，小虞是人。"

"小虞"愣了愣，随后大笑起来。

就在她躺在浴缸里笑着的时候，蒋辰屿已经转过身离开了浴室。虞兮笑得止不住地咳嗽，好不容易才平复。她看着重新关好的浴室门，眼底残留的笑意消失了，取而代之的，是一抹意味不明的复杂。

“病了？”听到她的咳嗽声，想起先前听到的内容，楚凌问道。

虞兮从浴缸里出来，拿过浴巾披在身上，反问道：“关心我？”不过说完之后，她不等楚凌回答，就意味深长地笑道：“如果以不和我合作为前提的话，这种关心就是一种非常不明智的行为。阿凌，你可是个聪明人。”

电话那头楚凌的轻笑声传来。虞兮点到即止，又对楚霄说：“阿霄，你小虞姐姐这几天要养病，改天再找你玩。”

“好，再见。”楚霄自然是丝毫没有要客套的自觉，回答之后直接挂了电话，然后把手机递给了身旁的哥哥。

楚凌原本坐在宠物店门口的台阶上，接过手机之后站了起来，一只手把手机放进大衣口袋，另一只手揉了揉楚霄的头发，说：“小虞和小汪都只能改天再看了，回家吧。”

宠物店的老板不知去了哪里，里面灯亮着，人却不在，紧锁的店门上挂着“暂时外出”的牌子。楚霄有些不死心地透过落地窗，往里面看去。可惜小汪所在的笼子不在临窗的位置，他之前已经找了半天，一直没有看到。

“下次再过来之前，我提前给老板打电话问清楚，好不好？”楚凌拍了拍楚霄的肩膀，说，“快下雪了，我们回家。”

“下次再来。”楚霄不得不收回视线，颇为失望地抿了抿唇，回身朝哥哥确认道，“还有小虞。”

想到虞兮，当然要不可避免地想到蒋辰屿。这个名字楚凌当然不陌生，虽然并不是所有甚嚣尘上的桃色新闻都基于现实产生，但显然，蒋辰屿对于虞兮来说是例外。

无意窥视任何人的隐私，楚凌回过神来，笑了笑，随后帮楚霄把棉服上的帽子掀起来戴上，答应道：“好。”

虞兮换上了自己的真丝睡裙，然后摘下干发帽，随意用电吹风吹了几下，就一边整理着头发，一边走出了洗手间。她发现卧室里的主灯已经关了，只留着床头一盏灯，而昏黄温馨的灯光下，一杯水放在床头柜上。她走过去，拿起来喝了一口，里面的水还正温热。

虞兮坐在床上，看着手中的水杯出神许久，才缓缓呼出一口气，把它重新放回床头柜上。不过等她正要关灯的时候，随着敲门声响起，蒋辰屿再次走了进来。

“蒋总进浴室都不敲门，这个时候怎么又想起讲礼貌来了？”虞兮靠坐在床头，看着他，有些讽刺地笑道。蒋辰屿恍若未闻，走过去直接按掉了床头灯。

卧室里最后的光源消失，虞兮眼前瞬间一片黑暗，随后身边的床垫陷进去了一些，她才意识到蒋辰屿在她身边躺了下来。

虞兮忍不住皱眉，说：“上我的床，要经过我允许。”

黑暗中，蒋辰屿伸手抱住她，额头擦过她的肩膀，仍带着异于平常的温度。他低声开口，沙哑的声音里带着浓浓的倦意，说：“睡吧。”

虞兮想要推开他，却是显而易见的徒劳。她觉得，在蒋辰屿理所当然的举动里，自己所有的嘲讽也好，拒绝也罢，都像是在空无一人的高台上唱独角戏。她越发气闷，可蒋辰屿不知是药效发作，还是之前强撑了太久已经疲惫到极点，很快便沉沉睡去了。

听着他均匀的呼吸声，虞兮无声地叹了口气，想要动动身子，扣在腰间的手臂却无意识地收紧了。她也实在没有更多的力气折腾，只得作罢。闭上眼睛之后，她在蒋辰屿怀里找了个舒服的姿势，也很快进入了梦乡。

第二天一早，虞兮在半梦半醒间翻身，随后察觉自己再次落入一个温热的怀抱。对于落在自己唇瓣上的吻，她无意识地低喃：“别闹。”

对方的“骚扰”却没有因此停止。随着亲吻的逐渐升温，耳畔响起熟悉的呢喃低语，虞兮在朦胧间终于开始不自觉地回应。

再次睁开眼睛的时候，虞兮发现自己似乎因为睡了太久，整个人都有些不知今夕何夕的茫然。她揉着睡得昏昏沉沉的头坐起来，发现卧室里只有自己一个人。而床单和被子已经换过了，她身上的睡裙也换成了另一条。

隐约还记得蒋辰屿抱自己去洗澡，虞兮看着自己身上的吻痕，暗暗骂了一声：“禽兽。”

手机铃声突然响起来，她闻声朝床头柜上看过去，发现了自己的手机。虞兮伸手拿过来之后，发现是许晓凝打过来的，于是一边接起来，一边拿过旁边的水杯，将里面的水一饮而尽。

“虞总，没打扰您休息吧？”许晓凝有些小心翼翼地问道。

“就凭你现在才知道打个电话过来，估计我要是真有点儿什么事儿，给我收尸都指望不上你。”虞兮放下杯子，不冷不热地说，“而且我现在非常怀疑，是不是如果有人给你开了高价，你会想都不想直接把我卖了。”

电话那头的许晓凝有些心虚地笑道：“瞧您说的，我哪有。昨天那是……我是真的想等您醒过来，然后看您有没有事情要交代。但蒋辰屿就那么冷着脸看着我，我实在是……”她的解释一句话停三停，然后为自己辩解道：“我刚忙完公司的事儿——毕竟您也培养了我三年，如果在您生病时，我连独当一面的能力都没有，那我不也太无能了吗？”

虽然事实如此，但许晓凝并没有说自己这么放心的理由：除了因为昨天关山联系她时，不仅对他们两个人重归于好表示乐观，更因为她跟了虞兮三年，从虞兮对待蒋辰屿的态度里，轻易就能发现蒋辰屿和其他男人的不同。

虞兮懒得和她一般见识，起身走到窗边拉开窗帘，这才发现，外面不知什么时候开始下起了雪，纷飞的雪花到现在也没有停，一眼望出去，整个世界都是白茫茫的一片。

“本来不想打扰您养病，不过有件事情确实有点儿急……”许晓凝说，“新超市那边刚刚来消息，问咱们三天后的见面能不能挪到今晚八点，因为高层人员变动，所以他们下面各部门也会有相应调整，尤其采购部，近期所有的业务都在做紧急处理，能匀给咱们的时间恐怕只有今晚。”

“真感谢意大利人想一出是一出的优秀品质。”虞兮不由得骂了句脏话，然后看了一眼墙上的时钟，发现现在已经是下午一点四十二分了。

“他们的采购总监一向喜欢讲排场，如果只有副总和我们出面，恐怕不太合适，所以只能给您打电话了。”

“我知道。”听着许晓凝为难的声音，虞兮咳嗽了两声，说，“过来接我吧，我现在收拾东西。”

“好的，虞总。”许晓凝答应着，又忍不住担心地问道，“咱们这边需要准备的东西倒是都没有问题，但您的身体真的还可以吗？”

“本来也是小问题，烧已经退了，没事儿。”虞兮不甚在意地说，随后嘱咐道，“雪太大，你路上慢点儿开。”

原本按蒋辰屿的吩咐，常姐在虞兮未醒的时间里，隔一段时间会把她床头的水重新换成温水。不过眼下她从楼上下来，走进厨房，有些犹豫地对蒋辰屿说：“先生，虞小姐在收拾行李。”

已经退烧的蒋辰屿看起来精神不错，闻言微怔，上楼去看虞兮的时候，发现她果然已经换好了衣服。此时她正在衣帽间里，将昨天刚挂进衣柜里的衣物，一一装进地上那个摊开的红色行李箱。

虞兮回头看见他，手上收拾东西的动作并没有停，一边往行李箱里放，一边说道：“我有急事儿要处理，已经让人来接我了。谢谢你昨天的收留和照顾。”然后，她又多说了一句，“不过我本来也没打算在这里住多久。”

蒋辰屿的眉头顿时皱了起来，伸手拦住她，问道：“什么事情这么急？”

4. 怪你自己命不好吧

“有个应酬临时改了时间。”虞兮挡开他伸过来的手，继续往箱子里塞东西。

直到之前开始收拾东西，虞兮才发现，许晓凝为什么要拿了这么大个行李箱过来——除了几套内衣、袜子和护肤品，许晓凝还给她拿了日常穿的五条裙子、两件大衣和一双靴子，还有其他零零散散一些东西，其中光睡裙就有三条。

“什么应酬需要这么急，连身体都不顾？”蒋辰屿按住她拿东西的手，沉着脸问道。

这种话由蒋辰屿说出来，实在有一种“何不食肉糜”的荒唐感。虞兮觉得十分好笑，于是也就真的笑出了声，说：“我们这种小公司，比不了你们泰泽这种跨国集团，谈生意都看心情。大雪天在家里吃火锅喝酒看电视剧，不劳而获谁不想？可惜我没那么好的命，不赚钱就只能喝西北风了。”

说完之后，她不容分说地拿开他的手，转身从衣柜里拿出一条羊毛裙，然后示意挡在她面前的蒋辰屿让开。见他一动不动，她干脆直接绕过他，俯身把羊毛裙放进箱子。

她的态度显然惹得蒋辰屿不悦，他拽住她的胳膊，把她拉起来，看着她的眼睛，说：“据我所知，虞氏的产品除了给大大小小各餐馆、酒店和超市、便利店供货，从今年起也开始增设了自己的门店，网络渠道也打开了销路。我粗略算过，刨除我刚签给你的那笔合同，只今年一年，你的纯利润就超过了两个亿。”

“虽然在你这种百亿继承人面前，我赚的这点儿钱听起来像是小孩子过家家，”虞兮微怔，紧接着面上浮现出一抹有些自得的笑意，说，“但我还是觉得自己……有点儿厉害。”

毕竟她刚接手虞氏的时候，那还只是一家濒临倒闭的小食品公司，距离现在，也还不到五年。

蒋辰屿并不接受她这种看似自夸的避重就轻，盯着她问道：“和泰泽的这笔合同，还不够让你对自己好一点儿吗？天底下的钱永远赚不完，你又到底需要多少？”

虞兮依旧笑着，她抱臂靠在衣柜上，抬头看着蒋辰屿，反问："那你已经有这么多钱了，为什么每天还要辛辛苦苦地工作呢？让你把泰泽集团交出去，你肯不肯？"

蒋辰屿的神情十分复杂，却眼底也带着一览无余的坚定，一字一句说道："只要我爱的人在我身边，我可以。"

虞兮眼神微闪，随后笑了笑，说："真感人。"说完之后，她站直身子两手一拍，一脸轻松地说，"好啦，金钱观讨论结束，我走了。"她没再看东西是不是收拾全了，直接合上箱子，锁好之后拉起来向外走去。

蒋辰屿从身后拉住她，把她手里的箱子夺了过来，甩到一边，不知是因为失望还是愤怒，努力压抑着情绪，说："你的病还没完全好，再休息几天，明年我新度假酒店的采购合同签给你一份。"

虞兮重新拎回箱子，看着他，勾了勾嘴角，答道："即使你明天就建新度假酒店，今天这笔生意我也还是要去谈。"

"钱对你来说就那么重要吗？"蒋辰屿终于忍不住抬高了声音，随后又在她明显要给一个肯定回答之前，冷笑出声，"别以为我不知道你想做什么！"

虞兮笑容不变，反问道："调查我啊？都查到什么了，说来听听？"说着，她的脸色沉下来，问面前的蒋辰屿："还是你以为，大家睡过两次，你就有资格对我指手画脚，安排我的生活？"

对于虞兮突如其来的怒气，蒋辰屿却只觉得疲惫。他现在才意识到，昨天短暂的温馨其实毫无根基，就像天亮之后总会散尽的大雾，看似真切，却始终是虚幻。他心底的愤怒无法压抑，终于击溃所有理智，让他将心底的话脱口而出，直接承认道："对，我就是这么以为的，就像我以为只要不计较过去，我们就能像过去、像昨天一样，好好在一起。看来还是我太蠢，不知道我对你所有的心疼，在你看来就是这么可笑的事情！"

"不计较？"虞兮像是听到了什么天大的笑话，一时失笑，随后死死地盯着蒋辰屿，问道，“你觉得你凭什么和我‘计较’，又有什么资格和我‘不计较’？”

她不打算再和他继续虚与委蛇，动作十分随意地摔下箱子，说：“既然你有这么大的误会，我也懒得再和你白费功夫，我们今天就把话说清楚吧。”

看着蒋辰屿，虞兮思路清晰，语速平稳：“你说你知道我想做什么，我一点儿也不意外。因为只要了解我性格的人，就知道我不可能放过楚亦奇和梅逊雪，因为我对他们的恨，一天都没有停止过。只不过你似乎忽略了一个问题——”在蒋辰屿的视线里，虞兮的笑容无比动人：“我恨的，是每一个伤害过我的人，这些人我全部要报复回来。其中当然也包括你，我亲爱的蒋辰辰学长。”

她神情轻松，几句话说得轻描淡写，蒋辰屿的瞳孔却急剧收缩，呼吸几乎停止。

“你不该回来的。”虞兮走到蒋辰屿面前，抬起右手，指腹抚上他的额角，再慢慢滑落到他的脸颊，最后在他脸上轻轻地拍了两下，意味深长地叹息，“当然，和回国相比，你更不应该的，是让我知道你还爱我。”

蒋辰屿攥住她的手腕，一字一句地问道：“你什么意思？”

“什么意思？”虞兮听了，讽刺地笑了一声，问道，“这些日子不太好过吧？觉得我好像在乎你，却又像是没那么重视，让你一会儿开心，一会儿又痛苦。想起从前的日子觉得很美好，看着现在的我又觉得非常陌生，是不是？”

像是说着什么非常值得开心的事情，虞兮笑起来，看向蒋辰屿：“工作也转移不了你的注意力，因为总是会想起我。好不容易下定决心放弃了，可我只不过随便招招手，你就又上钩了。”

手腕被倏然攥紧，虞兮毫不在意那点儿疼痛，问道：“是不是觉得，这种报复其实根本不算什么？我一开始也这么想，但后来，我慢慢不这么觉得了。”她嘴角微勾，偎在蒋辰屿身前，仰头看着他，语意温柔地轻声说，“因为我发现，我随便一个眼神，一个动作，就能影响你的心情。虽然你看上去冷冰冰的，可所有的情绪波动，都在这双眼睛里写着。”

蒋辰屿的手有些明显的颤抖：“别再说了……”

“玩弄别人感情的感觉实在太好了，但你现在的这点儿纠结和痛苦还不够，你以为我说不会放过你是随口说说，还是开玩笑？”虞兮不顾腕间更加清晰的疼痛，加重语气说道，“既然你看起来确实很爱我，那现在的这种感觉还只是开始。我以后会爱上别人，和别人结婚生子，我要让你每一次看到我，看到我的幸福，都想起自己的感情被玩弄被践踏的感觉，一辈子忘不了！”

“我让你别再说了！”蒋辰屿抬手扼在她颈间，将她压在门板上，呼吸急促。

她的声音明明不大，在他听来却似乎振聋发聩，每一个字都像是一根淬了毒的针，刺进他的身体里，随着血液一起游走在四肢百骸，每一次呼吸，每一次心跳，都伴随着刻骨的疼痛。

蒋辰屿的脸色一片灰败，有些艰难地开口时，声音里带着一丝不易觉察的颤抖：“虞兮，你凭什么？明明从一开始，就是你在玩弄我的感情，你有什么资格恨我！”

“就凭你说你爱我！”虞兮倏然抬高声音，红着眼睛看他，“就凭我当年真的想过和你在一起，凭我在你抛弃我之后，还一心想着挽留你！”

蒋辰屿情不自禁地冷笑起来，他抵着她的额头，声音极低，却带着明晰的恨意：“这五年，我没有睡过一个好觉，没有一次真正开心过。因为我不明白，为什么一个人突然闯进我的生活，让我爱上她之后，会在和我上床后的第二天，让我亲耳听到她和她的闺密说，只不过是想和我玩玩。而即使这样，我还是努力地给她找理由，告诉自己说她只是嘴硬，只是因为得到的爱太少，所以不懂得怎么表达。”他掐着她的脖子，声音颤抖，“我鼓起勇气联系她，她却只告诉我让我别再烦她。而从那之后，她的电话再也没有打通过。我给她留言，给她留便笺，想带她去见我外公，可我和外公等了整整一天，她都没有出现。”

虞兮的眼底有如此明晰的痛苦，她用了最大的努力去压抑克制，眼睛眨都没眨一下，但眼泪还是顺着脸颊滚落下来。

“可我还是不死心。”蒋辰屿自嘲似的笑起来，眼底渐渐泛红，重复道，“我竟然还不死心……我要陪外公出国疗养，心疼她生活得不开心，想带她一起走，出国定居不再回来了。可结果呢？在我为她纠结痛苦的时候，她和朋友在酒吧玩得开开心心，和别的男人鬼混！”

蒋辰屿掐着虞兮的脖子，一字一句地颤声说道：“这就是你，虞兮，这就是你亲自做过的一切！五年了，我一次又一次地原谅你，换来的就是你一次又一次的践踏！”

“对！这就是我！”虞兮迎着他的视线，毫不退让地说，“我从第一天起，就是这么自私的人，我永远只在意自己的感受，所以就算听到什么看到什么，你要么直接当面来问我，要么就给你自己找个理由去相信这一切不是真的。否则你所有的痛苦，都是你自找的！”

蒋辰屿不知道到底是虞兮可笑，还是始终对她心存幻想的自己可笑。他眼里的憎恨和痛苦交织在一起，声音冷得像是无垠的寒川：“你让我觉得，我这些年对你的爱，就像是一个彻头彻尾的笑话。”

虞兮轻轻擦去眼角再次滑落的泪，重新看向他，即使努力克制，声音依然有些哽咽：“拜你所赐，你也让我觉得，这世界上所谓的‘爱’，都不过是笑话。”

五年，即使人们再怎样感慨多年时光不过弹指一挥间，可在这个过程中，每个人都是一分一秒熬过来的。她放任工作和酒精侵占所有的私人时间，却还是会想起蒋辰屿。两个人走到如今的境地，对于原因，她或多或少有过猜测，心里终归有些结果，只不过她并没有想到，这些结果原来真会有被最终证实的这一天。

虞兮抬手握住蒋辰屿的手腕，声音里有着不言而喻的奚落：“你说的那些，即使全部是真的，又怎么样？我以前以为你是特别的，蒋辰屿，原来你和其他人从来没有什么不一样，你们永远是只听我说了什么，做了什么，却不问也不在乎我为什么这么说、这么做。”她想笑，却不知道是要嘲笑自己，还是嘲笑蒋辰屿：“你的爱和你这个人，都不过如此。”

可即便如此，她终究不甘心。

被自己刻意无视多年的伤口，仿佛再次被撕裂开，她内心突然再次迸发出一股难以名状的恨意。她看着蒋辰屿，指甲直接刺破了他腕间的皮肤。她几乎用尽全身力气，掰开他的手，红着眼睛问：“既然你让我这么失望，那为什么要怪我，因为恨你而报复你？我不应该恨你吗？”

她问完之后，突然一个巴掌狠狠地打在蒋辰屿脸上，颤声喊道：“你就是应该永远无条件地信任我，保护我！即使我说了再过分的话，也应该在机场接到我的电话，听到我恳求你留下来的时候，义无反顾地回到我身边！而不是问我，陪你睡了一晚需要付给我多少钱！”

她揪着他的衣领，不依不饶地问道：“是你口口声声说爱我，可你做到了吗？当初抛下我出国是你的错，过了五年又回来也是你的错！所有的一切全部是你的错！蒋辰屿，我没有资格恨你吗？没有资格的是你，就像你根本不配问我爱不爱你！”

脸上的刺痛仍在，蒋辰屿任她拉扯着，内心巨大的空茫，就如惊涛般汹涌咆哮着要把他吞没：“你永远是这样，错的都是别人，永远不是你。明明只要你肯说一句对不起，我就能原谅你……”他攥住她的手，眼中一片猩红，“你告诉我，一切都是误会，你心里不是这么想的，你其实也爱我，对吗？说啊！”

一阵死一般的寂静过后，虞兮抬手擦去脸上的泪，虽然眼睛还红着，但宣泄过情绪之后，已经努力开始平复。她决绝地抽回自己的手，最后看了眼蒋辰屿，抑制着声音里的颤抖，神情平静地说：“对，这些都是我的狡辩，你其实没有错，但很可惜，谁让你第一个爱上的，是我这么自私又记仇的人。怪你自己命不好吧。”

她说完之后，拎起地上的行李箱，头也不回地开门走了出去。

5. 真可惜，这是我最喜欢的一个行李箱

蒋辰屿始终觉得，虞兮是一个有着蓬勃生命力的女孩。

或许因为他从小到大，已经习惯了按部就班的生活，衣食无忧，被爱被关心，一切都平静顺遂。没有波澜，也同样意味着没有惊喜。在他看来，虞兮突然闯入他的世界，即使很多人觉得她骄纵任性，似乎永远带着一种无法无天的高傲，但她也因此更加生动鲜活，给他曾带来过无比真切的幸福和甜蜜。

他曾经为她找的无数借口，都在到机场的时候接到她电话的那一刻，变成了刺向他自己的利剑。他不明白，她为什么在肆意践踏了他的感情过后，还能用一副无辜的语气说她需要他，恳求他留在她身边。就像他也不明白自己，为什么从小到大都似乎永远冷静理智，却在那一刻，满脑子都想着该怎么用最恶毒、最刻薄的话羞辱她，让她也尝尝自己那些日子所有的痛苦和煎熬。

如果她真的会因此而痛苦的话。

蒋辰屿一步步走下台阶，原本在客厅打扫卫生的常姐有些不知所措地看着他，小心翼翼地说："先生，外面的雪……"

刚刚她在楼下，虽然听不清具体内容，但自然也清楚楼上的争吵多么严重——这两天，她这位年轻雇主一再颠覆她的认知。让她意识到原来以他的身家地位，和平日里高高在上的冷漠性格，竟然能对一个人体贴周到如此。更出乎她意料的是，对方在坦然接受的同时，还能和他如此激烈地争吵。

她自知身份，原本不该也不敢多嘴。可年纪渐渐大了，越来越心软，实在忍不住想说，外面那么大的雪，虞小姐一个女孩子，病还没好，穿得看起来就不够暖和，还拎了那么大一个箱子，要不要让司机送一下？

可她话还没有说完，就发现蒋先生似乎并未听到她的话，甚至连

一个眼神都欠奉，径直走向了餐厅。虽然他看上去没什么表情，但周身似乎笼罩着一层异常沉郁冰冷的气息，比平日更有距离感，让人无端有些害怕。

常姐不敢再说什么，把没说完的话默默地咽了回去。

厨房里，一个个包好的小馄饨整齐地排列在面板上。蒋辰屿走过去，拿起一个看了看。他想他已经完全得到了外婆的真传，即使时隔几年，再动手做的时候，也并未有一丝生疏，手里的小馄饨和当年外婆教他的时候，包得一模一样。

当年他亲手给虞兮做小馄饨，看她吃得香甜又满足，而他讲起和外公外婆的往事，她却直接打断了他，嘴上只说：过去这么多年的事你还一直提，是还没长大吗？可他看得见她眼底没说出口的羡慕。

她就是这样一个人，喜欢什么，在乎什么，嘴上从来不说，看到别人一家温馨甜蜜，第一反应是转身就走，甚至自己面对温情的时候，也总是表现得烦躁不耐烦、满不在乎。他隐约猜到她在怎样的环境里长大，于是更加心疼她，所以才会在很多事都没有得到一个解释之前，已经忍不住在心里为她找了无数理由。

爱会让人变得盲目而愚蠢，只有虞兮无往不胜。

蒋辰屿抬手掀起面板砸在地上，用力闭上了眼睛。

雪似乎已经下了很久，地上积了厚厚的一层，乌云极厚，天色阴沉沉的，看不出放晴的可能。一直飘洒下来的雪花虽然不算很大，但也像是永远不会停。

虞兮拖着箱子走在路上，得益于许晓凝之前给她带的衣物格外齐全，倒不觉得怎么冷，只是短靴鞋跟不算矮，她需要特别小心，才能走得更稳一些。

东郊这边是有名的富人区，配套设施自然极为完善，但平时以安静清幽见长，此时大雪漫天，街道也显得愈加空旷起来。

虞兮强迫自己不去想刚刚发生的一切。

她心里暗暗告诉自己，眼下的一切并不是最糟糕的，她终于不用在蒋辰屿面前演戏，演她对他的在乎和难以忘怀；她也终于把蒋辰屿曾给予她的羞辱，用最直接的方式还了回去。即使蒋辰屿以后会遇到什么人，爱上什么人，他心里也会永远记住自己对他的伤害。她甚至觉得如果不是因为时间地点不对，自己更应该开上一瓶好酒，庆祝自己从今以后，终于能把“蒋辰屿”三个字，从她的生命里彻底划去了。

她脸上没有眼泪，只有被迎面而来的雪花碰触过后，融化的一片冰凉。

雪渐渐大了，像是要覆盖整个天地，脚下的路一直延伸到远方，看上去长得似乎没有尽头。雪地里，比她身上的驼色羊绒大衣更醒目的，是她手里大红色的行李箱。因为积雪的关系，她觉得手里的箱子越发笨重，就在这时候，她脚下不知踩到了什么，为了维持身体平衡，马上下意识地松了手，人虽然站稳了，行李箱却就这么直接摔了出去。

她拢了拢被北风吹乱的长发，慢慢走过去，把箱子重新拉了起来，然后发现刚才那一摔，箱子正巧摔在了路边积雪下的一块石头上，磕出一个明显的凹痕。

“真可惜，这是我最喜欢的一个行李箱。”虞兮有些冻僵的手摸着那个凹痕，抬头看了看路旁光秃秃的白桦林，自言自语地说完这么一句，眼泪突然掉了下来。

她心里都是恨，可那些恨她无从发泄无从排解，只能任它们在血液里左冲右突，天长日久地扭曲着她的心。即使曾经她有过短暂的幸福，可幻想一旦被打破，她还是不得不面对自己可憎的面目，承认自己原来过去不配被爱，现在也依然不配。

一辆白色路虎从一栋别墅慢慢驶出，开到主路后不久，最先进入视野的，是前方不远处的路边，一抹十分醒目的红色，然后，开车的人才注意到箱子旁的长发女人。

他把车开过去，按下车窗正要问对方是不是需要帮忙，可看清那人的侧脸，顿时一愣：“虞兮？”

完全沉浸在自己的情绪中，没有察觉到有车过来的虞兮，乍然听到熟悉的声音，飞快地擦了一下眼睛，然后才回身，笑道：“我们果然有缘分吧，这样都能遇到。”

楚凌直接下了车，看着她微红的双眼和苍白的脸颊，又看了看她脚下的行李箱，没有问她为什么会在这个时间出现在这里，又为什么会如此狼狈。他一只手从她手边拉过行李箱，一只手打开了副驾驶的车门，皱眉说道：“外面冷，先上车再说。”

把虞兮的行李箱放进后备厢，楚凌重新上了车，递给虞兮一条手帕，说：“新的，先擦擦脸和头发上的雪。”他看了看虞兮身上的大衣，问：“大衣好像有点儿湿，先脱下来放到后座上吧，车里空调温度够了。如果你觉得冷的话，我后备厢里有毯子。”

在雪地里并不觉得冷，但上车之后冷暖急剧变化，让虞兮觉得有一种十分不真实的感觉。她轻轻地哈着有些冻僵的手，想问楚凌怎么会出现在这里，但刚刚打招呼时那句看似轻松的话，似乎已经是她能强撑出的极限，以至于此刻动了动唇，却有些发不出声音。

和往日妆容精致似乎永远光鲜亮丽的虞兮不同，此刻的她脸色苍白，一缕被雪打湿的头发贴在颊边，整个人看上去脆弱得像一个易碎的细瓷花瓶。这样的虞兮既陌生又熟悉，所以即使她看上去依然镇定，楚凌仍是轻叹，出声说道：“你先歇会儿，我下去抽支烟。”

他说完之后，直接下了车，走到车子背风的一侧，点了支烟默默地抽了一口，然后看着那缕轻烟迅速地被风卷走，消散在漫天的大雪之中。

想到车里的人，楚凌发现他似乎比自我认知中更加有同理心，并且如此确信她需要的是一个独处的空间，而不是一个可以依靠的肩膀——又或者她也需要依靠，但那个人一定不是他。

虽然肩上有他不会推卸的责任，但他始终认为自己本质上是一个更倾向于独善其身的人，所以他并不乐于见到自己对外人如此“体贴”，更何况那个人是虞兮。但现在他站在车外，看着从天而降的大雪，又无端觉得：如果一生之中，永远遇不到一个可以区别对待的“外人”，人生大概会格外寂寞吧。

楚凌碾灭了烟，伸出手去，看着雪花飘落在掌心，转瞬间又消失不见，笑意微苦。

而在车门关上的那一刹那，虞兮就几乎呜咽出声。她咬了咬嘴唇，然后用力咬住了食指的指节，直到疼痛感越来越清晰，才渐渐成功阻止了继续掉下来的眼泪。

一直坐在这里哭哭啼啼，是软弱无能的表现，更何况她还有生意要谈，还有钱要赚。那些她一直计划着要做的事情，今天也只不过完成了一件，所以她可以容忍自己掉眼泪，却不能允许自己沉浸在这种情绪里浪费太多时间。虞兮低头看了看指节上渗血的齿痕，又看了看左手上的镯子，整个人迅速地冷静了下来。

她拉下遮光板，对着上面的镜子，拿手帕一点儿一点儿地轻轻擦掉了脸上的所有水迹，然后整理好头发，双手稍稍用力地拍打了两下脸，直到苍白的脸颊上有了一丝血色，整个人除了双眼微红，看不出太多异样。她按下车窗，对外面的楚凌说：“行李箱里有个金色的手包，帮我拿过来。”

听着她十分自然的吩咐，楚凌一时有些哭笑不得。虞兮像是知道他要说什么，又补充说道：“请、请帮我拿过来。”

6. 我这个人啊，运气从来就没有好过

楚凌不知道虞兮身边的人是否都有受虐倾向，但至少在他看来，一个颐指气使的虞兮，远比在大雪中脆弱茫然的她更生动。

他认命地从后备厢里帮虞兮拿了东西，然后重新上了车。虞兮接过来，打开之后翻出一支口红，照着镜子仔细涂好之后，这才放心地把口红扔回手包里。

“就只是这样？”楚凌看着她一副十分满意的神情，有些好笑又有些好奇地问道，“你们女生化妆不是非常麻烦的吗？”

虞兮对于他的外行话分外鄙视，但看在他眼下是真正意义上的雪中送炭的分上，纡尊降贵地说：“素颜怎么直接上妆，我现在东西又不全。”说着，她又照着镜子左右看了一下，自言自语道：“已经够美了。”

如果不是她微哑的嗓音和发红的双眼，大概真的会有人以为她无懈可击。楚凌不作任何评价，看了看她指节上的齿痕，从车里翻出了一片创可贴，给右边的人递了过去。

虞兮笑意微敛，抿着唇接了过来，裹好手指之后，若无其事地问道：“所以你今天怎么会这么巧出现在这里？”

“阿霄原来的心算老师移民了，新老师上午去试过课。走的时候因为雪太大不敢开车，所以我帮忙把人送回来。”楚凌一边启动车子，一边说道。

虞兮了然地点头，说：“难怪，我上次就发现阿霄对数字非常敏感了。”

楚凌的面上倒难得有了几分骄傲，说：“他七岁才接触心算，开始系统地学习，八岁就拿到全国冠军了。”他与有荣焉地笑了笑，然后在虞兮意外的眼神里，又解释道，“不过阿霄不喜欢和太多人接触，也不喜欢比赛，后来也就不参加了。这些年除了请些老师定期去家里上课，他的时间都自己安排，做他感兴趣的事情。”

虞兮早已知道楚凌有多看重这个弟弟，而且她觉得，和接管楚氏相比，楚凌似乎更享受凭自己的努力给楚霄创造更好的生活这种方式。

如此的兄弟情深让人羡慕，但虞兮心里还是莫名有些烦躁。她沉默片刻，突然想到什么，看向楚凌，问：“对了，昨天你叔叔是怎么教训你的？有没有说，让你离我这个不安好心的小狐狸精远一点儿？”

楚凌倒是头一次听人这么乐于给自己冠上这种名号，但他还没有说话，虞兮就再次笑道：“也对，单从梅逊雪和我的血缘关系上来看，楚亦奇也不会这么说我。我如果是小狐狸精，那梅逊雪又是什么呢，老狐狸精？”

楚凌越发哭笑不得：“不要胡说。”

“哦，不能这么说你亲爱的婶婶，那咱们说什么，你那个无知者无畏的小堂妹？”虞兮不无讽刺地笑道。

楚凌微微叹气，说：“也可以什么都不说——尤其在你其实并不是那么想说话的时候。”

虞兮呼吸一滞。

随着虞兮的沉默，车内一阵难言的寂静。楚凌小心翼翼开车的同时，察觉到身旁的人全无动静，意识到也许自己不应该说得如此直接，于是主动挑起话题，问道：“昨天不是生病了吗？现在好点儿了吗？”

“我可以把你之前那句话，理解成因为我讽刺了你亲爱的叔叔一家，让你听了不太舒服，所以委婉地让我闭嘴吗？”虞兮扭头看着他。

“不。”楚凌的视线始终注意着前方的路况，但说出的话，远比平时更认真，“我只是想委婉地告诉你，谁都有难过的时候，谁都有难过的权利，没什么好丢脸的。”

虞兮动了动唇，还没有开口，手包里的电话突然响了起来。电话接通之后，许晓凝第一时间直接道歉，有些着急地说：“对不起虞总，我刚看到来电提醒……”

虞兮出门后第一时间就打了电话给许晓凝，但连续两个都没有人接。此刻听到她声音里还隐约带着哭腔，虞兮心头一紧，问道：“怎么了？哭什么？”

“车刚才被别人撞了一下，”许晓凝说，“我晚上可能不能陪您去了……”

“你脑子是不是进水了，现在是操心这个的时候吗？”虞兮声音一下抬高了，骂道，“我问的是你人怎么样了！”

许晓凝吸了吸鼻子，说：“在医院，手臂骨折，刚打完石膏。”

虞兮眉头紧锁，问清了是哪家医院之后，语气缓和了下来，嘱咐道："在那里等着，我一会儿就到。"

挂了电话，她做了个深呼吸，仰头靠在座位里，声音到底还是透出了几分疲惫，对楚凌说："如果方便的话，麻烦送我去趟第一医院，你有急事儿的话，待会儿在方便打车的地方把我放下也可以。"

楚凌从她接电话时的三言两语中已经猜到了事情的大概，此时安慰道："第一医院离这边不远，一会儿就到了，你别太担心。"

虞兮慢慢地闭上眼睛，笑叹了一声，说："什么'否极泰来'，什么'柳暗花明'，都是假的。我这个人啊，运气从来就没有好过。"

"这两个词当然是真实存在的，"虽然楚凌的神情看上去依然平和，但语气里有一丝不易觉察的凉薄，"可惜我们这种人，都没办法靠好运活下去。"

虞兮从来都不喜欢医院。即使她和大多数人一样，对救死扶伤的医护人员一直敬佩有加，但她也同样永远不喜欢医院满目的白，不喜欢空气里那股始终充斥着鼻腔的消毒水味，更不喜欢进门之后，那种许多人已经痛苦到麻木的神情，和随时都要面对死亡的沉重氛围。

楚凌陪她一起来了医院，看着她从最初的沉默到进门之后的情绪紧绷，往日半真半假的戏谑调笑，仿佛从来不是属于这个人的一部分。

在急诊病房里找到许晓凝，虞兮见她的小助理此刻右胳膊吊着石膏，靠坐在病床上，左手有些百无聊赖地划着手机界面，脸色虽然有些苍白，但好在精神看上去还好。她走过去，问道："别的地方都检查过了没有？"

"虞总。"许晓凝抬头见她来了，顿时有了主心骨，眼圈儿一下子又红了，"检查过了，别处没什么问题，不过医生说要观察一晚，现在床位有点儿紧张，还在等调配。"

"行了、行了，这么大人了，哭什么啊？"虞兮表情嫌弃，但语气远没有平时轻松，问道，"胳膊疼不疼？"

"之前特别疼，现在有点儿麻木了。"许晓凝鼻音浓重地老实说道，还不忘问虞兮，“您身体怎么样了？看起来脸色还是不好。”

“好着呢，现在顾好你自己就行了。”虞兮仔细查看了一下她胳膊上的石膏，把她身上的大衣又披好了些，问，“冷不冷？”

许晓凝摇了摇头，随后想起什么，指了指一旁的笔记本电脑和文件夹，说：“车子送修了，不过电脑和资料我都拿下来了，刚才检查了一下，没有问题。晚上除了副总，销售部的人您看要带几个人过去，我现在帮您通知。”

虞兮咳嗽了两声，说：“这些都别操心了，时间还早着呢，我现在去给你办手续，接下来带薪休假，出院后直接搬到我那儿去，具体的问题等我晚上过来再说。”

许晓凝顿时顾不上去在意骨折的疼了，清秀的小脸上只剩了受宠若惊的感动，结结巴巴地说：“虞总，我……”

虞兮不冷不热地瞥她一眼，直接说：“眼泪敢掉下来的话，上面的承诺全部作废。”许晓凝立即闭上了嘴。

一旁的楚凌轻笑出声，察觉到两个人几乎同时朝自己看过来，他才笑着朝许晓凝微微颔首算作打招呼，然后对虞兮说：“手续我去办吧。”

虞兮并不打算多麻烦他，所以和他一起往外走，同时又回头吩咐许晓凝：“在这里等我一会儿。”

看着两个人消失在门口的身影，许晓凝有些茫然地眨了眨眼。她刚才没有在第一时间注意到楚凌，此时也更不明白，为什么老板昨天还和蒋辰屿同回爱巢，今天身边的护花使者就变成了楚凌。但看到老板微红的眼睛，她也知道，一定是发生了什么事儿，可惜自己不能帮着分忧也就算了，反而还要添麻烦。

看了看自己手臂上的石膏，许晓凝深深地叹了口气。

和医生咨询了许晓凝的伤情，确认好好调养，拆了石膏后不会有什么后遗症，虞兮才放了心。给许晓凝订了高级病房，去办手续的路上，她看向楚凌，笑道：“今天谢谢了，改天请你吃饭。”

“有一种被下逐客令的感觉。”楚凌笑起来。

虞兮挑了挑眉，说：“因为我是非常记仇的人，即使你雪中送炭，但只要想起你不肯跟我合作，我就还是很生气。”

“那我大概和你正相反，虽然我对你的想法和做法都持保留意见，”楚凌看着她，眉目间笑意温和而又从容，“但你遇到困难的时候，作为朋友，我还是会帮忙——即使你可能并不认为我们是朋友。”

虞兮的眼里漾出几分真切的笑意，叹道：“你这个人，是那种随时可以向陌生人伸出援手的人。”

“我以为这是正常人都会具备的品质。”楚凌学她的样子挑了挑眉。虞兮摇了摇头，笑意复杂：“善良是如今这个世界上最稀缺的奢侈品。”

“或许是。”楚凌对这句话不置可否，“但也不需要过于悲观，拥有它的人其实并没有你想象的那么少。就你自己而言，你可能不觉得自己是一个善良的人，但当你遇到一个需要帮助的陌生人时，我相信你也会帮忙。”

“对，我会。”虞兮看着他，毫不犹豫地承认道，“但也都是有前提的。我最先考虑的，永远是自己会不会有危险，会不会因为这件事情惹上什么麻烦。”

两个人穿过走廊，给前面匆匆推着危重病患的医护人员让路，然后继续向前走去。虞兮继续说道：“我非常了解我这种天生就擅于权衡利弊的人，就像是楚亦奇。即使我并没有直接的证据，也绝不相信楚亦奇在你父亲这件事情里的无辜。”

“没有任何一个犯人是凭法官的‘绝不相信’定罪的。”楚凌似乎永远理智，温声说，“人性太复杂了，从来都不会有绝对的善和恶。你可能觉得自己是正确正义的，即使有错，也有你自己的理由，但被你伤害的人、恨你的人，未必会这么认为。那这种时候我该怎么判断你的善恶呢？是根据你的自我认知，还是别人的评价？”

虞兮正要反驳，突然发现前面等待缴费的长队里，有两个熟悉的身影。她一时忘了自己前一刻要说什么，皱着眉头走过去，开口叫道：“华叔、华婶？”

7. 你还年轻，不该就这么被困住

正在排队的华叔听到声音，扭头看到虞兮，最初的怔忡过后，又意外又紧张地问道：“你怎么在这儿？病了？”

虞兮却只注意到他不动声色地往口袋里塞的手，不答反问：“您和华婶是谁身体不舒服吗？”

华婶和虞兮打了招呼，然后解释道：“没有。我就是让他陪我过来做个常规体检。”

“是吗？”虞兮总觉得华婶笑得有些夸张的样子，转而看向华叔。

华叔拉着华婶，有些不耐烦地说：“这种鸡毛蒜皮的小事情，我都跟她说了让她自己来，结果非唠叨说大雪天不敢开车。知道天气不好，也不约个好时候！”

虞兮的神情却没有平日里的轻松，她看着他们，说：“公司组织的体检半年一次，每个管理层都有家属名额。”

华叔闻言，一脸无奈地说：“你华婶这个人，没什么别的毛病，就是爱整天疑神疑鬼的，有点儿感冒发烧都怕是什么大病的前兆，恨不得天天做全面检查。估计这次检查完，下个月公司体检还要跟着再查一次。”

虞兮目不转睛地看着他们，没有说话。一旁的楚凌礼貌地开口说道：“那边有自助缴费机，不需要像人工窗口排这么久的队，您把卡给我吧，我帮您去那边交。”

“不用、不用。”华叔有些不自然地笑道，“都已经排了这么久，就快到我们了。我们这些上了年纪的人，都不爱用那些自助服务。”

“那您给我看看，华婶都查了些什么项目。”虞兮说着，伸手去华叔口袋里拿那张被他塞进去的单据。华叔一边拦一边说：“这有什么好看的，体检嘛，还不就是那些……”

他话没说完，华婶突然有些哽咽，连忙捂住嘴，才没让自己哭出声音。

直到被虞兮强行安排住进高级病房，华叔仍非常抗拒，不止坚持不同意住院，还一直埋怨华婶："你看看你这个人，就是喜欢小题大做，我这不是一直好好的吗？医生都说了是早期，根本没有那么严重。"

"医生还说让你好好休息配合治疗，可你配合了吗？"华婶有些急了，红着眼睛反驳道，"哪次复查不是我三催四请，你才肯来一次？"

眼看华婶又要哭了，虞兮在一旁拉住她，安抚道："您别和华叔生气。都是我不好，是我疏忽了，对华叔对您关心都不够。"

华婶擦去眼角渗出的泪，对虞兮强笑道："快别这么说，你对我们已经够好了。我就是气他这个倔脾气……"

她也知道两个人肯定有话要说，情绪稍稍平复之后，对虞兮说："你们聊，我出去打个电话，让家里的阿姨收拾点儿东西送过来。"

病房里只剩了虞兮和华叔两个人。她倒了杯水，走到病床边递给华叔，然后在床边的椅子上坐了下来，问道："半年前就检查出来了，为什么不告诉我？"

华叔握着水杯，仍是那副浑不在意的模样，说："其实真不是什么值得大惊小怪的事情。我问过医生，自己也查过一些资料，肺癌早期治愈率非常高，药我都按时在吃，该做的检查也有在做，这不一直好好的吗？人吃五谷杂粮，哪有不生病的，何必惊动一大群人，让你们都跟着一起担惊受怕呢？"

他本来还想说什么，但看着虞兮努力抑制才能维持平静的神情，一时有些说不下去。

虞兮看着华叔头上花白的头发，和脸上逐年渐深的岁月留痕，许久之后，才慢慢说道："名义上公司是我的，但是您一直帮我扛了大部分重担，是我对不起您。"

"我就是怕你这么想。"华叔平时是个急脾气，此刻的语气反而前所未有的缓和，“非要说谁对不起谁，谁该感谢谁，就说远了。你自己说，我从最开始要借钱给工人发工资，到现在也能算是有些家底的人，除了你爸爸，最该感谢的是不是你？”

华叔叹了口气，语重心长地说：“你华叔没什么别的本事，一辈子脾气倔，脑子轴，帮不上你别的忙。但只要虞氏在一天，我就会帮你撑一天。我一直想着，从多完成几笔订单，到多上几条生产线，再到多扩建几座厂房，这样哪天你有需要，打算卖掉它的话，也能卖一笔更高的价钱。”

虞兮心头一窒，她看向华叔，觉得自己开口的时候，呼吸都有些不稳：“华叔……”

华叔故作愤怒似的瞪了瞪眼，随后又笑了起来，说：“一直很难开口吧？是不是没想到，我还没老糊涂呢？”

虞兮却没有笑。华叔脸上的笑容渐渐沉淀成一种历尽沧桑的豁达：“我知道你心里难，我都有数。其实卖了虞氏对谁都没有坏处。你想做什么就去做，到时候很多该放下的事情也就能放下了。你还年轻，不该就这么被困住。”他停顿片刻，继续说道，“你放心，其他人的思想工作都由我来做，不会让你有后顾之忧的。”

虞兮双手用力地交握在身前，直到骨节都有些泛白。她低头沉默许久，抬起头看着华叔的时候，眼睛已经红了：“我保证，公司里大家的利益都会得到保障的。至于您，退休吧，华叔。”她笑道，“您就在这里安心住下，我会尽快联系专家来给您会诊，什么时候可以出院，都听医生的，等病好了，和华婶一起出国旅行。小晋也快毕业了，他不是一直想自己创业吗？等他从英国回来，这些都由我来安排。”

“他一个大小伙子，想做什么就得靠自己打拼，你可不能惯着他。”华叔想也不想地直接拒绝，随后又朗声笑道，“倒是旅行的事情，你华婶之前确实和我念叨很久了，抱怨我没时间陪她。这个我听你的，到时候带她出去转转，好好玩一玩。”

从病房里出来，关上房门的那一刻，虞兮面上的笑意像是水中破碎的月亮，终于无法维持虚假的圆满。她拿出手机打给副总，交代说："晚上我不过去了，你带销售部王经理他们去吧。能谈下来当然好，谈不下来也无所谓，一两笔生意，其实没那么重要。"

挂了电话，她在走廊里的长椅上坐了下来，手下意识地伸进大衣衣兜摸烟盒，却摸了个空。仰头靠在有些冰冷的墙壁上，她看着头顶的天花板，轻轻地呼出一口气，心中始终在提醒自己：不哭，不能哭。

她闭上眼睛，慢慢转动着手腕上的钻石手镯，不知过了多久，直到听到了越来越近的脚步声，才睁开眼睛。

楚凌把买回来的热饮递给她，她接过去，热度透过纸杯温暖着她冰冷的掌心。她低头看着杯盖，过了会儿，才抬头看向面前的楚凌，一边笑一边没头没尾地说了一句："真是太讨厌医院了。"

无比精致的脸上，她的笑容看上去十分复杂，因为脸色的苍白，显得有些脆弱，除此之外，眼角眉梢似乎还透着一丝难言的天真无辜。

楚凌听到不知属于谁的心跳声，这一刻的茫然让他开口的时候，语气里有一种不易觉察的生硬："我要回去了，你还要去哪里的话，我送你。"

"不用了。"虞兮掩下鲜少显露的脆弱，打起精神站起身来，说，"事故还有保险理赔之类的事情，我都安排人去处理了，今晚我在医院陪许晓凝。你回去之后替我向阿霄问好。"

楚凌点点头，看着她轻声说："好。"

许晓凝坐在病床边，看着躺在那里输液的虞兮，一个不留神就把心里话说了出来："感觉您留下不像是为了照顾我，倒像是让我照顾您。"

虞兮咳嗽了两声，斜睨着她问道："你现在这样，是能给我端茶还是能给我倒水？"

许晓凝不以为然地说："虽然是不能，但我觉得我这伤得还挺是时候的。和您能做个伴儿，不然您自己生病多没意思。”

虞兮十分嫌弃地皱眉，催她回里面的套间：“你确定你不需要躺一会儿吗？”

许晓凝听了之后没有犹豫，从善如流地上了床。她整理了一下枕头，半躺在虞兮身边，左手拿起手机，总觉得此刻的心情，有一种类似小学生郊游的莫名雀跃：“现在正火的那部网剧，您要不要一起看？”

虞兮凉凉地瞥了她一眼，正要讽刺，看着她仍有些苍白的脸，想起什么似的，问道：“有没有对你来说比较特别的人？”

许晓凝还没反应过来，她就恨铁不成钢地提示道：“把你现在凄惨的样子，拍个好看的自拍，发到朋友圈设置仅他一人可见，然后收拾好自己等他来看你。”

许晓凝眼睛顿时一亮，一边打开手机里的自拍软件，一边问道：“那人家如果不来，是不是说明对我没意思？”

虞兮看她一眼，纠正道：“是说明你以后就不用在这个人身上，浪费任何一秒钟的时间了。”

关山向蒋辰屿汇报完工作，并未觉察到有什么问题，直到他说起了其他的事情“蒋总，我查过了，虞总的驾照显示由于超期未检被吊销，这几年并没有车祸记录。如果您对这个结果还有疑问的话，我让人去再查一遍。”

电话那头一直没有声音传过来，沉默的时间久到关山以为电话断掉了，蒋辰屿低哑的声音才响起来：“不用再查了，以后只要是关于她的事情，都不需要再向我汇报。”

关山有些错愕，几乎忘了回应，愣神片刻之后才反应过来，连忙答道：“好的蒋总，我知道了。”

“我把一份小组人员名单发到了你邮箱里。”蒋辰屿的声音格外平静，但也同样冰冷得听不出一丝温度，“你让人通知下去，明天一早九点，准时在小会议室集合，讨论一个新的收购案。”

第五章

爱的善与恶

1. 你脑子里都想些什么，我难道还不清楚吗

许晓凝各种姿势连拍了很多张自拍，但随后逐一翻看，觉得每一张都不满意：脸好看的姿势太做作，姿势自然的表情又太僵硬。虞兮任她在一旁愁眉苦脸，随手拿过床头柜上的遥控器，把电视打开，百无聊赖地换着台。

当换到一部现代剧的时候，许晓凝听到动静抬起头来，随后阻止了虞兮继续换台的动作，说道："这部剧现在很火很好看的。"

虞兮有一搭没一搭地跟着许晓凝看了一会儿，听许晓凝感慨道："莫晚真的好漂亮啊，虽然好多人说她整过容，但能整成现在这个样子也算是值了吧。"

"没整。"虞兮说，"她以前就长这个德行。"

许晓凝顿时瞪大了眼睛，十分意外地看着她，问道："您认识莫晚啊？"

"高中同学。"虞兮轻描淡写地说道。

许晓凝了然地点点头，觉得电视里当红的女明星一下子就亲切了不少。她一直很喜欢莫晚，所以有一大串的问题等着问虞兮："那她高中的时候有什么黑料吗？真实性格什么样啊？耿直人设是故意炒出来的吗？虽然她很漂亮，但那时候应该也不是校花吧？您和季小姐比她漂亮……"

虞兮假笑着看了她一眼，许晓凝非常识相地消了音。不过看在她刚受了伤，一副惨兮兮样子的分上，虞兮最后还是纡尊降贵地回答了其中一个最重要的问题："她高中的时候就是个清新脱俗的蠢货了。"

许晓凝听完之后，不知想到什么，反而笑了起来。

虞兮的注意力基本没放在电视剧上，她心里计划着给华叔请专家团队会诊的事情。接下来许晓凝要住到自己那边，拆石膏至少要两个月后，所以这两个月也需要请全天的看护。然后还有出售虞氏的事情，很多细节都还要去一一完善。

除了虞氏，还有家里以前的那套别墅，这几年一直空着，对她来说也没有什么好的回忆，所以一直没有回去过，她打算趁最近楼市走高一并处理掉。需要做的事情太多，虞兮只觉得身心俱疲，即使躺在床上，也丝毫没有觉得因此而轻松一些。

注意到她心事重重的样子，许晓凝觉得她脸色看上去比自己差得多，现在急需好好睡一觉，所以拿过遥控器，直接把电视关掉了。虞兮回过神，问："怎么不看了，你不是很喜欢那个蠢货吗？"

许晓凝随口说道："也没什么意思，女二号好烦啊，一股暴发户气息。"

"暴发户怎么了？"虞兮反倒笑了起来，说，"我爸就是暴发户。"

"啊？"许晓凝一愣。

提起这个，虞兮反倒有些小小的得意："我爸这个人没什么文化，但脑子非常灵光，最开始是搞煤炭起家的。后来政策调整，这行不好做了，别的人还在想办法怎么撑下去，他二话不说直接转了行，开始投资新农业。如果他现在还活着，一定特别厉害。"

许晓凝第一次听她提起这些，心里有些唏嘘，忍不住赞同道："已经很厉害了。"

"他非常爱我，可惜实在是太忙了。"虞兮像是因着这几句话再次陷入回忆中，声音听上去有些异样，"就因为他太忙，小时候我还以为，梅逊雪不开心是因为这个。从我懂事起，就觉得她和别人家的妈妈不一样，她喜欢弹钢琴，喜欢看书，喜欢非常多的东西，但就是不喜欢笑，也不喜欢我。有一阵子，我心里还怨我爸，觉得因为他太忙，经常不回家，梅逊雪是因为生他的气，才连累我被梅逊雪冷待。我甚至想过，会不会是因为我爸在外面做过什么对不起她的事情……"

她小时候为了讨好梅逊雪，学过很久一段时间的钢琴——即使她并不喜欢。但她当时非常享受梅逊雪偶尔指导她时，坐在她身边，母女两个人看上去很亲密的那段相处时光。她有时候觉得梅逊雪其实是爱她的，只不过大多时间里，眼神和表情带着一种她看不懂的复杂。

"那其实是因为什么？"许晓凝低声问道。

"当然是因为我是我爸的女儿。"虞兮轻声嗤笑，脸上带着淡淡的讽刺，说，"她享受我爸给她提供的优渥生活，内心又看不起他。而她还给一个她看不起的人生了个孩子，你说她会不会爱我？"

事实上，从她有记忆以来，梅逊雪抱她的次数屈指可数。

"她现在和楚恬关系好，并不只是心机深特意讨好，而是因为她爱屋及乌。"虞兮依然在笑，"所以我当年知道她出轨，第一反应是，我竟然为了她误会过我爸，真的是太蠢了。"

而她当年所做的第一件事情，是砸了那架钢琴，并且至今没有再弹过。

在许晓凝面带唏嘘的沉默中，虞兮回过神来，问道："你还是不接你爸的电话吗？"话题到了自己身上，许晓凝抿着唇点了点头，情绪更加低落："嗯。"

虞兮缓缓说道："我爸去世之后，我有特别多的遗憾。其中一点就是曾经没头没脑地误会过他，那阵子对他的态度也非常不好。虽然他自己可能都没有意识到，以为我只不过是到了叛逆期，误会也很快消除了。但我每次想起来，还是非常后悔。”

窗外的天色已经暗了下来，但雪始终还在下。

虞兮看着许晓凝，说：“这几年，你偶尔说起过几句你和你爸的事情，我虽然会劝你几句，但一直也没有说太多。你家里的情况和我家不一样，不管你承不承认，你爸爸显然非常爱你。而很多事情到底谁对谁错，你至少要给他一个机会，两个人坐下来平心静气地谈谈。”她的神情里亦有些唏嘘，“到时候无论你原不原谅他，也都不会留下遗憾。”

一时之间，许晓凝没有开口。但她心里清楚，这两年虞兮在工作和生活各方面一直在提点她，包括她和父亲之间的僵局。她蠢不可及的叛逆期早就过去了，到虞兮身边以来，虞兮的想法和看法更是一直在影响她。她看问题的角度早就不像小时候那么片面、偏执，心里对父亲的怨恨，也随着时间的逐渐漫长，而模糊动摇了许多。

但也因为这样，每次面对着那个她一直没有接起来的电话，犹豫的时间也越来越长。

“该不会是心里早就动摇了，但觉得拉不下脸来主动打破僵局吧？”虞兮有些好笑地看着她，问道。

许晓凝被说中心事，一边觉得自己的老板果然越来越可怕，一边嘴硬道：“才没有。”

“那我再教你一个办法。”虞兮直接默认了这个事实，问，“你有你爸的微信吗？”

“没有，早拉黑了。”许晓凝不假思索地说道，但犹疑片刻，又低下头，小声说，“但好友列表里有个不认识的人，加了我好友之后就一直没有和我说过话，也不评论我的朋友圈，不过我发什么都第一时间点赞。我有一次用虚拟号码打过去，听声音就是他……”

可她挂断电话之后，在拉黑这个号码前犹豫了，而且这一犹豫，就一直到了今天。

虞兮不禁笑了起来，说："你把你那张自拍发上去，可见范围里加上这个人，然后等等看。"

许晓凝狐疑地问："行吗？"虞兮毫不犹豫地点了点头。

对于虞兮，许晓凝始终是无限信任的，看她这么肯定，于是也不再瞻前顾后，挑了张自己最满意的自拍，按她说的直接发到了朋友圈。

五分钟后，许晓凝的电话就响了起来。看着屏幕上那串熟悉的电话号码，许晓凝微怔，一时不知该为这个结果开心还是难过。

大概又开心又难过吧。她心里这么想着，直接挂断了电话。不久之后，一长串信息就发了过来，问她到底怎么回事，伤得重不重，现在在哪家医院，谁在照顾她……字里行间都能看出焦急担心。其中因为着急而夹杂的两个滑稽的错别字，让许晓凝忍不住想笑，眼泪却一下子就掉了下来。

她用力地吸了吸鼻子，拿左手回复了"没事儿"三个字发回去。她已经好几年没有和她爸爸说过一句话了，如今即使只有三个字，也让她觉得又心酸又委屈，那种感觉，比骨折那一瞬间的疼痛还要强烈。

虞兮把纸巾递给她，笑道："知道这说明什么问题吗？"

"什么？"许晓凝带着哭腔问道。

虞兮嘴角微扬，因着这抹笑容，她看上去整个人似乎都不见了最初的疲惫黯淡，一字一句地说："说明你爸比关山靠谱。"

"您怎么会知道？！"许晓凝顿时倒吸一口凉气，吓得都忘了哭，直接脱口而出，"连关山都不知道！"

对于她的问题，虞兮嗤之以鼻："这种东西，眼神是最藏不住的，更何况是你这种没什么脑子的人。再说了，你跟了我这么久，你脑子里都想些什么，我难道还不清楚吗？"

2. 每个人都是天生的阴谋家

"我就是觉得他人斯斯文文的，很温柔的感觉，所以对他有点儿好感，也没有特别的……"许晓凝尝试着解释，可说来说去，自己还是有些不好意思，踌躇了半天，问道，“您觉得我们两个看起来能有什么发展吗？”

虞兮看了许晓凝一眼，许晓凝不等她回答，就后悔自己问出了这种问题，赶紧摆了摆手，说：“哎呀，就当我没问！谁知道以后具体会怎么样呢，反正就顺其自然吧！”

因为情绪还有些紧绷，她的动作牵扯到右臂，顿时疼得倒吸了一口凉气，“嘶”了一声。

虞兮有些好笑，不过也只是说道：“那就等确定了你自己的想法再说吧。不过‘顺其自然’这种话随便听听也就好了，真要喜欢就去争取，只要不伤害别人，用些小心机也都是再正常不过的事情。”

又收到了短信回复，许晓凝觉得压抑多年的心情似乎拨云见日，却又有些说不出口的怅然。她一边看，一边说道：“那到时候您可要多教教我。”

“看你自己的悟性吧。”虞兮笑了笑，“每个人都是天生的阴谋家。”

放下手机，许晓凝看着虞兮，笑得有些贼兮兮的，问：“老板，您以前虽然也教我，但从来不会提自己的家事，今天这样是不是说明，以后我就是您真正的心腹爱将啦？”问完之后，她不给虞兮讽刺自己的机会，赶紧直奔主题：“那下次您和莫晚一起聚会啊，或者吃饭什么的，可以带上我吗？或者帮我要个签名也行！”

虞兮不由得皱了皱眉，说：“虽然是高中同学，但我没说过我和莫晚是会一起聚会吃饭的关系。”

许晓凝一副见怪不怪的模样，说：“您不一直就这样吗，越和谁关系好、喜欢谁，就表现得越嫌弃。”

虞兮难得被她噎得有些说不出话来，半晌，才没好气地说了一句：“回你的信息吧！”

第二天下午，虞兮和许晓凝出院前又去看了华叔，华叔和许晓凝两个人互相嘱咐对方好好休息配合治疗，一个语重心长一个泪眼迷蒙。

虞兮站在一旁冷眼旁观了很久，才得以带着许晓凝离开。

两个人进电梯之后，许晓凝低头用左手摆弄着手机，过了会儿，有些犹豫地说："虞总，我爸说来接我出院。"

"要跟他回家吗？"虞兮看了看她，问道。

"不是，不是。"许晓凝马上否认道，"我不想和他回去。如果您不嫌我打扰的话，我还是和您一起住……"

对于自己人，虞兮向来一个字都懒得客套，许晓凝深知这一点，所以没有再就这个问题啰唆。不过她想到待会儿要和爸爸见面，又感觉心里有一种说不出的别扭："几年都没有联系，一下子就要见面了，也不知道到时候要说什么，好奇怪啊。"

出乎她意料的是，虞兮非但没有表现出什么嫌弃的样子，反而了然地笑了笑，说："那就是你们父女俩之间的事情了，待会儿我坐公司的车走，有些事情要办，你让你爸送你去我家。至于应该怎么相处，你和他大吵一架也好，继续不理他也罢，自己的烂摊子自己解决，我给不了你什么意见。"

"哦。"许晓凝闷闷地应了一声。

"我家的钥匙你有，小陈晚点儿会带专业的看护过去，到时候你觉得哪里不好就告诉小陈，让她再找别的人过来。"虞兮说道。

小陈是公司行政部的员工，会在许晓凝养伤的这段时间接替她一部分工作。

许晓凝再次点了点头。这时候，手机又响了一声，她低头看到关山发过来的消息，心情一下子又雀跃起来。看她这副模样，不用猜就知道消息是谁发来的，虞兮瞥她一眼，不冷不热地说："真该给你面镜子，让你照一下现在自己是什么样子。"

"之前他一直没动静，我还以为是因为对我完全没意思呢。"许晓凝对她的嘲笑不以为意，自顾自地笑道，"知道是因为太忙，我就放心了。"

两个人出了电梯，要走出大厅的时候，虞兮停了下来，对许晓凝说：“去吧。”

许晓凝点了点头，又听她用一种有些怅惘的语气说道：“很多东西，在还能珍惜的时候记得要好好珍惜。”一句话说得许晓凝眼底又有些发酸，她用力点了点头，然后便朝门外走去。

隔着厚厚的玻璃门，虞兮看着停在台阶下的一辆黑色保时捷，司机打开后座车门，一个气宇不凡的中年男人下了车，迎向走过去的许晓凝，不知说了些什么，虽然看上去始终稳重内敛，但眉宇间到底难掩激动之情。

直到许晓凝上了车，那辆车彻底消失在视线之中，虞兮依然站在原地没动。耳边嘈杂的人声，像是交织在一起的厚重背景音，将角落里她的身影衬托得愈加孤单。

昨天的雪下了整整一天，整个海城都仿佛被笼罩在一片童话般的洁白之中。路面早已被洒了融雪剂，所以日常出行并没有受到太大影响，但天色依然阴沉沉的，让人心中压抑感陡增。

虞兮下了车，站在大门口，看着被白雪覆盖的院子，神情有一瞬间的恍惚。她觉得幸而有这场雪，把所有的荒芜破败一并掩盖住，让她如今重新踏入这里的时候，整个画面才不至于太显荒凉。

司机把后备厢里按她的吩咐提前准备好的小行李箱拿下来，见她要接过去，说：“虞总，我帮您拿进去吧。”

“不用了。”虞兮笑了笑，说，“我进去收拾点儿东西，很快就出来。你在车里等我吧。”她已经让人联系了中介公司，对方回复说这两天就会安排人过来拍照，并且建议如果这边有想留下的物品或家具，可以在这个时间尽早收拾好搬走。

其实这里的很多东西，始终维持着原状。她当初搬走的时候没有带走，现在也同样不想要。但在做决定让家政公司直接清理之前，她又突然改了主意，还是来了。

她提着箱子，穿过白雪皑皑的小径。这里两旁的空地上，原本种了许多花。或普通或名贵，都是她爸爸按梅逊雪的喜好让人种下的，并且找了专业的园丁打理。可惜他不明白，一个女人不爱他，那么即使再名贵再鲜艳的玫瑰，也无非是她眼中可以随意碾碎的一抹红。

虞兮时常觉得自己的存在像个笑话，因为从很早以前，她就不得不承认且面对的事实是：梅逊雪因为不爱虞俊良所以不爱虞兮，虞俊良虽然爱虞兮却更爱梅逊雪。

他们三个人之间，就是如此可笑的关系。

打开门，一股陈旧的荒凉感扑面而来。入目皆是厚厚的尘埃，虞兮掩住口鼻，眉头不自觉地皱了起来。

家具和电器都维持着原样，只不过边边角角已经结了蛛网，玻璃上也早已变得雾蒙蒙一片。她环视着宽敞的客厅，那些一家人围坐着看电视、聊天谈笑的画面，从未在这里出现过。而夫妻俩在厨房说笑着一起准备晚餐，孩子看着动画片等待这种剧情，也永远只会在别人家上演。

虞兮收回视线，嘴角扯出一抹没有温度的笑容，然后沿着台阶上了楼。

她的房间里自然也是同样衰败的景象。衣帽间很大，整面墙的衣服和鞋子都还在，全是当年的最新款。梳妆台上的收纳盒落满了尘土，从外面已经看不清里面到底装了什么东西，而窗台上的两盆绿植早已枯死了。

她环视一周，发现自己并没有什么东西想要带走，专程带箱子过来实在是一件没什么必要的事情——即使这箱子本身已经够小了。

她拉开梳妆台下的抽屉，看到里面有几个首饰盒，她一一打开了，其中一个里面有一条铂金项链，下面缀着一颗漂亮的蓝宝石。她想了很久，只记得似乎是季明明送她的生日礼物，但具体是哪一年送的，已经不记得了。

她笑得有些唏嘘，亦有些无奈，然后把盒子重新盖好，直接放进了箱子。

其他首饰里，有纪念意义的几件，她也一一收拾了起来。直到最下面那一层，她看到一个蓝色盒子，打开之后，发现里面是一个同色绒布袋，又揭开一层，才看到了最里面那个被精心包裹起来的方形盒子。

虞兮的手一顿，她以为她不应该记得盒子里是什么东西，可还没有打开，她就想起来了。

里面应该是一条镶满钻的玫瑰金手链，中间嵌着一个造型精致的红贝母，款式简单，却格外好看。当初把它送给她的人，曾小心翼翼地亲手给她戴上。大概因为第一次做这种事情，所以动作显得格外笨拙，好久才扣上，然后抬头看向她的时候，眼里像是盛满了那天耀眼的阳光。

他带着期待和忐忑问她："喜欢吗？"

她当时说了什么？

无非就是那些话吧——"非常喜欢""特别喜欢""只要是你送的我都喜欢"……所有陷入甜蜜爱情里的女孩子，都会说的那些甜腻腻的、蠢兮兮的无聊话。

虞兮打开盒子，里面的手链一如她记忆中的样子，丝毫看不出在被人遗忘的角落里一藏数年，依然晶莹剔透，崭新如昨。

虞兮从别墅里出来的时候，司机接过她手中的小行李箱，发现它和最初进门时相比，并未多太多重量。

司机把行李箱放进后备厢，然后帮虞兮打开了车门。虞兮上车前，再次回头看了一眼。阴沉的天色里，整栋宅院像一头沉默狼狈的巨兽，静静地趴伏在雪地之中，没有任何攻击性。但回忆里青面獠牙的姿态早已深入人心，所以让人无论如何都无法生出同情或亲近之心。

她收回视线，把握在掌心里的那条手链丢弃在门外厚厚的雪堆里，然后直接上了车，平静地对司机说："走吧。"

3. 你是不是和蒋辰屿闹翻了

上主路之前，车开得很慢，但后视镜里的房子还是越来越远，像是要从她的生命中也渐渐缩小，直至彻底不见。

外面冰天雪地，虞兮闭上眼睛，却仿佛闻到了当年夏天空气里可乐的味道。

那天她换了新裙子，从卧室跑出来，扯住桌边的季明明问："快快快，闻闻我身上的烟味还明不明显！"

正在看杂志的季明明被她扯得身子一歪，看过来的眼神带着漫不经心的嫌弃："抽什么风。"

虞兮抓起自己的一缕头发，拿到鼻前用力闻了闻，总觉得已经没什么味道了，然后一边从桌上翻香水，一边说"蒋辰屿马上到楼下了！他虽然没说过，但我知道他不喜欢我抽烟，可我来不及洗澡洗头，只能换了身衣服。可是喷哪款香水呢？"她又自言自语似的抱怨，"算了，问你也不知道，语言功能疑似退化就算了，最基本的女性审美也没有。"

季明明早已收回了视线，继续看杂志，丝毫不把这些每天唠叨在自己耳边的话放在心上。不过她伸手去拿旁边可乐的时候，一个不慎，直接把桌上的可乐罐碰翻了。

可乐翻倒的时候，一部分洒到了虞兮手上，她顿时惊呼一声，手忙脚乱地抽过几张纸巾，然后一边擦腕上的手链一边叫道："季明明！你不知道可乐有腐蚀性吗？"

被她突如其来的惊叫吓了一跳，季明明看怪物一样看向她，冷笑一声，说："我看你像是脑子被腐蚀了。"

虞兮摘下手链，拿去洗手间冲了水，然后回来用毛巾仔细地擦干。季明明冷眼旁观，觉得面前的人果然疯得不轻——平时多贵重的东西，从不见她如此精心。而对着蒋辰屿送的这条手链，这几天都不正常。

"出门不能戴，说不定会被太阳晒坏了；下雨天不能戴，万一哪天下酸雨呢？运动的时候也不能戴，因为说不定哪次不小心动作大一点儿，就扯坏了。"季明明又开了一罐可乐，喝了一口，继续说道，"或者我帮你买个佛龛，你把它供起来。初一、十五三炷香，这样不仅不会坏，说不定几十年后还能当传家宝，传给你的儿孙。”

虞兮检查手链的动作停下来，瞪了季明明一眼，骂道：“平时跟个哑巴似的，和你说十句也不见得回一句，怎么每次损我都这么能耐呢？”不过说完之后，她的注意力又回到了掌心里的手链上，目光柔和，语气却满不在乎，“你懂什么，手链和他这个人一样，我也就是这两天有点儿新鲜感，所以心血来潮地重视一下。等过几天我玩够了，东西一扔人一甩，日子该怎么过就还怎么过。”

季明明不以为然地捏了捏手里的可乐罐，说：“那现在就还是供起来吧。”

懒得理会季明明话里话外的调侃，虞兮拎起手链左看右看，怎么看都觉得开心。但连她自己也觉得，与其天天戴着，万一哪天坏了、丢了心疼死，还不如收在盒子里好好保管，每天睡前拿出来看一看，就非常开心非常满足了——这是蒋辰屿送她的第一个礼物，意义当然不一样。

这么想着，她的指尖轻轻抚过手链上的贝母，自以为得意地笑了起来。随后看了眼墙上的时钟，发现约好的时间马上就到了，于是她把手链放进盒子，再把盒子用绒布袋套好，最后才跑回房间，把袋子放到了自己的枕头旁边。

忙完之后，她随口和季明明打了个招呼，就匆匆下了楼。

彼时，蒋辰屿站在树下，避开了午后炽热的阳光，但脚边仍落着斑驳的光影。虞兮跑了过去，微风吹起她的裙角，下一秒，她已经直接扑进了他怀里。他笑着伸手接住她，目光澄澈又温柔。

虞兮睁开眼睛的时候，车还没开出多远，而回忆中的所有画面像是包裹在肥皂泡里的幻影，她漂亮的新裙子，小心翼翼放在枕边的手链，树下英俊温柔的少年，还有耳畔初夏的轻风，通通不见了。

“停车。”她突然喊道。司机把车停下来的瞬间，虞兮就直接开了车门，沿来路跑了回去。

快到大门口时，她脚下踩到残雪，一个趔趄险些摔倒，但稳住身子之后，动作并没有因此减慢。回到了先前扔下手链的地方，她动作急切地拂开地上的积雪，把里面的手链重新捡了起来。

手中沾到的雪因着掌心的温度而很快融化，透着刺骨的冰冷。虞兮几乎无意识地松了口气。她心内觉得自己的行为，乃至自己这个人，都无比可笑，可攥着手链的手缓缓收紧了，再也没有松开。

虞兮带着一大一小两个行李箱回到家，进门的那一瞬间，她有片刻的怔忡，神情里也难得透出了一丝茫然。

暖色调的灯光下，客厅的电视开着，听声音是在放一部什么日剧，许晓凝穿着卡通家居服，即使右手还绑着石膏，也没有影响她靠在沙发里笑得前仰后合。虽然厨房的门关着，但还是隐约听得见炒菜的声响，而空气里已经开始弥漫一股新鲜鱼汤的淡淡香气。

除了家政会定期来做家务，她常年一个人住，习惯了家里的清冷，如今这种透着温馨的热闹来得突然而又陌生。

“您回来啦？”许晓凝听到动静看向玄关，脸上还带着没有散去的笑意，说，“看护阿姨的手艺特别好，一会儿就能吃饭了。”

“看样子还算满意？”虞兮回过神来，挑了挑眉问道。

“满意，特别满意！”许晓凝不假思索地说道，“这个赵阿姨人看着就老实亲切，经验也很丰富的样子。帮我洗头的动作可温柔了！”

“主要是饭做得好吃吧？”虞兮一针见血地说道。许晓凝用力地点了点头，然后关切地问道：“您早上和中午在医院都没吃好，也该饿了吧？汤已经炖好了，您可以先喝一碗，过会儿就能吃饭了。”

“不着急。”虞兮一边往里走，一边应道，“我去收拾一下，先洗个澡。”

“好。”许晓凝笑道，“那我等您一起吃饭！”

因为这几天的麻烦几乎一件摞着一件，虞兮早已身心俱疲，许晓凝也需要休息，所以两个人吃过晚饭，都很早就各自回房睡下了。

晚上窗帘忘了拉，第二天早上，虞兮是在一片耀眼的阳光中睁开眼的。她皱着眉，有些慵懒地翻了个身，把被子往头上蒙了蒙，但睡意还是消失了。长时间的深度睡眠终于让她的疲惫缓解了许多。她想着今天不用去公司，所以没有直接起床，而是裹紧了被子继续躺在床上，脑子里默默地思索着接下来的一些安排筹划，和一些对虞氏有意向的买家。

上午九点多，她梳洗完毕出了卧室的时候，许晓凝已经坐在餐桌旁了。

许晓凝因为胳膊上的石膏，晚上睡眠质量大受影响，此刻刚喝完一杯热牛奶，看起来黑眼圈明显，人也有些萎靡不振。她听到脚步声，抬头看过来，见到神清气爽的虞兮，心内默默喟叹道：果然美人就是美人，虽然只把长发随意地绾在脑后，整个人都未施粉黛，但反而有一种天然去雕饰的反差美。

在她对面坐下来，看着她有些肿胀的右手，虞兮说："等消肿之后，如果石膏松动的话，要去医院重新再打一次。"

"嗯，我知道。"许晓凝答应着，无精打采地说，"还得定时去复查，看愈合情况。"

虞兮拿过一片烤好的面包，撕了一块，问："你爸爸应该更想把你接回去照顾吧？"

许晓凝答道："嗯，还要给我找骨科专家，再好好检查一下，不过我都拒绝了。就是一个普通的骨折，没这个必要。再说，我可能还是不太习惯接受他的好意，总觉得特别别扭。"

"隔阂怎么可能在这么短的时间内完全消除？"虞兮笑了笑，说，"都是正常的，慢慢来。"

许晓凝点了点头，说："我爸也是这么说的，他说这两天都会过来看我，等我好一点儿了，再跟我好好聊一聊。"

虞兮还要再说什么，她放在桌边的手机突然响了起来。看到季明明的来电，她接过许晓凝递来的湿巾擦了擦手，然后拿起手机，接通之后笑道："今天怎么这么早？"

电话那头季明明的声音数十年如一日的没有温度："你是不是和蒋辰屿闹翻了？"

"你怎么知道？"虞兮笑意微滞，反问道。

和蒋辰屿之间的事情，她还没有时间和季明明说。她知道泰泽集团和季氏地产在合作开发新的度假酒店，但这并不意味着，蒋辰屿私人感情方面的消息会这么快传到合作方耳中。

"他是又特意传出什么风声了吗？一次两次，永远是这样。"提到蒋辰屿，虞兮的笑容带着些许讽刺，"他这次又想做什么？"

和她态度的随意相比，季明明的声音听起来却越发紧绷："他可能要收购楚氏。"

4. 蒋辰屿，我偏不如你的意

直到虞兮坐在前往泰泽总部的车里，看着窗外零星飘落的雪花时，耳边仍然回响着之前季明明在电话里说过的话。

"这次应该不是有意透出来的风声。我刚才正巧去我大哥那边，听到别人和他汇报工作，聊到和泰泽集团合作的度假酒店项目，随口说起来的。他们昨天下午去泰泽和负责相关业务的高层谈合作细节，在洗手间隐约听到两个人聊到几句，说那位蒋总不知道是真的开始对金融公司感兴趣，还是玩票性质的收购。这些和季氏无关的事情我大哥根本没有放在心上，但如果你是我，当时听到之后，大概也会马上明白过来蒋辰屿想做什么吧。"

一路上，虞兮始终在努力让自己平静下来，却丝毫没有意识到，她交握在身前的双手，一直在微微颤抖。

下车的时候，地上重新积起的薄雪有些滑，她一下子摔在了路边，擦破的掌心一阵钻心的疼痛。她站起身来，仰头看着眼前高耸入云的泰泽大厦，突然觉得相较之下，自己的这种渺小可怜又可悲。

掌心的疼痛已经有些木然，她却突然打消了继续向前走的念头。

即使见到蒋辰屿，又能怎么样呢？讽刺他，辱骂他，尽情发泄自己心中的怨恨和痛苦？可从她站在他面前，说破自己对他所有的恨意开始，两个人之间就彻底决裂了。所以他大可以直接剑指她的七寸，轻描淡写地毁掉她几年来汲汲营营的最终目的。让她明白，他过去的“不计较”，只不过是因为对她仍抱有一丝幻想，一丝善念。

而如今什么都没有了，他也不介意让她亲眼看看，他其实一直深谙让她痛苦的方法。是啊，时隔五年，蒋辰屿依然能让她如此痛苦，即使他那么爱她。

可惜他也许并不知道，他想看她示弱也好，求饶也罢，这都是如今的虞兮再也不会去做的事情。既然他让她这么痛苦，那么她能选择的，也无非就是拖着他一起，继续在这种痛苦中沉沦下去。

细小的雪粒自阴沉的天空一洒而下，虞兮压下眼底泛起的泪意，拿出手帕轻轻擦去了掌心的污迹和血痕，然后拂去大衣上的落雪，整理了一下被风吹乱的长发，昂首朝大厦里走去。

关于蒋辰屿和虞兮的关系，泰泽集团内部上上下下早已传得沸沸扬扬，虽然版本各有不同，但两个人之间的关系早已是众人心照不宣的秘密。所以虞兮一路畅通无阻，直到进了电梯，嘴角才露出了一丝讥诮：他们的那位蒋总似乎旨意传达得并不够快，以至于她还没有被第一时间列入拒绝往来的名单。

出了电梯，偶有走廊里擦肩而过的人，都停下来颔首和她打着招呼，直到她离蒋辰屿的办公室越来越近的时候，江蓠从里面出来，见到她顿时一愣：“虞总？”

虞兮轻轻地点头。

江蓠见她还要继续往前走，忍不住拦道：“虞总，没有预约的话，您可能要去会客室稍等片刻，蒋总现在有客人。”

虞兮对她一板一眼的性格早就有所了解，所以并不为难她，只是笑了笑，说："好。麻烦你去帮我准备一杯咖啡。"

江蓠没有察觉到她的意图，一面答应着，一面走到前面给虞兮引路，但虞兮并没有跟上去，她径直走到蒋辰屿的办公室门口，用力推开了紧闭的大门。

突如其来的声响中，和蒋辰屿一同看过来的，除了站在他身旁的关山，还有坐在他办公桌对面的两个人。不过几乎与此同时，江蓠已经从外面匆匆跟了过来，对蒋辰屿说："对不起蒋总，是我忘了告诉虞总您这里有客人，我……"

"不用因为我把责任往自己身上揽，"虞兮笑了笑，打断江蓠的话，直截了当地说，"你们蒋总知道我不讲道理的。"

江蓠一时哑然。

蒋辰屿看着虞兮，神情没有任何变化，眼神里却透出几分更胜以往的漠然。

关山给了江蓠一个眼神，示意她不要再说什么，然后便低声和两位来访的客人道了歉，引着他们向外面走去。

直到关山从外面把门关好，偌大的办公室里，终于只剩了蒋辰屿和虞兮两个人。

蒋辰屿坐在原地，静静地看着虞兮。她看上去和往常没有太大分别，妆容淡了些，但依旧精致，额发间大概因为先前落了雪，此刻看起来有些湿。可即使她神情再怎么镇定从容，他还是轻易就看穿了她的真实情绪——她向来注重衣着打扮，同一件外套从来不会连续穿两次，而她现在身上穿着的，还是两天前从他家里离开时穿的那件驼色大衣。

"我大概能猜到你为什么过来，不过我确实没想到会这么快。"蒋辰屿微微地笑了笑，随后并不在意面前的人，继续看手里的文件。

虞兮看着工作中的蒋辰屿，她还能从他的眉宇间，看到记忆里那个沉默英俊的少年。可如今他们之间只隔着一张办公桌，又分明像是隔着一片浩荡无垠的深海。

“你知道我恨他们。”片刻之后，虞兮开了口，不是疑问，而是肯定的陈述。

蒋辰屿抬头看向她，说：“我还知道你这几年，一直在以不同的名义收购楚氏的散股，而且就你手中囤积的大量资金来看，应该接下来还会有什么其他动作。”

虞兮笑了笑，在他对面的椅子上坐了下来，问道：“你抢在我之前收购楚氏，是想让我后悔不该那么对你，还是想看我来找你苦苦哀求，求你不要这么对我？”

蒋辰屿合上手中的文件夹，好整以暇地看着她，不答反问：“所以你来兴师问罪了吗？”

“蒋总觉得自己有什么罪？”

蒋辰屿嘴角的笑意看起来越发讽刺：“我的罪名，不都是你定的吗？”

“楚亦奇现在没有什么资金缺口，楚氏的发展也一直还算平稳，想要收购一间没有明显短板的公司，就意味着你要花费成倍的人力、物力和财力。”她脚下轻轻用力，椅子转了一圈，重新面对蒋辰屿，嗤笑道，“蒋总为了我，还真是舍得。可惜的是，如果你也只能做到这样，那还真是让我失望透顶。”

蒋辰屿毫不留情地戳穿了两个人之间虚假的和平：“如果一切真像你说话的语气这么轻松，你也不会这么毫无规矩地闯进我的办公室了。至于你是不是会失望，很可惜，在我决定这么做的时候，那已经不是我会在乎的事情了。”

在虞兮的注视下，蒋辰屿缓缓开口，语气疏淡：“如你所见，我也有恨一个人的权利。你现在心里所有的挫败感、无力感，努力了那么久，付出了那么多，最后却轻易被人践踏的感觉，都是你曾经给我的。我现在只不过是原样奉还。”

他精致的眉眼间，曾经的温柔和隐忍的爱意，已经荡然无存，只剩了此时无比明晰的冷漠。

“那要恭喜你，你做得非常成功。”虞兮叹息着，心口有一种近乎窒息的疼痛，但她还是笑了笑，即使笑意丝毫没有到达眼底，“来这儿的路上，我甚至以为，自己可能会忍不住砸了你的办公室，说不定还会再甩你一巴掌。但进门之前，我突然不想这么做了，因为我觉得你既然恨我，那么应该很期待见到我的这种反应吧？”

她说着，起身走到蒋辰屿面前，按住他椅子的扶手微微弯下腰，在快要贴上他的脸之前，用一种举重若轻的语气，一字一句地说：“蒋辰屿，我偏不如你的意。”

两个人鼻尖几乎相抵，距离近到能感知到对方的呼吸。虞兮眨了眨眼，在蒋辰屿喜怒难测的眼神里，继续说道：“我来只是想告诉你，我之前错了，我不应该把那么多的情绪投入恨你这件事情里。因为你……根本不配。”

她说完之后，站直身子，从口袋里掏出了一条手链。

看清手链的那一刻，蒋辰屿的呼吸一滞，眼神也立时变得晦暗难明。但下一秒，虞兮已经在他的注视下，两手扯住手链，朝相反的方向猛地用力一拉，细细的链子顷刻间就断成了两截。

“蒋辰屿，你的爱也好，恨也罢，以后都和我没有任何关系了。”

虞兮轻轻松开手，断裂的手链就这么滑落到了地上。贝母磕在地板上，发出清晰的声响，她的目光始终看着蒋辰屿，看着他这一刹那的僵硬，也看着他眼底难以辨别爱恨的复杂，直到最后，才在转身离开之前，轻声说道：“以后爱上别人的时候，不要再送这么华而不实的东西了。”

待虞兮的身影消失在门口很久之后，蒋辰屿仍如一尊雕塑般坐在原地。

他从一开始就明白，即使成功了，内心的痛苦仍然不可能得到丝毫的缓解。他骗得过任何人，却骗不过自己。其实早在看穿她的脆弱和痛苦的时候，他就似乎已经快要忘记了她曾经给予他的欺骗和伤害，忘记了她哭着说重逢后所有的虚与委蛇都只是为了报复，也忘记了自己逼迫她至此，无非是想听她说一句对不起。

甚至在他看着她闯进来的那一刻，他满脑子想的都是，她的手为什么擦破了？上面渗血的地方疼吗？

她明明那么怕疼。

他捡起地上的手链，即使已经被扯断了，但还是能看出它崭新如初。以至于看着它的时候，他还能回忆起当初自己动作有些笨拙地把它戴在她手上时，她眼中那抹比钻石还要璀璨的光。

蒋辰屿攥紧掌心里的手链，起身向外面走去。

5. 我听说汪先生有一个女儿

虞兮从泰泽大厦出来，拨通了一个久未联络的号码，问道："您好，我是虞兮。不知道您现在有没有时间，我想见您一面。"

对方很快便给了肯定的答复，并且告知了地址。她道了谢，挂断电话之后，在路边打了一辆车，对司机说："去逸水花园。"

车里的空调开着，但虞兮依然觉得手脚一片冰凉。她心内嘲笑自己的没用——明明上去之前就打定了主意，即使知道改变不了什么，也绝对不会向蒋辰屿低头，那也一定要让他更痛苦。可当手链断在自己手里的时候，即使她始终能维持着表面的冷静，但转身出门的那一瞬间，眼睛还是忍不住湿润了。

她突然发现，原来这么做，即使她在受伤的时候也同样伤害了蒋辰屿，内心的煎熬也半分没有减少过。不知道从什么时候开始，她似乎只有在伤害蒋辰屿的时候，才能确定他原来是爱着她的。只可惜无论她还是他，从今以后也许都再也不会了。

一路上，她始终沉浸在自己纷乱的思绪中，直到司机把车停下来，见她并没有下车的意思，出声礼貌地提醒道："小姐，逸水花园到了。"

虞兮这才如梦方醒，抬手飞快地抹去眼角的泪水，付钱之后道了谢，然后推门下了车。

逸水花园是海城一个老牌别墅区，里面的住户非富即贵，安保措施严格。她登记后不久，就有人开了车过来，将她直接送到了要去的地方。

来开门的男人看起来已经上了些年纪，笑容里透着些许木讷，问道：“是虞小姐吧？汪先生在里面等您。”

虞兮点点头，随着他一起朝里面走去。

和她曾经的那个家不同，这里既没有虞俊良喜欢的那种略显庸俗的奢华，也没有梅逊雪追求的刻意复古，所有的家居和装饰都是以简约、舒适为主的新中式设计，清雅而又不失温馨。

别墅的男主人此时正坐在客厅里，见到虞兮，有些歉意却又不失亲切地笑道：“之前和几个下属在书房开会，你来得突然，我只能在这里招待你了。”

虞兮走过去，十分礼貌地说：“您不要客气，是我来得太冒昧了。”

汪显成年逾不惑，身材和这个年纪的很多人一样，有些发福，但为人沉稳谦和，丝毫没有一些中年富商的油腻和浮夸。他招呼虞兮坐下，亲自拿起紫砂壶，倒了杯茶给她，说：“尝尝，我刚泡好的茶。”

虞兮在旁边的沙发上坐了下来，端起一只精致剔透的白瓷小杯，里面橙黄色的茶汤清澈艳丽。伴随着呼吸间清幽的茶香，她轻轻啜饮一口，只觉滋味异常醇厚甘活。

“好茶。”虞兮笑道。

汪显成当然知道虞兮突然到访一定是有要紧事，不过他未开口问，她便也安之若素，始终坐在那里安安静静地品茶。汪显成放下茶壶，心内微哂，知道自己当初并未看错，这个女孩虽然年轻，但沉得住气，是能成事的材料。

三年前——

茶室外有人敲门，汪显成以为是服务生来送水，便出声让人进来。但随后进门的人并不是服务生的打扮，她看起来只有二十来岁，年轻漂亮，长相虽然令人惊艳，但精致的眉眼间隐约覆着一层阴鸷。

汪显成以为对方走错了门，对方却径直在自己对面坐了下来，开门见山地说道："汪先生，很抱歉以这种方式和您见面，但我已经按规矩提前预约了三次，您却始终不肯见我。我知道您每周四下午都会来这间茶室休息品茶，所以不得不出此下策，还希望您能谅解。"

汪显成明显不悦，但良好的教养让他没有直接赶人，只皱眉问道："你是？"

"我叫虞兮，现在经营虞氏食品公司。"她顿了顿，继续说道，"我爸爸是虞俊良。"

汪显成放下茶杯的动作一顿，然后说道："我不见你，并不是因为知道你是谁，或在意你是谁。而是因为目前来看，即使忽略规模，我和你的公司之间无论从经营项目还是发展方向，都并没有任何可以合作的可能。"

虞兮知道以汪显成在海城商界的地位，能和她这种无名小卒平心静气地说这么几句话，已是非常难得了，所以她在他起身之前，不再浪费时间，直截了当地说道："所以我来，只是想确认一件事情的可能性——如果我有足够的钱，您在怎样的条件下，会答应把您手中楚氏金融百分之二十的股份转让给我。"

汪显成在短暂的惊讶之后，反倒笑了起来，反问道："你知道这需要多少钱吗？"

"我大概估算过。"虞兮丝毫不觉得自己的想法可笑，认真说道，"虽然我现在没有，但三年，最多只要三年，我一定会把这笔钱拿到您的面前。"

汪显成没有再笑，他看着这个眼神里透着果刚和坚毅的女孩，叹了口气说："令尊的事情我很遗憾，作为和楚亦奇还算有些交情的人，我也并不认同他和令堂的行为。但你既然能找到我这里，也应该知道，楚亦奇过去帮过我，所以我后来购入楚氏百分之二十的股份，也有些帮他渡过难关的意思。他现在情况好转，表达过想回购的意图，我也一直在考虑。”说完之后，他站起身来，“我并不是怀疑你的能力，但是很抱歉，虞小姐，即使我不把股份转让给他，也并不想搅进你们之间的恩怨里。”

眼看着他朝门外走去，虞兮的声音抬高了些，叫住他：“我听说汪先生有一个女儿。”

汪显成立时止住脚步，但回头看向她的时候，脸色已经沉了下来，眼里闪过一抹异常凌厉的光。

“我还听说，您非常非常爱您的女儿，但因为您和前妻的矛盾，她对您的误会一直很深。尤其在您前妻意外车祸去世之后，她更是再也不肯原谅您。两年前在您交往了新女友之后甚至大闹了一场，至今为止都没有再和您联系过。”虞兮迎着汪显成的视线，像是对他阴沉的面色一无所觉，继续说道，“据我所知，您女儿马上就要大学毕业了，而这期间，显然她的生活方式和交际圈子，都并不太让人满意。”

“你想说什么？”汪显成眉头紧锁，冷冷问道。

虞兮看着他，一字一句地说：“您把她交给我，三年时间，我来想办法缓和您和她之间的父女关系，还能让她告别过去那种叛逆的生活，还您一个成熟懂事的女儿。”

“说永远比做容易。”汪显成虽然不以为然地笑了笑，但心里不得不承认，她最后的撒手锏，才是真正能打动他的“生意”。而眼前的女孩比自己的女儿大不了几岁，不仅迅速地从家破人亡的惨境中站了起来，还能忍下一时的痛苦仔细谋划着将来，他即使不动恻隐之心，也很难不对她心生赞叹。

在短暂的沉默中，虞兮默默拿起一旁的茶壶，在汪显成先前的瓷杯里重新倒好了茶。汪显成看了看她，最终还是又坐了下来。

虞兮心里轻轻地松了一口气。

汪显成拿起茶杯，喝了一口之后，想到自己的女儿，不由得苦笑着道："我女儿她其实不是什么极端的性格，但偏偏很倔，从小就认死理儿。既然你查到了不少，我也就不怕你笑话，她甚至跟我放过狠话，说我再敢出现在她的生活里，她就去死。有些事情并不是像你以为的，大家坐下来谈谈，说开了就什么都过去了。她有她的想法，我也有我的难言之处。"

"只要您保证，您所谓的'难言之处'，并不包括婚内对家庭的背叛，那我也会向您保证，一定会做到刚刚向您承诺过的事情。"虞兮再次开口说道。

"当然没有。"汪显成十分坦然地答道，"我和我前妻之间的事情非常复杂，我有我的错误，甚至即使面对我的女儿，也不知道该怎么解释。但我可以以我的人格保证，我绝对没有背叛过她们母女。"

虞兮点了点头，初见时眼底的阴鸷被自信所取代："您保留楚氏金融百分之二十的股份，给我三年的时间。无论到时候楚氏的股价是高是低，我都会按这三年里最高的价格向您收购。"

汪显成眼里多了几分激赏，但和女儿相比，这些股份这些钱，在他看来也不过是不值一提的事情。所以他只是问道："我女儿那边，你打算怎么做？"

"虽然她始终不肯和您联系，但想必您一定始终在关心她。"虞兮说，"不过我希望您能先停掉对她的经济支持。"

汪显成不由得再次苦笑出声："你想多了，自从她妈妈去世，她就不肯再要我一分钱了。这两年她的学费和一些其他费用，花的都是之前她妈妈留下的一些积蓄，她自己平时也会打工赚些零用钱。我用不同的名义打给她的钱，都被她直接捐给慈善机构了。"

虞兮有些意外，不过她对这个素未谋面的女孩，心里也多了几分先入为主的欣赏。

"小孩子叛逆些不是什么问题，只要她开开心心平平安安的，我对她也没有更多的要求。"谈起女儿，汪显成看起来和其他普通的父亲没有任何两样，"只是怕她一直这么下去，性格会越来越偏激，走很多不必要的弯路。还有，她最近交的这个男朋友，我调查过，人品实在是有些问题。我正在想怎么告诉她，才能让她不那么伤心，也不会因此更恨我。”

汪显成面上难掩犹豫和为难，虞兮想到了同样非常爱她的虞俊良。而对于这份猝然失去的父爱，她发现自己似乎需要用尽全身力气，才能压下心底泛起的痛苦。

片刻之后，虞兮抬起头，看着对面的中年男人，劝慰道:“您放心，这些都由我来解决。”

6. 不过我更感兴趣的，是你的第二个想法

两个月后，汪显成坐在车里，看着酒吧后巷里喝醉了酒一直在干呕的许晓凝，心疼得眉头几乎皱成一个死结。他随后看向身旁的虞兮，也就不由得带了几分埋怨，说:“我同意你让她吃些苦头，可不是让你彻底打击她的自信！”

“汪先生，刚从校门步入社会的女孩子，本来就面对着比异性更艰难的处境。”虞兮收回视线，淡淡地说道，“事实上她能欣然接受打杂的工作，同事的呼来喝去，不眠不休的加班，已经让我很刮目相看了。”

在海城，汪显成有他的关系网，虞兮自然也有她的人脉，所以许晓凝毕业之后，求职道路异常艰难，连续被多家公司拒绝。最后终于改变了路线，去面试了一家规模不大的公司，入职虽然顺利，但紧接着要面对的除了微薄的工资，还有各种不规范的制度、同事间的钩心斗角互相排挤，以及对她这个实习生呼来喝去的使唤，和无休止的加班。

可许晓凝竟然都坚持下来了，虞兮怀疑如果不是因为遇到性骚扰的上司，她还会坚持很久。

虞兮和朋友聚会时聊起许晓凝，莫晚认为她的坚持很不可思议，却被林月笑话不识人间疾苦。因为这其实是许多刚毕业的女孩会面临的处境，甚至始终会有无数个张晓凝李晓凝，连反抗上司的勇气都没有。

不远处，许晓凝已经在台阶上坐了下来，她从包里翻出一瓶水，仰头喝了两口，然后看着天上的月亮，擦去了眼角的泪水。

她的男朋友原来是这家酒吧的驻唱歌手，在虞兮看来轻浮做作，还没走出校园的女孩们却觉得帅气又有才华。而在汪显成查到的资料里，他不仅对感情不负责任，并且好赌，虽然和许晓凝在一起的这三个月时间里，看上去洗心革面了一般，和其他女孩断了联系，却始终没有戒掉赌瘾。虞兮没有汪显成一腔婉转的爱女心，直接简单粗暴地把对方所有资料寄给了许晓凝，落款只写了两个字：债主。

许晓凝长相清秀，看起来也乖得很，却有和外表全然不同的决然。她用所剩无几的钱帮他还了一部分赌债，然后果断分了手，让得知消息的汪显成又心疼又自豪，老怀甚慰的同时，把那个仍然意图纠缠的男人用手段逼离了海城。

虞兮没有再等汪显成说什么，直接推开门下了车。她点了支烟，坐到许晓凝身旁，抽了一口之后，姿态随意地问道："借酒浇愁，为男人啊？"

对于突然出现的虞兮，许晓凝以为她也是来酒吧玩的人，所以大着舌头不以为然地笑道："我才没有那么没出息呢，我是为了钱！再说了，我、我也没有借酒浇愁，单纯就是……酒量不好。"

"为了钱就简单了。"虞兮笑了笑，修长纤细的手指轻轻弹落一点儿烟灰，在月光和身后灯光交错的光影里，一双眼睛美丽而又妖冶，"考虑一下，要不要跟我走，我那里正好需要人手，可以带你赚钱。"

许晓凝看着她，愣了愣，随后下意识地捂紧了衣服，十分惊恐地瞪大了眼睛，说："我、我可不卖！"

"瞧瞧你这个豆芽菜身材，扔到菜市场都不好卖。"虞兮嗤笑一声，拿出一张名片，扔进她怀里，慢慢说道，"我需要个助理，本科学历，会开车，脑子灵活有眼力见儿，别的要求没了。你要是想做，明天就去公司找我，月薪前三个月五千，三个月后如果我还满意，直接翻倍，其他具体待遇到时候详谈。"

之后的日子里，许晓凝也曾经问起虞兮，问她当初为什么会选择自己。她只轻描淡写地回答：当时喝醉了，看见她坐在那里哭，觉得有点儿可怜。

时间越发久远，许晓凝早已想不起当初虞兮出现在自己面前的时候，到底是不是喝过了酒，而三年后的今天，虞兮想起当时的情景，心情却依然复杂。她不知道等许晓凝知道真相的那一天，会不会恨她，但是当时无路可走的人又何止是许晓凝，她也同样别无选择。

“晓凝的事我还是要再感谢你一次。”汪显成从短暂的回忆中抽神，对虞兮笑道，“最重要的其实并不是我们的关系有了多大缓和，而是她这几年的变化我都看在眼里，她跟着你，我非常放心。”

“她帮了我很多。”虞兮笑了笑，说，“我对她可一直算不上客气。”

汪显成笑起来，他知道虞兮这三年里对晓凝有多用心，所以对这个话题不予多谈，问道：“关于泰泽集团的蒋总对楚氏的收购意图，我也得到了消息，所以你今天突然过来，也是为了这件事情吧？”

“是。”虞兮放下茶杯，向他十分真诚地道歉，“因为事情发生得仓促，虞氏我还没有找到合适的买家，所以现在面临很大的资金缺口。很抱歉当初在您面前说了大话，我也知道我接下来提出的请求有些过分，但我还是希望，您能允许我先支付总价的三分之二，等卖掉虞氏之后再把钱补齐。您放心，原来承诺您的以最高价格收购，我决不食言。”

汪显成没有在第一时间答应，但也同样没有拒绝，只是有些惋惜地说：“虞氏的发展其实非常好，现在卖掉，可惜了。”

“的确，虞氏其实还有非常大的发展空间。”虞兮说，“但想在短期内找到一个我信任的买家确实很难，因为我不只是要钱，还得为虞氏员工的以后考虑。不瞒您说，我其实想过，对我、对虞氏最好的退路，是我把这家公司直接送给您，而您最好的选择，是把它交给晓凝打理。这样您的利益有保障，晓凝能得到锻炼，而且她对虞氏有感情，我也达到了我的目的。”

说完这些，虞兮忍不住笑起来，有些自嘲，亦有些唏嘘：“但这也只不过是我十分自私的想法，我还是希望您能考虑一下我最开始的请求。”

汪显成没有错过她说的每一个字，但究竟心里在想些什么，始终看不出端倪。就在虞兮内心越发忐忑的时候，汪显成又给她倒了一杯茶，放下茶壶之后，慢条斯理地笑道：“不算是无理要求，可以理解。不过我更感兴趣的，是你的第二个想法。”

直到坐进回家的车里，虞兮始终觉得自己像是身处于一个十分不真实的世界，离开时的失魂落魄，甚至远超来时。她的潜意识告诉自己，眼下是应该并且非常值得开心的时刻，可是她尝试着翘起嘴角，发现自己并不能将这个笑容维持得太久。

她为着即将达到的那个目标，努力了五年。这五年，她需要全神贯注地工作，忍受无数可以忍受和无法忍受的合作对象，还要承担着时刻惧怕情形生变的风险，没有真心的笑，不敢在人前哭，以至于到了今天，她从逸水花园出来的时候，也一直觉得眼前的一切不过是一场春秋大梦。

虞兮抬起左手，愣愣地看着腕间的手镯，直到忍不住在手背上用力掐了一下，尖锐的疼痛才让她清醒了许多。她靠在座位里，朝窗外看去，发现外面的雪不知道什么时候已经越下越大了，而她刚刚上车之前，竟然毫无觉察。

出租车渐渐驶近她所住的小区，她再次看向窗外的时候，发现不远处熟悉的宠物店门口，楚霄正和一只小狗在雪地里玩得开心。她立即让司机停车，下车之后直接朝楚霄走去。

小汪是只白色雪纳瑞，如今已经不再是被楚霄捡到那天的凄惨样子。它看上去胖了很多，毛色也变得非常鲜亮。眼前雪白的世界似乎对它有着强大的吸引力，一直在雪地里撒欢，玩得不亦乐乎。

楚霄在堆雪人，被小汪一次又一次地扑过来撞坏，他也不以为意，和小汪玩一阵，然后继续去堆他的雪人。直到他看到虞兮走过来，笑着挥挥手，喊道：“小虞！”

看着他脸上完全发自内心的快乐，虞兮也忍不住笑了起来。她走到他面前，伸手将他头上的帽子往下拉了拉，才问道：“该不会又是一个人跑出来的吧？你大哥呢？”

“买饮料。”楚霄随口说道，然后又拉住虞兮，说，“小虞，堆雪人。”

看着地上被他聚集起来却还没成型的雪，虞兮又看了看他脚边的小汪，只犹豫了几秒钟，就点了点头，说：“好。”

她还没动手，全副武装的楚霄就把手套摘了下来，双手递向她，说：“给，不冷。”

他大概是想说，戴上手套，手就不会冷了。虞兮脸上的笑容犹在，但眼神因他一个小小的动作，变得格外复杂，也格外柔软。她接过手套，却拉过楚霄的手，把它们重新戴在了他的手上，然后隔着帽子揉了揉他的头，说：“阿霄放心，姐姐是大人，不怕冷。”

楚霄十分认真地说：“阿霄也是大人。”

虞兮笑了笑，看着他孩子一样澄澈的眸子，轻声说：“很多人爱阿霄，所以阿霄可以慢一点儿长大。”

7. 我十七岁就认识他了

大雪很快把整个世界装扮得银装素裹。

虞兮吩咐楚霄看住小汪，没有它捣乱，她很快滚起了一个大大的雪球，哈着手抬起头的时候，才发现旁边楚霄抱着小汪，似乎一人一狗都十分认真地等待着一个雪人的诞生。

宠物店的老板忙碌的间隙腾出空来，推门把一件小衣服递给楚霄，说：“给小汪穿上吧。”

楚霄似乎对这些已经非常熟悉，接过衣服，熟练地帮小汪穿好了，然后再次把它抱进怀里，轻轻抚摸着它的头，目光干净而又温柔。

虞兮看着这一幕，仿佛又看到了十八岁时的蒋辰屿。

她那年十七岁，隐约察觉到梅逊雪的婚外情，虽然还没有证据，但已经足够让她愤怒。可她下意识的排斥和冷漠，换来的是家里更紧张的气氛，梅逊雪越发郁郁寡欢，不明所以的虞俊良也一再训斥她。

某天大吵一架之后，她从家里跑出来，一个人在冷雨里走了很久，然后坐在一个屋檐下，看着从她面前经过的人：其乐融融的一家三口，手挽手亲热如姐妹般的母女，把孩子扛在肩头的父亲……她那个时候才彻底明白，他人眼中再正常不过的东西，她始终不能拥有。

街对面的角落里，一只小花猫蜷缩着，连叫声都是微弱的。虞兮看着它，心生恻隐的那一刻，却又不由得对自己冷笑：她又有什么资格去可怜它呢？

就在她起身想要走过去的那一瞬间，一个少年突然出现在视线里，他看上去沉默而冷峻，但五官如画般精致。虞兮看着他脱下外套，裹住小花猫之后抱进怀里，在薄薄的雨幕中，就像误入人间的救世主一样温柔。

看着他的身影消失在街角，虞兮的眼泪突然掉了下来。她明明不是爱哭的人，可那一刻心里的委屈像决堤的洪水。她也想要被这么温柔地对待，想要有人透过凄风苦雨，一眼便看到她，把她带离这种痛苦压抑的生活。

那个少年看得到角落里的猫，却看不到她。

如今她和蒋辰屿互相折磨，互相伤害，那些来自他的、她曾经渴望过也得到过的温柔，终于还是彻底失去了。

纷飞的大雪中，虞兮的眼泪突然掉了下来。

“大哥！”楚霄突然朝远处挥了挥手，有些惊喜地叫道。

虞兮飞快地擦去脸上的泪水，朝楚霄视线的方向看过去，楚凌拎着一个纸袋从对面的街角走过来，看到他们，也抬起手朝他们挥了挥。

走到他们身边，楚凌从纸袋里拿出一个纸杯，然后把整个纸袋递给楚霄，说："拿进去和老板哥哥一起喝，喝完再出来玩。"

楚霄听话地接过去，然后一只手抱着小汪，一只手拎着纸袋，转身朝宠物店里走去。楚凌看了看虞兮，又看了看地上她滚起来的雪球，虽然笑得温和，但评价分外苛刻："做身子太圆，做头太大。"

虞兮拂去发梢的落雪，不太服气地说："那你来。"

"拿着。"楚凌把手里的纸杯递给她，她接过来，冰冷的手握着还有些发烫的杯身，一股暖意似乎瞬间从掌心一直蔓延进身体里。闻到热牛奶的香气，虞兮笑道："原来你喜欢喝这个吗？"

"本来是给小汪买的，但没想到，你和它更有缘。"楚凌看着她微红的双眼，嘴角微弯，"喝吧。"

说完之后，楚凌脱下身上黑色的羽绒服，展臂要将它披在虞兮的身上。虞兮不由自主地向后退了一步。虽然她是明确地拒绝，但还是维持着面上的笑意，打趣似的说："难道你不知道下雪的时候天气根本不冷吗？"

但楚凌的动作有一种不同以往的坚决，他把羽绒服披在虞兮的身上，神情十分轻松地笑道："就当是给我当人形衣架吧。"

他里面穿着白色高领毛衣，同色休闲西裤，站在雪地里，更像个不食人间烟火的富贵公子，但开始堆雪人的时候，动作和神情里又有着几分和楚霄相似的纯真感。虞兮站在原地，打开杯盖喝了一口热牛奶，然后低声说了一句："谢谢。"

楚凌恍若未闻。他拿过一旁楚霄用过的小铲子，堆起一个更大的"身子"，然后把虞兮先前滚起的雪球放上去，在略成型的基础上慢慢修饰出更清晰的轮廓，然后看向虞兮，笑得颇为自得："怎么样，是不是和你比起来，还是我更有天赋？"

虞兮深以为然，嘴上却绝不肯承认，只是默默地喝着牛奶不说话。

一直在店里看着窗外动向的楚霄却坐不住了，放下手里的牛奶，拿着几样老板找好的东西跑出来，递给楚凌，说："大哥，给。"

看着他手里的两个一般大小的黑色圆鹅卵石，一个红色小瓶盖和一个削尖了的胡萝卜，楚凌帮他把帽子戴好，兄弟俩一边商量，一边共同把雪人的鼻子、嘴巴和眼睛安放好，然后又几乎同时退后几步，仔细端详着。

楚霄的神情却看不出高兴，他不太满意地看了自己哥哥一眼，说：“没有胳膊。也没有腿。”

胳膊倒是容易解决，楚凌把小铲子和店门旁的扫把一左一右插好，但对于它的“腿”，却实在有些为难。不过他看到旁边的虞兮，顿时挑了挑眉，认真地对楚霄解释道：“雪人的腿藏在衣服里，你看小虞，是不是和雪人差不多？”

楚凌的羽绒服披在虞兮身上，几乎长及脚踝，楚霄看了看虞兮，又看了看雪人，对这个解释欣然接受，一边往店里跑一边说：“我带小汪一起看！”

虞兮后知后觉地反应过来兄弟两个在说什么，一时又好气又好笑，看向楚凌，提醒道：“楚先生，得罪我可不是什么明智之举。”

楚凌走到她身旁，难得笑得有些孩子气，说：“你完全可以不把它理解成‘得罪’，换个角度想，我们只是夸你和雪人一样可爱。”

从来不觉得自己和“可爱”两个字有什么关系，虞兮觉得啼笑皆非，还没开口，就听楚凌说道：“你身后不远的地方，有辆车停在那里很久了。”

虞兮闻言，下意识地想要回头看。楚凌先一步阻止道：“如果我是你，应该不会在这种时候回头。”

虞兮心头一震，无论是如楚凌所说，还是依心中所想，她都打消了回头去看的念头。她不知道那辆车里的人是谁，可潜意识告诉她，如果这世界上还有一个人，会这么远远地看着自己，那么“他”究竟是谁，不会再有第二个答案了。

“他对你来说，是与众不同的吗？”楚凌问道。

看着眼前飘落的雪花，虞兮笑了笑，声音格外轻：“我十七岁就认识他了。”

即使听说了一些关于他们两个人的传闻，但楚凌对于虞兮给出的答案，还是微怔了片刻，才说道：“在医院里我们聊过善恶，却没有结果。我刚才其实在想，在你眼里，那位蒋先生是善还是恶呢？”他顿了顿，语气和缓，“即使他有很多优点，你们之间也有过非常美好的感情，但他似乎也在不停地伤害你，让你痛苦。”

纸杯在手中被捏得微微有些变形，虞兮的神情里带着前所未有的复杂和脆弱，慢慢说道：“你们没有人了解他，他是我这辈子见过也拥有过的，最温柔的人。”

所以，在他给了她那么多的爱和温柔，也给了她那么深刻的伤害之后，她即使早已遍体鳞伤，即使再恨再痛苦，也自私地不想放他离开。她仍然想要回头，可身旁的楚凌在她朝那辆车看过去的一瞬间，伸手抱住了她。

虞兮身子一僵，要挣开的时候，楚凌却很快松开了手，语气听起来和往常无异：“对不起。”

看着楚凌，虞兮的目光里第一次没有任何审视的意味，反而带着一丝鲜有的凝重，说：“楚凌，你是聪明人。”

“可能就是太聪明了吧。”楚凌不由得自嘲似的笑了笑，声音低了些，说，“就像你说过的，我活得始终太累。因为我从小就太明白什么事情应该做，什么事情注定没有结果。可有的时候，我也会忍不住想知道，如果我再努力一些，那些注定不会属于我的人，会不会因此多看我一眼？可事实上，抱住你的那一瞬间，我反而后悔了。也许有些平衡永远不应该被打破，因为爱情这种东西，和努力从来没有关系。”

和轻描淡写的语气不同，楚凌略显克制的神情里，分明有一丝掩饰不住的苦涩。

虞兮看着他，眉眼间笑意轻浅，和了然相比，更多的是前所未有的真诚和坦然：“我这个人自私惯了，不习惯认错。但你我之间，是我对不起你。我不应该因为想要报复楚亦奇和梅逊雪，就这么贸然地打扰你的生活。不过我答应你，即使以后有些事情不能避免，但我一定不会伤害阿霄。到那个时候，如果你还愿意和我做朋友，那我……”

“当然，和聪明理智的我一样，做我聪明理智的朋友。”楚凌笑着打断她的话，再一次抱了抱她，说，“去吧，和你的蒋先生说清楚。”

虞兮伸手回抱了他一下，之后各自放手的时候，对于他的提议，才貌似轻松地笑道：“已经很难说清楚了，所以他可以随便误会，我不在乎。”

看得到她神情里的怅然，楚凌问道：“真的不在乎吗？那辆车要开走了。”

虞兮看他一眼，笑得一如平时般风情万种：“你果然还是太不了解我了。”说完之后，她径直走进了宠物店，始终没有回头看过一眼。

不久之后，远处那辆黑色劳斯莱斯启动，慢慢向前驶去，经过楚凌，经过那家宠物店，也经过了街边那个可爱的雪人，直至消失在转角处，再也看不见了。

“小虞？”宠物店里，楚霄问道，“不开心？”

虞兮收回视线，若无其事地对他笑道：“没有啊，非常开心。”

第六章

苦心不负

1. 是我没把她教好

一天夜里，一篇标题为《不择手段的天梯攀登者——揭秘海城某金融公司掌门人夫妇的成功史》发表于国内知名经济论坛。

该文章笔锋犀利老练，借戏说形式，详细讲述了金融公司“楚某”汲汲营营的大半生——初时为了个人前途不择手段，导致重病的长兄撒手人寰、孕中的长嫂抑郁难产而亡，大学期间又极为“巧合”地得到富家千金垂青。甫一毕业，便成为海城某知名企业家的乘龙快婿。完成原始积累之后，其岳父和妻子先后病故，楚某人前悲恸欲绝，私下却很快结识了有夫之妇梅某，两人一见钟情，很快如胶似漆。此后，梅某不仅抛夫弃女，更在楚某的授意下，凭借监管漏洞侵吞前夫名下财产，致使病中的前夫气恨交加不治身亡。

一石激起千层浪，这篇文章一经发出便很快发酵，一夜之间引起了巨大反响，很快被人转载至各大公共平台，引发了更多讨论，相关词条在各搜索引擎的排名和阅读量也一直呈直线上涨趋势。

紧接着，又有匿名的知情人士指出，该文章的主人公，正是海城楚氏金融公司的董事长楚亦奇，及其现任夫人梅逊雪。此后舆论持续发酵，楚氏金融的股价亦随之出现波动，终于让楚氏不得不出面辟谣，并且公布了律师函，声称将对文章始发用户及相关人员进行追责。

而将这件事推向高潮并且引发全民探讨的，是第三天一早，当红顶级流量女星莫晚，在其社交平台直接转载了相关文章，并留言称：知情人士在线吃瓜，确认内容基本属实，欢迎来告。

此举直接导致了该社交平台长达十几分钟的瘫痪，和之后社会各界不同年龄不同阶层的普遍关注。

梅逊雪推门进了书房，把手里的碗放到书桌上，然后走到坐在椅子里闭目养神的楚亦奇身边，搭上他的肩膀，柔声说："我熬了银耳莲子羹，喝一点儿吧。"

楚亦奇伸出手，覆上她的手背，轻轻拍了拍，说："辛苦你了，先放在那儿吧，我现在没有胃口。"

梅逊雪轻轻叹了口气，抬手用指腹轻轻地在他两侧的太阳穴上揉捏按压。楚亦奇紧绷着的眉心随之渐渐放松了些，苦笑着道："早知道她不是省油的灯，可没想到她不声不响好几年，会用这种方式突然撕破脸。我早该知道，上次晚宴她突然出现，就不是个好兆头。"

"新闻还是压不下去吗？"梅逊雪担心地问。早在舆论开始发酵的时候，楚亦奇为了不让她伤神，已经不让她再看相关新闻了。

"没有那么容易，毕竟她身后还有卓清淮和季明明两个靠山。"楚亦奇自嘲似的笑笑，但随后又睁开眼睛，安抚似的说道，"不过你也不用太担心，这个世界上最不缺的，就是层出不穷的新鲜事和人们的好奇心。很快就会有别的事情引走大众的注意力。骂名算什么？我们要做的不是在这种事情上和她继续纠缠，而是想办法稳住股价。"

梅逊雪自然知道，为了救市，楚亦奇和一众下属几乎宵衣旰食，这几天一直在忙碌，这会儿好不容易才能喘口气。看着楚亦奇疲惫的模样，梅逊雪知道他的心情远不似语气这般轻松，怒火和忧虑始终困扰着他，以至于不过短短几天，他鬓边的白发已经多了很多。她有些心疼地低声说：“是我没把她教好。”

楚亦奇把她拉到身前，抱坐在膝上，说：“这怎么能怪你，你那个女儿，就是个天生养不熟的小狼崽子。倒是你，就当是为了我，以后不许再这么为难你自己了。”

梅逊雪轻轻地点头。她把头轻轻靠在他肩上，两人静静地抱坐在一起很久，享受着眼下难得的宁静和温馨。只是梅逊雪始终不安，想到那篇文章以及它引发的后果，还是问道：“你说……这件事情，阿凌心里会不会误会？”

“要误会也早就误会了。”楚亦奇冷笑着道，“这件事情自始至终，矛头始终针对的是我们两个，连恬恬都提到过一些，你看有人把舆论往他们兄弟俩身上引过吗？所有关于这个方向的声音都消失得很快。虞兮会那么好心，轻易放过阿霄这么一个能激发大众同情的引子？”

“你是说……”梅逊雪不由得皱起眉头，“阿凌和虞兮？”

“阿凌的性格我了解，他不会参与这些，但他和虞兮之间有没有什么不清不楚、心里又到底怎么看待这件事，只怕不管以前还是以后，他都不可能推心置腹地和我谈了。”楚亦奇长叹一声，说道。

梅逊雪看着他，过了一会儿，还是忍不住有些犹豫地问道：“那你……”

“陈年旧事，没什么好提的！”楚亦奇知道她想问什么，直接说道，“既然走过来了，咱们就谁都不要回头。”

“嗯。”梅逊雪点了点头，重新靠在他怀里，说，“恬恬这两天一直闹着要回国，我已经快要劝不住了。”

“前几天突然要出国玩的是她，现在要回来的也是她。这个时候她回来干什么？是因为那些捕风捉影的新闻来质问我，还是去找虞兮拼命？”想到自己那个不省心的女儿，楚亦奇脸色顿时沉下来，说，“她的心智，连虞兮一半也比不上，到时候只有被羞辱的份儿！”

梅逊雪见他又要动怒，连忙伸手抚着他的心口帮他顺气，劝道："你看你，生这么大气干什么？恬恬也是担心咱们。再说了，她年纪还小，头一次遇到这种事情，心里发慌也是正常的。"

楚亦奇的眉头依然紧锁，叹了口气，十分疲惫地说："让人看着她，先别让她回来。楚氏的股东们早已坐不住了，过两天就要召开临时股东大会，还要分心留意虞兮的后招，就更顾不上她了。"说完之后，他见梅逊雪又十分担心的样子，于是紧接着补充道，"蒋辰屿那边暂时没有消息，这就算是一个好消息，说明他还没有打消收购楚氏的念头。我一开始其实没有考虑过这件事情，但现在的话，不管他是出于什么目的，只要给出一个让我满意的价格，倒也不失为一条退路。"

即使现在的这条退路，和一开始相比，已经让他损失很多钱了。

梅逊雪向来听他的话，但此时也忍不住说："但楚氏毕竟是你的心血……"

"心血也是有价值的。"楚亦奇笑得有些无奈，却也有着壮士断腕的勇气，"留得青山在，不怕没柴烧。有了足够的钱，还愁没有第二个第三个楚氏吗？"

梅逊雪听了，有些嗔怪似的笑道："已经这个年纪了，还不肯退休吗？我当然希望你能做自己想做的事情，但也不想再看你这么劳累了。到时候我们去环球旅行好不好？到处走一走，看一看，然后去澳洲定居。"

"好，都听你的。"楚亦奇宠溺地笑道，不过提及此事，他看着梅逊雪，说道，"其实我这几天也想过，不如你趁这个机会先出国散散心，也免得如今这个形势，你跟着伤神，心里又总是忍不住胡思乱想，为我担惊受怕。"

"我不去！"梅逊雪拒绝得十分干脆，她抱住楚亦奇，柔声说，"咱们当初说好了的，不管什么时候都要在一起。"

不过是一个想法，楚亦奇见她不答应，便也当即作罢。他回抱住她，应道："好。"

“蒋总。”关山走进蒋辰屿的办公室，神情谨慎地向他汇报最新消息，“楚氏金融来了消息，将和咱们的见面时间，约在了两天后，临时股东大会召开的同一天。”

显然，收购与被收购，这种平时容易引起人心浮动的话题，对于眼下楚氏金融风雨飘摇的股价来说，反而是能稳定军心的良方。

蒋辰屿坐在座位上，脸上是近日来远甚于以往的冰冷。见他没有开口，关山斟酌着措辞，问道：“蒋总，咱们要推掉吗？”

“为什么要推掉？”蒋辰屿抬眸看他，冷冷地反问，“因为股价大跌，收购成本也大幅降低了，这对我来说，不也是个好消息吗？”

不知如何作答，机灵如关山，也不由得一时失语。

这几天的街谈巷议甚嚣尘上，作为对故事中各方都有些了解的旁观者，关山虽然和很多人一样，早已猜到了虞兮和楚氏夫妇之间大概的恩怨，却没想到一些情节跃然纸上时，会让人如此瞠目结舌。而想到记忆中虞兮在生意场上谈笑风生游刃有余的模样，他心中自然是既佩服又唏嘘。

而如今他越发看不懂的，反而是自家老板。

蒋辰屿并没有注意关山带着些许探究的目光，他示意关山出去，等到办公室里再次剩下他一个人的时候，他沉默许久，然后打开办公桌的抽屉，从里面一个盒子里，拿出当时虞兮扔下的那条手链——断掉的地方他已经拿去店里重新修好了。当时他拒绝了重新更换链子的建议，让人直接在断点处进行修复。如今它似乎和从前一样，但仔细看的话就会发现，两处断点都有明显的修复痕迹。

大概就像他们两个人的关系，已经造成的伤害，谁都做不到视而不见。

想到虞兮扔下手链时说的话，蒋辰屿自嘲地笑了笑。世界上还会有谁比虞兮更知道该怎样让他痛苦呢？他又一次忍不住去见她，却只看到她开开心心地堆雪人，穿着别的男人为她披上的衣服，在风雪中和他相拥。

直到今天为止，他还在因为她饱尝痛苦、心疼和嫉妒的滋味。他爱过这样的一个人，早已不可能再爱上其他什么人了。

2. 我是虞兮，虞俊良的虞

“人都到齐了吗？”去往大会议室的路上，楚亦奇问道。

楚凌、助理和秘书都紧随其后，秘书答道：“汪董身体不适，李董人在国外，其他人都已经到齐了。另外，泰泽集团的蒋总正在路上，马上就要到了。”

“蒋总到了之后第一时间通知我。”楚亦奇吩咐道。

“好的，楚董。”

随后，一行人很快到了大会议室门外。即使隔着厚厚的门板，也能隐约听见里面七嘴八舌的议论声。秘书走上前去把门推开，楚亦奇正了正领带，迈步走了进去，前一刻还喧闹的声音顿时消失了。

迎着众人几乎同时投过来的视线，楚亦奇一如既往的沉稳镇定，他在主位坐下，不疾不徐地笑着说道：“让大家久等了。”

楚凌在他下首坐下来，神情始终从容平静，像是对周围投过来的几道别有深意的视线毫无觉察。

最先提议召开临时股东大会的齐董不冷不热地笑道：“是我们来早了，毕竟我们可没有楚董这么沉得住气。”

楚亦奇的脸色丝毫没有因为对方的不客气而有所变化，说道：“我知道诸位最近听了些谣言，也因为这件事情引起的股价下跌，对我有所不满。很抱歉因为我个人的私事影响到诸位，但我和大家利益一致，这几天一直在为救市努力，已经初见成效。希望大家能不被谣言困扰，和公司一起共渡难关。”

他话音落下之后，在公司决策上一直和他有些分歧的董事直接问道：“楚董说‘初见成效’，可是这个‘成效’和既定损失相比，只怕是微乎其微吧？”

有人随即附和道："就是啊，楚董！说句实话，我是不在乎你那些事儿到底是不是谣言，我只在乎我手里的股份是不是每天还在贬值！连续两天跌停，你现在说得轻巧，我们损失的可都是真金白银啊！"

"楚董努力的方向之一也包括公布律师函吗？我听说初始账号的IP地址都在国外，这种做法治标不治本，除了惹人笑话，还有别的作用吗？"

其他人也纷纷开口，你一言我一语，一时间会议室里再次陷入喧闹之中。其中自然有替楚亦奇开脱的声音，但同样不乏对他或隐晦或直接的质疑。一片议论声中，楚凌低头翻看着手里的资料，对周围的嘈杂充耳不闻。

"好了！"楚亦奇抬手拍了下桌子，沉声喝道。

屋子里顿时安静下来，楚亦奇原本还算亲和的神情被沉敛冷傲所取代。他看着众人，缓缓地说道："楚氏是我的心血，无论是这些年我投入的精力，还是为了平息舆论拉升股价砸进去的真金白银，比在座诸位都只多不少。我能理解大家的心情，但即使对我有不满之处，在座诸位难道谁还有更行之有效的办法能轻易扭转劣势吗？"

一时无人答话。

"我说的'初见成效'，并不是一句冠冕堂皇的空话。"楚亦奇继续说道，"大众舆论热度已经在消退了，尤其放出了有关泰泽集团收购意向的风声之后，相信大家看到昨天的挂盘状况也会发现，股价已经有了小幅度的回升。"

在座的股东纷纷和身边的人低声交流着什么，最初提出质疑的董事却并不肯罢休，语气依旧咄咄逼人："董事会还没有就此议题达成一致，楚董就算想安抚人心，也实在不必刻意表现出这么胸有成竹的样子。毕竟在当前这个节点，即使蒋辰屿坚持收购，我也不认为他会给出一个让我们都满意的价格。"

"所以我们现在应该做的，是在接下来的谈判中想办法把价格拉高，而不是坐在这里横加指责。"楚亦奇看着他，冷冷说道。随后，他又看向其他人，说："我今天约了蒋总到公司，他们应该就快到了。虽然决定权在我手里，但我还是希望这段时间大家都能仔细想一想，什么样的决议，才能保证最大程度地挽回当前的损失。"

这个时候，秘书不知收到了什么消息，匆匆出了门，不久之后又返回来，快步走到了楚亦奇身边。察觉到秘书焦急的脸色，楚亦奇以为蒋辰屿那边出了什么问题，可不等对方弯腰在他耳边汇报，会议室的大门就被人从外面猛地推开了。

楚亦奇闻声朝门口看过去，脸部线条一下子肉眼可见地紧绷起来，低斥道："你来干什么？"

迎着其他人不约而同看过来的目光，虞兮走进来，姿态优雅地和众人笑着打招呼，说："大家好，路上有些堵车，很抱歉我来迟一步。"

楚凌坐在原处，看着面前的虞兮，有些意外，却也没那么意外——大概因为场合不同，所以她难得穿了一身黑色的西装套裙。不过里面白衬衫的衣领处用珍珠拼接，袖口也有精巧的暗纹设计，休闲时尚的感觉中和了整体的严肃风格。她的妆容依旧精致，烈焰红唇，配合高高绾起的长发，美丽而又干练，即使单枪匹马，仍像一个马上要奔赴战场，开疆辟土的骄傲女王。

"对不起，董事长，我马上叫保安上来。"在楚亦奇难看的脸色中，助理第一时间出声。

虞兮对此充耳不闻，红唇轻启，兀自笑道："还没来得及向大家做自我介绍，我是虞兮，虞俊良的虞。最新身份是楚氏金融公司的第二大股东。以后和在座诸位也算是同僚了，希望大家多多关照。"

"你说什么？！"楚亦奇猛地站起身来。虞兮已经有些无辜地看向愣在原地的助理，说："你可以继续去叫保安了。"

楚亦奇看着她，脸色铁青地问道："你刚才说的是什么意思？"

虞兮把手里的文件随意递给了一个离她最近的董事，然后语气轻松地说道："意思就是说，到目前为止，我手里已经拥有了楚氏金融百分之三十五的股份。"直视着楚亦奇的眼睛，她笑道，"惊不惊喜？

开不开心？”

直接走过去抢过那份文件，楚亦奇迅速浏览着上面的内容，脸色几变，看到最后，直接把几页纸撕成了碎片，咬牙切齿地挤出几个字：“汪显成……”

虞兮在一个空位上坐了下来，对楚亦奇的举动不以为忤，和颜悦色地说道：“坐吧，楚董。咱们的会议可以继续了。”

刚刚的这一幕落入其他人眼中，一时之间虽然无人开口，大家却神色各异。有的人神情越发凝重，有的人若有所思，还有的人对于当前的局面，直截了当地摆出了一副坐山观虎斗的看戏姿态。

楚凌从虞兮身上收回视线，指尖在膝头一下一下轻轻敲击着，表情始终没有任何变化。

“你到底想做什么？”楚亦奇看向虞兮，面色阴沉地问道。

虞兮语气轻松，轻描淡写地说道：“那就太多了。比如第一件，就是想要劝楚董，关于被泰泽集团收购的事情，您不用想了。想必我不说您也清楚，按照公司章程，我现在拥有楚氏金融重大事件的一票否决权。”她看着楚亦奇，一字一句地说，“从今以后，只要这些股份还在我手里，那么无论合并、拆立还是收购和被收购，您最好想都不要想。”

眼见着楚亦奇攥紧的拳头上，青筋几乎暴出，虞兮不以为意地笑了笑，继续说道：“另外，我已经提交了书面申请，会请专业的审计团队过来查账，包括过去楚董做出的每一个重要决议，我都要查，查账期间如果给楚氏带来什么损失，那我也很抱歉。”她抬手看了看腕表上的时间，嘴角微勾，“相关消息现在应该已经放出来了吧？不知道等又一次跌停还需要多久，再这么下去，距离被停牌也不远了吧？”

楚亦奇觉得自己的心跳和呼吸都有些不受控制，但他还是维持着面上的镇定，冷笑着说道：“想和我玩玉石俱焚那一套，你还太嫩了点儿！”

虞兮不以为意地笑起来。

“虞小姐有没有想过，你手握楚氏这么多股份，这么做损害的也是你自己的利益。”有人终于忍不住，皱眉说道。

虞兮反问道：“您对于那篇文章的真实性怎么看？”对方一时哑口无言。

虞兮随即看向楚亦奇，笑道：“放狠话可显得您看起来不那么绅士。但我又凭什么和您玉石俱焚呢？您有底气说这种话，大概是因为觉得自己手里的资金还可以应付一阵子吧？”她眉心微蹙，故意用一种十分费解的语气问道，“我很好奇，事发突然，除了以前的银行贷款，您又哪里来的这么多资金救市呢？”

楚亦奇面色再度剧变。虞兮看向众人，笑道：“那我来说吧。可能在座诸位当中，有些人还不清楚，楚董之所以这么笃定，是因为三天前他就得到了超过半数的股东支持，在一家信托公司做了股权质押，来融资救市……”

“你怎么会知道？！”楚亦奇大惊失色地打断她的话。

虞兮并没有第一时间回答，而是直接看向和楚亦奇不睦已久的几个人，显然对他们之间的关系早就心知肚明：“齐董、吴董，不知道您二位知不知情？”

齐董面容阴沉，吴董则第一时间看向楚亦奇，有些难以置信地瞪大了眼睛。

“其实楚董这个决定我能理解，毕竟这几年，您和这家信托公司的合作一直很顺利，至于我怎么会知道得这么清楚，可能因为……”虞兮好整以暇地笑道，“这家公司的幕后出资人是我几个朋友，而我也恰好是幕后股东之一吧——我虽然没什么钱，但它成立之初，原始股确实算不上贵。”

楚亦奇的脸色瞬间苍白如纸，目眦欲裂地看着她：“是你设计我，你……”他声音抖得厉害，几乎说不下去，“你故意设圈套让我钻！”

楚凌在膝头敲击的指尖顿住，看向虞兮的目光有些复杂。

“对付你这种足够小心谨慎的人，耐心不够可不行。”虞兮笑起来，眉眼生动，妩媚动人，“不过好在结果还算让人满意——今天的事情一定会曝光，楚氏的股价也一定会继续跌下去。到时候不只银行会催您还钱，信托公司也会强制平仓。这个结局，就算作我送给您和您夫人迟到的结婚纪念日礼物吧。”

3. 要怪就怪你自己吧

虞兮的话音落下之后，众人终于忍不住开始窃窃私语。她转而看向他们，站起身来，说话的语气和态度都真诚了许多：“虽然是私人恩怨，但很抱歉让各位卷入其中，以至于利益受损。不过大家放心，只要楚亦奇得到应得的下场，我会把手里的所有股份按比例补偿给各位。”

此话一出，顿时哗然。

“信口雌黄！没有人会相信你这一套！”楚亦奇厉声喝道，他已然理智全无，吩咐一旁的秘书和助理，“愣着干什么！还不快把这个胡言乱语的女人给我打出去！”

秘书有些犹豫，助理却直接过来要动手。楚凌要站起来的那个瞬间，大敞着的办公室门口，已经有几个人走了进来。为首的人把虞兮拉到自己身后，然后看向楚亦奇的助理，眼神里的锋芒无比凌厉：“你想干什么？”

助理后退两步不敢答言，甚至连和他对视的勇气都没有。

蒋辰屿看向楚亦奇，嗓音清越，却仿佛带着刺骨的寒意：“楚董的做法，恐怕是有失体面。”

虞兮看着挡在自己面前的蒋辰屿，心跳有短暂的失序。

其实自始至终，她即使单枪匹马，也没有半分的惧意。不仅因为她早已做好了一切准备，已没什么可再失去的了，更因为这原本就是她一个人的战场。她不需要有人跟随，也不需要谁来替她出头。

但她从没有想到蒋辰屿会来，保护她的姿态又如此强大而笃定。就像他不曾放弃过她，就像她也从未伤害过他。

蒋辰屿还攥着她的手腕没有放开，虞兮垂眸看着他白皙修长的手指，一时不知是该抽回手，还是就任他这么拉着。

看到突然出现的蒋辰屿，楚亦奇终于从前一刻的暴怒中找回了些许理智，但神情和语气依然冷硬：“体面不体面，也是我们公司内部的事情，蒋总要怜香惜玉，来错地方了！”

迎着楚亦奇阴沉的视线，蒋辰屿嘴角微扬，神情轻慢：“我倒是想要看一看，当着我的面，谁敢对她动手。”

“好……好！”楚亦奇怒极反笑，“今天算我栽在了这个小贱人手里！可是风水轮流转，虞兮，我倒要看看你能得意多久！”

蒋辰屿眸光倏然冷下来的瞬间，他身后的虞兮已经轻声笑了起来。

“楚董这句话又错了，虽然导致这个结果的是我，但源头的问题出在哪里呢？”虞兮从蒋辰屿身后走出来，看着楚亦奇，缓缓说出口的每一个字，都像是见血封喉的毒刺，“要怪就怪你自己吧，谁让你心肠歹毒，又娶了一个寡廉鲜耻的老婆。”

“你闭嘴！”楚亦奇猛地大喝一声，却已经面如金纸，紧接着摇摇欲坠的身体便控制不住地向前栽去。

“董事长！”助理连忙冲过去。楚凌也第一时间上前，一边查看楚亦奇的状况，一边对旁边围过来的人吩咐道：“叫救护车！”

会议室陷入纷乱之中，不过依旧有许多视线停留在蒋辰屿和虞兮的身上，除了个别透着看戏的兴味，更多的则是一种审视，一种对虞兮背后能量的重新评估。虞兮自然明白，所以看向蒋辰屿，神情和语气里都流露出一种有恃无恐的嗔怪：“谁让你来的？”

“我本来以为收购了楚氏你会开心。”蒋辰屿把和真实情况风马牛不相及的话淡淡说出口，然后拉住她的手说，“别生气了，我们回家。”

然后，周遭的嘈杂似乎并不被蒋辰屿放在眼中，他拉着虞兮，径直朝门外走去。

透过人群之间的缝隙，楚凌看到蒋辰屿和虞兮离开的背影，不过他很快又收回了视线，把全部注意力放到了昏厥的楚亦奇身上。

关山和江蓠等人随后也跟了出去，关山看着蒋辰屿和虞兮的身影，心内不由得暗自喟叹。今天的事情，使得他突然意识到了这两个人的“可怕”之处：无论是在相安无事的时候，还是在彻底翻脸之后，虞兮似乎当真坐实了“被偏爱的都有恃无恐”这句话，永远笃定蒋辰屿不会彻底舍弃她，而只要有外人在场，蒋辰屿也就真的永远会顾忌虞兮的面子，不肯让她受到任何人的轻视。

出了楚氏金融的大门，关山觉得大概因为自己在内的“闲杂人等”太多，所以虞兮并没有直接表现出过河拆桥的意思，只是先一步停了下来。蒋辰屿随后停下，放开了她的手。

关山回头朝其他人使了个眼色，几个人分别先一步上了路边停着的三辆车。

蒋辰屿和虞兮站在原地，短暂的沉默过后，虞兮率先开口。她看着蒋辰屿，脸上没有平时面具似的多情笑意，反而有了几分难得的沉敛和庄重：“今天谢谢你，我先走了。我找的记者马上就到，你们最好不要久留。”

她说完之后，朝着自己公司的车走去。蒋辰屿面色依然冷峻，却忍不住把这段时间以来一直想问的话问出了口：“当初就是因为发生了这么多事情，所以你希望我留下来陪在你身边，对吗？”

司机帮虞兮打开了车门，她上车之前，回头又看了蒋辰屿一眼，唇边的笑意有些复杂，答道：“不记得了。”

蒋辰屿脸色阴沉地上了车。坐在副驾驶座位里的关山见虞兮所坐的车已经开走了，于是从后视镜里觑着自家老板的脸色，态度谨慎地出声问道：“咱们回公司吗，蒋总？”

“嗯。”对于如此言简意赅的回答，关山再次无声地叹息。

恰逢此时许晓凝的微信消息发了过来，每句话末尾都带着叹号，充分表达出了她此刻雀跃的心情——“昨晚和我爸把这几年的误会都说开了！直到今天醒过来还跟做梦一样！开心！虽然想到以前的不懂事还是很自责，不过现在这个结果仍然让我很开心！”

关山已经不记得从什么时候开始，许晓凝会经常和他分享一些心情。他拿着手机，飞快地编辑着回复：“恭喜恭喜。不过你这是刚睡醒？你家老板已经火力全开大杀四方了，可惜这么精彩的场面你没有看到。”

顶着“我是一只晓晓凝”的昵称，许晓凝全部八卦热情都被调动了起来，问道：“什么？虞总之前说要算总账，竟然就是今天吗？！我堂堂一员心腹大将，就因为这个破石膏，都不能奋战在吃瓜第一线！不过你怎么会在啊？到底怎么回事，你快和我讲讲！”

关山实在佩服她一只手也能这么快发过来这么多字，一时哭笑不得，在键盘上敲出自己的回答：“三言两语很难说清，不过最近的新闻你总该都看了，无非就是这些事情，你们家虞总大获全胜。”

“完蛋，我已经完全坐不住了。要不这样吧，晚上我请你吃饭，到时候你再仔细地给我讲讲？刚才虞总来消息说她晚上要和朋友出去喝酒，你一定不忍心看可怜的我自己吃饭吧？”

关山看着许晓凝发过来的消息，无奈地笑了笑，回道：“晚上蒋总约了合作伙伴吃饭，我不知道有没有时间，到时候提前再联系你吧。”

许晓凝的答复依然很快：“好的！不过你们蒋总和我们虞总现在还是僵持中吗？”

关山想也不想地回道：“特别僵。”

这次隔了一会儿，许晓凝的回复才发了过来：“围观群众真是要急死了。对了，你们晚上要在哪里吃饭？实在不行……地点你们现在还能改吗？虞总和朋友吃饭最常去秦公馆，估计今天也差不多，人为安排一下‘偶遇’的话，应该也神不知鬼不觉吧……嘿嘿嘿……”

关山不由得从手机屏幕上移开视线，不动声色地看了眼后面正兀自出神的蒋辰屿，斟酌着开口说道：“蒋总，刚收到消息，之前订好的餐厅出了点儿小问题，今晚的应酬可能需要变更一下地址。”

“你看着安排吧。”这种小事蒋辰屿从不放在心上，他回过神来，有些疲惫地抬头揉了揉眉心，随口说道。

“好的，蒋总，我这就让人重新订，然后第一时间知会合作方。”

“嗯。”

关山暗暗地松了口气，然后给许晓凝发过去了一个“搞定”的表情包：“至于以后，也不是咱们能掺和的了。只能说尽人事、听天命吧。”

4. 你这辈子最大的成功，就是有我这么一个好女儿

进墓园之前，司机对虞兮说：“虞总，要不我去帮您买束花带进去吧？”

虞兮闻言笑了笑，说：“谢谢，不过不用了。人都没了，何必呢？”

五年里，这是虞兮第一次来。她一个人进了墓园，沿着早已被扫净雪的台阶拾级而上，然后穿过一排排的墓碑，经过无数长眠于此的人灵魂最后的栖息地，循着记忆里的位置，来到了虞俊良的墓前。

她抬手拂去墓碑上还未融化的残雪，也轻轻擦去了虞俊良照片上的浮尘。暌违已久，照片已经褪色了，上面的虞俊良看上去还很年轻，脸颊微胖，五官虽然不算出色，但因为笑着，让人一眼看上去便觉得亲切又可靠。

前几天连降大雪，从昨天开始才彻底放晴。彼时快到正午，阳光刺眼，却没有什么温度，就像虞兮此刻的心情，明明已经开始见证胜利，却又没有什么开心的感觉。

虞兮原本以为自己会有很多话想对虞俊良说，但站在墓前良久，只哭笑不得地说出一句：“你说说你，看人的眼光是不是也太差了。”

她在地上一块干净地方直接坐了下来，从烟盒里抽出一支烟，点上之后放到了虞俊良面前，然后才给自己又点了一支，抽了一口，慢慢地吐出一个烟圈。她抬起头，眯着眼睛看烟圈消散在难得温柔的北风里，轻轻叹了口气，笑道：“我这人生啊，现在才有一种摆脱了狗血的家庭伦理剧，走上励志逆袭道路的感觉。”

“你看楚亦奇今天的样子，像不像一条快被逼疯了的丧家犬？”

虞兮嗤笑一声，说，“可惜的是，这么精彩的时候，梅逊雪不在。不过没关系，我明天再去医院探望一下病人，顺便好好关心一下楚太太。”

“怎么样，‘楚太太’这个称呼，听起来不那么习惯吧？”虞兮自顾自地笑起来，神情里带了几分唏嘘，“你这个人啊，交的朋友不行，讨的老婆也不行。我估计你这辈子最大的成功，就是有我这么一个好女儿。”

烟被夹在指间，静静地燃着，虞兮轻轻呼出一口气，说：“不过我能为你做的，也就只有这么多了。公司被我抵债送人了，咱们家那套老房子我也卖了。卖了一千八百万，本来可以更高的，但我着急出手，不想等了。不过钱我没打算留，回头会以公司分红的名义拿给华叔养老。”她又抽了口烟，笑叹道，“你留给我的，也就这么点儿东西，现在都被我败光了，我也总算能睡个安稳觉了。”

她看着墓碑上的照片，声音终于有了一丝颤抖：“爸，如果真有下辈子，不要再那么傻了，也不要再遇上这些人了。人心那么坏，你又斗不过……”

病房里，梅逊雪守在楚亦奇的病床边，脸色苍白，眼睛因为刚刚又哭过，看起有些红肿。楚凌从外面推门进来，查看了一下楚亦奇床头的心电监护仪，然后压低声音对梅逊雪说：“医生说叔叔应该下午才会醒，您先去隔壁休息一会儿吧，这边我来盯着。”

楚亦奇经过抢救，已经醒了过来，不过医生说他急火攻心血压骤升，如果稍有不慎，很可能突发脑出血，并引起一系列并发症，所以还需要留院观察。而且为了避免他短时间内情绪再次出现大的波动，医生使用了镇静药物。在药效的作用下，他很快再次睡着了。

梅逊雪得到消息的第一时间匆匆赶到医院，即使楚亦奇始终昏睡，她也一直守在床边半步不肯离开。送过来的午饭早已放凉了，只是她没有任何心情和胃口，一口未动，心里眼里都只有病床上的楚亦奇。

对于楚凌的话，梅逊雪轻轻地摇了摇头，说：“不用，你也忙了半天，去休息吧，我在这儿陪着你叔叔。”

楚凌见她神色虽疲惫，语气却坚决，于是也就不再继续劝了。他从病房里出来，沿着走廊走了几步，在旁边的长椅上坐了下来。手机一直有消息提示的振动声，他之前没看，现在拿了出来。毫不意外地发现，楚亦奇晕倒入院的消息已经上了财经速报，而他被抬上救护车的画面，也被人远远地拍了下来，传遍了网络。

不用去想，楚凌都能猜到下面的评论在说些什么，而楚氏金融的股票再次跌停，也显然让虞兮又一次达到了她的目的。

他把手机扔回兜里，拿出烟盒，随即意识到这里禁止吸烟，于是把烟盒捏在指间，无意识地转动着。不远处，楚亦奇的几个亲信聚在一起，低声讨论着什么，个个一脸凝重。最后大概因为面对当前困境，实在讨论不出一个行之有效的解决方案，于是其中一人走过来，对楚凌说：“小楚总，事情到了眼下这个地步，总得拿个章程出来。您看……到底应该怎么办？”

知道他们已经到了病急乱投医的地步，楚凌抬眸，颇为无奈地笑道：“楚氏的生意我从来没有参与过，更何况你我都明白，虞小姐有备而来，资金、人脉和舆论全面占优，我实在是爱莫能助。”

对方又何尝不知，可眼下别无他法，正在为难之际，有些急促的脚步声由远及近，回荡在走廊里，楚凌看过去，发现楚恬急匆匆地从转角处跑了过来。

“大哥！”楚恬跑到楚凌面前，因为太过急切，险些摔倒在地上。楚凌伸手扶住她，有些意外地问道：“你怎么回来了？”

“我爸爸怎么样了？”楚恬呼吸紊乱，她顾不上回答楚凌的问题，一把抓住他的手臂，心急如焚地问道。

楚凌做了个“噤声”的动作，示意她把声音放低一些，安抚道：“情况已经稳定下来了，现在还在睡，婶婶在里面陪着他。”

即便楚凌这么说，楚恬紧绷的神经也丝毫没有放松。她仍紧紧抓着楚凌，心里又急又怕，颤声说：“大哥……”

“别怕。”楚凌抬手轻轻抚着她的后背，等她情绪平复，然后看了身边的人一眼。对方知道他们兄妹俩有话要说，也只能朝楚凌点了点头，先行离开了。

楚凌扶着楚恬在椅子上坐下来，问道：“叔叔不是让你先不要回来吗？”

“我昨晚买了机票连夜赶回来的，结果今天一下飞机，就看到新闻说我爸爸进医院了……”楚恬声音颤抖，说到这里，她看向楚凌，像是想要在坠入深海之前抓住眼前唯一的浮木，“大哥，你告诉我，网上说的那些都不是真的对不对？梅阿姨明明说过虞兮的爸爸是病死的！我爸爸怎么会呢？他……”

说到这里，楚恬蓦地停了下来。她突然意识到，在那些她看来通篇都是污蔑和诋毁的文章和报道里，最可怕的并不只是这一件。

她愣怔地看着楚凌，眼泪已经控制不住地顺着脸颊滑落下来，然后急切地问道：“都是虞兮搞的鬼！是她恨梅阿姨嫁给了我爸爸是不是？所以她要这么诋毁我爸爸！我爸爸不可能做那些事情！他不会那么对大伯的！你知道的是不是？大哥，我爸爸一直对你和二哥都那么好，比对我还要好！他经常跟我讲起他和大伯的小时候，他……”

她死死地抓着楚凌，哽咽着说不下去，直到楚凌一下下轻轻抚着她的头发，她终于再也忍不住，伏在楚凌怀里痛哭起来。她觉得全世界都在和她开一个巨大的玩笑，她不能面对，也不敢面对。即使她说服了自己一万遍，所有的一切都是假的，却还是无可避免地陷入巨大的茫然和痛苦之中。不仅开始怀疑这个世界，怀疑她的至亲，也开始了无休止的自我怀疑。

知道楚恬虽然有些骄纵任性，本质却并不坏，也明白她此刻所有亟待发泄的情绪，所以楚凌抚着她的头发，等到很久以后，她哭声渐止，他才缓缓开口说道：“有时候一个人是什么样子其实并不重要，重要的是你相信他是什么样子。”

楚恬抬起头，泪眼迷蒙地看着楚凌，问道：“那你呢，大哥，你相信我爸爸吗？”

许久，楚凌嘴角微勾，笑容一如既往的温和，说：“他是个好叔叔。”

楚恬的神情有些茫然。因为这个时候她突然觉得，自己一直敬重的堂哥，楚家这一辈最优秀也最有前途的青年才俊，他所有的温柔和宽厚就像是隔着一块毛玻璃。明明是真实存在着的，却又永远影影绰绰地，让人想看也看不清。

她忍不住开始回忆，楚凌究竟是从哪一个时间节点开始有了变化。直到她后知后觉地发现，似乎他从小到大，始终如此。只不过那时候她还小，以为一个人从未表现出过于明显的喜怒哀乐，完全是一种成熟的表现。

看着楚恬有些出神的模样，楚凌安抚似的笑道：“好了，还没吃午饭吧？医生说你爸爸下午才会醒，我先带你去吃点儿东西。”

楚恬任他拉着站起来，听着他温和的声音，即使心情更加复杂，还是下意识地点了点头，说：“嗯。”

5. 你们虞总的耐心和手段，都是绝对的一流

虞兮到得不算早，等她走进秦公馆已经订好的包厢时，其他人已经到了，酒菜刚刚上齐。她进门的那一瞬间，只听“嘭”的一声，守在一旁的陈齐已经把手里的香槟打开了，随着里面的酒从瓶口喷出来，他吹了声口哨，欢呼着叫道：“恭喜女王陛下复仇成功！”

季明明下意识地别过了头，不肯看他继续犯蠢。林月对虞兮笑道：“他抱着酒瓶摇半天了，就怕达不到这种效果。”

就这么猝不及防地被喷了一身的香槟，虞兮做了个深呼吸，才没有动手把陈齐的脑袋塞进酒瓶里。她接过林月递过来的手帕，简单擦了擦之后，走过去坐在了林月下首的位置，然后直接靠在林月的肩上嗔道：“快一个月没见面了，林老师。”

“教学任务重，还要评职称，一堆麻烦。”林月拍了拍她，抱怨两句之后，清丽的脸上又露出了几分真切的笑意，“知道你想我。”

虞兮挑了挑眉，说：“所以待会儿你多喝几杯。”

林月忍不住笑道：“你明知道我酒量不好。”

“那到时候就要看看有没有人善心发作，替你喝了。”虞兮说着，别有深意地看了一眼坐在对面的石桥寒，“对吧？”

石桥寒长得高大俊美，右侧太阳穴后面有道疤，延伸到眉尾的位置，这种平衡被破坏的感觉，反而给他整个人的气质更添了几分硬朗和神秘。

陈齐坐到石桥寒身边，用手肘撞了他一下，说：“寒哥，说你呢。”

石桥寒冷冷地瞥了他一眼，正要开口，包厢的房门就被人从外面推开了。进来的人全副武装，裹着一件长及脚踝的黑色羽绒服，帽子口罩墨镜把整张脸都罩得严严实实，关上门之后一边往里走一边催道：“快快快，窗帘拉起来！”

虞兮看着来人，眼神堪比在峨眉山上看猴子。好脾气的林月已经站起身来，走到窗边把窗帘拉得严严实实，没留一丝缝隙。然后她回头笑道：“行了，快都摘了吧，看着都喘不过气来。”

莫晚一把扯下口罩，然后把帽子墨镜都摘下来随手扔到了一旁，一张精致艳丽的脸总算露了出来。她脱下羽绒服，坐到虞兮身边的椅子里，抬手在脸旁一边扇着一边抱怨道：“热死老娘了。”

陈齐摩挲着下巴，若有所思地看着她，问道：“你说一会儿散场的时候，我搂着你肩膀出去走一圈儿，是不是就火了？”

“嗯，火了。”莫晚翻了个白眼，她接过林月递来的一杯水，仰头喝了两口之后，继续说道，“火化的火。到时候不只你，我粉丝还能骂得你祖坟上都冒青烟。”

虞兮突然笑出声来，然后发现所有人都看她，她无辜地眨了眨眼睛，鼓励似的看着陈齐和莫晚，说：“继续。没想到一转眼这么多年过去了，听你们这两个蠢货说话还是这么解压。”

“我坚持认为我是大智若愚。”陈齐愤愤地辩解道。

莫晚也紧跟着拍了桌子，瞪着虞兮质问道：“我还没说你呢！”

她忍不住和大家告状："你们知道这个狐狸精在电话里是怎么跟我说的吗？她说——'我们晚上一起吃饭，你要想来就过来'。听听，这是人话吗？知不知道我现在每天的行程安排得多满？"

"知道，毕竟你现在红遍宇宙。"季明明不冷不热地接话道。

虞兮笑得越发欢畅，莫晚却彻底要抓狂了。她看了眼虞兮，又看了眼季明明，咬牙切齿地说："今天要不喝死你们，老娘就不姓莫！"

"行，今天本来就是个值得开心的日子，大家不醉不归！"陈齐又吹了声口哨，张罗着开始倒酒，叫嚣道，"谁今天清醒着从这里走出去，谁就是孙子！"

石桥寒轻哼一声，笑道："别作死。"

所有酒杯都被倒满了。季明明作为酒量为零的人，看着他们连干了三杯，其他人安然无恙，林月酒量不好，即使特意给她点的低度酒，此时脸还是有些红了。季明明坐在她另一侧，帮她夹了些她喜欢的菜，说："让他们喝吧，咱们吃咱们的。"

虞兮没什么胃口，菜吃得少，自己又仰头喝了半杯，对身侧的莫晚说："你包里有照片之类的东西吗？待会儿走的时候给我签个名。"

没有经纪人和助理一行人严格监督，莫晚今天荤素不忌正吃得开心，听到这话顿时得意地说："费那劲干什么，待会儿我直接签你衣服上，你回去裱起来！"

虞兮凉凉地看了她一眼，挤出一抹再敷衍不过的假笑："我还没疯呢。眼瞎的是我的助理。"

莫晚懒得理她，回身在包里翻了翻，照片自然是不会随身携带的，所以她把手机壳拆了下来，找了支笔在上面签下龙飞凤舞的"莫晚"两个字，然后递给虞兮，说："回头我去问问经纪人接下来有什么活动，到时候邀请她参加。"

"你别把人给我直接吓死了。"虞兮把手机壳放到一边，然后拿起酒杯和莫晚的碰了碰，饮尽杯中残酒，漫不经心地说道，"这个谢了，但那个转发别想我谢你。我可没让你脑子一热，不管不顾地帮我出头。"

“资源合理利用，懂不懂？”莫晚喝了口酒，不屑地哼道，“谁用你谢了？听你一声谢，我又没有钱赚。”

另一边，陈齐一直在拉着石桥寒喝酒诉苦，说：“你是一天到晚忙案子，能出来和我们聚的次数有限。我这种闲人呢，每次都随叫随到，还每次都被虞兮喝趴下。寒哥，你不知道，她的酒量越来越可怕，我让她一衬托，喝起酒来简直比明哥还像废物！”

“废物”抬眸看了他一眼，陈齐顿时觉得后背一凉，这才意识到自己说了什么，连忙谄媚地朝她笑了笑，然后佯装无事发生一样，举杯冲石桥寒说：“来来来，寒哥，咱兄弟好好喝几杯！”

石桥寒喝完一杯酒，然后抬手转动了一下转盘，把三杯鸡转到林月面前，说：“多吃菜。”

“知道、知道。”陈齐放下酒杯，紧接着答应道。

林月“扑哧”一声就笑了起来。

走廊里，关山有些担心地看向蒋辰屿，问道：“您还好吧，蒋总？”

身处蒋辰屿如今的地位，各种应酬里早已不会有人再不识相地劝酒了，他酒量虽好，也从不在这种场合多喝，今天却显然有些例外。关山眼见着他在饭桌上一杯又一杯地喝下去，颇有些借酒消愁的意思，直至喝得脸色发白。

蒋辰屿胃有些不舒服，不过意识始终清醒，皱眉说道：“没什么，你先回包厢吧。”

看着他朝洗手间走去，关山不太放心，便没有先回去。他站在走廊里，拿出手机随意地翻了翻，看到朋友圈里许晓凝发的晚餐照片，并附带了一个委屈的表情时，忍不住笑了笑，把电话直接打了过去。

许晓凝很快接了电话，声音听起来很有活力，丝毫不像一个手臂骨折正在养伤的伤患：“你们这么快就结束了吗？”

“还早呢。”关山笑道，“很抱歉今天放你鸽子，改天请你吃饭。”

“这个没关系啦，本来我也没有提前和你约。”许晓凝也笑起来，

“不过说请我吃饭的话我记住了。”

两个人又聊了几句，许晓凝想到今天的“人工巧合”，问道：“他们遇见了吗？”

关山无奈地说：“哪里会这么容易。”

“好吧，那也只能再看看有没有什么别的机会了。”许晓凝很快接受了现实，然后她想起下午看到的新闻，又问道，“虞总到底是怎么做到的，竟然把楚亦奇直接气进了医院？太厉害了吧……毕竟楚亦奇看面相就是那种特别难对付的人。”

“就我目前知道的信息来说，就是你们虞总拿这几年赚的钱，一直在用不同的名义收购楚氏的散股。”关山有些唏嘘地说道，“然后又不知道通过什么渠道，搞定了楚氏的大股东汪显成，收购了他手里百分之二十的股份，直接成为楚氏金融的第二大股东。这几年里，和楚亦奇一直合作良好的一家信托公司，也是你们虞总早已下好的饵，一步一步吊着楚亦奇往前走，直到他最后咬钩。”

他一边说着，一边走到了窗前，看着外面苍茫的夜色，十分叹服地说道：“我很少佩服什么人，但不得不承认，你们虞总的耐心和手段，都是绝对的一流。”

他话音落下许久，才发现电话那头的许晓凝没了动静，确认通话还在继续之后，他出声问道：“晓凝？”

“啊，我在。”许晓凝的声音总算是重新响了起来，有些迟疑地问道，“你是说……汪显成是楚氏的大股东啊？”

“你不知道吗？”关山没明白她关注的重点，反问道。

“嗯……刚刚才知道。”

关山不由得笑了起来，说：“注册企业的信息和股东情况，网上都可以查到的。”

“是啊……”许晓凝也笑了起来，轻声说，“我太傻了，怎么从没想过要查一查呢？”

6. 咱们也喝一杯吧

酒过三巡，陈齐已经喝得摇摇晃晃了。包厢里的洗手间被莫晚霸占补妆，他干脆哼着歌出来，去了走廊尽头的公共洗手间方便。出来洗手的时候，他觉得酒意上头有些犯困，于是在洗手池前拧开冷水，往脸上扑了几下，没想到动作太狂放，水花四溅，许多溅到了旁边洗手的人身上。

陈齐虽然是个纨绔，人却不蛮横，站直了身子，正要给人家道个歉，却发现这人怎么看都觉得有些眼熟。

“兄弟，我、我是不是在哪儿见过你啊？”陈齐眯着眼睛凑近了些，又看了看，才大着舌头问道。

蒋辰屿已经擦干了手，闻言看了他一眼，神情一如既往的冷峻。陈齐见他要走，忍不住叫道：“别走啊，我又不是骗子！我是真觉得咱们以前肯定见过！”

蒋辰屿淡淡说道：“陈少爷贵人多忘事。”

见他果然认识自己，陈齐丝毫没觉得意外，只认为自己果然海量，喝成这样眼力还是这么好，所以笑道：“你看看！我就说一定见过吧！你叫什么来着？”

“蒋辰屿。”

“哦。”陈齐点了点头，然后等他伸手去抽纸巾擦手的时候，才蓦地意识到这名字耳熟，“蒋辰屿？”

迎着蒋辰屿平静无波的视线，陈齐顿时恍然大悟，一拍手，叫道：“你不就是那个蒋辰屿嘛！”说完之后，他也不管蒋辰屿是什么反应，直接上去揽住他的肩膀，喋喋不休地说：“这一晃都好几年没见过了。你当时是干什么去了？我们几个都在这边喝酒，你要不要一起过去喝几杯啊？人你都见过……哦，对了，有一个你不认识，是我们以前高中的同学。也不对，这人你、你见了肯定也认识，除非你家不联网……”

蒋辰屿原本隐隐作痛的额角，因着陈齐的聒噪越发混沌起来，不过他并未出声反对，任陈齐半拉半带着朝他们的包厢走去。

包厢里，莫晚补完妆出来，发现陈齐不见了，虞兮坐去了季明明身边，两个人不知道低声说着什么。林月坐在原地，显然是已经喝多了，脸红成一片，此时正单手支颐闭目养神。

莫晚直接趺趺撞撞地走到了石桥寒旁边，坐下之后，拎过俩杯子拍在桌上，倒满之后说："行了吧，你石头，喝、喝酒！人又跑不了，你一直傻看什么呢？"

石桥寒的目光并没有第一时间从林月脸上移开，不过显然已经听清了莫晚的话，笑容难得柔和了些。

莫晚觉得自己的鸡皮疙瘩都快起来了，赶紧喝了杯酒压压惊，然后才开始唠叨："你说说你们两个，明明都对对方有意思，抻着什么呢？"她撇了撇嘴，声音抬高了些，叫道，"还有你！季明明！"

季明明和虞兮几乎同时看了过来。莫晚打了个酒嗝，教训道："一天到晚因为你那个什么叔叔闹来闹去的。"

虞兮明摆着看戏，提醒道："卓清淮，'卓叔叔'。"

"对，'卓叔叔'！你看你，从小就是闷葫芦，现在也好不到哪儿去。"莫晚恨铁不成钢地一拍桌子，说，"他大了你足足六岁！你跟个老男人浪费时间干什么？你也看看年轻的肉体！"

说完之后，她又一拍身边的石桥寒。石桥寒显然也喝了不少，十分配合地掀了掀衬衣。莫晚拍着他的腹肌，对季明明说："看见没有？年轻的肉体！"

季明明冷笑着看莫晚发酒疯，身边的虞兮已经直接笑倒在了她身上。莫晚的目光又落到虞兮身上，想了想，直接叹了口气："算了，懒得说你。你现、现在这样也挺好。"说完之后，她又重新拿起酒杯，和石桥寒继续喝了起来。

虞兮抹着眼角笑出的眼泪，对季明明说："其实我觉得……她说的也不是没有道理。"

季明明瞥她一眼，冷笑了一声，说："这些菜至少有一半是她一个人吃的，我一会儿就把菜单发给她经纪人，我看等她以后只能吃草的时候，还有什么力气指点江山。”

虞兮不等她说完，就又大笑起来。眼见着虞兮笑得开心，季明明的注意力又回到了之前被打断的话题上，说：“连陈齐都看得出来你不开心，刚才一直在活跃气氛陪你喝酒。”

虞兮的笑容淡了些，靠着她轻声说道：“放心吧，我好着呢。可能只是因为忙了这么久，突然能停下来了，整个人都有些不适应。”她给自己倒了杯酒，喝完之后，轻叹出声，“有时候想到我爸，想到他们的这些恩恩怨怨，就觉得人生真是没意思。”

就因为一直很怕她有这种想法，所以季明明神情有些紧绷，不过随后又若无其事地说：“虽然你快要从这些恩怨里挣脱出来了，可要做的事情还多着呢。”

“是啊，就算都处理完了，我也快要身无分文了，还要考虑怎么养活自己。”虞兮对她的话深以为然，因为已经喝得微醺，所以姿态和声音都显得慵懒得可爱，“真头疼，实在不行的话，到时候就要靠你来养我了。”

季明明面上难得露出几分笑意，说：“就这么说定了。”

虞兮听她答应得如此痛快，反倒改了主意：“还是算了，我不想去你家吃蜗牛。”

季明明低下头，十分认真地考虑要不要把旁边的酒瓶直接砸到她头上。

这个时候，包厢的门被人从外面推开了。陈齐整个人几乎是蹦进来的，他拍了拍手，含混不清地说道：“亲爱的先生女士们！你们陈哥哥给你们带来了一个老朋友，你们猜是谁！”

在座几个人，包括昏昏欲睡的林月都被刚才的动静吵醒了，一起朝门口看去。一身白衬衫黑西裤的蒋辰屿从陈齐身后走出来，领口微敞，衬衫的袖子已经挽到了手肘，和平日里一丝不苟的装束比起来，此刻脸色苍白的他反而显出一种格外落拓的俊美。

石桥寒和林月迅速对视一眼，然后不约而同地看向了虞兮。季明明脸色本来就冷，此时更是忍不住暗暗骂道：陈齐这个蠢货……

唯有莫晚整个人还处于状况之外，她有些茫然地看了看蒋辰屿，然后问其他人：“这谁啊？”

虞兮在最初那一刻的僵硬和意外之后，很快便恢复了自然，对莫晚说：“大学时的一个朋友。”然后，她泰然自若地看向蒋辰屿，笑道：“坐吧。”

蒋辰屿深深地看了她一眼，然后朝其他人微微颔首，在其中一个空位上坐了下来。整个过程里，他都没有什么表情，但让人看上去又觉得格外自然。虞兮想到当初他随她进入她的生活圈子时，似乎也是这样，他在自己身边，听他们嬉笑怒骂，偶尔接话，大多数时候是在照顾自己。她现在想来，都不知道当初他算是融入了，还是没融入。

或许就和今天一样，他是注定要离开的人，所以姿态才会如此从容。虞兮心内微哂。

石桥寒看着蒋辰屿，笑意并未直达眼底，他倒了杯酒，朝他举起杯子，说：“好久不见，现在应该要称呼‘蒋总’了吧。来，我敬蒋总一杯。”

对于他言语间淡淡的嘲讽，蒋辰屿无动于衷，只举杯说道：“好久不见。”

两个人各自把满杯的酒一饮而尽。石桥寒笑道：“蒋总好酒量，咱们继续。”

他们继续一杯接一杯地喝着，林月已经清醒了许多，叫服务生送了热茶进来，然后走到石桥寒身边，把茶递过去，低声说：“先喝一点儿。”

石桥寒不接，只挑眉看着她。林月把茶杯递至他唇边，还不忘瞪他一眼。这一眼带着微醺的娇俏，和平日里温柔的她格外不同。石桥寒就着她的手低头喝了口茶，耳根莫名有些发烫。

陈齐莫名觉得，因着眼前的这一幕，另一边独自喝酒的蒋辰屿看起来身影显得格外孤单。所以他十分义气地一敲酒杯，说："来，咱们继续喝！"

任他们觥筹交错，莫晚双手托腮坐在桌前，有些忧伤地叹了口气，低喃："我当初就不应该考什么戏剧学院，和你们一起去海大就好了，你们竟然有了新朋友，我竟然还不认识。"说完之后，她想了想，又开始了更加忧伤的自问自答："石头，你不也去的警察学院吗，为什么你认识啊？哦，对了，你们学校离得近。看来就我一个人……要不是当时正巧住虞兮楼下……唉，你们真是不够意思。我太可怜了。"

虞兮靠在椅子里，刻意没有再看蒋辰屿，她觉得之前喝过的酒，此刻像是都开始发挥作用，冲击着她的大脑，也冲击着她的情绪。

蒋辰屿看向她，毫无预警地开口说道："咱们也喝一杯吧。"

虞兮闻言抬眸，轻笑道："理由呢？"

"敬你今天得偿所愿，"蒋辰屿酒喝得越多，脸色越白，也因为如此，即使话说得讽刺，眉眼间浅淡的笑意却愈显寥落，"终于得到了你想要的一切。"

7. 你以为你自己活在童话故事里吗

其实蒋辰屿知道，虞兮可能并不会因为今天这个结果而开心——即使她真的做到了像她说的那样，成功地报复了所有她恨着的人。以恨止恨，这种成就感从来不可能让人真正摆脱内心的痛苦，可她大概永远不会承认。

果然，虞兮看起来深以为然，点了点头，说："听起来确实非常值得好好喝一杯。"

说完之后，她直接仰头喝尽了杯中的酒。陈齐刚叫了一声"好"，就被季明明凌厉的视线吓得缩了缩脖子。看着噤声的陈齐，莫晚一脸的幸灾乐祸，说："瞧你那点儿出息！"

"我又不想！"陈齐忍不住为自己辩解，还不忘问蒋辰屿，"季明明，我们明哥，你有印象吧？但你估计还不知道，当初她第一天转学到我们班，我和她说了没五句话，她上来就把我肩膀踢脱臼了，我养了快一个月才好！”

莫晚鄙视地说：“谁让你嘴贱了？”

“我不是开玩笑吗？”陈齐十分委屈，“再说了，我哪知道她从小就学散打啊？”

林月突然笑起来，问一直在嘲笑陈齐的莫晚，说：“你还记得你当时第一句话跟明明说的什么吗？”

莫晚一愣，正要岔开话题，季明明已经喝了一口自己的热橙汁，慢条斯理地说：“她当时问我——你为什么要从那家‘死贵死贵’的贵族私立学校转到我们学校啊，你爸破产了？”

季明明用清冷的声线学莫晚的蠢话，效果显著，陈齐放声狂笑。莫晚急了，气愤不已地反击道：“那你还不是在我出道那天给我发信息，说早看出我是做明星的料，因为我从小就是个戏精？”

虞兮一口酒顿时呛了出来，她边笑边咳嗽，正要伸手去拿桌上的纸巾，一方手帕就递到了她的手边。她的手一僵，突然有些想问问递来手帕的那个人，他到底还记不记得，他们之间已经狠话说尽，早已彻底决裂了？

可她到底还是没有问，直到止住咳嗽，也没有去接那块手帕，可那个人不知道是不是因为喝了太多酒，今天似乎格外固执，把手帕直接塞进她手里，与此同时，她听到了一声若有若无的叹息。

热闹的包厢里，这声叹息轻浅得就像是只存在于虞兮的幻觉中。她觉得自己大概是醉得厉害，否则他们都已经走到了今天这种地步，他应该只有痛苦，而不可能会因为自己，再生出任何一分，近似于为难和无奈的柔软情绪。

就在她觉得几乎已经无法控制脆弱情绪的蔓延时，包厢的门突然被人推开了。

关山不知道为什么和许晓凝的电话突然断掉，他再打过去，却被直接拒接了。就在他把前后的对话都重新在脑子里过了一遍，思索着到底出了什么问题时，许晓凝的信息发了过来：“对不起，我有点儿累，先休息一下。”

敏锐的直觉让关山断定情况没有这么简单，他看着微信界面，本来想问问她到底怎么回事，然后便注意到了对话框上方显示着的“对方正在输入”。他等了很久，直到那句提示不知什么时候消失了，许晓凝终究没有再发消息过来。

关山正思索着，不甚被一个醉酒经过的人撞了一下，他这才回过神。看着对方继续摇摇晃晃地往前走，他突然意识到，刚才的插曲让他忘了去留意老板进洗手间的时间。想到蒋辰屿之前因为喝了很多酒，明显不适的脸色，关山不由得有些担心，收起手机直接朝洗手间走去。

洗手间里早已没有了蒋辰屿的身影，关山回到包厢，发现他并没有回去，而且手机也在座位上，没有随身携带。关山怕引起误会，所以暂时没有声张，他在附近的几个包厢找了一圈，依然没有找到人。最后他不得不联系了秦公馆的经理，调取了走廊的监控，看到蒋辰屿和人一起离开的画面，心里才总算松了一口气。

谢绝了经理要陪同去对方包厢查看情况的好意，关山乘电梯回到之前的楼层，正朝走廊尽头的包厢走去时，身后有人从他身旁经过，神情凝重地匆匆向前走去。关山看到对方右手还吊着的石膏，不由得十分惊讶地出声叫道：“晓凝？”

看着突然闯进来的人，包厢里说笑的声音一下子消失了。虞兮看着许晓凝走到自己面前——她大概来得匆忙，发丝有些凌乱，呼吸也急促，羽绒服半穿半披，里面的卡通家居服都没来得及换下来。虞兮迎着她的视线，嘴角原本的笑意有短暂的凝滞，但很快便又恢复如常了。

莫晚的神情越发茫然，问虞兮：“又是你朋友啊？”

许晓凝看着虞兮。她这几年作为虞兮的助理，当然会犯错，也经常会有粗心大意或者脑子转不过弯的时候，虞兮虽然嘴上嫌弃她，可从来没有真正怪过她。不过大多数时间里，她自认还算合格，工作上越发得心应手，生活里也更加细致周到。

三年来，她陪着虞兮慢慢把生意做大，不仅是助理、秘书，也是司机，还是管家。除了得到丰厚的报酬，她的一言一行亦始终在受虞兮的影响。她在虞兮身边，变得更成熟更坚定，也因为有虞兮的照顾和保护，她才能保有最初的那份天真。

虞兮不只是她的老板，也是她的老师，她的指路明灯。

"虞总。"许晓凝的呼吸平复下来，从旁边拎过来一个杯子，倒满酒之后对虞兮说，"白天的事情我听说了，这杯酒我敬您，恭喜您终于得偿所愿。"

说完之后，许晓凝仰头直接把满满一杯酒喝了下去。她酒量一直不好，辛辣的酒液刺激着所有感官，她眉头紧皱，努力把眼角的泪意压了下去，脸上几乎瞬间就红了一片。

陈齐和莫晚不明所以，石桥寒默不作声，林月和季明明对许晓凝的身份和来意都心知肚明，自然也不好说什么，同样只能沉默。而虞兮面上的笑意不知何时已经敛去了，只剩下了一种近似冷漠的平静。她没喝酒，只是坐在原处看着许晓凝，始终一动未动。

蒋辰屿对许晓凝的印象，都来自她和虞兮大多数时间里的形影不离和言听计从。对于眼下古怪的气氛，他好看的眉头微皱，目光始终在看着虞兮。

许晓凝似乎并不在意虞兮的漠然，又倒了一杯，举起来，说："我再敬您一杯，感谢您这三年里对我的照顾。"

依旧是十分干脆地一饮而尽，虞兮依旧不喝，许晓凝再倒一杯，说："第三杯酒，我——"

"够了。"虞兮淡淡地出声打断她的话，抬眸看着她的时候，目光冷凝，"不用铺垫这么多，想说什么直接说。"

许晓凝听了，一直紧绷着的脸上突然显出了几分委屈，她吸了吸鼻子，直截了当地问道："汪显成手里楚氏百分之二十的股份，你是怎么拿到的？”

虞兮没有回答。许晓凝又问：“你是什么时候认识汪显成的？”

面对虞兮的沉默，许晓凝终于忍不住抬高声音，质问道：“或者你直接告诉我，你到底是先认识我，还是先认识我爸爸！”

“不是已经知道了吗？”虞兮轻笑一声，看着她，微扬的嘴角看上去近乎冷酷，“对，就是你想的那样。”

“所以你那天根本不是突然在那里遇到我的，对吗？”许晓凝眼睛一片通红，她拼命地忍，才能让自己的身体不那么颤抖，“你知道我爸爸手里有楚亦奇公司的股份，所以故意接近我，表面上劝我们和解……还有这几年你对我的照顾，实际上就是为了拿到股份在讨好我爸爸，对不对？”

“对！”虞兮没有丝毫迟疑，反问道，“不然你以为自己活在童话故事里吗？以为真的会有从天而降的仙女教母来拯救灰姑娘？”

“骗子！”许晓凝哭出了声，把杯子里的酒朝虞兮直接泼了过去。

“喂，你谁啊？”莫晚一摔杯子站了起来，酒意翻涌着，什么表情管理什么情绪控制早就抛到了脑后。但不等她朝许晓凝走过去，虞兮已经抬手用手指抹了一下眼角的酒，淡淡地说道：“你别管，谁都别管。”

“我凭什么不管啊！”莫晚语气极冲，嚷道，“我难道眼睁睁地看着别人这么欺负你？你能忍是你的事儿，我做不到！别忘了当年你的命可是我救回来的！”

“莫晚！”季明明失声叫道。

等到莫晚意识到自己说了什么，包厢里已经陷入了一片死寂。

不知过了多久，蒋辰屿慢慢地从座位上站起来，在众人各异的神色里，他面无表情地走过僵在原地的许晓凝，来到虞兮面前。虞兮抬眸看了他一眼，目光晦暗难明，但紧接着便移开了视线。她的脸色并没有因为莫晚的话有任何变化，可蒋辰屿依然察觉到了她身体的僵硬。

直到他半蹲下来，拿手帕轻轻去擦她脸上被泼的酒。

虞兮猛地重新看向他，神情里分明带着难以置信的抗拒。她想要扭头避开，蒋辰屿却不许她乱动，虽然始终面无表情，动作却温柔而又坚定。

从脸颊、眉心、眼角到唇边，直到全部擦干，虞兮想说什么，可只是微微动唇，就发现了自己的颤抖。

蒋辰屿擦去她下颌最后一滴残酒，然后拉过了她的手。虞兮蓦地意识到什么，脸色一变，正要躲，却发现蒋辰屿的眼睛不知什么时候已经红了。

即使已经用尽了全身的力气，蒋辰屿也依旧克制不住自己指尖的颤抖。

莫晚没头没尾的一句话，却像是劈山利斧，他发现自己过去的许多疑问和不解，似乎顷刻间被串联了起来。虞兮过去若无其事的笑，随口说出的谎话，偶尔下意识的躲闪……他脑海中曾经飞快地闪过又一直抓不住的想法，在今天，终于都有了答案。

他拉着虞兮的手，屏住呼吸，不容分说地直接摘下了她腕间那只宽大的钻石手镯。

横亘在手腕上的，是三道狰狞的疤。

第七章

亲爱的小孩

1. 五年前

敲门声响起来的时候，虞兮才从睡梦中睁开眼睛。她坐起身子，与此同时不由得倒吸一口凉气——全身的酸痛感也一同醒了过来，让她只觉得哪里都疼。当她朝身上看去的时候，才发现，吊带睡裙下斑驳的吻痕遍布胸前和腰腹，甚至……

虞兮觉得自己多少应该有些娇羞，但也不得不承认，自己此时心里对蒋辰屿的抱怨，也甜蜜得像是阳光下的一颗葡萄软糖。

不过想到蒋辰屿，她才想起来四下看了看，然后叫道："蒋辰屿？蒋辰辰学长？"

没有人回答，她不知道他去了哪里，只能起身下了床。这个时候听到外面门声响动，随后季明明的声音就响了起来："快中午了，别告诉我你还没起床。"

虞兮一愣，随即抓了一件外套穿在外面，然后努力忽略隐秘的疼痛，几步出了卧室之后，直接把房门关上了。

彼时，季明明正在玄关处换鞋，手里还各拎着两大袋东西，以至于身后的大门尚未关好。她看到卧室门口虞兮的动作，轻嗤一声，说：“你里面就算有个案发现场，我也没有兴趣去看。”

虞兮难得没有反击，走过去一边接过季明明手中的袋子，一边看似若无其事地说：“放心，里面没人，只是有点儿乱。”

季明明没要她帮忙，换好鞋之后走进去，把袋子放进了厨房，然后把其中一袋据说需要冷冻的东西，连同袋子一股脑塞进了冰箱的冷冻室，说：“等菲佣过来的时候，你让她帮你整理一下。”

“竟然有被我们明哥照顾的这一天。”虞兮抱臂站在厨房门口，笑道，“也不知道是我的荣幸还是不幸。”

季明明看都没看她一眼，就出来去了洗手间，边走边冷冷地说道：“我是看你爸你妈要离婚了，过来可怜你一下。”

洗完手从洗手间出来，季明明回到客厅，在沙发上坐了下来，接过虞兮递过来的可乐时，瞟了一眼她胸口的吻痕，说：“我是不是需要把钥匙还给你？”

虞兮把衣领掩了掩，清了清嗓子，笑起来的时候眉眼间隐约透着一丝风情，说：“想得美，继续照顾本大小姐吧。”

“你爸你妈又不是天天离婚。”季明明不屑地说。说完之后，她又看向虞兮，问道：“不过你看起来好像又不那么在乎了。”

“我什么时候在乎过他们离不离婚？”想到家事，虞兮冷哼一声，说，“我之前只是觉得，我妈出轨这件事儿非常恶心，我爸对她那么好，结果她不仅出轨，出轨对象还是我爸的朋友！”

她无法接受的，不仅仅是梅逊雪对这个家的背叛，更因为她从小到大，还一直对自己的妈妈有所期待。期待她像其他孩子的妈妈一样，和她温柔地说话，给她亲密的拥抱，对爸爸也有爱，一家人开心地去游乐场、电影院，一起出门旅行。

而当她意识到，自己的所有期待都不过是空想，她的妈妈永远也不可能爱她，爱自己的丈夫时，她已经把梅逊雪，连同过去那个心存幻想的自己，一并抹去了。

季明明喝了口可乐，问："你爸怎么说？"

"我爸？"虞兮嗤笑一声，在季明明身边坐了下来，"你一定无法想象，我爸希望她幸福。"

虞兮靠在季明明身上，自己也觉得这句话十分可笑，可即使笑着，她眼底还是一片阴沉："幸福……狗男女也配幸福？他们所谓的爱情还真是恶心透顶。"

季明明任她靠在肩上，把可乐换了个手，又喝了一口，不以为然地说："不要以偏概全，毕竟你还和蒋辰屿腻歪着呢。"

"那又怎么了？"虞兮一副满不在乎的样子，想起父母的事情，扬起的笑容里充满讽刺，用一副过来人的口吻对季明明说，"我告诉你，男女之间其实也就是这么点事儿，玩玩可以，但不用太当真。不然下场就会和我爸一样，鸡飞蛋打。"

季明明只觉得她心口不一的毛病更严重了，毫不留情地戳穿她："你和蒋辰屿在一起时，表情和眼神可不是这么说的。"

"你不知道女人都是演技派吗？不装得像一点儿，你以为蒋辰屿那种又冷又傲的人很容易搞定？"虞兮嗤之以鼻，反驳道，"再说了，你比我装得可像多了，每次在卓清淮面前那是什么样子？又乖又温顺的晚辈，我每次看见都想翻白眼。"

季明明自然不肯承认，所以直接一句话就终结了话题："那你恨不得把蒋辰屿送的手链供起来是为什么？"

虞兮果然一脸的不自在，沉着脸坐直了身子，语气十分生硬地说："我饿了！我要吃饭！"

季明明懒得和她计较，只冷冷地瞥了她一眼，说："换衣服去。"

她们少年相识，对父母、对感情，乃至对这个世界，有相似的认知，也同样有相似的转变过程。故意竖起的藩篱之内，季明明知道自己所有不动声色的渴望，可虞兮始终回避，并因此毫不介意与全世界为敌。

季明明如同了解自己一般，了解虞兮心中所有的不安全感，和长期生活在那种环境里，不敢再对真心抱有任何期待的胆怯，所以看着虞兮心口不一的样子，她虽然表面鄙夷，心中却总是无端酸涩。

到了常去的餐厅，等菜上桌的时候，虞兮总是忍不住翻看自己的手机。她之前给蒋辰屿发消息，问他人怎么不见了，可一直没有收到任何回复。季明明喝着柠檬茶，看着她的举动，不冷不热地说："不放心就去找，我可没拦着你。"

"听起来像是吃醋争宠的小孩子。"虞兮听了，把手机扣在桌面上，看着季明明假笑道，"虽然这种说法很可爱，但一想到是用来形容你，我就觉得简直要起鸡皮疙瘩。"

季明明还未说话，桌上的手机铃声就响了起来，然后眼见虞兮眼睛倏然一亮，却还是不忘装模作样，不紧不慢地拿过手机，看都没看显示屏一眼，就放在了耳边，十分做作地笑道："喂？"

几秒钟后，虞兮的笑容僵住，脸色瞬间变了，出声问道："现在怎么样了？"

季明明眉头微皱，紧接着虞兮已经放下了手机，一边起身拿过旁边的包，一边说："家里有点事儿，我先走了。"

季明明也跟着站了起来，问道："用不用我陪你？"

"不用了，你吃你的。"虞兮说，"需要帮忙的话我再找你，等我电话吧。"

两个人的相处模式里从来不包括无谓的客套，所以季明明点了点头，嘱咐道："你路上小心点儿。"

虞兮匆匆赶到医院，刚进急诊楼不久，就看到了走廊里正在痛哭的一家人。他们的痛苦如此强烈，以至于哭声撕心裂肺，引来了无数人的注视。许多人不由得唏嘘，但也同样有被病痛长久折磨的病人和家属，脸上露出的是一种近乎冷漠的麻木。

哭声始终回荡在医院里，虞兮下意识地想往后退，可事实上她只后退了一步，就回过神来，快步向前继续走去。

找到方副总和崔秘书的时候，虞兮看着他们凝重的脸色，顾不上平复自己有些紊乱的呼吸，走过去问道："我爸爸怎么样了？"

"你先别急，检查还没做完，具体结果也要再等一阵子。"

副总方涛和虞俊良年龄相仿，性子一直温和端方，回答虞兮的时候，虽然语带安抚，但虞兮还是一眼就看出了他眼底的焦虑不安，于是追问道："可是好端端的，为什么会突然晕倒？"

"这阵子发了两次高烧，身体有点儿虚弱，血常规有些异常。"方涛说，"但你爸这个人你也知道，觉得不是什么大事儿，怕你担心，一直不让我们告诉你。"

虞兮直觉并没有这么简单，否则方涛这种也算是见过不少风浪的人，神情不会如此凝重。所以她努力忽略心底的不安，说道："方叔叔，我家里的情况您也知道，有什么事儿您就直接告诉我吧，我扛得住。"

方涛和崔秘书对视一眼，都看到了对方眼里的沉重和唏嘘。

"医生说……"方涛犹豫片刻，说道，"初步怀疑是急性白血病，情况不太乐观。"

虞兮眼睛倏地红了，她抬手捂住胸口，用力地呼吸着，直到把眼底蓦然聚起的雾气逼散，才颤声笑道："到底是不是，等结果出来才知道。再说，现在医疗手段这么发达……狗血电视剧里这种情况多着呢，我知道，换骨髓就好了，反正我爸有的是钱。"她说着，下意识地找附近有没有医生："医生呢？让医生也来给我做检查吧，我给他换骨髓。"

方涛连忙按住虞兮的肩膀，劝道："虞兮，听叔叔说，你冷静点儿。你说得对，结果还没出来呢，也许没有那么严重，咱们等等医生那边的消息再做下一步打算，好不好？"

虞兮似乎是听进去了，用力点点头，但她被扶着在一旁的椅子里坐下来的时候，握在一起的手还是抑制不住地颤抖着。她越发用力，直至骨节都有些泛白，仍不断在心里说服自己要冷静——即使离婚手续还没办，梅逊雪也是指望不上的，爸爸一旦病倒，能扛起这个家的只有自己了。

不知过了多久，虞兮觉得每分每秒都过得格外漫长，以至于虞俊良被推出来的时候，她的神情看起来还有些茫然。

虞俊良看上去脸色有些苍白，但精神还不错，看见虞兮有些意外，然后便忍不住埋怨方涛和崔秘书："不过就是小毛病，你们把她叫来干什么？看把她吓的，脸都白了。"

"这是现在流行的妆面，懂不懂？"虞兮当即反驳，然后低头看着他，问道，"感觉怎么样？"

"打了麻醉，没有感觉。"虞俊良安抚似的笑了笑，看着自己的女儿，疲惫的声音里有着一如既往的疼惜，"你不用担心，爸爸就是最近没休息好，过两天就能出院了。"

虞兮点点头，努力露出一抹笑容，说："嗯，我知道。"

到了病房之后，崔秘书去准备住院所需的一些日常用品，虞兮和方涛在病床边陪虞俊良说了会儿话，他身体到底还是虚弱，加上麻药效果并没有完全消失，所以很快就睡着了。嘱咐护士看好虞俊良，虞兮和方涛一起去见了医生。

"活检结果要三到四个工作日出来，不过鉴于虞先生的病情，我们会做加急处理。"医生的神情严肃而谨慎，"希望你们家属还是做好思想准备。"

虞兮觉得胸腔里仿佛倏然空了一块，让她感觉不到心脏的跳动。但她还是不得不强打起精神，问道："我爸爸的情况很严重吗？"

医生微微地点头，说："白细胞急剧增多，目前已经发现了肺部感染和细胞浸润现象，据病人说近期也有出现牙龈出血和鼻出血等情况。初步判断是急性白血病，不过更具体的情况分析，还是要看明天的活检结果。"

"就算确诊真是急性白血病的话，骨髓移植就可以了吧？"虞兮有些急切地问，“我是他女儿，我给他捐。现在可以安排检查吗？”

“确实直系亲属匹配概率更大一些，不过也不绝对。”医生说完之后，劝道，“您的心情我能理解，不过一切咱们还是等看完明天的结果再说。如果真的有这个需要，我会第一时间安排的。”

2. 她既然能做出这种事情，你觉得你去找她有用吗

虞俊良是苦出身，骨子里有着超乎寻常的坚韧，所以即使他已经察觉到了自己的情况不容乐观，但面上还是一副非常轻松的样子。他半躺在病床上，催虞兮赶快回去：“天都快黑了，我让司机送你回去吧。”

虞兮坐在床边，头也不抬，继续慢悠悠地削水果：“你一直身强体壮的，感冒发烧都少，好不容易生一次病，不得给你女儿一个表演孝顺的机会吗？”

“你这孩子……”虞俊良笑起来，无奈地叹道，“也不知道是随了谁。”

虞兮当作没听见，把削完的水果和其他的一起切好，然后拿了叉子叉起一块，递到虞俊良唇边。虞俊良吃进嘴里，慢慢一咀嚼着，随后问道：“最近有没有交男朋友？”

“干吗？”虞兮抬眸看他。他笑容苍白，目光温柔而又复杂：“也不知道爸爸还能不能看到你结婚生子。”

他眼里的女儿长得漂亮，心地善良，性格又好，没有任何缺点。自己忙碌大半生，为的就是给妻子女儿幸福的生活，对于妻子他诸多愧疚，对于女儿，也始终自责没有更多的时间陪伴。妻子已经选择了更好的生活，女儿一转眼已经长大，自己却连弥补的可能都突然要失去了。

“说什么呢？”虞兮不悦地皱起眉头，瞥他一眼，说，“你可别想逃避责任。你要是不挽着我进教堂，我可不嫁人。”

“好，好……”虞俊良答应着，说，“就这么说定了。”

他其实全无胃口，吃了两小块水果已是勉强，抬手阻止了虞兮第三次把水果递过来，说："有护工在，晚上崔秘书也陪着，你早点儿回去吧，明天再过来也是一样的。"

虞兮见他态度坚决，也并不忤逆他的意思，说："行，我先回去。你好好休息，有什么事情要给我打电话。"

"好。"听着女儿的嘱咐，虞俊良又笑了笑。他想到什么，在她起身离开前，忍不住开口说道："你妈妈她……"

"想见她？"虞兮神情没有任何变化，问道，"我帮你联系。"

虞俊良微微摇了摇头，解释道："不是。我只是想跟你说，别恨你妈妈。"

虞兮不置可否地笑了一下，然后看了一眼虞俊良，轻声说："爸，我先走了。"

出了病房，她靠在墙上，狠狠咬了下嘴唇。尖锐的疼痛模糊了心口的压抑和钝痛，然后向前走的时候，才能把背挺得更直一些。

第二天一早到了医院的时候，虞兮仍然有些恍惚。她昨晚没回自己的住处，而是直接回了家。因为已经要离婚，梅逊雪早就搬了出去。偌大的别墅里，有保姆、管家和司机，但她依然觉得这里空空荡荡，让人仿佛身处无边的海洋，半分看到尽头的希望都没有。她几乎整晚没睡，一直在查急性白血病相关的资料。因为来之前特意化了妆，所以她看上去脸色如常，只是依然能看出黑眼圈。

她在医院里和一对手牵手的情侣擦肩而过时，才想起蒋辰屿似乎还没有回复她任何消息，不过她已然顾不上这些了。

虞俊良高烧未退，一早就在输液。虞兮带了保姆熬的营养粥和几个清淡的小菜过来，佯装没有看出虞俊良憔悴的模样，笑道："提前享受养老待遇，你女儿亲自喂你吃早餐，是不是感觉很幸福？"

虞俊良笑了笑，说："是。别人一定都羡慕我有这么孝顺的女儿。"

虞兮难得不顾形象，朝他做了个鬼脸。她把床头调高了些，然后为了让虞俊良靠得舒服，拿过一个软枕垫在他腰后，彼时护工已经把小餐桌推到了床边，打开桌板，帮虞兮把早餐一样一样放到上面。

虞兮虽然没什么照顾人的经验，动作看上去却十分自然熟练。她轻轻吹着汤匙里的粥，然后喂进虞俊良口中，不过看着那几样菜，心内又无端有些伤感——无论衣食住行，她其实很少注意虞俊良的喜好，他每天风风火火，偶尔有时间坐下来一起吃饭，也看不出太多偏好，似乎什么都可以，什么都不讨厌。

“味道还好吗？”虞兮问道。

虞俊良点点头，笑道：“好。”

虞兮虽然面色如常，实际上却觉得自己快要被内疚和恐慌淹没了，呼吸都越发困难。

虞俊良胃口依然不好，所以吃得很少。护工收拾东西的时候，虞兮收到方涛发来的消息，于是随便找了个借口，扶虞俊良躺下安顿好之后，转身出了病房。

到了主治医生办公室，虞兮看到坐在那里的方涛一副神情凝重的模样，便已经猜到了结果，以至于开口的时候，声音都有些喑哑：“医生……”

医生把结果递过去，虞兮想接，却发现自己的手抖得厉害，根本不听使唤。医生见惯了生死，理解家属此刻的心情，轻叹了一声，说：“患者的情况不是很乐观。为了防止进一步恶化，需要立即化疗。我们会组织专家会诊，确定接下来的治疗方案。你明天空腹过来，做一下检查。”

虞兮被方涛扶着在椅子上坐了下来，她抬手捂住脸，一个字都说不出来。方涛轻轻拍着她的肩膀以作安抚，同时对医生说：“我也检查一下吧，也有一定的匹配概率是不是？”

“可以，不过说实话，概率非常小。”医生说，“我们已经开始在骨髓库做比对了，希望能有好消息。另外我建议你们，联系一下患者的其他直系和旁系亲属，匹配的概率可能会大一些。”

方涛点了点头。

每个字虞兮都听见了，却发现无法正确理解每个句子的意思。即使她已经有了思想准备，但真切地听到这个结果时，她才发现自己远远没有想象中那么强大。

眼泪几乎渗出指缝，她死死地咬着牙，不让自己哭出声音。等到方涛和医生的对话结束之后，她才努力深吸了一口气，擦着眼泪抬起头来，对医生说："现在检查吧，昨晚到现在我没有吃饭也没有喝水。"

配型结果一周才出来。虽然只有短短七天，但虞俊良的情况并不乐观。化疗引起的不适让他食欲几乎彻底消失了，即使他每天都在服用止吐药物，却依然会很快把努力吃下去的东西全部吐出来，原本有些发福的身材很快就瘦了一大圈，人也愈显苍白憔悴。

虞兮在他面前装作若无其事，一开始每次从病房出来都会忍不住地哭，但人终究会顶着痛苦成长，接下来的几天，她已经能有效地控制自己的情绪了。而等她拿到配型结果的那一刻，即使巨大的痛苦再一次爆发，她仍然咬紧了牙关，没有掉一滴泪。

"很遗憾。"医生有些惋惜地叹了口气，说，"骨髓库那边有消息之前，还是尽量多联系几个亲人来做配型吧。"

"如果……"虞兮的喉头微噎，平复了几秒，才继续问道，"如果一直没有匹配的骨髓，我爸爸他……还有多长时间？"

"最多三个月。"

虞兮的手死死地攥了起来，指甲刺破皮肤的那一瞬间，她觉得几乎又要控制不住眼泪了，就在这个时候，一阵急促的脚步声响起，紧接着，办公室的房门被一把推开，崔秘书和护士一前一后进来，几乎同时喊道："乔医生！九号床病人消化道突然出血！"

"虞兮！快回病房！"

虞兮猛地回神，来不及问清情况，下意识地朝门外跑去。

匆匆赶到的几个医生在为虞俊良做检查的同时，虞兮在病房外拿手机查着一些病情资料，之后红着眼睛问方涛和崔秘书："之前不是还好好的吗，为什么会突然吐血？"

方涛没说话，但他一改过往的温和，眼底几乎阴云密布，有一种说不出的愤懑。虞兮不明所以，看向崔秘书，崔秘书脸色也不好看，但犹豫片刻，还是说道："虞总和太太……"他说了几个字，迅速改口，"梅逊雪虽然有了离婚的打算，但财产分割等很多问题还需要时间处理。除了你们住的那套别墅，事实上包括公司在内，绝大部分动产和不动产，都在梅逊雪的名下。"

听他突然说起这些，虞兮的呼吸有片刻停滞，直接按掉了手里突然响起来的手机铃声，怒极反笑，一字一句地问道："怎么，她不想还？"

"我们今天接到通知，公司股份和其他财产已经被她全部变卖了。"崔秘书一向斯文，此时也难免愤恨，"我们正在联系擅长打离婚官司的律师，准备告她离婚期间变卖转移共同财产。不过她那边的律师说，她只是拿钱进行正常投资。那些钱都被她投进了楚氏金融救市，我们……"

虞兮没听完，转身就要往外跑。方涛连忙拉住她，问道："你去哪儿？"

"我去找她！"虞兮怒不可遏地说道。她还要继续说什么，手机铃声就再次响了起来，她看也不看地接起来，吼了一句："别烦我！"

之后，她用力把手机砸在地上，眼睛红得像是快要滴出血来："她怎么能……"她到底说不下去，抑制不住地呜咽出声。

"她既然能做出这种事情，你觉得你去找她有用吗？"方涛拉着她，不许她离开，说道，"本来我们想瞒着你爸爸，但公司人多嘴杂，怎么瞒得住？他也是急火攻心，才吐了血。"

看着虞兮愤恨和伤痛交织的神情，他长叹一声："我们早就劝过你爸爸，别这么信任她，可他那个人太傻了……这些年梅逊雪安安稳稳的，也没惹出过什么事儿，我们也都以为……唉……"

虞兮眼中满是恨意，看着病房的方向低喃："我爸要是有什么好歹，我一定杀了他们……"

3. 谁都没有我爸重要

等到虞俊良情况稳定下来之后，虞兮坐在病床边，看着他几乎没有一丝血色的脸和有些深陷的眼窝，几天以来始终在痛苦中煎熬的心仍在一阵阵地刺痛。

看着他慢慢睁开眼睛，下意识地寻找自己的模样，虞兮含泪笑道："让你那么傻，这下活该了吧？"

一番折腾，虞俊良早已从最初的震惊、愤怒和痛苦中平静下来，他看着女儿，有些艰难地动了动唇，说："我这个人，就当是自作自受了……就是觉得对不起你，没想到忙活了一辈子，临了什么都没给你剩下。"

虞兮擦着眼泪，还是笑着，说："光知道错了可没用，你得赶紧好起来，然后继续给我赚钱攒嫁妆去。"

虞俊良的嘴角扬起了一抹微小的弧度，答应道："你放心，你爸爸我虽然看人眼光不行，但赚钱的本事还是没问题的。当年我也是白手起家，现在可比那时候条件好多了。到时候爸爸赚的钱，全部给你，一定让你永远过得像个小公主一样。"

"这可是你说的。"虞兮伸出小拇指，笑道，"你得跟我拉钩保证，不然就凭你这个看人的眼光，我也太没安全感了。"

虞俊良从善如流地抬起手，也伸出小拇指，和虞兮拉钩之后，颇为宠溺地看着她，神情里有些怀念的样子，说："你小时候，不管答应你什么事情，你都一定要和爸爸拉钩，生怕我说话不算话。"

虞兮帮他把被子盖好，然后听他轻声说道："你妈妈她……从我认识她那天起，她就不怎么喜欢说话，也不喜欢笑。我以前一直以为，她就是这么一个冷淡的性格。"

见他似乎开始回忆从前的事情，目光也变得复杂且怅然，虞兮知道他的痛苦其实远远超过自己——关于梅逊雪，她的情绪中愤怒和恨意才是主导，而她爸爸在今天之前，即使知道了梅逊雪出轨的事情，也始终自责于自己对她不够体贴，没有给予她足够的陪伴。

"以后找一个性格热情开朗的，怎么样？"虞兮不希望这种回忆给他带来痛苦，所以岔开话题，抹去眼角的泪，笑着说道。

虞俊良笑了笑，说："好，都听我女儿的。"

第二天傍晚方涛过来的时候，拿了部新手机给虞兮，说："最近事情太多，到处都是一团糟，没来得及给你补办号码，你先用新的，旧号码等回头我让崔秘书去办。"

"谢谢方叔叔，不用麻烦了，就这个吧。"虞兮接过来，道了谢，然后低声说，"您本来身体也不好，还得帮我爸收拾公司那堆烂摊子，就别这么每天两边跑了，太辛苦。我爸这边有我呢，您别担心。"

"说什么傻话呢！"方涛无奈地看着她，轻叹了口气，说，"我和你爸这么多年，是上下级，更是好兄弟，咱们不说这些。"他也算是看着虞兮长大，这个过去看起来娇气乖张的小姑娘，似乎不知从什么时候开始，已经长成了能独当一面的大人。

虞俊良不知什么时候醒了过来，看着自己的女儿，既欣慰又心疼，出声说道："跟着熬了这么多天了，在这里吃不好也睡不好，人都瘦了。今天回家好好睡一觉，明天再过来吧。"

虞兮闻声看向他，直接拒绝道："瘦了更好看，你有这么漂亮的女儿，多骄傲啊。"

虞俊良忍不住笑了笑，但对于虞兮的固执，仍是无奈。一旁的方涛笑着劝道："回去吧，今天我在这儿，我们老哥儿俩有日子没好好谈心了，你也给我们个机会说说话。"

原本并不想妥协的虞兮听到方涛这么说，反而没办法再坚持。她又嘱咐了几句，才简单收拾了一下东西，离开了病房。

坐在回家的车里，天已经黑了。虞兮一直强撑着的精神像是一瞬间垮下，所有疲惫感都涌了过来。她皱着眉抬手揉捏了几下后颈，然后找了个舒服的姿势靠进后座里。

歇了会儿之后，她拿出方涛给的新手机，本来想要打给蒋辰屿，但是想到他这几天全无消息，又忍不住生气，删掉了已经按下一半的电话号码，直接打给了季明明。

季明明那边有些吵，听到她的声音非常意外，难得出口便是一连串的问题："你这几天怎么回事，是家里的问题还是和蒋辰屿有关？陈齐刚才还问我你的电话为什么一直打不通，我随便编了个理由给他。你号码怎么换了？"

"一句两句说不清楚。"虞兮闭上眼睛，疲惫地说，"我在回家的路上，你过来陪我聊聊天吧，有些事儿和你说。"

"好，那你等我一会儿。"

虞兮听着她那边传过来的音乐声，隐约想到什么，看了眼手机上的日期，突然记起今天是陈齐的生日，于是说："是不是在老地方？我过去找你吧，坐一会儿然后一起回去。"

"好。"季明明答道，"等你。"

陈齐热衷吃喝玩乐，交友甚广，每年的生日都像是给了他一个办最盛大聚会的理由，唯恐人不够多，不够热闹。

虞兮到了他们常去的酒吧，一些熟面孔纷纷过来热络地打招呼，她没什么心思理会，只把陈齐从人群里揪出来，到了季明明几个人坐着的卡座上，对陈齐直截了当地说道："生日快乐，没准备礼物，下次再说吧。我一会儿就得回去了。"

陈齐张了张嘴，一时不知道自己该问她最近到底在忙什么，还是问她为什么不留下一起玩。不过他还没喝醉，所以直接选了个最重要的问题，问道："你怎么看上去状态这么差？"

今天的虞兮看上去完全不似往日般艳光四射，没有精心打扮，也没有艳压全场的精气神。不但瘦了一圈，而且脸色有些苍白，看上去非常疲惫。虽然素颜的她依旧漂亮，但还是让人觉得非常不可思议。

虞兮靠在季明明身上，朝陈齐挥了挥手，打发熊孩子一样，说："去玩吧，改天说。"

知道她们有话说，陈齐乖乖离开之前，还是递给虞兮一杯酒，说："好歹赏脸和寿星喝一杯吧？"

虞兮笑起来，坐直身子和他喝了一杯，等他离开之后，再次靠在了季明明肩上，问："林月和石头呢？"

"有点儿事情耽误了，晚点儿到。"季明明说。

"那不等他们了。"虞兮闭上眼睛，说，"我歇几分钟咱们就走。"

"消毒水的味道。"季明明嗅觉敏锐，根据虞兮眼下的状态和几天前听她接过的电话，问道，"你爸生病了？需要我帮忙联系专家吗？"

"已经找最好的专家会诊过了，想让你帮的不是这件事儿。"虞兮说着，睁开眼睛坐直了身子，"你帮我查一下楚亦奇的公司。"

"好。"季明明答应着，见她伸手去拿威士忌，拦道，"这么累就别喝了。"

"你不知道，我现在根本睡不着。"虞兮直接拎着瓶子喝了一口，苦笑着道，"希望喝完酒能好好睡一觉，明天看起来状态好点儿，不让我爸担心。"

"我还以为你是因为蒋辰屿。"季明明说，"我听说他正在办手续，准备出国了。"虞兮手中的酒瓶一下子就掉在了地上。玻璃碎裂的声音格外清脆，但在周围音乐声和喧闹声交织的嘈杂背景下，这声响又显得那么微不足道。

虞兮觉得自己似乎应该难过，可她最近每天都生活在痛苦和煎熬里，所以此时此刻，她竟然也只是觉得，这对她来说不过是一件非常可笑的事情。

重新拎过一瓶威士忌，她仰头又喝了两口，才笑道："好事儿啊，反正他爸妈都在国外，他去了之后，一家团圆了，多好。"

她的神情和目光都太过自然，自然到季明明一时之间都有些难以看穿她的真实想法。季明明递了张纸巾过去，让她擦一下嘴角的酒，然后说道："我知道这个消息的时候，其实一直在想，会不会是那天我们说话，他回来的时候听见了两句。不然为什么之前还好好的，突然要走了？他这几天联系过你没有？"

虞兮失笑，不答反问："如果真是这样，你觉得一个完全不懂我的男人，还配继续留在我身边吗？"她不等季明明开口，又说道，"如果不是因为这个，他就更不配了。"

虞兮的逻辑一贯独特，但在季明明眼中，看着这样的虞兮，就好像是在看着镜子里的自己。她们失去的多，拥有的少，始终渴望着温情，却因为经历过一次次的失望，不得不装成满不在乎的样子。不过即便如此，季明明看着虞兮一口接一口地喝着酒，眉头还是不由得皱了起来，说："你要难过的话，我……"

"不需要再跟我提起这个人了。"虞兮直接打断她的话，看向她的时候，眼睛到底还是忍不住湿润了，"你知道吗，一想到我爸躺在病床上的那个样子，什么蒋辰屿，什么情啊爱啊，我就觉得通通不重要了。真的，谁都没有我爸重要。我现在每天都在想，只要我爸能好起来，能健健康康平平安安的，就算让我立即去死也可以。"

4. 他现在病了，你救救他好不好

对于季明明来说，这种亲情太过陌生，但是看着虞兮眼角滑落下来的泪水，还是默默地拉住了她的手，用力地握了握。

虞兮喝了很多酒，直至眼神有些飘忽。她发现酒精的确缓解了她的一部分痛苦，即使意识还很清醒，可眩晕和胃部的烧灼感已经充斥了她的全部感官。让她对于明天的到来，可以不用那么胆怯彷徨，更不用明明已经快撑到极限了，却还是要不得不假装坚强。

"已经喝得不少了。"季明明从她手中拿过酒瓶，说，"走吧，回去好好睡一觉，明天我陪你去医院。"

“不用。”虞兮抹了把脸，了然地笑了笑，说，“那种气氛，你不会习惯的。”

季明明拉着她从卡座里站了起来，正要往前走，陈齐就拉着一个人走了过来，朝她们两个笑道：“你们看我这个新认识的哥们儿，长得像不像蒋辰屿？”

季明明冷冷地瞥了他一眼，陈齐最怕她，但此时面对杀伤力如此强大的眼神，他无论心中还是面上，更多的只有茫然：“怎、怎么了？我又说错话啦？”

虞兮酒意上涌，笑得十分开心。季明明没心思和陈齐计较，拉着她继续往前走。但没走两步，虞兮突然被地上的酒瓶绊了一下，好在陈齐带来的朋友就在身边，顺手便撑住了她向前险些栽到的身子。

虞兮扶住他的手臂站稳了，抬头看向他的时候，有片刻的怔忡——他的相貌虽然只是清秀，眉眼却格外精致，尤其一双眼睛，明澈深邃，和蒋辰屿像极了。而这双眼睛现在正看着她，带着几分轻浅温和的笑意，说：“小心点儿。”

蒋辰屿所有的沉默冷峻，和她在一起后都化成了妥帖的温柔。他的眼睛笑起来的时候也是这样的，耀眼夺目，专注地看着她，就像是他的心中眼中，永远只有她一个人。

虞兮在眼泪掉下来的那一瞬间，直接抱住了眼前的人。

男生有些不知所措，看向一旁的陈齐，陈齐同样摸不着头脑，觉得实在是不知道该劝还是该拦，只能用口型问季明明：“她怎么了？”

季明明没有回答。

周遭的声响依旧嘈杂，虞兮抱着眼前的人，含混不清地低喃道：“其实我没有那么想过，你对我真的很重要。我只是、只是不敢承认。你能不能……我现在每天都好累好怕，你别离开我好不好，至少不要在这个时候……”

没有人听清她说了什么，随之落下的几滴眼泪，也随着她声音的渐渐消失而没入衣衫间。

虞兮可以容忍自己短暂的放空和发泄，却并不能容忍自己软弱太久，所以她很快松开手，站直身子的时候，除了眼睛还有些湿润，神情早已恢复如常。她没有看对方的表情，只轻描淡写地道歉，说：“对不起，认错人了。”

季明明和陈齐打了个招呼，然后拉起她继续向前走去。看着她们消失在人群中的背影，那个男生问陈齐：“你那个朋友叫什么名字？”

陈齐警觉地看了他一眼，一句话就堵了回去：“不该你知道的别瞎打听！”说完，他无意间看向人群里的一个方向，愣了愣之后，不由得骂道，“今晚也是见了鬼了，看谁都像蒋辰屿！”

接下来的几天，虞俊良的状况越来越差，因为化疗，他开始大把大把地掉头发，每天陷入沉睡的时间越来越久，即使清醒的时候，整个人也依然孱弱倦怠，行动越发迟缓吃力。而因为食欲骤降，他不得不更多地借助营养液来维持营养和体力。

虞兮已经不再哭了，即使有时候依旧忍得非常辛苦，但她还是强制性地让自己忘记那个最坏的结果，在虞俊良面前，每天看起来都是一副积极乐观的模样。

这天中午，虞兮照顾着虞俊良吃过午饭，然后和过来的方涛正在说话的时候，护士突然过来通知他们去一趟医生办公室。两个人叮嘱护工注意观察虞俊良的情况，然后一起出了病房。

办公室里，虞俊良的主治医生正翻看着资料，见他们进来，直接说道：“有个好消息，骨髓库里已经找到了能和虞先生匹配的骨髓，只不过这位志愿捐献人我们目前联系不上。”

虞兮和方涛还没来得及展开的笑容，顿时僵在脸上。虞兮正要开口，只听医生继续说道：“本来按照规定，我们是不能透露捐献者身份信息的，但眼下的情况十分特殊，我向上级领导做了请示，得到了批准。”他把手上的文件夹递给虞兮，“这是信息资料。”

虞兮甚至顾不得道谢，就连忙接了过来，因为过于急切，她打开文件夹的手都是抖的，可下一秒，看清捐献者姓名的那一刻，她整个人都如遭雷击一般僵在原地，文件夹“啪”的一声掉在了地上。

方涛不明所以，直接弯腰捡起文件夹，打开一看，瞳孔也急剧收缩，难以置信地说道：“这……这怎么可能？！”

志愿捐献人信息的姓名栏内，三个字端正清晰——梅逊雪。

虞兮透过车窗，看着对面楚亦奇的别墅——自从挑明了一切准备离婚，梅逊雪就搬来了这里和楚亦奇同住。

“她之前出席过几次慈善活动，可能是那段时间做过志愿捐赠登记。”方涛说着，又打了一遍梅逊雪的电话，但依然不通。事实上，梅逊雪像是要彻底告别过去的一切，离开她生活了二十多年的家之后，把一切离婚事宜都直接交由律师处理，也同样换掉了她过去所有的联系方式。

方涛第一时间联系了她的律师，对方表示会在第一时间将这件事转告给梅逊雪，并转达她的回复。可虞兮等不及，选择直接登门。

见方涛要开门下车，虞兮阻止道：“方叔叔，我自己去吧。毕竟我还算是她女儿，很多话私下说起来可能更方便。”

方涛虽然不放心，但也不得不承认她的话有道理，于是点头说道：“那我在这里等你，有什么事的话第一时间打电话给我。”说完之后，在虞兮下车前，他踌躇片刻，又嘱咐道：“虞兮啊，到时候不管梅逊雪说什么，你都别和她生气，态度软一点儿，咱们好好求求她。”

虞兮看了看方涛的神情，见他自己都觉得这种话说出来既为难又窝火，于是笑了笑，劝道：“您放心吧方叔叔，没事儿的，我心里都有数。”

方涛看着她脸上若无其事的笑容，虽然点了点头，但心里只觉得不是滋味。等到看着虞兮下了车，按响门铃，然后被人带了进去，方涛看着她消失在门口的身影，才忍不住重重地叹了口气。

被保姆带到客厅，对方十分礼貌地请她在沙发上坐下，然后说：“夫人马上就下来，您要喝点儿什么？”

“不需要。”虞兮神情冷淡地说道。她坐在沙发里，没有心思去打量周围的环境，只在楼梯上传来脚步声的时候，抬眸看了过去。

梅逊雪多年来过着养尊处优的生活，看起来远比同龄人年轻。她身材纤细，肤白胜雪，眼角眉梢、举手投足间都透着温婉优雅。只是如今的她却和虞兮记忆中的模样有了些许不同——过去的她，像是始终笼罩在一层浅淡的忧郁中，总是闷闷不乐；如今的她看上去，像是走了一条错误的路之后，终于回归了正途，眉眼间洋溢着一种恬淡却又满足的幸福感。

虞兮身侧的手无意识地攥紧了。

“你怎么来了？”梅逊雪穿着一身雪白的真丝睡袍下楼，看见虞兮，惊讶里难得有几分欣喜的样子。

虞兮觉得大概因为她如今得偿所愿，生活得足够幸福，所以连自己这个她曾经不幸生活的伴生品，看起来都不是那么碍眼了。

“你当时为什么会嫁给我爸？”虞兮坐在原处看着她，问出这句话的时候，并没有多少讽刺的意味，反而面上带着真切的不解。

梅逊雪一愣，随后神情恢复如常，示意其他人都先出去，等到偌大的客厅里只剩她们母女俩的时候，她听到这个向来和她不亲近的女儿兀自说道：“我听说是当初外公生病，你在医院里一筹莫展，我爸的员工受伤，他去医院的时候偶然认识了你，同情你和外公相依为命，所以出钱帮外公交了手术费。”

多年前的遭遇被再次提起，梅逊雪的眉头不由得皱了起来。虞兮继续说道：“我爸虽然对你一见钟情，但没有挟恩图报，威胁过你什么吧？他追求你，是你自己点头答应的。结婚这些年，他自始至终对你那么好，包括一直到了现在，他也没有怪过你什么。”

“为什么突然说这些？”梅逊雪问道。

虞兮的语气原本还算平静，但此时她看着梅逊雪，眼神里还是有了一丝波动："妈，我爸这么多年，没有做过对不起你的事情，你要追求自己的幸福，他也没有阻拦你。他现在病了，你救救他好不好？"

"你爸怎么了？"梅逊雪在沙发上坐了下来，不解地问道。

她看上去只是茫然，只是不解，神情里没有半分的着急抑或关心。虞兮努力让自己忽略她的表情，继续说道："你的律师可能还没有联系你，我爸得了急性白血病，需要换骨髓，我的配型不符，但你的可以。"她声音轻颤，"我咨询过的，捐赠骨髓不影响捐赠者的健康，妈，你救救他吧。"

5. 总有一天我要让你们偿还今天所有的一切

不知道是因为突然得知虞俊良的病情，还是面对女儿的请求，梅逊雪整个人都沉默下来。她坐在那里，纤细的手指握在一起，不安地轻轻变化交错，神情里渐渐透出一种十分复杂的凝重。

没有错过梅逊雪脸上的任何一丝变化，虞兮整颗心都像是被人控制在掌心里，缓缓地收紧。那一刻，她觉得只要梅逊雪愿意答应，那所有的过去，梅逊雪抛夫弃女、吞并公司财产，甚至于自己从小对于不被爱的怨恨，她都可以通通忘记。

"对不起，虞兮，我知道你和你爸爸感情非常好，你现在也一定非常难过，但是很抱歉，妈妈也有没办法。我帮不了你们。"

梅逊雪声音响起来的那一刻，虞兮的心像是顷刻间被人撕成了碎片，眼泪到底还是掉了下来。梅逊雪看起来亦十分歉疚，想要帮虞兮擦眼泪，却被她直接把手打开了。

虞兮红着眼睛看她，努力抑制着身体的颤抖，问道："为什么？"

面对着这个一直不亲的女儿，梅逊雪犹豫了许久，才为难地说道："这些事情其实不应该和你说，但……这段时间我一直在备孕，对于骨髓捐赠，我之前参加慈善活动的时候多少也了解一些……很多药物对身体都有影响，我可能没办法……"

虞兮抓住她的手腕，有些急切地解释道："不是，医生说过的，这个并不影响以后的正常生活。你现在只是备孕，还没有怀孕，等你捐赠之后好好养一养身体，到时候再备孕就可以了，是不是？”

梅逊雪被她抓得有些疼，一时无法挣开，神情也就越发为难：“你也知道，妈妈已经不年轻了，再等下去，可能还不知道会有什么风险。我和你楚叔叔一直很想有一个属于我们的孩子。我知道你很难过，但你能理解一下妈妈吗？”

“我不能！”虞兮的情绪几乎瞬间爆发，失声哭道，“你怎么有脸说出这种话？你知不知道我爸现在在医院里是什么样子？你们二十多年夫妻，现在还没有离婚，你就满脑子只想着给你的奸夫生孩子是吗？”

“虞兮！”梅逊雪低斥一声，声音里也带了几分火气，十分失望地说道，“你就这么和妈妈说话吗？从小到大，不管什么事情你永远站在你爸爸那边，你还记不记得我是你妈妈？你什么时候也为我考虑考虑！”

虞兮脑子里一片混乱，她不想和梅逊雪旧事重提，陷入这些无意义的争论之中，只是抓着她哭道：“妈，我爸他真的病得很严重，就快要不行了，我求求你了！妈，我求求你救救他……”

梅逊雪见她哭得伤心，面上亦有几分不忍。她抽回手，拿了纸巾帮虞兮擦着脸上的泪水，声音低了些，柔声劝道：“妈妈理解你的心情，可是你要明白，你爸爸的情况就算做了移植手术，术后排异、感染，都存在很大的风险，这对病人来说更是成倍的痛苦，与其让你爸爸承受这些，不如采取保守治疗的手段，说不定……”

虞兮不等她说完，就猛地用力把她的手打开了。

她胡乱擦着脸上的泪水，像是迅速冷静了下来，原本濒临失控的情绪也终于被拼命遏止了。她看着梅逊雪，带着哭腔冷笑着道：“让我爸在医院等死，然后你拿着他的财产和楚亦奇幸福地过日子，是这个意思吧？”

梅逊雪的手一僵，白着脸否认道：“我知道我说了你也不会相信，你已经被你爸爸那边的人洗脑了！我拿那些钱就是去投资的。楚氏金融现在的股价有些波动，一旦能成功救市，收益就是原本的几倍十几倍，那些钱现在拿不回来，就算你爸爸告我也是一样！”

虞兮眼神里的蔑视和愤恨一览无余：“像吸血鬼一样吸干他所有心血，然后呢？用这些话骗自己还是骗别人？梅逊雪，你有什么脸拿我爸的钱？”

“就凭我在虞家浪费了我二十多年的青春！”梅逊雪猛地站起身来，脸色一片惨白，红着眼睛说，“他明知道自己配不上我，一个俗不可耐的暴发户，当初凭什么来追我，凭什么向我求婚！”

“你可以不嫁，他逼你了吗？”饶是虞兮拼命克制，仍是气得浑身颤抖，她难以置信地质问道，“我爸他到底哪里对不起你？你自己一边想过好日子，一边又瞧不起他，你不觉得你自己可笑可耻吗？我和我爸爸对你来说到底算什么？走向真爱的绊脚石吗？”

“你懂什么！你外公清廉了一辈子，为别人尽心尽力，可他最后得到了什么？老了以后医药费都凑不齐，有谁来回报他吗？最后还要靠一个暴发户的施舍才能做手术！”想起过去这些年压在心头的所有痛苦，梅逊雪的眼泪溢出眼角，颤声说道，“从小到大我没有一件像样的首饰，买不起漂亮裙子，不敢跟同学逛街，就连钢琴课也要低声下气地求老师，问她能不能在她家里干活抵一部分学费……这种日子我受够了！谁不想过好日子？你这种温室里长大的小姑娘，一天苦日子都没有过过，根本就什么都不懂！”

虞兮的指甲倏然刺破掌心的皮肤，留下两道明显的血痕。

梅逊雪擦了下眼角的泪珠，挺直了腰背，居高临下地看着虞兮，抑制着声音里的颤抖，继续说道：“你觉得虞俊良可怜，可那和我有什么关系？他的病不是我让他得的！其实你来之前我已经接到律师的电话了，但我永远不可能为一个我忍受了这么多年的暴发户，牺牲我现在的幸福！我已经在他身边屈辱地生活了二十多年，做他体面的虞太太，还给他生了一个女儿，现在拿走的也都是我应得的！我不觉得自己可笑，也没什么好可耻的。你从小就和我不亲，愿意跟着他随便你，我也不在乎你们恨不恨我。因为我现在有我自己的生活，有我真正爱的人，从此以后虞俊良是死是活，都和我没有任何关系！我还不妨告诉你，虞兮，虽然你一直自视甚高，但也就是个没见过什么风浪的小姑娘，以后你早晚会明白，如果你爸爸是个乞丐，你就算再怎么和他父女情深，也一样会来求着我养你。”

虞兮抑制不住地笑了起来。她捂着脸，一直到笑出了眼泪，才放下手站起身来，直视着面前的梅逊雪，含泪的双眼里透着寒刃般的冷光，一字一句地问道：“梅逊雪，你以为一脚踢开我和爸爸，你的幸福生活就要开始了是吧？”她薄唇轻启，声音竟似有了几分阴森的意味：“我本来恨不得杀了你，可我突然后悔了。你和楚亦奇，就尽情享受你们的爱情吧。可是总有一天，总有一天我要让你们偿还今天所有的一切，一直到死都活在痛苦里！”

“你住口！”梅逊雪忍无可忍地扬手朝她脸上打过去。虞兮攥住她的手腕，狠狠将她推开了。

“啊——”梅逊雪痛呼一声，向后仰倒的时候，身子在茶几上撞了一下，然后紧接着又摔倒在了厚厚的地毯上。

和刚才腰间被撞的那一下相比，梅逊雪只觉得腹部一阵接一阵地剧烈疼痛，而比疼痛更可怕的，是她发现，好像有什么东西正在从她身体里流出来。

梅逊雪猛地意识到什么，抬手朝下摸去，黏稠温热的液体让她的脸色顿时剧变，喃道：“我有孩子了……我的孩子！”

大量鲜血从梅逊雪的腿间流出来，很快染透了她身上的白色睡袍。虞兮看着突然发生的这一幕，眼前大片的鲜血让她觉得呼吸有些困难，瞳孔急剧收缩的同时，不由自主地后退了一步。

“救救我的孩子……”梅逊雪有些艰难地哭喊道，她意识到此刻腹中胎儿危险的处境，忍不住伸出手去，抓住了虞兮的裙角，颤声说，“快救救我的孩子……”

低头看着地上的梅逊雪，虞兮下意识地想要伸出手，可在那一瞬间，眼泪滴落的同时，她身不由己地轻声补充道："是你和楚亦奇的孩子。"

"太太！"此时保姆听到了动静已经匆匆赶了过来，随着凌乱的脚步声、梅逊雪的哭声和谁指挥着打急救电话的声音，所有纷杂的声响交织成一片刺耳的噪音。虞兮擦掉眼泪，头也不回地朝门外走去。

穿过院子，走出大门的时候，和正要进来的少年险些相撞，虞兮无意识地抬头，脸上依然残留着一丝脆弱和茫然。

楚凌看着眼前失魂落魄的陌生女孩，想问她为什么会出现在这里之前，就先注意到了她裙角几道斑驳的血痕，不由得眉头微皱，出声问道："你还好吗？需不需要帮忙？"

虞兮恍若未闻，一言不发地从他身边经过。迎着傍晚的风，她脸上渐渐生出了一种近乎冷硬的寒意。

"这是怎么搞的？"虞兮上车之后，方涛发现她裙子上的血手印，来不及询问结果，急切地问道，"哪里受伤了？到底怎么回事儿？"

他要去查看裙子上的血迹，虞兮抬手拦住，有些僵硬地说："别碰，是梅逊雪的。脏。"

方涛的手一僵，眼下的情景不用多说，他已经知道，事情到底朝着他能想到的最坏方向发展了。可所有的愤怒尚且无从发泄，手机铃声就毫无防备地响了起来。

虞兮看着医院的来电，还未接起，脸色已经变了。她强撑着按下接听键，屏住呼吸听着电话那头的声音，随即颤声吩咐司机："回医院，快！"

6. 爸爸这辈子过得不好，你不要学爸爸

医生说如果不做骨髓移植，虞俊良的生命最多只能维持三个月。可事实上，他远没有撑够三个月。

临走前，他躺在病床上，似是回光返照一样，看起来不再那么面

如金纸，话也说得没有那么艰难。他看着虞兮，轻声说："爸爸这辈子谁都对得起，唯一对不起的人就是你，以后我的小公主就只有自己一个人了，我实在是放心不下啊……"

虞兮咬着牙，不让自己哭出声音。她握着虞俊良的手，哽咽着叫道："爸……"

"我名下还有家小公司，只是来不及处理了，你让你方叔叔帮你找人转让了吧，虽然效益不好，但总能值些钱。"虞俊良喘了几口气，继续说道，"账上还有些现金，几辆车我已经让你方叔叔卖了，家里那套别墅你不喜欢的话也一起卖了吧，有什么需要的东西，就搬到你住的公寓里去。这些钱……"

他说着，心里越发歉疚，眼泪一颗颗地沿着脸颊，滚落到枕头上。虞兮连忙帮他擦着眼泪，哭道："爸爸你放心，这些已经足够了。而且我的朋友们都非常好，他们都会照顾我的。还有，我一直没有告诉你，其实一直有个非常好的男孩子，他特别特别爱我……爸，我一定会过得特别幸福特别开心的……"

"好，好……"虞俊良含泪吃力地笑了笑，几乎用尽全身的力气，抬手摸着虞兮的脸，动了动唇，轻声说，"爸爸这辈子过得不好，你不要学爸爸。"

脸颊上的触感倏然消失，虞兮愣怔地看着虞俊良垂落下去的手，屏住呼吸轻声唤道："爸爸？"

他仍睁着眼睛，却再也没有了回答。床头心电监护仪上的心跳已经平复成一条水平的直线。

虞兮颤抖着伸出手去，抚上他的面颊，帮他合上了双眼，直到医护人员过来，要把白单拉起盖住他的脸。此时虞兮终于从僵硬的怔忡中回过神来，想要伸手去拦，却被强忍悲痛的方涛按住了。眼睁睁看着虞俊良的身体被盖住，虞兮终究忍不住，痛哭失声："爸！"

外面的太阳已经渐渐钻出了地平线，太平间外却永远阴冷。方涛稍微平复了情绪之后，走到坐在椅子上的虞兮身边，说：“我让人送你回家吧，你必须好好休息。接下来还有葬礼，其他很多事情也要处理，这么熬下去，身体挺不住的。”

虞兮抱膝坐在椅子里，下颌抵在膝盖上，眼泪早就哭干了，整个人只剩下一种近乎呆滞的麻木：“好。”

“我联系你的朋友来陪你？”方涛看着她此刻的状态，担心地问道。

“不用。”虞兮说完，慢慢地站起身子，又补充了一句，“我自己联系。”

方涛见她如此，便没有再多说什么。不过直到把她送上车，因着她刚刚魂不附体的模样，到底还是放心不下。他想到她最好的朋友，找崔秘书要了联系方式，把电话打了过去。

而事实上，一如方涛担心的那样，直到司机把虞兮送回去，她都没有联系过任何一个人，包括季明明。她觉得自己现在不需要陪伴，她只想要一个人安静地睡上一觉，想着会不会等再次睁开眼睛，所经历的一切噩梦就都能消失。

她回的是自己的公寓——家里那栋别墅她一直不喜欢，她以为自己不说就没有人会知道，却没想到，她一向以为有些粗心的爸爸竟看得出来。而她也是这时候才记起来，以往每次见面，爸爸总是问她一个人住得习不习惯、缺不缺钱、需不需要什么东西，却从不埋怨她不回家。

电梯门快要关闭的时候，突然进来一个衣衫精致的中年女人，她拎着一个保温桶，见到虞兮，打量了几秒钟，恍然笑道：“你是虞兮吧？我是莫晚的妈妈。你们高中的时候我去开家长会见过你。前几天我还听晚晚说起来，你正好住在她楼上，真是蛮巧的啊。”

虞兮恍若未闻，没有半分反应。

“你也是自己住吧？你们这些小姑娘啊，才多大就天天闹着要独立，也不管家里的大人放不放心。”莫晚妈妈天生热情，拉住虞兮说道，

“我给晚晚炖了鸡汤送过来，你下来一起喝吧？我看你脸色不太好，是不是没吃早饭啊？阿姨跟你说，可不能这么减肥，对身体不好的，万一饿出个什么好歹，你爸爸妈妈多心疼啊！”

虞兮仿佛被针扎了，沉着脸猛地抽回了自己的胳膊。莫晚妈妈险些因为她的动作打翻手里的保温桶，脸上的笑容顿时消失了，正要指责两句什么，恰逢此时要去的楼层到了，她心里默念着不要和不懂事的小辈计较，但出电梯的时候，还是忍不住气冲冲地抱怨了一句：“真是没有教养！”

看着重新紧闭的电梯门，虞兮依旧面无表情。她觉得自己如今浑浑噩噩，听得到周围的人说话，也察觉得到对方的心情，却如同行尸走肉一般，早已丧失了喜怒哀乐等各种情绪，无法给出任何反应，就连下意识的躲闪，都更像是身体本能的条件反射。

进了家门，她靠在门板上，但随即又脱力一般滑坐到了地上。她觉得可能痛哭也是一种发泄，可她现在就连哭的力气都没有了。她撑着地板想要站起来，无意间看到了裙角的血痕——殷红的血液干涸之后，呈现出一种肮脏的褐色，她想到梅逊雪躺在地上哭喊时近乎狰狞的嘴脸，和被血染透了的白色睡袍，呼吸间像是再一次闻到了浓重的血腥气，胃里突然一阵翻滚。

她跌跌撞撞地跑进洗手间，在马桶前干呕了很久，直到再也吐不出什么，才红着眼睛直起身子，把裙子用力地扯了下来，扔进了垃圾桶。

回到洗手池前，她原本想要洗脸，却发现镜子上不知什么时候被贴了一张便笺。虞兮有些茫然地伸手把便笺揭下来，看着上面熟悉的字迹，空洞的目光终于有了一丝波动。

宝宝：

给你打过电话，可惜你那时候在生气，后来再打，又一直不通。信息收到了吗？之前单方面失联是我不好，我觉得我们之间可能存在一些误会，但我对你的爱永远不变。等你不生气的时候，坐下来好好谈一次好吗？我和外公提起过你，他说我爱的人一定是世界上最优秀的女孩。明天是他的生日，如果你愿意，能不能跟我一起回家？等你的答复。

你的蒋辰辰学长

落款的日期，虞兮努力回忆着，却怎么都想不起那是哪一天了。她捏着这张便笺，忍不住呜咽出声，原以为早已哭干的眼泪，再次滑落下来。

手里薄薄的便笺对于如今的她来说像是重逾千斤。她失约了，在一无所知的情况下。蒋辰屿大概不会知道，他小心翼翼又满心期待地写下这张便笺的时候，她的生活早已兵荒马乱。即便如此，她如今仍能清楚地意识到，在失去所有亲人的时候，她还能有一个人可以依靠，即便整个世界天崩地裂支离破碎，她仍有一隅得以安身。

她爱着的男孩，终于像记忆里那个冷雨天抱走那只花猫一样，能来保护她了。

她找到自己的手机，倚着墙壁坐下，颤着手按下记忆中熟悉的号码，还未等到接通，就泪流满面了。

“哪位？”蒋辰屿的声音依旧清朗悦耳，但也带着久违的疏离。而虞兮还未开口，就听到了电话那头传来机场的广播声。

“你在机场？”虞兮突然想起关于他要出国的消息，屏住呼吸问道，“是出去度假吗？什么时候回来？”

短暂的沉默之后，蒋辰屿的声音响起来，依然没有任何温度：“和你有关系吗？”

虞兮猛地咬住手背，才让自己没有哭出声来。她以为自己可以克制，但一开口，就忍不住哽咽出声：“蒋辰屿，我知道都是我不好，但是我求求你不要走好不好……我现在只有你了，我真的很需要你，你不要丢下我好不好？”

蒋辰屿的回答来得很慢，虞兮觉得自己像是等了一个世纪那么久，才听到电话那头一声意味不明的笑，蒋辰屿轻声问她："虞兮，你需要我什么？付给你那晚的钱吗？那你告诉我，你要多少？"

虞兮如同一尊泥塑般僵在原处，她觉得自己的听觉似乎出了问题，近乎呆滞地反问道："你说什么？"

电话那头的人久久没有回答。

虞兮的头向后轻轻撞了一下墙壁，痛觉没有被触动，第二次她加大了些力气，钝痛传来，她握着手机，整个人其实还没有从自己可笑的幻想中挣脱出来，但她已经能一边沉浸在这种美好的妄念里，一边用迅速开启的防卫机制来进行自我保护了。

她听见自己对着仍没有断掉的电话，一字一句地说："不要钱了，就当作你陪我玩了那么久，我免费送你的临别礼物吧。"

7. 我不需要任何人可怜，也不需要向任何人道歉

莫晚打着哈欠从卧室走出来，撒娇似的抱怨道："大早上的，喝什么鸡汤啊，那么腻。"

"我就是知道你怕腻，所以用心着呢！一丁点儿浮油都没有。"莫晚妈妈一边把鸡汤从保温桶里倒出一碗，一边说道，"不信你过来尝一口。要是不喜欢这么喝，妈妈给你煮一碗鸡汤面当早餐，好不好？"

莫晚没有反对，她披散着头发在餐桌前坐了下来，又打了一个哈欠，仍有些睡眼惺忪的模样。

"妈妈刚才在电梯里遇到你高中同学了，就是那个虞兮……"莫晚妈妈拿汤匙轻轻搅动着还很烫的鸡汤，对女儿抱怨说，"真是不像话啊。"

莫晚有些不满地随口说道："她就是这样啊，你才知道啊？我以前和你说我们总吵架，你还跟我说要和同学团结友爱。"

"我以前哪知道她这么没礼貌啊！好心好意请她来家里喝鸡汤，她可倒好，差点儿把我的保温桶打翻了！"

听了妈妈的话，莫晚本来还有些气不过，但随着残存睡意的消失，又觉得好像哪里不对。她皱眉思量片刻，低喃：“不应该啊……她那个人是特别讨厌，但不管心里想什么，在师长面前都可会装了。你怎么惹她了？”

“我能怎么惹她啊？”莫晚妈妈一脸不悦，随后便把电梯里的经过事无巨细地给莫晚讲了一遍，“你说说，我还不是好意吗？哪里有这么不懂事儿的孩子，你是没看见她当时那个脸色和眼神，看起来都好吓人哦！”

高中同学三年，两个人嘴仗无数，可基本上莫晚一次也没占过上风，所以她一直单方面把虞兮当成“死对头”。但妈妈刚才描述的虞兮，和她认知里的虞兮几乎有着颠覆性的区别。她没有见过虞兮这个样子，所以直觉哪里不太对，心里莫名不安。

莫晚原本抹不开面子，但思来想去，还是推开妈妈递过来的鸡汤，站起身来说：“我上去给你讨个说法。”

“算了算了，又没有多大事情，你别去了。”妈妈拦道，“妈妈不和你们这些小孩子计较的。”

“妈，你别管了，帮我煮面吧，多煮一碗。”莫晚没听，怕妈妈再拦着，随口指派了“任务”，然后直接出门进了电梯。

莫晚站在虞兮家门外，按门铃按到手指都有些疼了，也没人出来开门。她忍不住抬手直接拍着门板，叫道：“虞兮，你在不在里面？赶紧给我出来跟我妈道歉去！”

门内依然全无反应，莫晚“啪啪”的拍门声也就没有停下来。她妈妈哪里放心得下，已经跟了上来，拦住一直在拍门的傻女儿，说：“哪能这么敲门呢？待会儿楼上楼下邻居都被吵到了。她估计是没在家吧？”

莫晚也怀疑是不是虞兮回来之后又马上离开了，她按住拍红了的掌心，正想着给虞兮打个电话，这个时候突然隐约听到了门内的声音，她连忙上前，把耳朵紧紧地贴在门板上，想要确认刚才是不是有手机铃声响起来。

她妈妈见女儿形象全无的模样，一边伸手拉她一边无奈地说道：“你这是干什么——”

“嘘！”莫晚急忙阻止，然后想起妈妈听力尤其好，于是朝她招了招手，“妈，你来听听，是不是手机在响？”

莫晚妈妈闻言，不由得也贴了耳朵过去听，十几秒钟之后，隔着厚厚的门板，她确定了女儿的说法：“对，是手机铃声。”

莫晚拍门的力气越发大了，一边拍一边喊道：“虞兮！我听到你在里面了！你赶紧出来！再不出来我砸门了！”

“是不是睡得太沉听不见啊？”莫晚妈妈虽然没有再拦莫晚，但还是犹豫着说道。

“不可能！”莫晚断然否定，“她睡得可浅了，有一次就因为我轻轻咳嗽了一声，把她吵醒了，我们俩还吵了一架。”

盯着始终紧闭的大门，莫晚眉头紧皱，自言自语似的说道：“不行，得把门打开，她太反常了。”

物业经理和保安来得很快，但对于莫晚的要求，经理还是有些为难地说：“按规定，除了登记在册的当户业主，就算是业主的直系亲属，也需要出示证件做备案，我们联系业主得到许可，才能强行开门。您现在的情况……”

“我是她朋友！”莫晚打断他的话，情绪焦躁不安地说道，“门你赶紧打开，有什么后果我来负责，但如果她在里面真有什么事儿，你们磨磨蹭蹭耽误了时间，出什么问题谁负责？你吗？”

以后的日子里，莫晚经常想起那天的情景——

她冲进浴室，拿浴巾裹住了虞兮的身体，在随后进来的物业经理开始拨打急救电话时，又拽过一条毛巾用力勒住了虞兮还在渗血的伤口。后来她和虞兮单独喝酒的时候说起来，那大概是她在这一生里，最果决也最冷静的一天了。

而虞兮也是后来才知道，季明明接到方涛的电话之后，就第一时间赶了过来。就在莫晚焦急地拍她房门的时候，季明明也正在一次又一次地拨打她的电话。直到莫晚妈妈把地上的手机捡起来，来自季明明的未接来电，一共二十二通。

虞兮从病床上睁开眼睛的时候，季明明、莫晚和林月都在床边，大概因为哭了很久，眼睛又红又肿。

左腕有持续的刺痛感传来，但和浴缸里那种刻骨铭心的疼痛不同。虞兮在死亡边缘走过了一遭，重新看到洒在自己身上的阳光，她突然觉得，对现在的她来说，似乎已经没有什么是不能忍受不能承担的了。

她有些虚弱地动了动唇，想跟她们说是她不好，让她们担心了，她不应该选择这么懦弱的方式去逃避。即使这个世界上诸多肮脏丑恶，可她身上还背负着父亲和挚友们的期待和爱，还有太多事情等着她去做。那个在几乎灭顶的痛苦中做出的极端选择，让她在重获新生之后，只剩了满腹的歉疚。

她左腕上缠着厚厚的绷带，脸上没有一丝血色，苍白得近乎透明。一向艳光四射的虞兮，高傲不可一世的虞兮，躺在病床上，就像一朵失去了水分即将枯萎凋谢的花。

平时最聒噪的莫晚一言不发，性格冷硬的季明明目光里仍有掩不住的悲戚，而最温柔的林月，抬手直接一巴掌打在了虞兮的脸上。

莫晚吓了一跳，想拦却已经晚了。林月用的力气不算很大，但虞兮的脸仍是被打得偏了过去。打完之后，林月站在原地，一下子就哭出声来，那只手抖得不成样子。季明明想说什么，却又觉得什么都说不出口，她仰起头睁大眼睛看着屋顶，努力不让自己的眼泪掉下来。

虞兮慢慢地伸出右手，握住林月打她的那只手，轻轻拉了一下，低声说："别哭了，一点儿也不疼。"

病房里最后的画面，是四个女孩看着彼此，一起哭了起来。

到了伤口拆线那天，季明明拿出一只极致华丽的钻石手镯，亲自戴在了虞兮的左腕上，挡住了那三道狰狞的疤痕。虞兮的精神还不错，即使看上去依旧苍白憔悴，还是试图让自己的笑容看起来轻松一些，说：“这么贵重？”

“就当是你帮了我一个忙，我送给你的谢礼。”季明明说。

虞兮很快便明白了她的意思，但还是故意挑眉问道：“我帮你什么了？”

她明知故问的样子，和过去闲来无事想要挑衅时一模一样。看着熟悉的虞兮终于开始回归，季明明恢复了以往的冷淡神色，眼神却是前所未有的柔软：“你继续留在这个世界上，就是对我最大的帮助。”

五年时间不过弹指一挥间，过去的情景如今回忆起来，依然历历在目。她手腕上的伤因为太重，到底还是留下了后遗症。虽然简单的日常生活不受影响，但无法提重物，更无法开车，每逢阴雨天气，手腕也会一直酸疼难忍。

虞俊良病得急，走得突然，后事也处理得低调。方涛和接到噩耗匆匆赶来的华叔一起，帮虞兮操持了葬礼。方涛心脏本就不好，经历了这么多事情更是身心俱疲，一番深思熟虑后，决定举家移居新西兰。他提出要带虞兮一起走，承诺他们夫妻会像对待亲生女儿一样对待她。她当然感激，可是也只能拒绝。

她哪里也不能去，因为从虞俊良死不瞑目的那天起，海城就是她的牢笼。

看着手腕上的伤疤，虞兮怔忡许久，直到蒋辰屿握着她的手，一滴泪突然掉下来，打在了她腕间的疤痕上。虞兮下意识地看向蒋辰屿，发现他始终没有抬起头来，所以她无法判断他此刻脸上的表情，到底是懊悔自责还是心疼。

包厢里静默无声，但虞兮还是很快便从回忆中醒过神来，她站起身来，动作缓慢却又坚决地从蒋辰屿手中把自己的手抽回，然后夺过手镯，重新戴回了手腕上。

伤疤再一次被钻石挡住，就像是得到了护身的铠甲，虞兮俨然当年那只浴火重生的凤凰，依旧耀眼夺目，光彩照人。

“发生的既然已经发生了，就都没有什么好说的。”虞兮自蒋辰屿身上收回视线，又看了一眼许晓凝，抬手擦去了眼角的泪痕，姿态一如既往的高傲，“我不需要任何人可怜，也不需要向任何人道歉——对，即使全世界都认为我错了，那又怎么样？你们最开始既然愿意相信我，那是你们的事情，最后觉得自己被欺骗被辜负了，找我负责之前也最好先想一想，为什么当初自己那么蠢。当然，想要报复的话我完全理解，尽管来，我什么都不在乎，因为我早就没有什么可以再失去的了。”

虞兮说完之后，经过蒋辰屿和许晓凝的身边，在所有人的注视下打开包厢的门，昂首走了出去。

第八章

狐狸和小凤凰

1. 没有了铠甲的虞兮，看起来脆弱得那么让人心疼

直到虞兮的身影彻底消失在门口，僵在原地的蒋辰屿才如梦方醒，起身直接追了出去。可走廊里，他甚至没有机会拉住虞兮的手，她就回过了头，红着眼睛看向他，咬牙说道："不许跟着我。"

仅仅一门之隔，她走出来之后，看起来就像是一只受伤的孤雁了。只是她依旧强撑着不肯低头，想要一个人躲起来舔舐伤口，以保全尊严。

蒋辰屿想要陪在她的身边，可是看着这个样子的她，他只觉得不忍心。

看着她的背影，蒋辰屿觉得，她手上那三道疤痕就像是三块巨石，牢牢地压在他的胸口，让他每一次呼吸，都疼得撕心裂肺。

他当初所有的口不择言，都建立在被欺骗和被背叛的基础上。飞往美国的航班上，他的感情和理智始终在拉扯着，虞兮明显带着哭腔挽留他的声音一直在耳边回响，可当他闭上眼睛，同样无法忘记的是，他在门外听到的虞兮和季明明的对话。

那天早上他醒来，看着身边的她安恬动人的睡颜，以为自己一生都会这么幸福快乐下去。而他心疼她的疲惫，所以想再亲手帮她做一次早餐。只是等他买完材料回来的时候，透过虚掩着的门，她轻描淡写的两句话，直接击碎了他自以为是的幻想。

他没有勇气多在门外停留一分钟，可即使把所有东西扔进了路边的垃圾桶，他也始终扔不下这段感情。

到了美国之后，他反复地回忆着那通电话里虞兮说过的每一个字，和她即使隐忍着，也似乎快要崩溃的情绪。他猜最后一句应该是气话，可即使她过去和季明明的玩笑也是假话，但酒吧里她抱着别人的画面也同样浮现在眼前，让他彻底再无法分清虞兮的话哪一句是真，哪一句是假。

他克制不住去打听她的消息，知道她爸爸过世，这才明白她那天的挽留有可能是在怎样的境况下发生的。所有爱恨在生死面前都变成了真切的心疼，他几乎忍不住第一时间就要订机票回国，可外公的病情突然加重，他不得不暂时改变了决定。

外公的病情持续恶化，直到最终去世，几个月来他心力交瘁，也痛苦不堪。另一种方式的感同身受让他更加思念虞兮，可他还没有回国，就从陈齐等人在社交平台发布的无数影像里，看到回归到灯红酒绿生活中的虞兮，而每一次，她身边的男人都不同。

他终于彻底死心，再也不肯看她的任何消息。

“里面的人有些知道大概，有些知道一部分，基本上知道全部的人除了她自己，可能就只有我了。”季明明从包厢里出来，走到蒋辰屿面前，面无表情地说道，“聊聊吗？”

虞兮有些不记得自己是怎么回到家的，但她也同样格外佩服自己：喝了这么多酒，经历了这样一个兵荒马乱的夜晚，她回到家之后做的第一件事情，竟然还是给自己卸妆。

镜子里的妆容被卸得很干净，就像是下了舞台后的小丑抹去了厚重的油彩，只留下一种愈显悲凉的苍白。她看着镜子里的自己，想要笑一笑，可一种极致的疲惫自心底油然而生，让她实在没有半分力气。

彼时，私人看护早就回去了，许晓凝大概也不会再回来，虞兮从洗手间出来，去客厅接水喝，感受着这个家重新恢复的往日清净，一时也有些说不清，自己算是习惯还是不习惯。

喝了水，她又像个游魂一样回到卧室，躺在床上的那一刻，她再一次想起了蒋辰屿。

她第二次看到他的时候，已经是初次见面后第三年的事情了。

那时候的他看起来依旧沉默，却比那个湿冷街头上的少年更加英俊耀眼。她一眼就认出了他，想要追上去的时候，弄巧成拙崴伤了脚，但也因祸得福，有了机会可以直接毫不犹豫地出声叫他。只是她明明心里紧张得要命，表现得却像个调戏单纯少年的不良少女。

或许对当时的蒋辰屿来说，也和许晓凝一样，以为自己从天而降，是上天把她送到他身边的。可事实上，她从不信天，也不信命，她只信自己。

她最初以为，自己不过是自私地想要攫取蒋辰屿所能给予的一切温暖，即使他看上去如此难以接近，她却比谁都更笃定他内心深处的温柔。可她也很快就发现，她对于他喜怒哀乐的在意，远远地超过了自己原本的设想。她因他蹙眉而担心，因他冷淡而失落，而他第一次对着她露出笑容的时候，她觉得自己仿佛见到了世间最繁盛的春景，那一瞬间，她的心跳快得发慌。

虞兮捏紧身上的被子，努力地回忆着：她又是什么时候开始害怕的呢？

从她为他脸红心跳的那天起，不安也如影随形，悄然而至。

在蒋辰屿面前，她看起来一切自然，却总是忍不住下意识地想，自己上一秒的言行有什么优缺点，究竟是更吸引了他一些，还是容易引得他厌烦。

她敌视出现在他身边的每一个女孩，因为她怕他会不会对比之后，发现对方更好，而自己一无是处。她不认为自己有多大优势，可以和别人竞争。那些向她示好的肤浅男生，只不过是因为她漂亮。他们不了解她的性格，不知道她本质上是怎样一个人，也不知道她过着怎样的生活。

事实上，她除了一张漂亮的脸蛋，什么都没有，只是一个再普通不过的人，没有可爱善良的性格，没有富可敌国的家世，更没有出众的才华和内涵。

她每天都在别人的眼里扮演着“虞兮”这个角色，可这个世界上根本没有人知道，真正的虞兮和强大高傲没有任何关系，她只是个连自己生母都不肯施舍给她一点儿爱的可怜虫。她自真正懂事的那天起，就开始费尽心思地掩饰，努力撑起一副高高在上的皮囊，可那个时候，梅逊雪只需要一个漠不关心的眼神，就可以把她击垮。

她这样毫无尊严地长大，连自己都不爱自己，又怎么敢奢求蒋辰屿的爱呢？他那么好，温柔又善良，凭什么会爱这样的一个“虞兮”？即使他还是爱上了她，可她又怎么能相信，这份爱会一直存在，天长日久，且不会被她的真实面目和惨淡的现实消磨殆尽呢？

所以即使蒋辰屿爱她，即使她真的从他那里得到了心心念念的温柔和宠爱，她也反而更加惶恐。她生活在随时会失去一切的恐惧里，最后就果然把一切都搞砸了。她想要得到的始终没有得到，连带着曾经真切拥有的，最终也全部失去了。

虞兮咬着被子，终于无声地哭了起来。

第二天，虞兮醒来的时候，意识到昨晚在酒精的作用下，她哭着哭着不知道什么时候便睡着了。虽不是一夜无梦地长久安睡，但她如今看起来除了眼睛还有些红肿，气色和状态都并不算差。

她走出房间，潜意识里觉得似乎缺了些什么，就在这时候，外面的门被人打开，许晓凝走进来，迎面看见她，脸上闪过一丝明显的尴尬和不自然。

“我、我回来收拾一下东西。”许晓凝解释似的说了一句。她看上去显然没有睡好，脸色倦怠，黑眼圈分明，头发也有些凌乱。

“嗯。”虞兮收回视线，把杯子放到桌上，只这么应了一声，就转身朝自己房间走去了。

昨夜醉酒后哭泣的画面，已经被她全部划归到了过去。既然在新的一天醒过来了，那么站在人前，她就依旧是无懈可击的那个虞兮。

看着她的背影，许晓凝动了动唇，想要说什么，但又忍住了。她看到了虞兮红肿的眼睛，知道她昨晚一定哭了很久。

林月把桌上那个签好名的手机壳给她的时候，想到泼过去的那杯酒，许晓凝说不后悔，是假的。她在虞兮面前肆无忌惮地宣泄自己的愤怒时，其实不仅是因为偶然得知真相，失去了大部分理智，虞兮始终高高在上的姿态，才是激得她气昏了头的最后一根稻草。

事实上，她潜意识里一直知道，即使虞兮是有目的的，可这几年自己的感受不会作假。虞兮到底是怎样的一个人，她不敢说全部了解，但朝夕相处三年，她觉得自己多少是明白虞兮的。如果她不是以这种方式得知，如果她知晓前，虞兮主动向她坦白，她相信自己是不会这么生气的。她最伤心的一点其实在于，自己一直沾沾自喜于被信任、被器重，也被关爱的身份，在虞兮的隐瞒之下，就像是一个笑话。

她能迅速整理好所有情绪，为冲动懊悔，甚至自动自发地为虞兮开脱，转折点当然是那只镯子被摘下。彼时，她除了不意识的震惊和心疼，也不得不承认，连虞兮最爱的男人都不知道她曾经自杀、她多年的好友也不曾知晓她家里的全部情况——这些认知都让她的心理得到了一种十分诡异的平衡。

更何况，没有了铠甲的虞兮，看起来脆弱得那么让人心疼。

虞兮坐在床上，想到许晓凝如今只有一只手方便，本来想问一问需不需要帮忙，但她还没有起身，就听到卧室的房门被敲响了。

“进来。”虞兮声音平静地说。

许晓凝收拾得很快，还没有过多久，她就拖着小行李箱站在房门口了。看着坐在床上的虞兮，她放下箱子，开口的样子看起来像是鼓起了很大的勇气：“我之前给看护打过电话，已经跟她说不用过来了。”

“知道了。”虞兮靠坐在床头，漫不经心地挑眉问道，“还有别的事儿吗？”

就是这样……许晓凝忍不住咬了咬唇，觉得如果重新选择一次，她大概还是会把那杯酒泼过去——哪怕她现在手里有一杯，恐怕都要忍不住。

许晓凝觉得自己用尽了全身的力气，才压下了心中那个想要造反的念头，然后重新开口说道：“我先走了，公司那边您有什么事儿就直接给我打电话。”说完之后，她又貌似无意地拿起手机朝虞兮示意了一下——手机上面套着的，正是有莫晚签名的那个手机壳。

结果她没想到的是，虞兮明明看见了，这次却连回答都欠奉，只敷衍地点了点头。

许晓凝默默地做着深呼吸，把手机塞进兜里拖过箱子转身就走，可刚走没两步她又想起一件事，转身回来的时候，恰好看到虞兮脸上还未消失的一抹浅淡笑容。

眼看着对方嘴角小小的弧度瞬间消失，许晓凝心里又好气又好笑，面上却没露痕迹，只硬邦邦地说道：“忘了告诉您，我刚才上来的时候看到蒋辰屿在您楼下，看样子好像整晚都在。”

2. 我们重新开始，好不好

门铃被按响的时候，虞兮已经做好了心理准备，她打开门，抱臂看着门外满身疲惫的蒋辰屿，虽然没有开口，但是心照不宣的防御姿势已经说明了一切。

除了眼睛微肿，她看起来已经又是过去那个无坚不摧的虞兮了。蒋辰屿看着她，突然想起季明明讲完所有故事，最后说的那几句话。

“虞兮这个人，你以为自己明白的，其实只不过是冰山一角——你是不会理解我们这种人的。就是因为已经失望了太多次，所以就算再喜欢、再想要，也不会真的说出口。与其一次次被敷衍、被忽略，甚至是被欺骗，倒不如努力说服自己，其实我们根本没那么想要，那些东西对我们来说根本不重要。”

蒋辰屿也是那时候才想起，无论是一束花，还是一件首饰，只要是他送的礼物，虞兮收到的时候，永远表现得惊喜而又开心，可除此之外，她也当真从来没有亲口说过想要什么。她同样也送他很多礼物，向他撒娇开玩笑的时候，虽然不吝于说喜欢，却都是用类似调戏的口吻，说她喜欢他的笑，他的好，甚至是他某天穿着的一件白衬衫。就连她的颐指气使，也无非是些再寻常不过的小事。

即便两人感情最浓时，她也不曾真正向他敞开心扉地述说，说她爱不爱他，究竟有多爱，又是怎样爱上他的。最初他以为这是她高傲面具下的害羞，后来误会丛生，他心中的不安也同样因此扩散加剧。以至于分开的五年里，他始终在问自己，更想要问一问她：虞兮，你真的爱过我吗？

他在她楼下枯坐一夜，回忆着他们曾经的每一个瞬间，以及季明明口中讲述的，他一无所知的时间里，虞兮的每一次失去，以及伴随着失去的每一次煎熬。他发现在他爱了她这么多年以后，直到现在才真正看懂了她。

她对他说过的每一句谎话，每一句绝情的、像是带着无限恨意的话，包括她耿耿于怀几年，自认为对他的折磨和报复，他如今想来，心里只剩了心疼和自责。

虞兮在爱着他的时间里，掩下了那么多的真实。他那么爱虞兮，最后却要从旁人的讲述里，才真正全面而又深刻地认识她。

人类是地球上最奇怪的生物，明明被赋予了表达的能力，却总是一次又一次地忘记。

原本想要推心置腹地和她好好谈一谈，但蒋辰屿看到虞兮防备的姿态，突然觉得无比心酸——他早该知道，她一直是这样的。无论是五年前还是五年后，面对他的体贴和关心，她嘴上不说，实际却异常温顺，而一旦窥见他的任何一丝冷漠和质疑，她就会迅速用更加残忍绝情的话予以回击。

季明明问他："即使过去的一切都过去了，但和这样的人真正长久地相处也会很累很累。你想好了吗？"

蒋辰屿向前迈了一步，在虞兮后退之前，就伸手抱住她，朝她唇上吻了上去。

唇上冰凉的触感让虞兮眸子里的震惊一闪而逝，她用力推开蒋辰屿，斥道："你疯了吗？"

蒋辰屿牢牢地将她抱进怀里，任她再怎么挣扎也不放手，埋首在她颈间，低声问道："虞兮，你爱我吗？"

既然挣不脱，虞兮便也不再白费力气。她闻言冷笑一声，可还没来得及开口，就听蒋辰屿继续说道："就算是你最生气最伤心的时候，我这么问你，你也没有承认过一次你不爱我。我早该知道的，你那么骄傲又别扭的人，如果不爱我，当时为什么会和我在一起呢？是我不好，我自以为爱你，却既没有察觉到你的不安，也没有在你最需要的时候陪在你身边。我知道你在那个家里生活得不幸福，我以为自己足够包容，也许就能让你开心幸福，可事实上我从来没有真正理解过你。"

虞兮垂在身侧的手不知不觉变得僵硬。她的神情依然冰冷，可唇瓣微微颤动。

"我为我当时说过的话道歉，也为我那么容易就误会你道歉。但我希望你一定要知道，从我认识你那天起，我就觉得你漂亮可爱，生动鲜活，是我见过的最特别也最勇敢的女孩。"蒋辰屿抬起头来看着虞兮，眸底微红，"对不起，再给我一次机会，我们重新开始，好不好？"

虞兮发现，不知道从什么时候开始，她就再也不能轻易控制自己的眼泪了。她的眼底越发酸涩，于是在泪水还没滑落下来之前，先一步开口说道："过去的事情都过去了，我不想再提，你走吧。"

蒋辰屿呼吸一滞，他抬手用指腹轻轻抹去虞兮眼角的泪痕，动作温柔又小心，眼里有无奈，更多的是深深的歉疚和心疼："把心底最真实的想法说出来，有那么难吗？"

虞兮的眼泪一下子就掉了下来。

她想说难啊，怎么不难？自己从那么小就开始讨好梅逊雪，从幼儿园的一朵小红花，到长大之后学了几年的钢琴，她不过是个想祈求几分母爱的再普通不过的小孩子，可她看到得到的，永远只有漫不经心的回应和毫无温度的背影。

在爸爸面前，她感觉到自己是被爱的，可同一个屋檐下面对着截然不同的父母，她觉得自己就像是不停地游走在天堂和地狱间的怨灵。所以她很早就懂得，如果向着自己的渴望伸出手去，握住的更可能是荆棘，那么她为什么还要再试图拥有呢？

虞兮一定不知道，此刻她的模样看上去多么委屈。她只咬了咬唇，扯出一抹不以为然的笑容，说："我刚刚说的，就是我自己最真实的想法。"

楚凌快走到楚亦奇病房门外时，恰逢梅逊雪出来，于是走过去问道："婶婶，叔叔今天怎么样了？"

"好多了，只是躺不住，一直想出院。"楚亦奇无恙，梅逊雪的状态看起来也好了很多，对楚凌笑道，"进去吧，刚才还念叨你呢。"

楚凌点点头，敲了敲门之后便走了进去。

楚亦奇靠坐在床头，往上推了推鼻梁上的眼镜，看着腿上打开的笔记本电脑屏幕，神色莫测。他看上去精神还好，只是依然面有病容，见到楚凌进来，合起电脑，之后随手放到了一旁，抬手揉了揉眉心，说："楚氏的股票又跌停了。"

他听上去语气平稳，像是已经消化了这个事实。

楚凌在床边的椅子上坐下，问道："您打算怎么办？"

“我还能怎么办？资金链彻底断了，欠银行的钱还不上，更不用想着还能贷出钱来。下一步根本不用等停牌，信托公司马上就要强制平仓了。”楚亦奇冷笑一声，面容阴沉，“我这么多年的心血，算是彻底毁了。”

即使他们都明白，虞兮向股东做了承诺，楚氏大概率会在信托公司强制平仓后停牌，然后进行资产重组，所以楚氏金融依旧会以另一个形式存在，鸡飞蛋打的，只有楚亦奇一个人。

“不过，虞兮她别以为我会就这么垮了！”楚亦奇看向楚凌，仿佛看向了自己的最后一根救命稻草，“我们还有‘荆楚科技’。我之前以恬恬的名义存了一笔钱，我今天就出院，赶在虞兮申请冻结我的财产之前办完手续，注资‘荆楚’。一时的失败算什么？我们叔侄联手，一定能打造出海城最大的科技集团。楚家不会垮，我也不会垮！”

说到最后，楚亦奇的情绪激动了几分，呼吸有些急促，然后止不住地咳嗽起来。

楚凌起身帮他拍着后背顺气，然后劝道：“您别太激动。”

看着楚凌始终冷静的神情，楚亦奇平复呼吸之后，又忍不住叹了口气，欣慰地说道：“好在你从来没有让我失望过。”

楚凌的神情有了几分微妙的变化，非喜非怒，更像是一种无法言说的唏嘘。许久之后，他站直了身子，对楚亦奇说道：“对不起，叔叔。”

楚亦奇闻言抬眸看他，在没有意识到出了什么问题之前，就脱口而出，问道：“怎么了？”

楚凌慢慢说道：“这些年一直深受您的照顾，我很感谢您，也一直很惶恐——我既不想一直在您的保护之下生活，也觉得自己担不起楚氏这么大的责任。我当初独立创业的时候，您怕我不接受，以他人名义投资‘荆楚科技’，虽然我后来才知道，但也一样非常感激您。”

听他说了这么多，楚亦奇非但不觉得欣慰，反而越发皱紧了眉头，追问道：“你想说什么？”

楚凌神色平静，语气温和，和往日里没有任何分别：“我把我在‘荆楚科技'的股份，全部转让给了我的合伙人。得到的那笔钱，外加我这几年的收入、购置的车和房产，都以您的名义捐给慈善结构了。”

“你说什么？”楚亦奇简直不敢相信自己的耳朵，质问的同时，直接扬手一巴掌打了过去，“你是不是疯了！”

“啪”的一声，楚凌的脸被打得偏了过去。这一巴掌楚亦奇用了十足的力气，楚凌白皙的皮肤上顿时红了一片。

外面的梅逊雪听到声响急忙推门进来，看到楚亦奇怒气冲冲变了的脸色，还有楚凌脸上的指痕，半是疑惑半是担忧，快步走过去劝道：“你这又是干什么？有什么话不能好好说？”

楚亦奇眼里尽是难以置信的怒意，他颤巍巍地指着楚凌，喘着气喊道：“你问他，你问问他都做了什么！”

梅逊雪一边抚着他的后背，一边对楚凌说：“阿凌，你们叔侄是不是有什么误会？都别急，坐下来慢慢说。”

因为又惊又怒，楚亦奇脸色有些发红，看着楚凌，骂道：“你做这些混账事儿的时候，有没有问过我的意见？你还记不记得我是你叔叔！你马上给我想办法补救，股份怎么卖掉的怎么给我拿回来，否则你就没有资格做我楚亦奇的侄子！”

“对不起，叔叔。”片刻之后，楚凌答道。

“你给我滚！给我滚！”楚亦奇咆哮出声。他随手抄起一旁的电脑，要朝楚凌砸过去。梅逊雪连忙一把拦住了：“亦奇！”

楚凌看向仍处于盛怒中的楚亦奇，离开之前，说：“我大学期间写程序赚了些钱，一直存在阿霄的名下，以后我会带着阿霄用这笔钱独立生活，重新开始。”

“你……”楚亦奇呼吸急促，指着他痛骂道，“是虞兮对不对？是她撺掇你这么做的？蠢货！你不能相信那个小贱人的挑唆，新闻里的那些都是谣言，不是真的！你要是不相信可以来问我！你为什么不问？”

楚凌轻叹，答道：“叔叔，如果我不愿意，没有任何人可以挑唆我。

我说过，我很感激您对我和阿霄的养育之恩，但有些事情我不发表看法，不代表我心里认同您的作为。至于过去的事情，以前我没有问过，以后也不会问。您永远是我和阿霄的叔叔，就像您永远是我爸爸的弟弟一样。”

说完之后，楚凌一言不发地朝门外走去。

“混账东西，你给我站住！”楚亦奇想要去拦。梅逊雪一边拦住他，一边叫道：“阿凌！”

楚凌恍若未闻，出去之后默默地关上了房门。

看着紧闭的房门，不知过了多久，楚亦奇突然呼吸急促，脸涨得通红，下一秒，心口骤然一窒，朝床下一头栽去。

梅逊雪用力扶住他的身子，颤声喊道：“亦奇！”

3. 你觉得自己抄了近路，可报应在前面等着你呢

“半侧身体偏瘫是脑中风的常见症状，至于失语情况，经过我们的检查发现，楚先生只是部分表达能力丧失，但对语言的理解能力并没有受到影响。”医生看着刚刚哭过的梅逊雪以及她身边的楚恬，解释道，“我们理解家属的心情，不过无论是平复病人的情绪还是后续治疗，都需要家属的配合。我目前的建议是，你们可以采用中西医结合的康复治疗方案，激光治疗配合针灸，对肢体和语言功能的恢复有很大的促进作用。”

楚恬早已经哭过了，此时她忍着泪意，问道：“那我爸爸这种情况，多久能恢复？”

医生非常谨慎地说：“脑中风后遗症都需要一个非常漫长的康复过程，只要病人保持心情愉悦，积极配合治疗，情况都会慢慢有所改善的。”

梅逊雪的眼泪掉了下来。

医生离开之后，楚恬透过病房门上的玻璃，看向里面的楚亦奇。他经过一番抢救醒来之后，完全无法接受自己现在的情况，情绪格外

激动，医生不得不给他打了镇静药物。如今他已经陷入了昏睡，可面部肌肉依然僵硬着。

梅逊雪有些脱力地坐到了一旁的椅子上，低声地抽泣着。楚恬问道："您之前说的是真的吗？是我大哥把我爸气成这样的？"

看着没有说话的梅逊雪，楚恬不知道究竟是哪里出了问题，她的生活仿佛一夜之间就天翻地覆了。如果是过去的她，尚且能把一切罪名都归结在虞兮身上，可自从她问过大哥的问题并没有被否认的那天起，她就无法再这么自欺欺人下去了。她不是三岁的小孩子，也不是是非不分的傻瓜，所以不至于到了这个时候，还会认为大哥的"忤逆"是虞兮的勾引和挑拨。

"阿姨。"楚恬看着梅逊雪，又问，"虞兮的事情，是真的吗？"

梅逊雪依旧默默地拭泪，没有回答。楚恬忍不住再次问道："虞兮她……"

"虞兮虞兮，又是虞兮！你爸爸现在都这个样子了，为什么你们就只知道一次又一次地提起虞兮！"梅逊雪猛地站起身来，终于开了口，却有些控制不住情绪地斥责道，"如果不是她，你爸爸怎么会变成这个样子？你现在来问我是真是假，还有什么意义！"

楚恬愣怔地看着梅逊雪，只觉得无比陌生。眼前的这个人，和她印象里的那个梅阿姨，就像是完全不同的两个人。

梅逊雪从短暂的失控中冷静下来，拉住楚恬的手满含歉意地哭道："对不起恬恬，阿姨不是故意朝你发脾气的，我只是看到你爸爸这个样子太心疼了……"

沉默片刻，楚恬轻声说："您和我爸中午都没吃饭，我去买点儿吃的。"

梅逊雪还想说些什么，但楚恬已经抽回手，转身离开了。看着她的背影，梅逊雪有些颓然地坐回椅子里，痛苦地闭上了眼睛。

"楚太太怎么没在病房里陪着楚先生？"随着熟悉的声音落下，

鞋跟敲击地面的清脆声响渐渐近了。梅逊雪朝声源处看去，一眼就看到了走廊尽头正在朝她走来的虞兮。

她黑色连衣裙外穿着一件红色大衣，整个人像是一团燃烧着的火焰，带着灼人的热度，和似乎能吞没一切的危险。

“我本来今天没时间，但想了想，还是过来了。”虞兮笑道，“因为我怕万一您的先生有个什么好歹死在医院里，我连个落井下石的机会都没有，那就太遗憾了。”

梅逊雪擦掉腮边的泪水，站起身来，问：“你以为你过来能看到什么？我们跪下来哭着向你认错吗？”她看向虞兮，平静的语气里难掩冷意：“死了这条心吧。”

虞兮不屑地笑了笑，说：“你误会了，我从来不认为你们会有什么廉耻心，所以当然不会对你们抱有这种期待。我本来只是想通知楚先生、楚太太一声，信托公司已经平仓了，这么大一笔钱，鉴于你们现在的偿还能力，法院已经接受了我的申请，你们很快就会接到财产冻结的通知了。”她顿了顿，继续笑道，“当然，我不接受仲裁，所以楚太太，和你的先生等着收传票吧。”

欣赏着梅逊雪的脸色，她又颇有些遗憾地蹙眉，说：“我刚刚来的时候，听说楚先生中风了？我本来想亲口把这个好消息转告给楚先生的，他病得可真不是时候。”

梅逊雪的脸色青一阵白一阵，咬紧牙关，一字一句地说道：“你不要欺人太甚！”

虞兮好整以暇地看着她，反问道：“我就是欺人太甚，你能拿我怎么样呢？”她朝紧闭的病房门看了一眼，突然想起什么似的，好奇地问道，“他现在怎么样，能听懂我刚才说的那些话是什么意思吗？”

看着梅逊雪难看的脸色，虞兮叹了一口气：“竟然这样都还没死，真是遗憾。”

梅逊雪扬手就朝她脸上打过来，紧接着，虞兮攥住了她的手腕，死死地钳制着她，笑道：“刚才这个画面是不是很熟悉，楚太太？”

“我怎么会生下你这种东西！”瞪着虞兮，梅逊雪的目光锐利而又刻毒，“如果不是你，我不会失去我的孩子，亦奇也不会是今天这个样子。我所有的不幸都是你带来的！早知道你这么恶毒，当初生下你的时候，我就应该直接掐死你！你怎么不去死！”

“我说过的话你是不是忘了？”虞兮冷笑一声，摔开她的手，声音漠然，眸底泛起阴霾，“我当然不会死，相反，我还会长长久久地活着，看你和楚亦奇是怎么苟延残喘，又是怎么在痛苦里过完后半辈子的！”

梅逊雪怒极反笑，那一声轻笑回响在空荡的走廊里，又很快消失不见。强烈的愤怒之下，她温婉优雅的姿态已经被尽数抛到了脑后，用一种居高临下的姿态审视着虞兮，说：“那又怎么样呢？他身体不好，我照顾他；他没有钱，我去工作养他。”她嘴角扬起一抹残忍的弧度，笑道，“我可以为他吃苦，什么都愿意为他做，因为我就是爱他！我宁愿要一百个瘫痪的楚亦奇，也不要一个健健康康的虞俊良。因为虞俊良就算给我全世界，我也还是觉得他恶心！他应该庆幸我遇到了楚亦奇，也应该庆幸他自己死得早，不然我怕我总有一天会忍不住亲手杀了他！”

虞兮猛地扼住她的喉咙，将她一把按在椅子上。梅逊雪并不反抗，瞪着她笑道：“恨我吗？可惜，你再怎么恨我，身上也还是流着一半我的血，更改变不了你是我生出来的这个事实……只可惜，你和你爸爸一样让我恶心透顶！”

刚刚那一瞬间爆发的愤怒足以摧毁理智，但虞兮还是很快清醒了过来。沉默片刻，她看着近在咫尺的梅逊雪，轻声笑道：“可惜啊，让你这么恶心的我活了下来，而你那么期待那么喜欢的孩子，却永远不可能出现在这个世界上了。”

梅逊雪的笑僵在嘴角，脸色瞬间一片惨白：“你……”被刺中了心底最痛苦的记忆，她僵硬许久，才厉声叫道：“都是你害的，都是你！”

对于梅逊雪来说，那种希望猝然失去的感觉，比她忍受了多年不爱的男人还要更痛苦千百倍。她曾经想象过很多一家三口和美幸福的画面，她知道她和楚亦奇的爱情结晶，一定会是这世界上最漂亮也最聪明可爱的孩子。可一切就像是镜花水月，永远不可能真实存在了。那次流产以后，她再也不会有孩子，如今甚至连楚亦奇都险些一并失去了。想着楚亦奇醒来发现自己瘫痪失语时，震惊和痛苦的眼神，她只觉得心都像是要碎了。

梅逊雪的眼泪再也忍不住，顺着脸颊滚落下来："都是你……"

"是我。我只不过是把你们加在我和我爸爸身上的痛苦，一起还给你们，这都是你们应得的！"虞兮看着她的眼泪，眸光阴沉地说道，"这五年里的每一个日日夜夜，我都恨不得杀了你们，但我也告诉自己，你们两个这种人，怎么配让我弄脏自己的手呢？所以你们得到现在这个结果，真应该感谢我的仁慈。"

她轻蔑地挑了挑嘴角，说："而且，你真的以为从今以后，我还会浪费时间浪费精力去恨你吗？看看你现在体面全无的样子，再看看里面那个苟延残喘的楚亦奇，你们配吗？"

梅逊雪的身体抑制不住地颤抖，看着虞兮的眼神里只有怨恨和憎恶。虞兮没等她开口，继续说道："你当然爱楚亦奇了，毕竟你们一样心狠手辣，一样不知廉耻。你配不上我爸爸，这世界上没有比楚亦奇更适合你的人了。但可惜你忍了半辈子，也熬了半辈子，最后鸡飞蛋打，以后就只配守着那个废人过日子。"

"梅逊雪，其实人生哪有什么捷径好走呢？"虞兮唇瓣轻启，声音里透着无尽的寒意，"你觉得自己抄了近路，可报应在前面等着你呢。"

说完之后，虞兮松开梅逊雪，直起了身子。像是觉得手上碰过了什么脏东西，虞兮皱着眉拿出一块手帕，擦完掌心之后，又一根一根认真擦干净了每一根手指，离开前，把手帕像丢垃圾一样扔进了垃圾桶，再也没有看梅逊雪一眼。

在身后突然响起的痛哭声里，虞兮还没走几步，迎面就看到了楚恬。她不知在那里站了多久，又听到了多少，如今只是木然地看着虞兮，脸上还有尚未擦去的眼泪。

虞兮没有再看她，面无表情地经过她身边，径直离开了。

直到出了医院，虞兮抬起头来，发现下午的阳光已经不那么刺眼了，但她还是伸出左手在眼前挡了挡，看着手镯在阳光下散发出的璀璨光芒，轻轻呼出了一口气。彼时恰好眼角有一滴泪滑落下来，她轻轻擦去了，然后才继续向前走去。

冬日的白天很短，等虞兮因为路上堵车而浪费了更多时间之后，到家时天色已经暗了下来。她打开家门走进去，发现里面的灯亮着，以为是许晓凝又回来了，于是一边在玄关处换鞋一边随口问道："你不是已经搬走了吗？"

没有人回答。

虞兮不由得皱眉，换好鞋之后往里面走去。蒋辰屿从厨房里端着一个汤碗出来，把碗放到了餐桌上，然后抽出纸巾擦了擦手，才朝她走过来，说："是我。"

虞兮脸色微变，不悦地问道："你怎么会有我家里的钥匙？"

"许晓凝给我的。"

4. 虞兮你有没有想过，真正的爱是什么

"钥匙给我，然后要么你自己离开，要么我报警处理。"虞兮一面把脱下的大衣挂了起来，一面冷冷说道。

早就知道她会生气，所以蒋辰屿并不意外，只是温声说道："一天没吃东西了吧？先去洗个手吃晚饭，然后我们谈谈，好吗？"

"我没有什么事情想和你谈。"虞兮看了一眼桌上的汤碗，嗤笑一声，"还是你以为，一碗小馄饨就能弥补一切？"

"我没有这么想，因为我其实只会做这个。"蒋辰屿站在她面前，始终神情自若，"不想谈也可以，只要你坐下吃完，我就会走的。"

面对他平静的目光，虞兮下意识地别开眼，说："我没有义务配合你。"

蒋辰屿轻轻地笑了起来，精致的眉眼间洋溢着一种别样的生动：“那我能把你的意思理解成，你其实并不想让我走吗？”

虞兮有些难以置信地回眸看他。此刻的蒋辰屿，仿佛并不是真正的蒋辰屿——他从来不是会死缠烂打的人，更何况她也并不明白这种死缠烂打对他、对他们来说，有什么意义。她当然不可能真的报警，但这并不意味着她就会乖乖顺从于这种“威胁”。

她看了蒋辰屿一眼，随后直接朝卧室方向走去。

蒋辰屿从后面拉住她，低声妥协：“我保证，我很快就走。”

他的声音里，隐约有祈求的意味，虞兮的心口莫名有些发紧。

虞兮洗过手坐到餐桌前的时候，蒋辰屿在她对面坐下来，把勺子递给她，目光里带着几分近似于欣慰的期待，说：“尝尝吧，看和过去的味道是不是还一样。”

虞兮想说即使还是原来的味道，但他们早已不是过去的他们了。她期待过，也失望过，被他伤害，也一直在伤害着他。也许正是因为窥见了他眸中的期待，她的冷言冷语虽然已经到了嘴边，却仍有些说不出口。她捏着勺子沉默半晌，终于说道：“你这么一直盯着我，我怎么吃？”

蒋辰屿从善如流地点点头，说：“知道了。”说完之后，他便站起身来把椅子调整到相反的方向，然后背对着虞兮重新坐下来，笑道：“这样可以了吗？”

虞兮罕见地失语。

面前的这碗小馄饨应该刚煮好不久，还是热气腾腾的，在蛋皮和紫菜的点缀下，一只只薄皮小馄饨浸润在清汤里，精巧诱人，香气扑鼻。

虞兮拿起勺子先从碗里舀了一勺汤，慢慢喝了一口。浓郁的鲜香和记忆中的味道别无二致，她只喝了一口，就像是被蒸腾的热气熏了眼睛，喉头微哽。

“我到美国之后听说你父亲过世的消息，其实是想马上回去的，可是我外公那时候也病了。”蒋辰屿背对着她，慢慢说道，“我给他做小馄饨吃，因为这些都是我外婆亲手教的，所以我一直觉得我做出来的小馄饨和外婆做出来的没有任何区别，但外公每次吃的时候，总是说味道不一样。一开始，我以为是因为他病得太重，味觉受了影响。后来我才明白，对于他来说，即使相同的材料相同的做法，但只要不是外婆做的，就永远不会有那种独一无二的味道。”

虞兮握着勺子的手微颤，咬了一口勺子里的小馄饨，无声地咀嚼着。

“外公外婆彼此相爱，其实我们也是。”蒋辰屿轻叹一声，“可你说为什么我们两个会走到今天这一步呢？”

口中的小馄饨依然美味，可虞兮觉得仿佛在这一瞬间突然变了味道。

“你喜欢什么不说，被误会了也不屑解释，但是虞兮你有没有想过，真正的爱是什么？是你要勇敢地告诉我，你对我的期待，希望我给你坚定不移的爱和信任。而不是两个人毫无方向地往前走，让你在这个过程里一直怀疑自己值不值得。”蒋辰屿语气微沉，“我想让你知道，从我爱上你的那天起，你就有权利也有资格向我索取一切。我有的，我全部能给你，如果我做不到，那是我的错，是我无能，而不是你的问题。可是我当时真的很糟糕，没有察觉到你的这些心情，也不够了解你，你大概鼓起了所有的勇气挽留我，求我留下来。可我不仅让你非常失望，还那么残忍地伤害了你。”

“你完全有理由恨我，哪怕没有这些事情，只凭我做不到让你开心幸福，你就可以恨我。”蒋辰屿仰起头，声音更低了些，隐约有一丝哽咽，“但从昨天晚上到现在我一直在想，如果当时我一直在你身边陪着你，或者接到那通电话后马上赶到你身边，你一定会撑过去，而不是做那种选择，是不是？”

没有人回答。许久之后，直到身后传来一声抑制不住的抽泣声，蒋辰屿倏然回过头去才发现，虞兮坐在那里，不知道从哪一个瞬间开始，已经咬着唇泪流满面了。

蒋辰屿走过去，不顾她的挣扎把她抱进怀里，吻着她的发顶，声音喑哑：“继续恨我吧，把我留在你身边，继续折磨我、报复我，只要你开心，怎么都好。但是不要再为难自己了，好不好？”

“不好！”虞兮一边用力推他一边哭道，“我也不想为难自己，可你以为有这么容易吗？这五年我每天都在想，你为什么不直接来问我，为什么那些话不当面跟我说！我怎么会知道你一开始想带我走？我怎么会知道你误会了那么多？我恨你，但我更恨我自己！我恨我自己为什么不敢和你坦白，为什么要说那么多违心的话。你知不知道我看到那张字条，想到你和外公等了我那么久，我有多遗憾多内疚？可我当时那么求你了，你都不回来……”

她呜咽着说道：“可你让我怎么承认怎么面对？如果不是我，我们就不会吵架，你要是一直陪着我，爸爸走的时候也不会担心得连眼睛都闭不上！”

在此之前，她从没有对任何一个人说起过，甚至连季明明都不知道，这五年伴随着她走过来的，除了那些旷日持久的仇恨，还有她内心始终不曾停止的自我折磨。

虞兮抱着蒋辰屿，终于痛哭失声。

蒋辰屿用力地抱紧虞兮，任她在怀里发泄着所有的悲伤和痛苦，眼底的泪终于也掉落下来，打在她发间，很快便消失不见了。

许久之后，等到虞兮情绪终于平复，从洗手间整理一番再出来的时候，蒋辰屿已经把放凉了的小馄饨重新热了一下，对她说：“不如刚做出来的好吃了，但我今天只做了这么一碗，你凑合着吃几个，等明天早上我再给你做新鲜的。”

虞兮有些不自在，没有直视他的眼神，只默默地坐了下来。

看着她慢慢吃着，蒋辰屿目光柔软，不过想到什么，又有些歉疚：“你住在我家那天，我就想做给你吃了，可最后咱们大吵了一架。那么大的雪，我就让你一个人那么走了。我总说爱你，可事实上很多事情我都做得非常糟糕。以后再也不会了，我慢慢弥补，好不好？”

好不容易发泄完的眼泪再次蠢蠢欲动，虞兮又有些想哭了。可她连自己刚刚崩溃痛哭的画面都不想面对，此时也就更不想让蒋辰屿再一次目睹自己的脆弱。所以她头也不抬，语气生硬地说："你不要再在我吃饭的时候说话了。"

蒋辰屿忍不住笑了起来，觉得这句话大致可以理解为：我可以接受，但我是不会承认的——他甚至不需要用如今对于她全面、彻底的了解来解读。她早在几年前，就惯用口是心非来掩饰心情了。当时偶尔发生类似此种小事，他只觉得她别扭得可爱，却忽略了背后的根源，后来更是只沉浸在自己的痛苦中，才使得误会丛生。

看着虞兮，蒋辰屿轻叹，心中无限唏嘘。

在蒋辰屿的注视下，虞兮只吃了两三个，便放下了勺子，说："我吃完了，你可以回去了。"

蒋辰屿却并没有如她所愿地起身，他只是把碗拿了过来，然后用她那只勺子，吃起了剩下的几个小馄饨。

明明过去再自然不过的事情，此时的虞兮却觉得十分不自在。她立即站起身来，说："吃完之后就走吧，钥匙记得留下。"说完之后，她生怕蒋辰屿再说什么，所以不等他回答，便匆匆离开了餐厅，朝自己的房间走去。

看着她近乎"仓皇"的背影，蒋辰屿无奈地笑叹了一声。

躺在浴缸里，虞兮想到之前的情景，心情十分复杂。

她觉得某一个瞬间，自己似乎被蒋辰屿说服了，尤其当他说自己有权利向他索取一切，那一刻，她仿佛真的认同了自己有可以这么做的资格。其实无论当初还是现在，蒋辰屿对于她的爱，她一直深信不疑，她明白他有多爱自己，只不过她始终质疑自己，并且惧怕他的这份深爱不会一直持续，所以才自困愁城。

她当然是勇敢的，只不过她的勇敢无法表现在感情方面。蒋辰屿的话戳中了她心里最柔软最脆弱的地方，也揭下了她脸上始终戴着的面具。她退无可退，也终于不得不卸下了所有心防。

那一瞬间她是轻松的，却也是不安的：性格里执拗到近乎偏激的那一部分，早已根深蒂固了，所以她即使完全同意蒋辰屿的说法，也并不觉得自己能做到——至少短时间内不能。

直到从浴缸里出来，虞兮仍没有想好接下来的路要怎么走。不过当她穿好睡袍走出浴室，听到外面全无动静，从卧室出去也没有看到蒋辰屿的身影时，她不得不承认，明明知道他会再来，可他此时的离开，让她心里竟然有了一丝微妙的怅然若失。

5. 和我这种人在一起太累了，对你一点儿也不公平

外面的主灯已经关了，只留了墙上的几盏壁灯，散发着昏黄的暖光。钥匙被如约放在了玄关的鞋柜上，不仅如此，蒋辰屿走之前，把厨房也整理得很干净，几乎看不出使用过的痕迹，甚至连厨余垃圾也一并带走了。看着眼前的一切，虞兮嘴角忍不住微微向上翘了翘。

也许正是因为蒋辰屿对于她来说是独一无二的，所以她此刻才越发茫然。如今两个人之间所有的误会算是已经解开了，她不再执着于曾经受的伤害，也有勇气去承认自己当初处理问题的方式失当，可在想要和他为敌并且强迫自己去恨他的那些日子里，她尚且能够得心应手地对他撒娇，如今却束手束脚，不知道该怎样和他相处才好。

虞兮轻轻地叹了口气。

就在她准备回卧室的时候，门铃突然被人按响了，她的心脏也因此倏然跳漏了一拍。她想她是知道门外的人是谁的，但她慢慢走到玄关处，等到门铃的响声消失之后，还是隔着门问了一句：“谁？”

门外的人声音低沉悦耳，也只回了一个字：“我。”

虞兮额头抵着门，无声地笑了起来。

几秒钟之后，虞兮打开门，面无表情地看着门外的蒋辰屿，问道：“你怎么又来了？”

“之前让人送了几套换洗的衣服过来，我下去拿一趟。”蒋辰屿

目不转睛地看着虞兮，问道，“你以为我走了？那你心里有没有觉得有一点儿失落？”

“没有。”虞兮毫不迟疑地答道，并且站在原地纹丝不动，不许他进门。

蒋辰屿看着她的眼睛，许久之后，他直接单手扣住她的腰，将她搂进了怀里，另一只手拖着箱子进门，将门反锁的瞬间，低头吻上了她的唇。

虞兮整个人都被他抵在玄关柜上，唇舌和呼吸一并被他掠夺殆尽，直到被吻得心跳加速，呼吸紊乱，才被动地与他额头相抵，听他低喃：“你让我不要听你说了什么，看你做了什么……你刚才看着我的眼神，在告诉我你不想让我走，希望我留下来。对不对？”

“我才没有……”虞兮的否认来不及说完，便再一次被吞吃入腹。蒋辰屿捧着她的脸，迫得她不得不仰起头承受他侵略性十足的吻，任他予取予求，直至被他拦腰抱起，朝卧室走去。

虞兮醒过来的时候，已经是第二天的下午了。她意识还没有完全清醒，眯着眼睛想要起身喝水，只觉得身体仿佛被当作玩偶重新拆卸组装了一遍，处处酸痛乏力，不由得闷哼了一声。

紧接着，她便被人半扶半抱着起身，随后有杯沿抵在唇边，她才睁开眼睛看了蒋辰屿一眼，然后着他的手喝了两口水。不过她这一眼也惹来了某人又一次的亲吻，许久才再获自由，能重新躺回床上。

蒋辰屿也在她身边躺了下来，自身后把她重新抱进了怀里。

昨晚入睡前最后的记忆，是他红着眼睛默默亲吻她腕间的伤疤。如今朦胧中再次想到那个画面，虞兮的心中仍然酸酸涨涨地疼着。她转过身来把头埋进蒋辰屿怀里，闭上了眼睛。

等到虞兮再次睁开眼睛时，外面的天色已经暗了下来，她坐起身子，看向窗外远处已经次第亮起的一盏盏灯，神情里还透着些许茫然——她竟然睡了快一天一夜。这几年，即使再累、喝再多酒，她也从来没有睡得这么踏实，更从来没有睡得这么久过。

蒋辰屿从外面进来的时候，看到的就是在床头灯温暖光线的笼罩下，眼神迷茫的虞兮。他走过去，低头在她眉心处轻吻了一下，问道："饿不饿？收拾一下，带你出去吃饭。"

虞兮摇了摇头，低声说："还想再睡一会儿。"

她已经睡了太久，蒋辰屿直觉不能让她再睡下去了，于是在她身边坐了下来，帮她理了理额前的碎发，温声问道："怎么了？"

"觉得一切就像是做梦一样。"虞兮的下颌抵着膝盖，慢慢说道，"想看看再睡一觉，醒过来的时候会是什么样子。"

她的声音闷闷的："可能楚亦奇和梅逊雪生意越做越大，每天都在我面前耀武扬威，笑我无能；也可能他们早就死了，我努力了半天，全部是做无用功。"她笑得有些无奈，像是不敢相信自己也会有如此矫情的一天，问道："我是不是很可笑？"

蒋辰屿知道，她只是完成了一个太过久远的目标之后，突然之间有些找不到方向。所以他并没有跟她一起笑，只是问道："那我呢？"

虞兮扭过头看了他一眼，嘴角微勾，慢慢说道："你应该……跟一个更好的人在一起吧。她可能没我漂亮，但性格一定比我好，你们可以互相包容，互相理解。和我这种人在一起太累了，对你一点儿也不公平。"

蒋辰屿默默地把她抱进怀里，许久之后，问道："那你呢？我和别人在一起，你怎么办？"

虞兮忍不住看了他一眼，在他等待答案的时候，蓦地冷哼一声："所以你是认真地在思考这种可能性，并且乐在其中？"说完之后，她掀开他的手，起身朝洗手间走去。

蒋辰屿难得有些愣神，他莫名其妙地看着被虞兮甩上的洗手间的门，许久之后，终于忍不住笑出声来。

隔了一道门，蒋辰屿的笑声依旧清越，极富磁性。虞兮站在洗手池前，再次冷哼了一声。

想是一回事，实际又是另外一回事儿。无论爱恨，蒋辰屿注定属于她，即使世界上真有那么一个人，任何方面都更适合蒋辰屿，她也绝不会放手。

对于为蒋辰屿的感情生活操碎了心的助理，关山自然第一时间就发现了自家老板的不同——过去恨不得二十四小时连轴转、连休息日都觉得是一种资源浪费的蒋总，如今不仅再也没有准时上下班过，上班时间也频频走神。虽然人前仍是一副冷淡模样，但私底下的笑容已经抵得上过去几年的份额了。

蒋辰屿把处理完的文件递给关山，然后站起身来，一面往外走，一面吩咐道："我明天不过来了，有什么要紧事打电话给我。"

知道他的意思是说只要不是十万火急，那就绝对不要打扰，关山这么想着，口中连忙应声，但心里到底忍不住又叹了一句：真是从此君王不早朝，古人诚不我欺。

晚上虞兮要和几个朋友一起吃饭，但用她的话说，现在两个人的关系还在待考察期，他身份尴尬，不被允许参加。蒋辰屿过去尚能无限配合虞兮的耀武扬威，如今更是能屈能伸，主动担起了司机一职，提前下班送她过去。

他出了电梯，往外走的时候，公司大堂里，早已等在那里的人看到他，出声叫道："蒋学长！"

蒋辰屿闻声停下脚步，回头看向朝他走过来的楚恬，有些意外，但还是礼貌地点了点头。

"因为没有您的联系方式，也没有预约，所以没办法上去见您，我只好等在这儿，碰碰运气。"楚恬亦自觉唐突，有些不好意思地说道。

楚恬这几天过得自然不可能好，法院查封了楚家的所有动产、不动产，她虽然已经成年，但名下的大额资金都来自楚亦奇，所以也同样被以恶意转移为由冻结了。楚亦奇原本的亲信和朋友也早就树倒猢狲散，再不肯登门。

房子小了，钱没了，其实并不是多么可怕的事情，但楚亦奇的脾气日渐暴躁，越来越让人无法忍受。他接受不了现状，更接受不了自己如今的身体状况，每天动辄躺在床上不吃不喝，用含混不清的声音不知道在辱骂着什么。楚恬和梅逊雪当然心疼、心酸，但也同样心力交瘁。

不过楚恬觉得，自己越来越喘不过气，可能也同样因为，她每次看着爸爸和梅阿姨，总是忍不住去想他们做过的事情，心里也一直有一种非常复杂的感受，让她不知道该以何种心情去面对他们。

“有什么事儿吗？”蒋辰屿看着有些出神的楚恬，问道。

楚恬回过神来，朝蒋辰屿抱歉地笑了笑，然后才说道：“其实……我是想见虞兮，可没有勇气，而且以我的身份，她大概也不想见到我。所以我来这儿，是想麻烦您帮我向她转达一句话。”

她面上笑容微敛，郑重说道：“我知道，有些事情是不可能用几句抱歉的话就弥补的，更何况真正伤害过她的人，可能从来没有觉得自己做错了事情。所以我想麻烦学长帮我转告虞兮，我替我爸向她道歉，不奢求她能原谅，但她至少应该听到一句‘对不起’。我过去不懂事儿，说过很多很难听的话，我也替自己向她道歉。希望她以后好好生活，能早日摆脱过去那些伤害对她的影响，也祝你们幸福。”

楚恬眼睛微红，说完之后郑重其事地朝蒋辰屿鞠了个躬，然后转身向外快步走去。

6. 我们从今天起，“约法三章”吧

晚上的聚会，除了林月要留在家里给妈妈过生日，莫晚没档期，其他人全员到齐。

陈齐拉着虞兮，喋喋不休地讲述那天晚上她提前离开之后的情景：“你是不知道场面乱成什么样，你走之后，明哥不知道什么时候也不见了。杨助理站在那儿就开始哭，林月和她聊了半天好不容易劝好了，莫晚又开始哭。最后走的时候……好在杨助理还有蒋辰屿的助

理帮忙送一下。莫晚那边你不知道有多费劲，为了怕被拍到，我和寒哥面都不能露，又得顾及形象，怕她醉醺醺地上了头条挨骂，林月把她捂得跟个蝉蛹似的，好不容易才送上了经纪人的车。她第二天酒醒了跟我聊天，说她上了车之后要给你打电话，结果不知道怎么搞的打到了她老板那里，说了一堆醉话，最后被她老板骂得狗血淋头。”

虞兮觉得几天不见，陈齐说书水平突飞猛进，她愣是一句话都没插上。趁他喝酒润喉的工夫，她才忍不住从这长篇大论里挑出一个重点，问道：“杨助理是谁？”

“你那个助理啊，”陈齐一副理所应当的模样，“胳膊跟杨过似的。”

虞兮沉默半晌，回给他一个假笑。

石桥寒来得晚，在虞兮身边坐下之后，说：“在外面看见蒋辰屿了。”

“不叫蒋总了？”虞兮忍不住笑着看他。石桥寒很少笑，可能正因如此，所以他说的话即使再简单，听起来也格外正经：“你能过得轻松点儿，叫他什么不重要。”

看着石桥寒，虞兮笑得有些唏嘘。他似乎从少年时期就是这个样子，看起来有些生人勿近的冷酷，但心里装着他们每一个人。她记得林月有一次喝醉了提起来，那时候她躺在医院里，四个女孩在病房里哭，外面的石桥寒眼睛也是红的。

虞兮抱了抱石桥寒，然后拍着他的肩膀笑道：“早点儿把林月娶回家吧，石头。”

“有时间撮合别人，先管好你自己吧。”季明明不等石桥寒开口，就不冷不热地说道，“故意把人晾在外面，他要是再跑了，就不是五年能回来的了。”

“我不会为了你故意晾着任何人的，你不用把自己看得那么重要。”虞兮瞥她一眼，回击道，“我今天本来也是想进来，和陈齐还有石头打个招呼就走。”

虞兮话虽这么说，但是她今天过来，其实有更重要的目的——鉴于季明明不经她允许，把自己的事情和蒋辰屿说了个干干净净，所以她也决定“帮”季明明一把，让她和她那位“卓叔叔”胶着的关系能有点儿突破。

眼见着季明明懒得理自己，继续低头吃东西，虞兮朝石桥寒看了一眼，等他也看过来的时候，瞟了下自己面前的酒，然后又看了看季明明，挑了挑眉。

石桥寒面上倒是难得有了一丝笑意，清了清嗓子，说：“那你去吧，我们吃完也就散了。”

陈齐只看到两个人眼神一通乱飞，什么也没明白，听到石桥寒的话之后，才有些茫然地问道：“今天散得这么早吗？”

虞兮施施然地站起身来，推了一把他的脑袋，然后对石桥寒说：“我先走了，石头，照顾好两个小蠢货。”

天气很冷，虞兮一出秦公馆的大门，就忍不住倒吸了一口凉气，然后裹紧大衣，朝路边蒋辰屿的车小跑了过去。

彼时，蒋辰屿正放倒了驾驶座半躺在那里闭目养神，听到车窗被敲响的声音，睁开眼睛看到虞兮，连忙开了车门锁。

虞兮打开车门钻进车里，寒气裹挟着她身上的香水味一同袭来，蒋辰屿有一刹那的恍惚。这种失而复得的幸福，曾经无数次地出现在他的梦中。可待到午夜梦回，也只有无尽的失落和怅然。所以即使如今他能够再次真切地拥抱虞兮，却也时常会忍不住忐忑，怕会不会一朝梦醒，他和虞兮终成陌路。

像是要确认眼前的人是否真实一样，蒋辰屿忍不住伸手把她扯进怀里，问道：“冷不冷？”

“快放开！”虞兮顾不上回答，一边用力地推他一边有些气急败坏地说道，“这大路边灯火通明的，别人还以为咱们干什么少儿不宜的事儿呢！”

听她的声音当真有些急，蒋辰屿突然闷声笑了起来，直到从善如流地松了手，也仍是在笑。他极富磁性的笑声回荡在车厢里，惹得虞兮莫名其妙地看了他一眼，抱怨道：“神经兮兮的。”

过了一会儿，蒋辰屿止住笑意，一边调整座椅一边问道：“怎么这么快就出来了？”

“没什么，不想看季明明的冷脸。”虞兮随口说道。

蒋辰屿怀疑自己和季明明同时掉进水里，虞兮一定看都不看自己一眼就会去救季明明。所以他对于这句话听听就罢，帮她系好安全带，说：“走吧，带你去吃东西。”

虞兮问道：“吃什么？”

蒋辰屿并没有直接回答：“到了你就知道了。”

站在砂锅店门口，看着周遭熟悉的景物，很多画面再次浮现在虞兮的脑海中。开心的，甜蜜的，懊恼的，痛苦的……如今回忆起来，恍若隔世。虞兮为了掩饰情绪，假笑着用十分做作的语气说：“真是好惊喜哦，蒋辰辰学长。”

拉着她的手，蒋辰屿笑得宠溺又无奈，问：“看在我为了度过考察期，这么处心积虑的分上，赏脸陪我吃一点儿？”

虞兮不冷不热地瞥了他一眼，然后趾高气扬地朝店里走去。

晚饭时间已经过了，店里人不算多。他们两个人在一张空桌两旁各自坐下之后，热情依旧的老板娘第一时间送上了餐具和热水，问道：“您两位吃点儿什么？”

虞兮每次来到这里，点的永远是相同的五样东西：“豆腐、羊肉、鱼头和白菜各一个，还要一个砂锅粥。”

老板娘飞快地点好菜单去了后厨，蒋辰屿轻车熟路地用热水烫好了一份餐具，递给虞兮之后，才去烫自己那一份。

虞兮看着他，故意问道：“最近两次和这里有关的回忆，可都不怎么美好。还记得那天你在这里是怎么惹我的吗？”

蒋辰屿抬头看着她，笑道：“翻旧账可不是聪明女人的做法。”

“没办法，我这个人最记仇了，最喜欢的就是翻旧账。”虞兮看着他，媚眼如丝，却挑衅意味十足，“你能拿我怎么样？”

“我能拿你怎么样？”蒋辰屿轻笑一声，眸光一如少年时温柔，“给你一辈子的时间好好去翻。”

虞兮原本还有些得意的笑容随着蒋辰屿的话迅速消失了，她觉得胸腔里的心跳似乎突然剧烈，而自己竟然有些不敢看他的眼睛。

看着虞兮有些躲闪的眼神和脸上泛起的一丝微红，蒋辰屿心里一片柔软，忍不住伸出手去，轻轻地揉了揉她的头发，笑叹道：“只要你开心，怎样都好。”

五个热气腾腾的砂锅很快被端了上来。蒋辰屿先帮虞兮盛出了一碗砂锅粥晾凉，又帮她夹了一些菜到她面前的碟子里，说：“有点儿烫，慢点儿吃。”

虞兮尝了两口，老板的手艺一如既往的好，白菜清甜，鱼头鲜香，豆腐和羊肉也散发着各自的不同香气。她发现蒋辰屿一直在看着自己，帮自己夹菜，于是夹了块羊肉放进他的碟子里，问道：“你怎么不吃？”

蒋辰屿眸光深邃，突然说道：“我们从今天起，‘约法三章’吧。”

虞兮有些意外，不由得放下筷子，心中虽然好奇，但还是一副纡尊降贵的样子，说道：“你说来听听。”

“第一，以后你要每天对我提一个要求。”蒋辰屿没有再笑，语气沉敛郑重，“想要一件什么东西，或者想让我为你做什么事情，都可以。”

虞兮有些讶异地皱眉，下意识地说道：“我没有什么……”

“不管是真的没有，还是你觉得不可以有、不需要有，但这就是我要定下来的第一条，我们都必须遵守。”蒋辰屿打断她的话，说道。

虞兮突然明白过来他这是为了什么，心底有些酸涩。她努力平复着心情，问道：“那第二条呢？”

蒋辰屿神情柔和了一些，低声说：“第二，每天要对对方说一句‘我爱你’。”

虞兮不由得失笑，略带调侃似的说道：“蒋总，这种事情也要用硬性规定强求吗？”

“我当然不需要，如果你愿意听，我甚至可以每天对你说一千次一万次。”蒋辰屿眉眼间笑意温柔，“我强求的是你，就当是我变相为自己谋福利吧。”

他希望她学会表达，并且不惧怕表达，因为他会让她明白，她每一次心意的表露，都会得到更加热烈更加坚定的回应。

“第三，我们不要对彼此说假话。”蒋辰屿不给她深思熟虑怎样去拒绝的机会，继续说道，“就算是善意的谎言，也还是谎言。无论对于任何人，还是任何事情、任何东西，我想让你把最真实的感受告诉我，或者说，我需要你这么做。”

蒋辰屿伸出手去，握住虞兮放在桌上的手，说：“你甚至可以不说话，但千万不要为了掩饰什么，说一些违背你心意的假话。我们两个人已经分开了五年，没有那么多时间，可以再去被一些不必要的误会浪费了。”

他们总要了解彼此最真实的心意，才能回馈给对方更好的爱。

眼前浮起的水雾模糊了虞兮的视线，她克制着声音里的颤抖，问道：“如果做不到怎么办？”

像是早已猜到她会这么问，蒋辰屿握紧她的手，安抚似的说道：“我当然会给你时间，陪着你慢慢做到。”

虞兮久久没有说话。她知道自己的问题所在，蒋辰屿也同样知道，他看似轻描淡写，可一定深思熟虑了很久。所谓的“约法三章”，所有的出发点都是为了她，为了他能更好地爱她，也为了她能成为更好的自己。

她看着面前的蒋辰屿，他现在是一个男人最好的年纪，英俊内敛，成熟稳重。她心里又一次喟叹，不知道自己何德何能，可以得到他这样深沉而又炽烈的爱。

眼见着她的眼泪几乎即刻便要夺眶而出，蒋辰屿却罕见地没有哄她，只轻笑着继续说道："不过，今天我们的'约法三章'正式成立，互相监督从现在就开始了，如果做不到的话，当然也要有相应的惩罚。"

"什么惩罚？"虞兮闻言，泪眼迷蒙地看着他。

"你现在不会想知道的，"蒋辰屿答得敷衍，笑容却大有深意，"回家再告诉你。"

如同他了解自己，虞兮也同样了解蒋辰屿，所以敏锐地意识到了他话里的意思，于是前一刻她还沉浸在感动和悲喜交织的情绪之中，如今便格外怨怼地带着哭腔说："你怎么能这样！"

蒋辰屿接受控诉，却没有任何知错就改的自觉，只是松开了她的手，揉了揉她的头发，说："吃饭吧。"

7. 以后的日子，你的爱人和朋友一起守护你

虞兮和蒋辰屿吃过晚饭，手牵手走在海大校园里。

夜晚的校园没有白日的喧嚣，但还是同样充满活力。三五好友从外面回来，说说笑笑地走向宿舍楼，一对情侣发生了争吵，一个解释一个拒绝，一前一后步履匆匆地离去。远处的球场上还有一群踢球的少年，大声提醒着同伴们的配合，场边有抱着外套和毛巾的女孩们安静地等待。

"过几天'泰泽'在美国的新温泉酒店正式营业，你要不要陪我一起去？"蒋辰屿问。

虞兮狐疑地看向他，问道："想带我过去玩，还是想拐我去见你父母？"

蒋辰屿忍不住轻笑出声："感觉我现在在你心里，就像是一只工于心计的狐狸。"

"差不多吧。"虞兮嗤笑一声，然后才说道，"不过这次就不去了，我确实还没有做好见家长的心理准备——万一他们不喜欢我怎么办？"

"你很在意他们会不会喜欢你吗？"蒋辰屿问完之后，又提醒道，

“第三条。”

虞兮被他提醒着想到“约法三章”的第三条，不由得笑了起来，但也终于肯老老实实地答道：“不在意，我又不和他们在一起，他们喜不喜欢我关我什么事儿？”不过说完之后，她又忍不住强调道：“处于考察期的人，好像没有资格问我这种，下一个阶段才需要考虑的事情。”

蒋辰屿停下来，看着她，问道：“那个‘约法三章’，还不能让我结束考察期吗？”

虞兮抬手拉住他的领带，微微踮起脚，凑到和他距离极近的地方，和他四目相对，风情万种地轻声笑道：“很遗憾，蒋先生，就是因为你提了太多要求，所以考察期再一次无限延长了。”

看着她妩媚的笑容，蒋辰屿心中一动，忍不住低头想要吻她。她已经伸出食指，直接贴上了他的唇，声音越发低了些，风流婉转：“大庭广众，注意影响。”说完之后，她便轻轻推开他，笑着继续向前走去。

蒋辰屿看着她的背影，无可奈何地笑了笑，随后跟了上去，问道：“那我能将功补过吗？”

虞兮停了下来，挑眉看了看他，反问：“你打算怎么补？”

蒋辰屿朝她伸出手，却是手心朝上紧握着的。虞兮蓦地意识到什么，呼吸一滞。下一秒，他就将手缓缓展开了。昏黄的路灯下，静静地躺在他掌心里的，果然是那条钻石手链——那条曾经被她丢掉又捡回、再扯断了重新丢回给他的手链。

虞兮小心翼翼地把它拿起来，颤声说：“修好了？”

蒋辰屿看着她难掩惊喜的神色，觉得眼前的一幕似乎和五年前重叠了。当时她也是这样，只不过那时候的惊喜里，没有掺杂如今这么多的唏嘘感喟。而他也觉得过去的自己实在可笑，竟然会误以为她不喜欢，不在乎。

“我帮你戴起来，好不好？”蒋辰屿的声音格外温柔。

虞兮觉得，对于此刻的她来说，世界上最美好的词汇，大概莫过于“失而复得”四个字。她扯断这条手链的那一天心里有多痛苦，现在重新面对它的时候，就有多欣喜。

面对蒋辰屿的问话，虞兮看向他，毫不犹豫地点了点头。

蒋辰屿拉过她的左手，虽然时隔五年，给她戴手链的动作却同样的生疏，好一会儿才扣好。那条手链贴着虞兮原本的钻石手镯，在灯光之下，像是散发着同样的光彩。蒋辰屿再次亲吻了她腕上的疤痕，然后抬头看着她，郑重说道：“以后的日子，你的爱人和朋友一起守护你。”

虞兮在眼泪掉下来之前，猛地扑进他的怀里。

虞氏食品公司的转让手续早已经办妥了，只不过后续还有两份文件要签字，但虞兮没想到，她走进办公室的时候，在里面等着的人会是许晓凝。

许晓凝的石膏依然没有拆，打扮也和平时没有什么两样，汪显成那边的精心调养显然作用不大，她气色非但没有变好，反而更憔悴了，人看起来也瘦了很多。

虞兮走到办公桌前，打开文件夹找到要签的文件，拿过笔来正要签字的时候，许晓凝伸手拦住了她，带着哭腔叫道：“虞总……”

“以后就不是虞总了。”虞兮笑了笑，打断她之后，又有些嫌弃地看着她，“你敢哭一个试试？”

“您就这么放心把公司交给我了？可我一点儿心理准备都没有，而且我根本没有管理公司的经验，万一搞砸了怎么办？”许晓凝倒是真的忍住了不哭，可她还是苦着脸，满怀希冀又有些小心翼翼地问道，“您能不能再带我两年？我可以去和我爸说，继续聘请您管理虞氏，就和以前一样！”

“然后你继续给我打杂？”虞兮嗤笑一声，“你要是就这点儿出息，这点儿本事，我再带你十年也是一样的。”

虞兮说得毫不留情，许晓凝怀疑自己是不是受虐习惯了，心里原本那么多的忐忑不安此刻反倒消失了一些。不过随后她还是忍不住问道："那如果我以后有什么问题不懂，或者遇到什么麻烦，还可以问您吗？"

虞兮笑容里的嘲弄越发明显："守着一个财神爷一样的汪显成，你需要来问我？"

许晓凝辩无可辩，先前关于隐瞒或者欺骗的生气、愤怒，早就已经被她抛到了脑后。

事实上，自从知道虞兮把虞氏交给了自己，她整个人都慌了神——经验她跟在虞兮身边不说学了十成，七八成总是有的，更何况还有爸爸做后盾，所以她并不担心将来会打理不好虞氏。她担心的是，以虞兮的那种性格，离开虞氏之后，主动找自己是不可能的，自己总得有个理由能和她继续保持联系。

"我和关山表白了，然后被拒绝了。"许晓凝近乎胡搅蛮缠一样说道，"您是他未来老板娘，不能不管我。"

虞兮险些气笑了，本来想说我凭什么管你，但话到嘴边，到底还是没有说出口，只饶有兴致地问道："为什么被拒绝了？"

"他说只当我是朋友，不喜欢我这个类型。"想到关山，本来就心情极差的许晓凝觉得越发糟心，忍不住抱怨出声，"看起来笑眯眯的都不是什么好东西。"

虞兮怀疑她在指桑骂槐，但看她一脸纠结，也就懒得和她再计较了，只在转身离开之前慢悠悠地说道："任重道远，好好加油吧，杨总。"

许晓凝下意识地问道："杨总是谁啊？"

回答她的，只有虞兮的一声轻笑。

黑色宾利一路驶出虞氏，虞兮的视线从车窗外收回来，然后看着后视镜里的公司大门渐渐变小，直至消失不见，才靠在蒋辰屿怀里，微微地轻叹了一声，笑道："朕打下的这片江山，以后就彻底易主了。"

低头在她发间轻吻一记，蒋辰屿笑道：“那女王陛下想好以后再去哪里一展拳脚了吗？”

“没有。”虞兮答得言简意赅。

最开始闲下来的时候，她十分享受这种每天无所事事、自由散漫的生活，可时间一久，她就觉得如果以后的日子都这么过，那简直比过去忙忙碌碌一年到头没什么休息时间的日子更痛苦。

蒋辰屿知道她闲不下来，但还是劝道：“不急，慢慢来。”

“你当然不急。”虞兮推开最近颇有“昏君”风范的蒋辰屿，瞪了他一眼之后下定决心，“我回去之后就开始定计划，把比较感兴趣的事情一项一项列出来，然后逐项分析可行性。”

非常喜欢虞兮这种神采奕奕的模样，蒋辰屿重新把她抱进怀里，轻声说道：“好，你想做什么我都支持你。”

两人一路聊着，车子很快就开回了小区。但不等开进去，蒋辰屿就出声让司机停了下来。虞兮一边沿着他的视线朝窗边看去，一边问道：“怎么了？”

不需要等蒋辰屿回答，她已经看到了宠物店门口，站在夕阳里的楚霄和楚凌，当然，还有他们脚边的小汪。

想起那个雪天，蒋辰屿坐在车里就这么远远地看了自己很久，不知道那个时候的他会是什么样的心情，虞兮的心不由得又软了几分，拉了拉蒋辰屿的手。

这是属于虞兮的独特示弱方式，隐晦，不直接，却可爱。蒋辰屿自然知道她想起了什么，所以倾身吻了吻她的眉心，笑道：“去吧，那时候是那时候，现在是现在。”

和蒋辰屿重新在一起后，虽然爱着对方的心情和过去一样，但与此同时，也有着和过去截然不同的安定平和。她开始能站在越来越成熟的角度审视自己，也对自己拥有的这份感情，有着越来越明显的安全感。

虞兮也学着他的样子，吻了吻他的眉心，然后转身下了车，朝宠物店门口走去。

小汪发现虞兮，跑到她脚边转了一圈，叫了两声，又重新跑回了楚霄身边。楚霄一边抱起小汪，一边朝虞兮挥了挥手，笑着叫道：“小虞！”

虞兮走到他身边，抬手揉了揉他的头发，然后看了看一旁的楚凌，对他们笑道：“好久不见了。”

“以后可能会更久。”楚凌说完之后，见她有些不解，又解释道，“我们要搬家了，今天来带小汪一起走。”

虞兮知道荆楚科技易主的事情，她知道楚凌也许做这个决定并不难，难的是该怎么平衡这背后和楚家的关系。不过眼前的楚凌看起来面上没有一丝郁色，眼角眉梢反而有一种难得的轻松感。

“你接下来有什么打算？”虞兮看着他，问道。

“当然是继续做这一行。”楚凌笑道，“毕竟我好像也不擅长其他的事情。就当是把创业的路重新走一遍吧。”

他说得轻松，但这其中要面对的困难有多少，虞兮心里清楚。她看着楚凌，貌似轻松地问道：“如果有什么需要我帮忙的地方，你会找我吗？”

“为什么不呢？”楚凌温和笑容里带着几分打趣，“显然你那位蒋先生并没有严防死守，不许你接触异性朋友。”

虞兮忍不住笑了起来。

楚凌想起什么，说道：“恬恬说很想跟你道歉，但又不知道怎么面对你。了解真相之后，她其实一直很内疚。”

“蒋辰屿和我说过。”虞兮想到楚恬，一时之间神情有些复杂，“你帮我转告她，她没有记恨我毁了她的生活，已经让我刮目相看了。上一辈的错误和她没有任何关系，让她过得轻松点儿吧，她没有什么对不起我的，也不需要替别人内疚。”

见楚凌微微点头，虞兮突然说道：“阿凌，你也是。你一直活得太累了，我希望看到你能真正过上轻松的生活，而不是一直背负着那么沉重的东西，被过去的人和事影响。”

眼前的虞兮被笼罩在夕阳的余晖中，神色里有对于朋友真正的关心和期待。他很乐于见到这样的一个虞兮：她终于不再是五年前那个目光绝望的女孩了，也不再是那个怀着目的找理由接近自己，始终虚与委蛇的“虞小姐”。

现在的她只是虞兮，是他楚凌的朋友。可他还是忍不住回想起，时隔五年再次相遇那天，虞兮走向对她来说还是个陌生人的他，看似不小心地栽进他怀里，眼底却闪过了一抹志在必得的明朗笑意。

那个眼神，他一次又一次地想起，至今依然没有忘记。

楚凌想要伸手去揉揉她的头发，可余光看到不远处停在那里的车，终究还是忍住了。他朝虞兮笑了笑，说：“这些话更应该我对你说。虞兮，放下吧。”

虞兮看着他，认真地点了点头。

随后，她又叫过一旁的楚霄，问道：“阿霄，你哥以后如果特别忙，顾不上照顾你的时候，知道该怎么办吗？”

“嗯。”楚霄点点头，说，“叫外卖。”楚凌轻笑出声。

虞兮克制住了想要动手的冲动，直接问道：“我的电话记不记得？”

楚霄张口就报了出来。虞兮脸色这才好看了些，轻轻敲着楚霄的头，说：“到时候就给姐姐打电话，知不知道？”

楚霄乖乖答道：“知道。”

看着两个人又聊了几句，楚凌目光始终温柔。不过意识到总要离开，所以他还是叫过了楚霄，然后对虞兮说：“我们要回家了，你也早点儿回去吧，你的蒋先生还在等你。”

虞兮从楚霄怀里接过小汪，拍了拍它，又轻轻揉了揉它的头，然后才把它交还给了楚霄。楚霄抱着小汪，他并不知道这一次的分别，究竟会是短暂还是长久，只是乖乖地朝她挥了挥手，说：“小虞再见。”

“再见。”虞兮说完，然后朝楚凌点了点头。楚凌深深地看了她一眼，然后便带着楚霄转过身，头也不回地向前走去。

直到看着他们兄弟俩的背影消失在街角，虞兮转身的时候，才发现蒋辰屿已经下了车，正朝着她的方向走来。虞兮也朝他走去，而且很快便加快了速度，直接扑进他怀里，低声说："我们也回家吧。"

"好，回家。"蒋辰屿接住她之后，拉起她的手，踏着夕阳朝小区里慢慢走去。

"我刚才突然想，或许开家宠物店也不错。"虞兮轻轻晃着蒋辰屿的手，征求意见似的说道，"反正咱们都喜欢小动物，现在外面的流浪猫和流浪狗那么多，也可以为它们做点儿什么。"

蒋辰屿闻言沉默了几秒，然后才看向她，说道："我好像没有对你说过我喜欢小动物。"

虞兮意识到自己刚刚无意间说了什么，随后为了掩饰，故意朝他抛了个媚眼，笑道："那大概是我和你心有灵犀，算到你也喜欢小动物。"

蒋辰屿停下来，将她抱进怀里，声音里透着低沉而又愉悦的笑意："'约法三章'第三条，你还有三秒钟的机会可以重新回答，超过三秒的话，后果自负。"

想到前几次自己无心违反之后的遭遇，虞兮忍不住面红耳赤地捶了他一下，说："行了行了，我说！"

她如此痛快地改口之后，蒋辰屿的神情不知是欣慰还是遗憾，但眼见着她警告似的眼神看过来，便也不再逗她，拉着她的手，继续朝家里走去。

随着两个人的身影渐渐远去，虞兮的声音也越来越小，直至彻底散落在夕阳的余晖里。

"你还记不记得有一个下雨天……"

番　外

尚在场

1

虞兮从梦里惊醒的时候，外面的天还没亮。

她做了一个很长很长的梦，明明只是睡了几个小时，梦里却几乎把自己这二十多年的人生重新走了一遍，以至于她倏然睁开眼睛之后，躺在原地一动不动很久，都没有缓过神来。

梦里的她就像是一个旁观者，看着“虞兮”慢慢长大。看着她经历梅逊雪的忽视轻慢，在长久的煎熬和自我折磨中确定了对方的“不爱”；看着她坐在蒋辰屿的自行车后座上，神采飞扬地穿行在大学校园；也看着她从被彻底击垮的境地中用尽全力重新站起来。即使她戴着坚不可摧的华丽面具，也依旧日复一日地被困在仇恨之间寝食难安。她也同样看到蒋辰屿的误解，看到他的痛苦，看到了他们交织在爱恨中所受的折磨。

这个梦境真实到，她能清楚地闻到浴缸里弥漫的血腥气，能听到虞俊良断气那一刹那心电监护仪发出的声响，还有蒋辰屿的眼泪滴落在她腕间时，那种似乎能灼伤她皮肉的温度。

还好只是一个梦。虞兮默默地想。

无论有多少人说过，人一生经历的一切都是一种财富，值得在成长的道路上永远铭记。但对于她来说，崭新的人生才是眼下唯一被需要的。而她既然已经走出了曾经深陷的泥沼，那么无论如何，她都不会再回头看了。即使那些巨大的痛苦中还掺杂着短暂的甜蜜和温暖，但面对当下以及未来那些能被清晰展望的幸福，她宁肯把所有过往一并舍弃掉。

身边的人仍在沉睡之中，呼吸均匀轻浅。虞兮忍不住伸出手，想要摸一摸他的脸。昏暗的光线下，他的睡颜俊美安恬，她动了动身子，偎进他怀里。

蒋辰屿人还没醒，身体却仿佛有了意识，自动自发地展臂将怀里的人抱紧了。

虞兮的额头抵着他的胸膛，感受着他踏实有力的心跳，梦境带来的沉郁和压抑终于消失不见，她的整颗心也再次安定下来，胸腔间洋溢着的，只有一股让她几欲落泪的温暖和平静。她终于忍不住，屏住呼吸，轻轻吻了吻他心脏跳动着的地方。

那里藏着她，她一直都知道，也终于可以不用再害怕了。

虞兮再次醒来的时候，太阳已经升起来了。她有些慵懒地翻了个身，想要起身的时候，眼睛都还没睁开。身边的人却再次把她抱回了怀里，与此同时，响起来的声音里还带着浓浓的睡意："再睡一会儿吧，宝宝。"

"肚子饿了。"虞兮睁开惺忪的睡眼，喃道。

耳边响起悦耳的轻笑声，随即一个轻吻落在她眉心："常姐应该做好了，你再躺一会儿，我把早餐端上来，你在这里吃。"

见他已经彻底醒了过来，虞兮想到什么，在他起身的时候拉住他，说道："麻烦你帮我把早餐拿进来。你说过每天我要要求你为我做一件事儿，所以今天的‘指标’我算是完成了？”

蒋辰屿起身的动作顿了顿，随后无可奈何地笑了笑，说：“你的作弊嫌疑越来越明显，我是会有惩罚措施的。”

“是你说过任何事情都可以的，我怎么算是作弊？”虞兮挑了挑眉，半是不满半是挑衅似的反问。

蒋辰屿突然倾身过去，又在两个人的鼻尖快要相抵之前停下来，抬手轻轻地捏了捏她的脸，压着嗓子似笑非笑地说：“最终解释权归我所有，今天的账我记下了。”

看着他近在咫尺的俊颜和看着自己的灼灼目光，虞兮有短暂的晃神，可还不等她突然剧烈的心跳平复下来，蒋辰屿已经直接起身，从床头柜上拿了水杯递给她，然后转身出了门。

虞兮后知后觉地回过神，却已经错过了“反击”的最好时机。所以等她喝完水，重新躺回床上，看着蒋辰屿端了托盘进来之后，第一反应便是朝他露出一抹假到不能再假的笑容，拿腔拿调地说：“谢谢你为我拿早餐，我真是太喜欢你了。”

知道她故意气自己，蒋辰屿蹙着眉头看她，又无奈又好笑地问道：“自己去洗漱还是我抱你去？”

虞兮觉得，如果是当初两个人还在对峙的阶段，她一定会毫无心理负担地故意撒娇，让他抱自己去洗手间。眼下这个时候，她却忍不住故意和他作对，掀起被子边下床边说：“我又不是生活不能自理。”

蒋辰屿看着她的背影，无奈地摇了摇头，随后也跟了进去，从身后抱住她，从镜子里看着她刷牙。虞兮同样也从镜子里看着他的脸——冷漠疏离的那个他更像是一个不真切的幻影，被时间打破之后，如今的他远比少年时更体贴，只要在她面前，眼角眉梢也永远温柔深情。

虞兮觉得自己心口微热，掩饰似的垂眸几秒，然后拿过另一支牙刷递给了他。

两个人并排站在洗漱台前刷牙，间或看对方一眼，似乎从如此简单寻常的场景里，便已经窥见了未来几十年的生活，所以心生欢喜，也共存了期待。

2

去季明明生日聚会的路上，虞兮的手机响了又响，蒋辰屿看着屏幕上闪动着的许晓凝的名字，问道："为什么不接？"

"无非还是那些事情，那些话。"虞兮掐断电话，直接发了个"忙"字过去，然后说道，"她现在每天拿来问我的那些问题，其实她自己完全有能力解决，但心理上还是太习惯依赖我。我要是放任她这么下去，那我们两个才是蠢到一起去了。晾她一阵儿再看吧。"

听着她用十分轻慢的语气说出这几句话，蒋辰屿把她的手握在掌心里把玩着，看似漫不经心地说道："你对许晓凝可比对我负责任多了。"

虞兮忍不住抬眸看他，娇笑道："蒋总，你这语气听起来像是个争风吃醋的弃妇。"

蒋辰屿不在意她的调侃，只是握紧了她的手，没有再说什么。

秦公馆很快就到了，下车之后，虞兮并没有直接往里走，而是站定了，看向蒋辰屿，笑着问道："总不至于真是因为吃许晓凝的醋，所以不开心吧？"

蒋辰屿也笑了起来，说："没有不开心。"说完之后，不等虞兮表达她的不满，就看着她继续说道："其实一开始看着你那么干脆利落地处理好了一切，包括许晓凝，我某一个瞬间突然想，即使你的未来里允许了我的加入和存在，会不会某一天你想离开的时候，也会像对待许晓凝一样，那么理智清醒地对待我。"

理智和清醒都是十足的褒义词，可放在感情里，更多的时候等同于冷酷和残忍。

虞兮本来想调侃，话到了嘴边，却有些说不出口。

除了那些误会和痛苦，其实一直以来，都是蒋辰屿在包容她，迁就她。即使是那个"约法三章"，其中看似强制性地要求她表达心意，他也自始至终是出于为她好的目的，为了让她打开心结，能够直面自己的内心。事实上，对于他来说，她一直疏于表达自己的心意，某些安全感谁都会需要，可她给他的，一直不够。

看着蒋辰屿，虞兮的语气有些轻，一时听不出情绪："某个瞬间这么想，然后呢？"

在萧瑟的北风里，蒋辰屿握紧她的手，嘴角微勾，笑容温柔，但眸光异常灼热地说："然后我又想，虞兮这个人不仅别扭难伺候，也从来不会委屈自己，她口口声声说恨我，和我纠缠了这么多年，最后还是轻易就原谅了我，回到了我身边，只在我一个人的怀里哭。我说的话都听，我的承诺都信……她一定很爱很爱我，绝不会离开我的。"

蒋辰屿声音不大，但虞兮听得清清楚楚，仿佛每个字都被钉在了她的心上。她看着他，眼底有明显的水汽氤氲，在眼睛越来越酸涩之前，她直接把头埋进了他胸前，不肯让他再看到她的表情，许久之后才低声抱怨似的说道："对啊，如果不是很爱很爱你，为什么会和你在一起啊……"

抱住她身子的手一顿，随后蒋辰屿缓缓收紧了手臂，笑容里难得有几分唏嘘意味，下颌抵着她的发顶，说："再说一遍。"

虞兮动了动唇，正要开口，一束强光突然从远处打过来，蒋辰屿第一时间抬手挡在了虞兮眼前，然后微眯着眼睛朝光源处看去。一辆蓝色法拉利很快开到了近前，刚一停稳，陈齐就从车里跑了下来，一边因为太冷倒吸一口凉气裹紧了外套，一边看了他们一眼，嚷道："到了怎么不进去啊？在大街上演什么偶像剧呢！"

虞兮离开蒋辰屿的怀抱，站直了身子，看向陈齐的时候，脸上已经重新露出了平日里高贵冷艳的笑容："演一部因为白痴电灯泡突然打扰，不得不马上中断的偶像剧。"

陈齐撇了撇嘴，说："谈个恋爱至于公然在大街上刺激单身狗吗？回家你们演十八禁也没人打……"最后的"扰"字还没说出口，就收获了两道冰冷的视线，陈齐缩了缩脖子，不得不把话咽了回去。

季明明对于过生日一直没什么兴趣，更是从不大办，对她来说，这个日子只是一个她和几个朋友能多聚一次的理由——一个不值一提的理由。

“卓清淮今年到底为什么不来啊？”酒过三巡之后，已经半醉的莫晚走到虞兮身边，觑着不远处默默吃菜的季明明，压低声音问道。

“不知道。”虞兮答得直截了当。

她觉得眼前的季明明就像是回到了刚认识的那个时候，无论身边人群怎样喧闹，她都一言不发，可她的存在远比一个影子更沉重。她不说的事情，虞兮也同样不会多问，所以只是对莫晚说：“不用刻意对她说什么做什么，看咱们喝酒聊天反而能让她心情好一点儿。”

虞兮知道，季明明心里是喜欢这种氛围的。

“哦……”莫晚似懂非懂地点了点头，很快就接受了虞兮的说法。

石桥寒公务繁忙再次缺席，陈齐便大多数时间拉着蒋辰屿和莫晚喝酒。酒正酣时，莫晚突然想起什么，大大咧咧地对蒋辰屿说：“泰泽集团那个代言人，我们公司有两个人已经进了考察范围，我经纪人知道我跟你认识，非让我跟你打个招呼说两句好话。不过你听听也就算了，不用真的潜规则。”

饶是早已经习惯了莫晚的说话方式，蒋辰屿仍忍俊不禁。倒是虞兮听到代言人的事情，对莫晚似笑非笑地说道：“真要潜规则，也得潜你这样的。”

莫晚翻了个白眼，嗤了一声：“我倒是想，可人家不仅要选名气大的，还要选业务水平高的。我演技倒也不算差，但距离真正的实力派还差得远呢！”不过说完之后，她见虞兮上下打量着自己，忍不住抱臂问道：“干吗？我可只卖艺不卖身，帮忙通个气结果自己截和了，这种事儿我可干不出来。”

“真是好大一朵白莲花啊……”虞兮也抱臂看着她，不冷不热地嘲笑道，“你们那个圈子，人是怎么红起来的，靠五讲四美？”

在她看来，莫晚提到的两个人，只是进入了泰泽集团的甄选范围，还在考察期，并不是真成了确定人选。这个时候到底谁赢，都是各凭本事的事情。经纪人让她来通这个气，未必不是抱着这种心思，没脑子的只有莫晚。

莫晚正要辩解，说自己是靠倾国倾城的脸蛋和无限的人格魅力红起来的。蒋辰屿已经慢条斯理地说道："可以从里面选一个和你双人代言。"说完之后，他又补充道，"不过合同期内泰泽还是会进一步考察你的各项数据和社会影响力，如果能达到我的要求，可以升级全球代言。"

莫晚倒吸一口凉气，第一反应是下意识地去拽虞兮的衣服："直接空降！我万一和你们家蒋总传绯闻怎么办啊？"

虞兮不容分说地从她手里把自己的袖子抽回来，懒得理她，和林月继续聊起了先前的话题。

面对这种无言的讽刺，莫晚顾不上和虞兮打嘴仗，又仰头喝完一杯酒，然后摸出手机打给经纪人，并且一副小人得志的样子按下了免提，打着酒嗝说道："老马！你告诉姓叶的那个王八蛋一声，老娘不到三分钟就拿到泰泽集团的代言了，我看他还敢不敢再骂我是猪脑子的废物！"

"恭喜、恭喜！"电话那头传来的却是一个温和到格外刻意的笑声，"对了，我刚才正在和老马交代，要帮你接洽一个和非洲野生动物近距离相处的新综艺。你有肯尼亚的签证吗？"

伴随着陈齐的放声狂笑，一直像隐形人一样的季明明也被饮料呛了一口，猛地咳嗽起来。

3

看着车库里崭新的黑色雷文顿，虞兮靠在蒋辰屿身上，下意识地看了看自己的左手，用调侃似的喟叹消解着语气里的遗憾，笑道："真漂亮，可惜了。"

拉起虞兮的手腕，在她腕间轻吻了一下，蒋辰屿看着她的眼睛说道："有我呢。以后无论什么车，只要你喜欢，就尽管收集，任何时候都有我来给你做司机。"他眉峰微挑，轻笑道，"所以现在……虞小姐愿意让你的男朋友带你去兜风吗？"

"第一，收养基地的选址还没定，基金会近期的账还没看，就连前些天几个品牌送了新裙子过来我都没时间试；"虞兮抱臂看着蒋辰屿，语气疏淡地说道，"第二，你现在还在考察期，请保持一定的自觉性，不要随便以我的男朋友自居。"

蒋辰屿笑意不变，只问道："还有第三吗？"

"第三——"虞兮看着他，突然踮起脚在他唇上亲了一下，笑起来的时候，眼角眉梢一片潋滟风情，"我们去兜风吧！"

她话音刚落，蒋辰屿就揽过她的身子，低头直接吻上了她的唇。

坐在车里，虞兮偶尔看向车窗外，大多时候是在看着开车的蒋辰屿的侧脸出神。

最近她看起来甚至比蒋辰屿更忙——除了真的决定建一个大型流浪动物收养基地，为那些小动物做些力所能及的事情，她还在蒋辰屿的鼓励和支持下，筹备建立了一个有关少儿心理健康的慈善基金会。因为一切尚未走上正轨，所以之前百无聊赖的悠闲生活早就成了过眼云烟。不过这种忙碌和过去那种满心只想着赚钱的忙碌不同，她现在的心情变得更平和，也更踏实。

微信的提示音响起，虞兮打开手机，看到华叔发过来的他和华婶在国外几处著名景点的合影，回复了几句话之后，和蒋辰屿说起来的时候，笑容里的欣慰一览无余。

两个人聊起虞氏，自然而然又聊到许晓凝，虞兮想起她的留言，问道："江蓠有男朋友吗？"

"不清楚，员工的私事我从不过问。"蒋辰屿答完，看了她一眼，问，"怎么突然想起问这个？"

虞兮放下手机，姿态慵懒地靠在座椅里，转动着手腕上的镯子，说："许晓凝说，关山拒绝她的时候说自己有喜欢的人，经过最近的观察，我如果没猜错的话，他喜欢的大概是江蓠。"

蒋辰屿十分意外，因为他从未察觉到两个助理之间的私人关系有任何不同，所以问道："为什么？他们两个人从各方面来看，都是完全不同的类型。"

"难道要爱上和自己完全一样的人吗？那多无趣。"虞兮笑起来，然后又看了他一眼，"而且这是女人的第六感，你不懂的。"

蒋辰屿笑了笑，问："所以你当初第一眼见到我，你的第六感是不是就告诉你，这个人会爱你爱得不可自拔？"

自从虞兮把第一次见面时的事情告诉蒋辰屿之后，这还是他第一次拿这个调侃她，所以饶是虞兮这种素来和娇羞无缘的人，也不由得脸上有些发烫，忍不住满是怨怼地横了他一眼，嗔道："以后离陈齐远点儿，都学坏了！"

蒋辰屿低沉悦耳的轻笑声在车厢里响了起来。

虞兮不再看他，掩饰似的朝窗外看去，但不久以后，察觉到车流越来越大，才后知后觉地发现，蒋辰屿对接下来的去处有自己的安排，而并非毫无目的的兜风。于是她问道："咱们这是去哪儿？"

蒋辰屿在回答她之前，已经把车开进了一个大型商场的停车场，找停车位的过程中，反问："你有多长时间没有进过电影院了？"

虞兮一愣，猝不及防被他这个问题拉入回忆里，许久之后才看向他，轻声答道："五年了。"

彼时，蒋辰屿已经停好了车，但听到她的回答，握着方向盘的手还是一顿，然后迎着她的视线，目光沉敛而又深邃："我也是。"

走进电影院的时候，虽然时间和地点不同，但虞兮和蒋辰屿都不约而同地想起当年，两个人第一次一起看电影的情景。

当时虞兮脚伤刚痊愈不久，和蒋辰屿的关系已经从最初的生疏、她一个人的自说自话，演变成了两个人之间尚算有来有往的熟悉。但蒋辰屿性格冷淡，她又心思太多，所以他们虽然熟悉，却依旧不够热络、亲昵。

直到那天他们去看了一场电影。

时间很晚，看电影的人很少。和放映厅里其他两对卿卿我我的小情侣相比，两个人坐在最后一排，看上去神情虽然与往日没什么不同，姿态却都隐隐透出了几分不自在。

虞兮不愿意承认自己心里的忐忑和期待，因为和蒋辰屿的相处中，她已经越来越理不清自己心中的感受——原本接近他，只是因为当年街头的那一眼，她内心对于温暖的渴求。她以为那明明更趋向于一种本能，近似于向日葵对于阳光的追随，抑或吸血鬼对于初拥的祈盼。可现在，每次站在蒋辰屿面前，看着他浅笑的眉眼，清越的声线，哪怕只是举手投足间的漫不经心，都能轻而易举地吸引她全部的注意力，让她呼吸紊乱，心跳失序。

她察觉到什么，心中有不为人知的喜悦，却又下意识地想要逃避。

电影尚未开场，厅内的灯还亮着。蒋辰屿朝四周看了一眼，随后又拿出手机，看了一眼上面的时间：晚上十点四十六分。

虞兮看了眼身边面无表情的人，心里原本的忐忑和期待之外，瞬间就多了几分不知来由的薄怒。

“我只是晚上睡不着，所以过来看场电影打发时间。谢谢你送我过来，但你没必要陪着我在这里浪费时间，你如果想回去，就回去吧。”虞兮收回视线，看向前方，不冷不热地低声说道。

蒋辰屿不明所以地看向她，微微皱眉说道：“是你说怕看完太晚了不敢回去，让我没什么其他安排的话尽量陪你一下的。”

“对，但我现在又改主意了，不行吗？”虞兮的声音越发冷硬，“我现在又突然不想有人打扰我了。”沉默片刻，蒋辰屿一言不发地起身，朝外面走去。

直到蒋辰屿的身影消失，前方屏幕上的贴片广告已经播完了。放映厅里暗下来，虞兮的身体却维持着蒋辰屿离开时的僵硬，始终一动未动。她说不清自己心里的悲伤和懊恼哪个更多一些，她只觉得，这样的情景自己似乎并不应该意外。

再正常不过了。虞兮这么想着，闭上眼睛，用力压下了眸底那丝湿意和心中的酸涩。

不知过了多久，黑暗中，衣料摩擦下，窸窸窣窣的声响传来，身边空着的位置上有人重新坐了下来。虞兮还未睁开眼睛，就闻到了独属于蒋辰屿的那股清冽好闻的气息，以及爆米花香甜的味道。

虞兮猛地睁开眼睛朝身边看去，与此同时，一桶爆米花被放到了她怀里。蒋辰屿没有说话，但他的五官被笼罩在明灭的光影里，显得越发精致好看。

虞兮下意识地抱着怀里的爆米花桶，前方巨幕上，是场景恢宏的连环爆炸画面，主角在一片火海之中紧张奔逃。可她丝毫没有注意到电影在演什么，看着蒋辰屿的侧脸，只听到自己如擂鼓般的剧烈心跳声。

"你为什么又回来了？"虞兮听自己这么低声问道。

蒋辰屿始终目视前方，声音虽轻，可每个字都像是敲在她的心上，清晰而又坚定："我没说过自己要走。"

虞兮想要笑，却又忍住了，她怀疑他是故意不看自己，所以依旧佯装不悦地问道："可我让你走了。"

"我为什么要听你的？"蒋辰屿近似冷漠地反问。

但这种"冷漠"再也破坏不了虞兮的心情，她压低了的声音里，带着明显的笑意："那你为什么要陪我看电影？"

"不要再说话了，看电影。"蒋辰屿始终目不转睛地看着前方的屏幕，就像是整个人都在被剧情吸引着，无暇他顾。

虞兮干脆把爆米花放在另一旁空着的座位上，整个身子都朝着蒋辰屿那一面侧了过去，像是故意要和他对着干一样，伸手在他眼前胡乱比画几下，扰乱他的视线，然后挑衅似的问道："你不听我的，我也不听你的，你又能拿我怎么样……”

她话还没说完，就被直接压进了座位。

肩膀的位置被有力的手掌按住，她能清晰地感受到对方修长的手指正微微收拢，像是能轻易将她整个人都掌控其间。而就在她还未来得及有所反应的时候，眼前屏幕的光影被挡住，下一秒，唇瓣上传来了冰冷却又柔软的触感。

这个吻让她既惊讶又无措，可与此同时，更多的是快要溢出心底的盛大喜悦。她想要回应，想要拿回主动权，可身体不听使唤，只能任蒋辰屿同样僵硬生疏却又不肯轻易妥协地吻着，直到两个人的呼吸都混乱起来，他才抵着她的额头，目光灼灼地盯着她，压低声音一字一句地问：“以为我拿你没办法，是不是？”

虞兮觉得自己的心脏仿佛要跳出胸腔，可她能感觉到蒋辰屿看似淡定自若的表象下，同样紧张的心跳。想到他和自己是一样的，她的笑容就再也无法克制掩饰，于是不等呼吸平复，便伸手环上他颈间，微微倾身，唇瓣几乎贴上他的，轻声问道：“你以什么身份这么对我？”

在重新吻上她的唇之前，蒋辰屿向来清冷的声音里，带着几分莫名的喑哑：“虞兮的男朋友。”

回过神来的时候，虞兮已经和蒋辰屿坐在了放映厅里，包了场，重新等一场电影上演。

确定关系以后的那五年时间里，他们忙分离，忙事业，更是开始忙着纠结于过去、恨着彼此，即使有片刻闲暇，也再没有心情坐进电影院里，完完整整地看完一场电影。

当时的画面，蒋辰屿曾经很多次地回忆起，如今一切尘埃落定，饶是他已经彻底了解了虞兮这个人，还是忍不住无奈地笑道：“我也是后来才想明白，那时候你突然生气，就是因为我看了一眼时间？”

虞兮也忍不住笑，但她并不想承认自己当时的不可理喻，于是斜睨他一眼，为自己辩解道：“谁让你当时冷着脸，一副不耐烦的样子。”

蒋辰屿用一种带着审视意味的目光看她，就在她快要抗议之前，才又问道：“那后来你生病了也要跟我去海边，是真的担心暗恋我的女同学找机会接近我吧？”

时至今日，即使虞兮已经慢慢习惯了在蒋辰屿面前坦诚，但面对他这种类似“翻旧账”的行为，她嗤笑一声过后，因为有“约法三章”在前，到底还是把那句“我没那么无聊”咽了下去。

不回答就意味着肯定的回答。蒋辰屿了然地点了点头，又问：“那年平安夜你突然提前离开，并不是不喜欢我安排的约会，而是因为知道有学弟向你表白而我没吃醋吧？我还记得有一次……”

“蒋辰屿，你有完没完？”虞兮终于忍不住打断了他。

眼见着她恼羞成怒的模样，蒋辰屿直接将欲起身的她抱进怀里，低头埋进她颈间，笑意却溢出喉间，轻声哄道：“好了好了，我错了。”

虞兮作势挣了挣，然后才不冷不热地轻哼了一声，说：“我看你现在就是典型的得寸进尺。”

蒋辰屿抬起头，看着她娇俏明艳的侧脸，原本的笑意渐渐敛起，和落入眸底的灯光一起，交织成了深切而又厚重的爱意。

放映厅内灯光被关闭，电影开始上演，他们十指交握，坐在明明暗暗的光影里安静地接吻。五年光阴流转，但相同的两个人，相似的场景，相似的画面，就像他们从不曾分开过一样。

4

从电影院出来的时候，时间已近黄昏。无数楼宇沉浸在暮色中的夕阳里，被染上了一层耀眼的霞光。

蒋辰屿把车开出停车场之后，还没有开出多久，就再次把车停到了路边。

虞兮有些不解地看了看周围，又看向他，问道：“怎么又停下了？”

蒋辰屿突然问她：“你还记不记得有一次——”

“你今天怎么回事？”虞兮以为他又要继续之前的话题，翻旧账笑自己，于是不等他说完，就直接打断了他，嗔怪道，“没完了是不是？”

蒋辰屿忍不住笑起来，安抚似的揉了揉她的头发，把没说完的话继续说了下去：“我是想说，有一次我们一起去玩，我买了一支棉花糖给你。结果你因为没有吃过，搞得嘴上脸上都粘到了糖，还要颠倒黑白说我是故意想看你出丑。”

听他说完，虞兮恍然，也忍不住笑起来，而随着他所说的场景在心里渐渐清晰，轻浅的笑意也慢慢化为了无声的叹息。

她的人生看似过得热闹，但究其本质，其实始终乏善可陈，尤其是童年，就像是被困在一个水晶屋子里，华丽却又孤独。物质方面她无比富足，虞俊良甚至可以给她复制一个小型游乐场，可她即使拥有自己的旋转木马，也早就失去了作为一个孩子的玩耍兴致。而当她站在街头，看到别人家的孩子被父母抱在怀里，吃着棉花糖的时候，只会不屑地笑笑，把视线从那朵云彩般的糖上面移开，对自己说：这种廉价的东西，我才不要吃。

从蒋辰屿的手里接过那支棉花糖的时候，她觉得自己仿佛真的拿起了一片云，而面前蒋辰屿精致的眉眼间，满是温柔，让她早已忘了自己过去对于棉花糖的评价，只闻到空气中那股梦幻般的甜。

可她没想到，真的吃下一口的时候，周围仿佛一秒就会融化的糖不仅粘满了她的嘴角，就连鼻尖也没能幸免，而她掩饰着自己的惊奇故意埋怨蒋辰屿之后，得到的是他笑着倾身而来的吻。

那个吻里夹杂着棉花糖的甜，让她轻易就沉沦其中，再也顾不得心中那点儿意味不明的伤感。

回过神来，虞兮笑叹着问道：“怎么突然提起这个？”

蒋辰屿解开安全带，过去吻了吻她的鼻尖，说：“等我一下。”

然后，虞兮便看着他下了车，迎着夕阳，朝不远处街角的一家糖果店走去。那家糖果店门口，有年轻的小姑娘站在一台棉花糖机前，正给一个牵着妈妈的手的小男孩做棉花糖。透过车窗，虞兮静静地看着蒋辰屿排队等待的身影，伸手在车窗上轻轻描绘着他的轮廓，不知过了多久，终于无声地笑了起来。

等待的过程中，她打开了看电影时关掉的手机，许晓凝的几条微信第一时间跳了出来，说她谈成了一笔生意，却没有任何炫耀的意味，只随后又问她过几天自己的生日晚宴她能不能来参加。虞兮无奈地笑了笑，回复了几个字之后，没再看许晓凝开心之下发过来的那一连串表情包。

放下手机，她抬头无意间看向前方时，笑容却有几分凝滞——远处的街对面，她看到了梅逊雪和楚亦奇。

和最后一次见面时相比，梅逊雪看起来眉眼间比过去更多了几分愁苦，衣着打扮也和过去有所区别。不过最明显的不同，是她似乎苍老了许多，推着轮椅向前走，连脚步都能显出一种沧桑疲惫的老态。轮椅上的楚亦奇腿上盖着厚厚的毯子，一张脸也被围巾挡住了大半，但仍能看出身体的僵硬和目光的混浊无神。

虞兮之前觉得，她对于这两个人的恨始终深入骨髓，无论那些过去她是否放下了。可如今这个再寻常不过的冬日里，在有些空旷萧索的街头，她这么远远地看着他们，突然发现，自己已经根本不在乎他们如今是否过得多么不好，也没有半点儿兴趣去探寻他们的生活会是怎样的困顿不幸，甚至哪怕如今他们还能觉得平静和乐，都和她没有任何关系了。

她按下车窗，看着街对面的那两个人慢慢走近，梅逊雪似乎看到了她，又似乎没有，最后只是慢慢地推着楚亦奇，渐行渐远。

虞兮看着他们的身影，就好像看着两个与自己无关的陌生人，心像被一阵轻风吹起涟漪的湖面，很快又恢复了平静，无悲亦无喜。

少顷，蒋辰屿已经重新回到了车里，把棉花糖递给她的时候，身上还有几分从外面带进来的寒气。虞兮接过棉花糖，看着手里这朵泛着浅粉色的云，在渐渐弥漫开来的香甜气息里，再次看向了蒋辰屿。

眼前的这个人，外人只看到他成熟清冷的表象，可在她面前的时候，他还是会带着几分久违的少年感，一路带着她向前走。所以她才可以更勇敢，更坚定，同时也能更自然地接受自己的一切，不再被曾经的阴影折磨。

蒋辰屿见她拿着棉花糖，却始终看着自己有些出神，于是轻声问道："怎么了？"

虞兮起身紧紧地抱住他，把头埋进他颈间，声音闷闷的，却带着一种异样的温情，说："考察期结束了，我的男朋友。"

后　记

下个路口见

在写《蜜糖唇》期间，其实算是我个人非常艰难的低谷时期，每件事都使我纠结压抑，心情大多数时间里不算明朗，各种社交平台看上去风格也总是很丧。有一次我和冬菇聊了很久，最后还是忍不住说："啊，还是好想哭。"她十分丧心病狂地回答我说："那你记得一边哭一边写稿。"

冬菇是我的编辑，和她斗嘴对我来说是一种非常习惯了的日常。不过这些"嘴仗"发生的情境，更多是在她用私人时间陪我聊脑洞、聊剧情的时候；是在安抚我情绪、帮我开解烦恼的时候；也是在和我分享好看的剧集、好玩的游戏的时候……

对我来说，她像是一个全能的、不知疲倦的永动机：帮我做漂亮的宣传幻灯片，写精彩的文案，想一系列让我大开眼界的宣传计划。与此同时，还会熬夜帮我看文，放假期间加班帮我改稿，就因为我一句想尝试新形式、新风格，帮我整理推荐许多资料和作品。就连《欢喜城》上市之后我被人发私信骂，她也第一时间挺身而出挡在了我的前面。

每一本书的诞生，除了作者，其实也都凝聚着许多人的心血。是所有人的共同努力，才能让它们作为一个完成的故事，呈现在读者面前。我之前说过，对一个创作者来说，如果有一个人能帮你摒除一切麻烦和可能存在的问题，让你什么都不用操心、不用忧虑，所有的心力都只需要专注在写稿这一件事情里，那这种幸福感无疑是巨大的。

之前在专栏里提到过，《蜜糖唇》这本书我写得非常顺利，没有过什么卡文的烦恼，也没有纠结犹豫的过程。当然，这很大一部分原因在于动笔之前，整个故事已经在我脑海里有了一个非常清晰完整的脉络，更因为里面每个人物的遭遇，以及之后他们所做的每一个决定、每一次选择，其实都是一个水到渠成的过程。

每个人的经历不同，选择不同，他们都有自己的不幸，也都有各自的幸福。不幸之处不多赘言，幸福之处在于，虞兮以后漫长的人生里，都会有蒋辰屿的爱和陪伴。季明明等人也会单独成篇，在其他故事里演绎各自悲喜，最终收获不同的人生结局。

对于蒋辰屿和虞兮而言，那些互相误解和互相伤害，所有因爱而生的怨怼，终究还是败给了两个人之间永远无法消融的深爱。这份爱也一定会随着岁月沉淀，被打磨成一颗光泽温润的珍珠，越发璀璨，也越发美好。

就我个人而言，笔下的角色在创作过程中，都成了一个个鲜活生动的、真实存在着的人。我站在他们每一个人的立场上，写下他们说过的每一句话，在不同的境况里斟酌他们不同的心境。对于这样的一些人，我每天和他们一起哭，一起笑。无比真切地纠结过，痛苦过，犹豫过，也不舍过。

但自从《欢喜城》之后，我就不再强求自己为了追求一个普遍意义上的大团圆，而改变自己写下每一个故事的初衷。我不想为甜而甜，更不是为虐而虐。

生老病死，怨憎会、爱别离、求不得，和所有的悲欢离合一样，都是人的一生中再寻常不过的过程，我写下自己心中的故事，如果能得到一些读者的喜爱和共鸣，那当然是一大幸事，有理有据的批评我也虚心接受。而我能做出的所有回应，大概就是以后的日子里，我会争取努力写出更好的故事，不辜负你们，也不辜负我自己。

我们下一个故事再见。

红桑
写于 2020 年春，一个阳光明媚的午后